阿 来 主编
巴金文学院签约作家书系

无处潜伏

黎民泰◎著

四川文艺出版社

图书在版编目（CIP）数据

无处潜伏/黎民泰著. ——成都：四川文艺出版社，
2012.8（2022.1 重印）
（巴金文学院签约作家书系）
ISBN 978-7-5411-3538-5

Ⅰ. ①无… Ⅱ. ①黎… Ⅲ. ①中篇小说—小说集—中国—当代
②短篇小说—小说集—中国—当代
Ⅳ. ①Ⅰ247.7

中国版本图书馆 CIP 数据核字（2012）第 155488 号

WUCHUQIANFU
无处潜伏

责任编辑	王　冉（231409214@QQ. com）
责任校对	汪　平
封面设计	经典记忆
版式设计	史小燕　张　妮

出版发行	四川文艺出版社
社　　址	成都市槐树街 2 号
网　　址	www. scwys. com
电　　话	028-86259285（发行部）　　028-86259303（编辑部）
传　　真	028-86259306

读者服务	028-86259285　028-86259287
邮购地址	成都市槐树街 2 号四川文艺出版社邮购部　　610031

排　　版	四川胜翔数码印务设计有限公司
印　　刷	永清县晔盛亚胶印有限公司
成品尺寸	210mm×148mm 1/32
印　　张	10.625
字　　数	260 千
版　　次	2012 年 9 月第 1 版
印　　次	2022 年 1 月第 2 次印刷
书　　号	ISBN 978-7-5411-3538-5
定　　价	42.00 元

编委会名单

主任

朱丹枫

主编

阿来

执行主编

赵智

编委成员（按姓氏笔画排列）

朱丹枫 吕汝伦 牟佳 阿来 陈小海 罗勇

赵苗 赵智 胡焰 黄立新

序

阿 来

我们说如今是文化繁荣的时代，通常是以生产的规模与数量而言。

这样的数量与规模，常常是由于定制性的生产。

我们甚至可以说，今天的文学已经进入了定制时代。

由出版商定制的长篇小说批量出版。电视剧脚本、网游脚本和卡通脚本大量生产。特别是属于非虚构的我们称之为纪实文学或报告文学的文体，目前大多由企业团体和政府部门所定制。正是由于这种定制，造成了今天的文学特殊的繁荣景观。

在为这种繁荣景观倍感鼓舞的同时，我们心中也怀有一种隐忧。原因在于，各种各样的文学定制，是在大面积收获数十百年文学探索与原创所积累下来的那些成果：思想的，技巧的。因为各种文学定制需要尽量面向大众的写作，有了这样一个特定的前提，定制的写作从艺术角度而言，通常会成为降低难度的写作。不是创造新的方式，而是消耗已有积累的写作。在这种文学生产形态中，最原创，最具探索性的写作常常被忽视。

原创文学与定制生产之间的关系，犹如自然科学中基础理论研究与应用技术的发明的关系。如果没有前者，后者的繁荣是难以想象的。如果要找一个更浅显的比喻，就譬如大自然，如果没有众多看起来无用的草木，也就无法生长出那些有用的植物：可以建造房屋的大树和富含营养的果实。所谓可持续发展理论的一个重要方面，就是提醒我们，对于这个世界的一切构成，不能只关注当下就能被充分利用，产生各种利益的部分，更要关注使那些"有用"的部分构成得以发展，得以呈现的基础条件。

文学的持续生产，也要仰赖于文学最基本部分的建设。这个建设是帮助新人涌现，是期待新人带来的新作品，带来新的感受力，产生出新的思想方法与表达的艺术。

基于这样一种认识，四川省作协巴金文学院，取得四川省省委宣传部的大力支持，和四川出版集团·四川文艺出版社合作编辑出版"巴金文学院签约作家书系"，着力发掘富于原创能力的新锐作家，资助出版他们在文学创新方面的文学成果。这种举措的唯一目的，就是为四川文学长远的可持续发展，做一些计之长远的人才培养与新的艺术经验积累方面的基础性工作。

【目录】

无处潜伏

现在我才明白，写作就像投胎一样身不由己。我已经将我父亲的故事在心底按捺了几十年，并打算永远不去碰它写它，可现在，却因为一件"不期而遇"的事，彻底改变了我的主意。有时生活就像一杯被人遗忘的化学药剂，本来尘封在岁月的某个角落，波澜不兴，寂静如初，可一旦滴入别的物质，它就火一般燃烧起来，发生变化，改变面貌，最后的结果连我们自己都感到吃惊！

简单地说，我父亲一直都以为他就是那个代号叫"老熊"的潜伏特务，并因此历经苦难饱受折磨，甚至还为此精神恍惚，疯疯癫癫了几十年，到处向政府低头认罪，逢人就请求宽大饶恕，我们家里的人也跟着他吃了不少苦受了不少罪，可到最后我才惊奇地发现，事实的真相并非如此，我父亲和我们全家人都被一个天大的阴谋蒙蔽了，算计了！你说在这样的情况下，我还能保持缄默吗？我还能在心里按捺得下我父亲的故事吗？然而直到这时，疯癫的父亲还坚信他就是"老熊"，还在临终前拉着我的手，战战兢兢，痛哭流涕地说，民娃呀，你可千万要记住啊，一个人什么苦都可以吃，什么难都可以受，甚至可以被人砍被人杀，但就是不能去当潜伏特务，不能去当潜伏特务噢！

这已是 2006 年春天的事了，我父亲在经受了半个多世纪沉重的煎熬后，终于走到了他生命的尽头。春天的风破窗而入，带来了远处田野的花香和泥土的气息，我握着父亲枯瘦的手，看着他痛苦挣扎了几十年的生命表征，退潮似的从他脸上和瞳眸深处渐渐消逝，我欲哭无泪……

其实我小时候一直不知道我父亲是个特务，甚至不知道我父亲还活着。没有任何人对我说起过这事。我母亲没有对我说过，哥哥姐姐也没有对我说过。关于父亲，我只有一个印象，一个关于落雪的夜晚和火炉的模糊记忆。好像是我五岁那年的寒冬腊月吧，我们这座地处川西平原西端的小县城突然降下了一场鹅毛大雪，密密实实的雪花从午后一直飘到晚上都没有停歇，硬生生把一座破旧肮脏的小县城掩埋在了一片白茫茫的世界里。天气彻骨的寒冷，凌厉的冷风从老屋歪裂的木板壁缝里吹进来，冻得我和哥哥姐姐簌簌发抖。母亲用炭圆儿烧起炉子，让我们围着烤。红红的炉火映照着我和哥哥姐姐的脸孔，同时也将母亲放在炉子边台上的红苕烤出一种极其香甜诱人的气味，在我们的鼻端氤氲弥散，给我们一种甜蜜的昏昏欲睡的感觉。母亲就是在这样的情况下向我说起父亲的。母亲怔怔地盯着旺盛的炉火，突然在烤红苕迷人的气味中叹了口气，转身摩挲着我的头顶，给我谈起了父亲。母亲当时的样子很像是无意之间想起父亲的，但现在看来，这肯定是母亲的一种刻意为之。母亲怜惜地抚摩着我的头顶，就像所有的母亲对没了父亲的孩子那样，神色幽幽地对我说，你爸已经死了好几年了，是得绞肠痧死的，你知道吗？或许是怕我不懂什么是绞肠痧吧，母亲又特意捂住肚子，做出一个很痛苦的向前猝然栽倒的动作。所以在我的童年记忆里，所有关于父亲的信息和细节，都来自于那个冬天的夜晚和那盆红红的炭火，以及四处弥漫的烤红苕的香味。父亲唯一活在我心中的印象，就是像母亲模拟的那样，突然捂住肚子，轰然倒地。

事情的真相是由街上的小伙伴们向我揭露的。当时我们家住在井福街上。这是一条不足三百米却很有些岁月年轮的青石板小街，两旁都是些旧板壁老黑瓦的木头房子。它之所以有着这么一个奇怪的名字，是因为在街口的李家小院里，有一口很出名的古井，无论春夏秋冬不管阴晴雨雪，井水都不涨不落不浑不浊，而且异常的清冽甘甜。于是李家的后人就有了一份特殊的职业：于早晚间将井里的水提汲起来，挑到街上去卖，五分钱一桶，一角钱一挑，还拖长声音唱歌似的吆喝：卖——水喽——卖——水喽——

那时我们井福街有不少店铺，酱油铺、小食店、茶叶庄、裁缝店，形形色色不下二十家，可每天早晨，都是李家卖水人的吆喝声在长长的街巷和长长的寂静中第一个响起。他的声音又响又亮，就像雄鸡报晓似的唤醒了井福街上所有的人。男人打着哈欠吱吱呀呀地开店门，女人用木梳抓着乱糟糟的头发，去叫睡在旁屋的小孩上学。如果小孩赖在被窝里不起来，女人就撩开被子，在他屁股上猛拍一巴掌，说李担水都卖水了，你还不起来，不想上学了？那小孩必定翻身下床，赶急洗脸吃饭，连嘴角上的饭粒都来不及抹掉，就夺门而出。卖水人洒落的清水像两串锃亮的铜钱，散落在石板街道上。小孩抱着自己的小书包，沿着那斑斑水迹，往学校慌慌地跑去。黄昏的时候，当李担水的吆喝声在静谧的夕阳余晖中又一次响起时，那些上学的小孩大多放学归来了，正与我们这些没有上学的小孩们搅和着，在青石板街道上玩耍，或者跳房，或者玩老鹰叼小鸡的游戏。李担水一来，我们就全都停住了游戏，猛吸一口气憋在胸腔里，定定地看着他的嘴巴。待他刚一张嘴喊出一声"卖水喽——"，我们就将憋在胸腔里的气息喷吐而出，紧跟着他吼一声"屙尿喽——"。他再喊，我们再吼。一时"卖水喽"和"屙尿喽"的喊吼之声彼伏此起，不绝于耳，气得李担水不得不放下水桶，提着扁担来追打我们。我们一哄而散，哈哈大笑着往远处奔逃，洒满金煌煌夕阳和清凌凌水迹的老石板街道上，全是我们溅珠落玉般的笑声……

可轮到我上学的时候，事情却发生了变化。小伙伴们竟不让我跟他们站在一起，对着李担水憋足劲喊"屙尿喽"。原因是他们都戴上了红领巾，我没。学校不给我戴。学校越不给我戴，我就越是眼热他们脖子下那一细绺红色，特别是他们放学后聚在青石板街道上倒腾着双脚跳绳时，那绺红色在他们胸前欢快跳荡的情景，更是让我痴迷不已。我仿佛看见一团火焰在我眼前燃烧，仿佛看见一片鲜红的旗帜在天空中飘荡！我情不自禁地往他们中间走去。可我刚一靠近，他们就停住了蹦跳和笑闹，一齐指着我喊，不要你跟我们玩，不要你跟我们玩！你爸是特务，我们不要你跟我们玩！那时，我虽然还不懂什么叫特务，但已明白特务就是坏蛋的意思，那是要被拉去游街示众，要被拖到大会台子上批判斗争的！这是我第一次听见有人说我父亲是特务，我怔了怔，即刻像受到侮辱似的跳起来，大声反驳道，你们乱说！我爸不是特务，不是特务！他早就死了，是得绞肠痧死的！一个高年级的大男孩冷笑着站出来，揪着我的脸蛋鄙夷地说，狗日的你真会说白嘴！你爸明明就关在陈家巷监狱里，还说你爸死了！你爸要不是特务，学校会不给你红领巾戴？我望望他们脖子下鲜艳的红领巾，又低头看看自己空荡荡的前胸，愣了。满街的夕阳陡然隐去，井福街一下就在我心中变得淡了黯了，卖水人洒落的水迹从我脚下伸展出去，死蛇般地僵冷。震惊和愤怒，怨恨和屈辱一起向我袭来，我含着满眼的泪水，转身跑回了家去。

我黑着脸没有跟母亲说话，也没有与哥哥姐姐说话，径自跑进屋去睡了。晚饭的时候母亲来叫我吃饭，我躺在被子里不动。母亲问我咋啦，是不是病了？还拿手在我额头上探摸。我没好气地一掌打掉母亲的手，指着她满面泪水地喊道，你骗我！爸爸没死，爸爸是个特务，关在陈家巷监狱里！母亲惊愕地望着我，好像一个掩藏了多年的秘密终于被人戳穿似的脸色苍白，目瞪口呆。母亲颓然地缩回她的手，跌坐在我的床边上。母亲张嘴想对我说点什么，但又没有说出来。母亲像有什么哽在喉咙里，泪流滚滚。

　　第二天我没去上学，但也没有待在家里。我连早饭都没吃书包都没背，就跑出了家门，穿街过巷，径直去了城东的陈家巷。那时，我们县城的小孩全都知道陈家巷，知道陈家巷有一座监狱，里面关着很多坏人！我小时候就经常听见街上的大人拿陈家巷来吓唬调皮的孩子，说不学好嘛，把你关到陈家巷去！可无论我怎样调皮，做了多大的错事，母亲都从来不拿陈家巷吓我，母亲总是含着泪耐心地教育我，说你要听话，听话的孩子长大了才有出息，啊？现在我才明白，母亲之所以不拿陈家巷吓我，是因为父亲关在那里，陈家巷是她的伤心地，是我们家里人的忌讳！

　　当时究竟去陈家巷干什么，我自己也不清楚，总之心里有一种莫名的冲动，就是想去那里看看。记得那是一个阴郁的秋天的上午，大街小巷的梧桐树叶全都黄了枯了，在已有几分凉意的秋风中晃晃悠悠地落着，落得满地都是，犹如枯卷焦黄的纸页在行人脚下幽灵似的飘荡。我也像个幽灵，在苍凉秋风和纷飞黄叶的裹卷下，鬼头鬼脑地摸到了陈家巷。

　　陈家巷虽然也铺着青石板，但比我们井福街窄多了，仅能容许一个人挑着箩筐打转身，而且街面异常的破旧，不少石板都断裂了，七歪八斜地躺在巷中间。巷子两边的建筑也截然不同，右边趴着一些低矮的住户和凌乱的杂货铺，左边就是监狱的砖墙了，又高又厚，比对面的屋脊还高，比文庙的万仞宫墙还厚，从巷头到巷尾竟一眼望不到底，顶上还拉着角角叉叉的铁丝网，一看就阴森森地叫人害怕。我仰头看了看那高墙和高墙顶上的铁丝网，不敢在它下面走，赶急溜到对面去，顺着那些矮屋和店铺，怯生生地摸到了监狱门口。监狱的大铁门紧紧地关着，只在它的左下角留了一道小门，微微翕开一条缝。我朝四周望望，见没有别的人注意我，就蹑手蹑脚地摸到了那道小门前。可我刚将脑袋伸进那条窄缝里，还没看清楚里面有些什么，一声厉喝就在我身后晴天霹雳似的响了起来：小崽子，你看什么看！我浑身一颤，回头见旁边的小岗亭里奔出一个挎枪的人，正气势汹汹地朝我扑来，我吓得哇呀惊叫一声，撒腿就跑。我一口气跑过一条大街两条小巷，在萧瑟的秋风和纷披的落叶中撞着了好几个人，自己也跌了七八跤，才跑回了家里。关住房门把身子抵在门后吭哧吭哧地喘气时，我的心还怦怦怦地狂跳不止。中午吃饭，我的手还在抖，几乎连碗都端不住，筷子都抓不稳。下午我依然没去上学，我把自己关在睡房里，用铺盖蒙着脸悲伤地哭泣。最要命的是，这天晚上我竟做了一个噩梦，梦见自己被陈家巷监狱抓了进去，与那些坏人关在一起，而那些坏人全是些青面獠牙满脸血污的鬼怪似的人物，他们从四周围拢过来，一齐向我伸出鸡爪般尖利的手，怪叫着要将我开膛破肚，要抓我的心肝肚肺吃！我挣扎着醒了过来，浑身冷汗直流，而裤裆里却是一片臊烘烘的湿热。我尿床了。

从此以后，我就再也不敢到陈家巷去了，有时去东门口的蔬菜公司找母亲，不得不经过那巷口时，我也不敢朝里边张望，总是紧低着头，三步并作两步，赶急跨了过去……

后来我才听母亲说，父亲并不是被公安机关抓的，而是他主动去投案自首的。当时并没有人怀疑他，也没有人在暗地里调查他，他就去投案自首了。我有些不相信母亲的话，一个好不容易才潜伏下来的肩负着神秘使命的特务，会平白无故地向公安机关投案自首吗？难道他在新社会的感召下良心发现了？觉悟了？母亲说啥良心发现啥觉悟呀，他是吓的，被清匪反霸和枪毙人吓的！我当时还小，不懂什么叫"清匪反霸"，也不懂母亲说的"枪毙人"是什么意思。直到很多年后，我查阅了相关资料，才了解了那段特殊的历史。

我们这座川西小县城是 1949 年 12 月 28 日解放的。因为急于要给进军川西北高原的部队筹集粮草，新成立的县人民政府在没来得及更换乡村一级政权机构的情况下，就于 1950 年 2 月上旬，派出大批的征粮工作队，去各乡各镇草草征粮了。结果 2 月中旬，川西平原的十多个县，就在国民党潜伏特务、溃散军官和袍哥大爷、落后地主以及土匪头子的共同密谋与煽动下，发生了大规模的武装叛乱，打死打伤征粮工作队员和解放军官兵无数，迫使各地的征粮工作队不得不撤回来。我们县的叛乱情况尤其严重，各乡各镇的叛匪不仅在乡下烧杀抢掠，还从四面八方啸聚而来，疯狂地围攻县城。进驻县城的解放军 180 师苦战一天一夜，才打退了叛匪的猖狂进攻。整个叛乱直至 1950 年秋天才彻底平定。叛乱平息后，川西军区司令部和川西地委即发布命令，饬令各县深入开展"减租退押清匪反霸"四大运动，加强社会改造和政权建设。当时仅我们井福街就清出了三个人。一个姓徐，是国民党的上校军官，部队被打散后，带着十几根金条偷偷跑了回来，企图在老家买房置田蒙混下去。他虽然没有参加叛乱，但还是作为反动军官被人民政府清理出来，判了十五年徒刑，送到一百多里外的万家煤矿劳改去了。另一个姓邓，叫邓传书，也是国民党军官，也是部队打散后偷偷跑回来的。但与那个姓徐的不同的是，这个姓邓的格外胆小怕事，刚一开始查他，还没查出多少底细来，他就吓坏了，就在一天深夜独自一人起床，默默地吃了一顿饱饭，喝了一瓶好酒后，背着他的老婆孩子悄悄跑到南桥上去，跳水死了。及至他家里人发觉异样赶来时，只在南桥上捡到了一只他遗落的布鞋。还有一个姓王，具体身份不详，还没有解放就回来了。刚回到井福街时，他还深居简出，很少与人接触，偶尔在街上露面，也是一副病病恹恹的样子，惹得街坊邻居都在背后议论，他是不是染上了鸦片烟瘾。可 2 月初的时候，他就突然从我们井福街消失了。当时大家都没在意，可不久后就传来消息，说他参加了叛乱，还当了一个什么别动队的队长，组织敢死队攻打东城门！街坊邻居全都惊异不已，说这样一个风都吹得倒的人，还能去带兵打仗？还敢露出半边膀子，带着人冒着炮火往城里冲？那个姓王的似乎要证明自己的存在，在被解放军打退后，竟命令他的手下人，放起一把火烧了太平街！尽管他后来逃匿到了虹口的高山密林里，但最后还是被追剿残匪的解放军侦察小分队活捉回来，押到离堆公园的楠木林里枪毙了。

1950 年的秋冬时节，整个川西平原从乡镇到县城再到地署，都在忙着召开公判大会，忙着张贴布告，忙着枪毙人。被枪毙的人中，大多是组织发动叛乱的国民党潜伏特务、旧军官以及袍哥大爷和伪乡长，当然还有过去横行乡里的地主、恶霸与流氓。常常一毙就是几十人，五花大绑着推到万人大会上宣判后，就在背上插了画着红叉的死标，用军用卡车拉到荒凉的河滩上或阴郁的树林里，砰砰砰地用排枪毙掉。川西平原称之为"打脑壳"或"敲沙罐"。我们井福街有几位老人，至今还能清晰地说出离堆公园楠木林里枪毙人时的恐怖场面：几十个五花大绑的人被按跪在阴森森的树林里，背后执行枪决任务的解放军战士一齐对着他们的后脑勺开枪。枪声一响，他们的脑顶就被纷纷揭飞起来，瓦片似的在空中飞舞，白色的脑浆和艳红的鲜血也随之喷射而出，四处飞溅。整个树林像杀猪场似的血光闪耀，血腥刺鼻……

我父亲也跟着街坊邻居去楠木林里看了这个枪决场面。据我母亲说，我父亲当时就被吓得脸色苍白，浑身发抖，差点儿瘫倒在地上。母亲扶住他，问他咋啦？他捂着脸说，我……我晕……我们回……回去吧……父亲回到家里后就病了，不仅发高烧，还打摆子似的缩在被子里不停地哆嗦。母亲以为他去树林里看枪毙人受了风寒，就去给他熬了一碗姜汤。可母亲把姜汤端来时，父亲却没有喝。父亲躺在幽暗的睡房里，上下牙齿磕得▊▊▊地响，那双死鱼般木呆呆地瞪着麻布帐顶的眼睛里，有一种说不出的惊惶与恐惧。母亲只得揽起他的头，把姜汤给他灌了下去。可晚上睡觉的时候，父亲又多次从梦中惊醒过来，坐在暗夜里簌簌发抖，身上冷冰冰的全是汗水！母亲点上灯，见他那副噩梦缠身的惊恐模样，就问他怎么回事呀？怎么去楠木林里看了一回枪毙人，就吓得这样？你又不是坏人，你又没去叛乱，你怕个啥呀？父亲瑟缩着身子不说话，一双眼睛惊弓之鸟似的闪避躲逃着。母亲再问时，父亲竟然失控了，突然扑进她怀里，像个孩子一样将脸埋在她的胸间，呜呜地哭泣起来。母亲不觉毛骨悚然，扳起父亲的头问他到底怎么啦？你是不是有事瞒着我噢？父亲眼泪汪汪地望着母亲不说话，一副有口难言的痛苦模样。后来母亲告诉我，尽管她那天晚上问了又问，可父亲就是什么也不说，只是将头深深地埋在她怀里，抱着她无休无止地哭泣。父亲隐忍绝望的泪水将母亲胸前的衣服都打湿了。

之后，父亲就再也不肯出门了。父亲成天把自己关在家里，不是躺在床上望着帐顶发呆，就是坐在后院的枇杷树下对着天空出神，外面一有什么风吹草动，他就吓得惊慌失措仓皇四顾。有一次派出所的摩托车拉着警笛从井福街上飞驰而过，父亲竟吓得从枇杷树下的竹椅上跌落下来，面如土色地惊呼道，完了完了完了。待母亲赶去后院时，只见他浑身发抖，瘫软在泥地上，焦黄的尿水顺着他的裤管流泻出来，洇得满地都是。

父亲在极度的惊惶与恐惧中苦苦地熬着，茶饭不思，寝眠难安，人变得一天比一天消瘦憔悴，精神上也出现了恍惚。大约熬了半个多月后，父亲终于熬不住了。父亲骨瘦如柴地从床上摸下来，犹如一张陈旧枯黄的轻薄的纸片，无声地飘到母亲面前，幽幽地说，你去割点肉买点酒回来吧。母亲惊异地望着父亲，问他平白无故地割肉买酒做啥？父亲不说做啥，只用那双暗淡失神的眼睛绝望无助地看着母亲，含泪说，你啥也别问了，快去吧。母亲心里一紧，还想问什么，但父亲已转身往自己房间走去了。父亲寂然寥落的身影使母亲一下就想到了城外田野里那些被人遗忘的稻草把子，想到了大街上那些落叶纷披的朽旧的梧桐树。母亲怔了怔，赶急放下手里的活计，挎着菜篮子跑了出去。

中午的时候，我们一家人围着饭桌与父亲吃了最后一顿饭。那时我才一岁多，自然对当时的情景一点记忆都没有，所有的细节都是后来我从母亲那里听来的。其实那天中午，形销骨立的父亲默默地坐在饭桌旁，连筷子都没有动一下，母亲给他倒的酒，他也只是用嘴唇沾了沾，并没有喝下去。倒是哥哥姐姐和我不懂事，一见那香喷喷的回锅肉，就馋涎暴涌，舞动着筷子飞快地抢吃起来。母亲抓起筷子打我们穿梭往来不停夹肉的筷子头，却被父亲阻止了。父亲深深地叹了一口气，说让他们吃吧，吃吧。兴许这辈子，他们就在我面前吃这一回了！然后就闭了眼，满面灰烬地坐在饭桌旁凝然不动了。人不动，可眼皮却在动。动着动着，就有两颗硕大的泪珠挂在了父亲青灰死寂的脸上……

那天午饭后哥哥姐姐刚一去上学，父亲就由母亲陪着，去公安局投案自首了。直到这时，母亲才知道父亲是个潜伏特务。母亲惊得目瞪口呆，肝胆俱裂，禁不住跌坐在临时拘押室冰凉的楼道上，摇着关押父亲的铁窗门号丧似的哭泣。神色悲戚的父亲也在铁窗里啪啪地落泪。父亲双手抓着铁窗门眼泪汪汪地望着母亲，一副生死诀别的痛苦模样。父亲凄惶地说，我没救了。我对不起你和孩子们。你回去想方设法再……再嫁个人，把……把孩子们带大吧！

据母亲说，其实那天我也去了公安局，是母亲用背裙背着我去的。但让母亲极其不满的是，我那天一直蜷缩在暖烘烘的背裙里酣然大睡，小噗鼾扯得呼呼响，最后还把一泡热尿撒到了母亲身上。母亲气得不行，解了背带猛地将我抓到身前，按在她腿上啪啪地打起屁股来。母亲一边狠狠地打我的屁股，一边泪流满面伤心绝望地哭号，你爸都没了，你还尿，尿！我那时才一岁多，我怎么知道啥时候该尿啥时候不该尿？我在母亲毫不讲理的巴掌下杀猪般地哭叫。母亲见我的屁股上迅速鼓胀起红红的巴掌印，又心疼地一下把我揽进怀里，抱着我呜呜恸哭。父亲看得泪水潸然，拿头直往铁窗门上狠狠地撞着……

我曾问过母亲，父亲究竟是怎么成为潜伏特务的？可母亲说她也不清楚。母亲只记得1949年深秋的时候，父亲所在的北街小学开学还不到两个月，就突然宣布停学了，说是解放军打进了四川，要在成都周围"摆火线"了，让学生回家跟着父母到乡下去躲避战火。作为普普通通的国文教员的父亲，在学校停课断薪的情况下，只得愁眉苦脸地待在家里，百无聊赖地混着。有时实在无聊了，父亲就走出家门，背着双手穿过井福街，独自一人登上西边的玉垒山，去看看古城墙，看看松茂古道，借以解闷。那时，住在玉垒山上的人经常看见我父亲一袭青衫布鞋，孑然地站在残破的古城墙上，望着东面烟锁雾迷的川西平原发呆，眉宇间有一种说不出的郁闷和怅惘。可有一天下午，父亲突然带了个陌生人回来，也不给我母亲介绍是谁，就关在屋里与那个人低声耳语起来。两人说了些什么，我母亲一句也没听清。结果那个陌生人在我们家住了一夜后，第二天早上，我父亲就拿出二十块亮铮铮的银圆来交给母亲。当时正是兵荒马乱物价飞涨的时节，人们用的都是不值钱的纸币，常常揣一大把出去竟买不了几样东西回来，作为硬通货的银圆几乎在市面上绝迹了。母亲一见那些银圆顿时双眼发亮，抖抖索索地捧在手里，问父亲哪来这么多钱噢？父亲说，你别管，就要跟着那个陌生人走。母亲问他去哪里？父亲看了看站在门外等着的那人，犹疑了一下，说跟朋友去成都做点生意，不然今后你们吃啥？母亲想了想，觉得学校停课断了薪水，父亲跟着朋友去成都做点生意，挣点钱回来贴补家用也好，就缩回身，贴着门框放父亲走了。

那天，井福街上有好几个人看见我母亲穿着阴丹蓝衣服，腰间扎着一张白底碎花的围帕，站在歪斜的门框里，目光悠长地望着我父亲跟着那个陌生人渐渐远去，神色相当的安详。可后来母亲却不止一次地对我说，她当初要是晓得父亲是去当潜伏特务，她整死都不会放父亲走！别说家里还勉强吃得起饭，就是真的吃不起饭了，她带着我们几个娃娃去讨口，她也不会让父亲去冒这个险，去走这条绝路的！这事一直梗在母亲心里，成了她永远也抹不去的痛。她一生都在懊悔，一生都在念说，有时说到伤心处还跺脚，那张饱经沧桑的脸上层层叠叠地密布着一种刻骨铭心的懊丧与痛苦。

但让我母亲感到意外的是，父亲去投案自首后竟石沉大海般没了消息。按当时清匪反霸的声势和我母亲的猜想，父亲就是不被枪毙，也会被判刑，送到万家煤矿去劳改的。可事实上，父亲被公安机关收监两三个月了，我们既没听到父亲被枪毙的消息，也没见开大会宣判父亲。母亲曾悄悄跑到陈家巷监狱去探望，可哨兵不让进。母亲流着泪哀求了许久，哨兵才打电话叫出来一个干部模样的人。那人听我母亲说了我父亲的情况后，皱着眉头想了想，说我们这里没这个人！就缩回身，哐地关了那道小铁门。后来母亲又去公安局打听我父亲的下落，公安局的人竟一下警惕起来，瞪着我母亲说，你问这干啥？母亲指着臂弯里的包袱，说是给父亲送换洗衣服。公安局的人上上下下将我母亲打量了一遍，突然冷冷地说，你走吧！今后你再也不要来了，用不着你送啥换洗衣服！

母亲的心一下就凉了。母亲恍恍惚惚地走出公安局，恍恍惚惚地回到了家里。母亲一回家，就扑倒在床上号啕大哭。母亲疑心父亲已被他们悄悄杀了。母亲拍打着床板痛心疾首地说，他就是罪该万死，你们也该让我们见他最后一面呀，也该通知我们去收尸呀！这样生不见人死不见尸的，我们今后咋活呀……

从此以后，失去父亲的疑云和悲伤就笼罩了我们全家。母亲就此变得精神委靡起来，做啥都没心没肠的，有时早上一起床就坐在灶足下发呆，把给我们煮饭的事都忘了。去蔬菜公司上班时，她也经常头不梳脸不洗的一副丧魂落魄的模样。母亲一出现在街上，街两边就有人用惊怪的目光盯着她看，甚至还有小孩追着她喊，特务婆娘，特务婆娘！喊得母亲紧低着头急慌慌地赶路，还不时扯起围帕去擦眼泪。至于我和哥哥姐姐在学校里的遭遇，更像臭狗屎一样，不仅没有同学愿意跟我们玩，就是开学安排座位，老师也对我们翻白眼，总是将我们安排到最后面，坐的课桌和板凳也是最破烂的，其他同学根本不坐的！

然而1956年12月一个阴晦的下午，我们家里却突然接到公安局的通知，让我们去陈家巷监狱接我父亲出来！那时，我已经读小学三年级了，已经长得跟母亲一样高了。我之所以事过多年还能如此清晰准确地记得当时的时间和情景，是因为这年冬天，我们井福街出了一件耸人听闻的事，又有一个潜伏特务被挖了出来，被拖到离堆公园的楠木林里枪毙了！

　　这是我们县城继"清匪反霸"之后最为轰动的历史事件。事情既简单又复杂。这年初冬的时候，我们井福街一个丈夫在外工作的女人生娃娃，独自在家坐月子。一个大白天，女人去上厕所，竟听见右隔壁已经几年没人住的小屋里传来一种奇怪的响动。女人起先还以为是老鼠，没在意，可听着听着，女人就觉得不对头了：如果是老鼠，怎么会有隐隐的锅铲的声音？女人便拉起裤子，一边将嘴里叼着的红裤带往腰上扎，一边走到那小屋旁，把眼睛贴到板壁缝上往里面张望。女人竟在那幽暗的小屋里看见了一个披头散发穿着花衣裳的人在蹑手蹑脚地走动，在灶台上悄悄煮着饭吃！女人背皮子一麻，不觉想起了几年前那个凶死的邻家男人。女人吓得魂飞魄散，连裤子都没扎上，就慌慌地跑回了屋里。女人捂住怦怦乱跳的心口，喘息着定了定神，就找出一些香蜡纸钱对着那小屋烧起来，还作揖磕头地向那鬼魂祷告，说我一个人在家做月母子，你可不要吓我，不要吓我噢。可没几天，女人又看见那鬼魂出现了小屋里，依旧是披头散发，依旧是那身古灵精怪的花衣裳，而且被长长的头发遮掩着的脸孔像纸一样的苍白可怕！女人憋不住了，惊恐不堪地烧了香蜡纸钱后，就抖抖索索地跑到左隔壁去，对那家的老太婆说了撞鬼的事。太婆是很相信鬼神的，叹息着说，他年纪轻轻就死了，还丢下两个没有长大的娃娃，他哪能没有一点记挂噢？然后太婆又安慰女人道，他就是回来看看，他不会害人的。你多给他烧烧纸钱吧。女人哦哦地点着头，将信将疑地走了。

　　可这天晚上，太婆却在饭桌上给她儿子和媳妇讲了这事。他儿子是个沉默寡言的人，媳妇却是我们井福街出了名的长舌妇，第二天一早，她就惊惊咋咋地将事情传了出去。不久，这事就传到了居委会那里。居委会主任是个思想觉悟颇高的积极分子，一听那个无人居住的老屋里竟出现了鬼魂，不觉就想到了几年前那个莫名其妙死去的男主人，顿时就警惕起来，赶急放下手里的事情，跑去向公安局作了汇报。公安局的人是不相信鬼神的，立刻就感到这中间有问题，说不定还隐藏着什么不可告人的秘密，于是就派一个科长带了两个警员，去那个坐月子的女人家里秘密蹲守。结果蹲到第三天，他们就抓住了那个古灵精怪的穿着花衣裳的"鬼魂"。科长猛扑上去将"鬼魂"按翻在地，抓住他长长的头发扳起他雪白的面孔往手电筒光里一照，顿然惊呆了：他就是1950年秋冬之季，被声势浩大的清匪反霸运动"吓破了胆"，从南桥上跳水"自杀"的那个国民党旧军官，邓传书！

"活鬼"邓传书被公安局抓住的消息一下就传开了，传遍了整个县城。当他被公安人员反剪着双手从老屋里押出来时，正是大人下班娃娃放学的时刻，长长的井福街上站满了闻讯赶来看热闹的人，几乎把整整一个街面都塞满了。人们根本没有想到这个姓邓的还活着，根本没有想到他当年在南桥上摆下一只布鞋"跳水自杀"，原来是骗人的鬼把戏！人们不觉对着"活鬼"邓传书指指点点，议论纷纷，脸上全是意想不到的震惊和愤怒，甚至还有年轻人情绪激动地举着手臂呼口号，高喊："打倒国民党反动派邓传书！打倒国民党反动派邓传书！"

那天，我也挎着小书包站在人群里望着"活鬼"邓传书发呆。当公安局的人押着他从我面前经过时，我发现他被揪着头发微微上仰的瘦尖脸上毫无血色，就像传说中的鬼一样白得吓人！而且他的双眼一直紧紧地闭着，你看不出他的丝毫表情和内心活动，你只能看见他那张像纸壳一样苍白死寂的脸，以及他那身古灵精怪的污脏的女人穿的花衣服。后来的几十年间，"活鬼"邓传书这副寂然成灰的死鬼模样经常在我眼前晃动，使我对一个人的精神世界被彻底摧毁后的绝望与枯寂有了深刻的认识：什么叫僵死之人？这就是僵死之人！

枪决是在一个多月后进行的。在县政府大门前搭台子召开公判大会时，"活鬼"邓传书已经站不起来了，他是被人架到台上瘫在一把木椅里接受宣判的。他像一堆烂肉无力地仰靠在椅背上，长长的头发枯草似的拖到身后，眼睛从始至终一直都阒无声息地闭着。冬日的阳光下，他那张苍白失血的脸孔像墓园雪地似的散发出冰凉的气息。直到宣判他死刑，人们都没看见他动一下，甚至连眼皮的些微颤跳也没有。其实"活鬼"邓传书早已死了，枪决不过是一种消灭的仪式。

上午"活鬼"邓传书刚被枪毙，下午我们家里就接到了通知，一家人在说不出的惊惶与恐悸中，去陈家巷监狱接回了父亲。

2005年夏天，我因为要写一部关于我故乡解放初期大叛乱的长篇小说，由县文联出面，帮我约请了几位离退休老干部进行座谈。会上，我认识了一位操山西口音的老人，他虽已年近八十，但身板却非常硬朗，说话也声若洪钟，震得你耳膜嗡嗡地响，一看就知道他是个非同凡响的人物。老人对解放初期叛乱的回忆，特别是对他负责的反特工作的精彩描述，更是让我震惊不已。那天，我几乎放弃了对相关叛乱问题的采访，一味地与老人谈他的"反特工作"。我仿佛看到了一枚深藏不露的古币背面似的兴奋异常，会上没有谈够，下来后我又约他到一家小酒馆，一边喝酒，一边接着再谈。正是与这位老人的"不期而遇"和"促膝长谈"，彻底打破了我几十年的沉默与坚守，决定无论如何都要将我父亲的事写一写。

老人姓罗，叫罗定乾，山西太谷县人，是1949年12月28日随解放军180师进驻我们县城的。当时罗定乾在180师任通信连长并兼管密码报务工作。180师不仅参加了我们县的平叛工作，后来还开赴朝鲜作战。但一说起朝鲜作战，老人就情绪激动，就眼泪汪汪地欷歔感叹不已。他说他们180师在朝鲜作战时，竟在一次执行任务中全师覆没了！这是整个抗美援朝期间，志愿军唯一被整师建制围歼的一个重大损失，直到现在我军都没恢复其建制。180师成为我军建军史上一个令人扼腕的痛惜。我一直不知道这事。我回去后查阅了相关资料，特别是在一部记述朝鲜战争的长篇纪实文学里，才发现老人说的全是事实：1951年5月下旬朝鲜战争第五次战役第二阶段末期，180师为了完成掩护兵团主力转移和全兵团伤员转运任务，与友邻兄弟部队失去联系，未能及时后撤，竟被五倍于己的美军铁桶般包围了。在后来艰苦卓绝的分散突围中，180师万余官兵只有少数突围成功，而负伤、阵亡和情况不明的总损失人数达七千六百四十四人，仅在北汉江中被敌人炮火击中牺牲的官兵就达六百多人，战士们的鲜血把北汉江都染红了。在被美军俘虏的五千余名180师官兵中，包括在敌后坚持打游击达一年之久的代政委兼政治部主任吴成德。他是朝鲜战争中被俘的中国官兵中级别最高的。此外，被俘虏的人还有我们县新入伍的战士，他们后来被押送到济洲岛的战俘营关押，饱受折磨和凌辱，直到1953年7月"板门店谈判"成功后，他们才回到了家乡。可俘虏的身份像一块耻辱的印记铭刻在他们头上，让他们永远都抬不起头来，不仅找不到工作，还找不到老婆，大多只能干些引车卖浆剃头之贱事，郁郁一生。

罗定乾不知道当初县上强留他在地方工作，是幸还是不幸？总之他一遇见那些作为俘虏遭送回原籍的180师"战友"，一见他们那种穷困潦倒低人一等的悲戚生活，就禁不住泪水潸然，握着他们的手哽咽难言。作为一个战士，不能与战友们同生共死，我……我心里……我心里难受啦！那天，老人在酒馆里喝酒时，曾不止一次地对我这样说。老人始终忘不了他们 180 师，始终忘不了他那些出生入死的战友。老人端着酒杯的手不停地颤抖，眼里泪光闪烁。

老人当初之所以被县上强留下来，是因为当时我们县的反特任务异常的艰巨。早在 180 师进驻我们县城实行军事管制不久，上级保卫部门就给 180 师发来密电，说在解放前夕，国民党军统（当时已更名为保密局）头子毛人凤为了配合蒋介石决意在西南建立反共根据地的政治与军事决策，在成都举办了一个"反共救国游击干部培训班"，在军队和社会上遴选出一百多名优秀青年，进行了包括军事指挥和潜伏破坏的一系列特别训练。后来，国民党的川西保卫战被我军粉碎，这一百多名游击干部和特工人员就遵照毛人凤的指示，秘密潜伏到了云南、贵州和四川各地，伺机进行破坏活动，以扰乱社会民心和新生的共产党政权。截获的情报表明，蒋介石在离开成都前夕，曾紧急召见毛人凤，亲自与毛人凤研究制定了成都大爆破计划和"FD 计划"。成都大爆破计划已被我地下党组织和及时入城的解放军部队成功阻止，但准备在我县实施的"FD 计划"却未破获，其具体的破坏内容究竟是什么也不知晓。我方只知道一个代号叫"老熊"的特务已经潜伏到了我县，一经他的上级"春天"与他接头，他就将从"冬眠"中苏醒，就会在"春天"等特务的领导与配合下，开展破坏活动。所以川西军区司令部急命 180 师密切配合新成立的地方政府，务必在短期内侦破"FD 计划"，将潜伏特务一网打尽。虽然当时县政府已经组建成立了公安局，却没有人懂情报和反特工作，于是 180 师就指派精通密码和情报工作的罗定乾去公安局协助此项工作。结果罗定乾到公安局不到二十天，川西各地就发生了大规模的武装叛乱。罗定乾立即派出侦察员着便衣四处活动，到茶馆、酒楼和花鸟市场等三教九流混杂的地方，秘密打探消息。罗定乾想，既然国民党潜伏特务和旧军官们已经组织袍哥大爷和土匪头子发动了武装叛乱，那个代号叫"春天"的上级特务一定会去唤醒他的下线"老熊"，配合叛乱，进行反共行动。只要他们敢探出头来活动，就一定会露出蛛丝马迹，就不怕侦破不了"FD计划"！然而让罗定乾没有想到的是，直到1950年秋天叛乱被平息，他们的侦察员在外面风里来雨里去地跑了大半年，却始终没有探听到有关"春天"和"老熊"的丝毫信息。"春天"不露面，那"老熊"就果真像一只冬眠的熊似的把自己深深地藏了起来，连他的呼吸声你也别想听到，更不要说看见他活动的身影了。

接下来就是清匪反霸运动。公安局长兴奋不已，把罗定乾叫到办公室去，很有信心地对他说，我们要借这次清匪反霸运动，把所有可疑人员都彻底摸查一遍，我就不相信抓不住这狗日的"老熊"！罗定乾面有难色，说他们180师已经接到上级命令，正在准备北上，开赴朝鲜作战，他不久就要跟着部队走了。局长大惊，说这是个难得的破获"FD计划"的机会，你怎么能走呢？罗定乾说，他从抗日战争起，就跟着180师转战南北，他已经把180师当做了自己的家，他离不开180师，他肯定要回去，跟他的战友们一起到朝鲜打击美帝国主义！局长急了，说不行不行，你不能走，坚决不能走！打击美帝国主义固然是我们每一个战士的光荣职责，但这里更需要你，你在这里发挥的作用更大！罗定乾还想说什么，但被局长打断了。局长武断地说，你啥也别说了，我去找你们师长，你必须留下来！

结果罗定乾就这样经他们师长特批留了下来。十多天后，180师开拔，罗定乾在一片锣鼓声中将他的战友们恋恋不舍地送到了东城门外。罗定乾流着泪向师长敬礼，说我把"FD计划"破了，我就归队，来向师长报到！师长拍着他的肩头说，好的，只要你把"FD计划"破了，我同样给你发军功章！

那天，罗定乾一直敬着礼站在东城门口，目送着他的首长和战友们在苍凉的川西平原上渐渐远去。深秋的风像鞭子似的抽打着他的面孔，他的手始终没有放下来。他保持着敬礼的姿势站在风中默默地流了许久的泪。他怎么也没有想到，这竟然是他与部队最后的诀别！他后来想归队都归不了啦，他像一个完全失去了父母和家庭的孩子，再也回不了家啦……

之后，罗定乾就全身心地投入到了清匪反霸运动中。他将侦察队分成几个小组，深入到每一条街道，挨家挨户地摸底排查，凡是可疑的人物，都让他们老实交代其历史以及解放前夕的来龙去脉。我们井福街那个姓徐的国民党上校军官就是他们排查出来，送到万家煤矿劳改的。据母亲说，当时我父亲也给他们写了一份交代材料，详细说明了他在学校停课断薪后跟着朋友去成都做生意的经过。母亲记得罗定乾在看了我父亲的材料后，不停地用山西话夸我父亲的毛笔字写得好，还鼓励我父亲出来为新社会工作。父亲谦卑地笑了笑，说他们学校已在着手准备明年春天开课的事了，到时候他会去学校继续教书的。罗定乾是山西太谷县国立中学的毕业生，对老师十分尊重，一听说我父亲明年要去北街小学教书，不觉拉着我父亲的手，高兴地说，好好好，去教书好！现在解放了，我们正需要有文化的人哪！然后就与我父亲坐在后院的同一条板凳上，海阔天空地谈了起来，并问了我们县城的历史与相关掌故，我父亲都对答如流。两人谈得非常愉快。临走时，罗定乾还邀请我父亲去公安局玩，如果有事需要他帮忙，可直接去找他。父亲连连点头，显得很是高兴，一直将罗定乾送到井福街口，才晕红着脸，低着头慢慢踱了回来。

由此你可以想象，一个多月后，当我父亲被"清匪反霸"那浩大的声势和"枪毙人"的恐怖场面吓得魂飞魄散，茶饭不思，形销骨立，最后终于坚持不住，主动去向公安局投案自首，承认自己就是那个代号叫"老熊"潜伏特务时，作为侦察科长的罗定乾是多么的惊愕和震骇！当时罗定乾正被"FD计划"搞得焦头烂额，他们虽然在"清匪反霸"运动中摸底排查了很多人，甚至将那些发动叛乱被俘的国民党潜伏特务与旧军官全都仔细地审查了一遍，但依然没有发现"FD计划"和潜伏特务"老熊"的蛛丝马迹。犹如清风过野，"FD计划"和"老熊"成了一个看不见摸不着的幽灵，在罗定乾的心中飘荡，让他心力交瘁，恍惚如梦。他甚至开始怀疑上级截获的情报是不是有问题，是不是被敌人放的烟幕弹迷惑了？如果"FD计划"和所谓的"老熊"是敌人故布的疑阵，这样一个类似于传说的东西，你怎么去查，怎么去找？你就是累死也查不出，找不到！

就在罗定乾为迟迟不能破获"FD计划"而急火攻心时，我父亲出现了。我父亲刚一说他是"老熊"，罗定乾就惊呆了。他不仅震惊，而且恐惧！他倏地站起来，指着我父亲结结巴巴地说，黎……黎先生，你……你这话……可……可是不能随便说的！

已然形销骨立的我父亲无力地垂下头去，低声说，我不是随便说的，我真的是"老熊"。我那天给你的材料说了假话。我到成都去，不是跟朋友做生意，而是经朋友介绍，去参加了"反共救国游击干部培训班"……

罗定乾禁不住跌坐在办公桌后边的椅子上，冷汗刷地就滋了出来，密密实实地布满了他整个额头。但只一瞬间，罗定乾就回过神来，赶忙挺直身板端坐在了椅子上。这时，他的面色已经变得相当冷峻，可说是一片冰霜。他目光犀利地瞪着我父亲，紧蹙的眉宇间突然就有了一种侦察战士的谨慎与威严。他开始口气严厉地审问我父亲。

姓名？

黎栋梁。

住址？

井福街。

职业？

小学国文教员。

潜伏代号？

老熊。

上线代号？

春天。

是男的还是女的？

不知道。

你们的接头暗号是什么？

请问先生，你知道哪里有熊皮卖吗？／现在是冬天，熊都在冬眠，哪里有熊皮卖噢。／冬天已经来了，春天还会远吗？／对对，春风又绿江南岸，明月何时照我还，春天离我们不远了。

你的任务是什么？

不知道。一切都得等春天跟我接头后，听春天的指令。

你知道"FD计划"吗？

"FD计划"？

对。

不知道。

真的不知道？

真的不知道。

你可要老老实实交代！我们的政策是坦白从宽，抗拒从严。只有把你知道的一切全都坦白了，你才有出路！

我明白，明白，可我确实只知道这些了。我既然都来向你们投案自首了，我还有啥必要藏着掖着呀。

你给我写材料时，不是就瞒过我吗？

我……我罪该万死，罪该万死！我请求罗科长宽大谅解，请求人民政府宽大谅解！我给你磕头谢罪，磕头谢罪了，呜呜呜……

我父亲就这样哭稀滥流地被公安局收监了。至于他当时为什么没有像其他特务或叛匪那样被枪毙或者判刑，罗定乾的解释是，他总感到我父亲不像个货真价实的军统特务。在罗定乾看来，我父亲的心理素质太差了，可以说是个胆小怕事的人，当教书先生还可以，做特务则根本不合适，更不宜长期潜伏肩负重大的神秘使命。罗定乾说，他在山西的时候就协助地方政府处理过几桩军统特务潜伏事件，那些特务全都经过顶尖级的特殊训练，不仅心理素质极好，具有高超的潜伏技巧和各种特工能力，还有钢铁般冷酷的意志和杀身成仁的自我毁灭精神。即使他们暴露了，你要想活捉他们，也是很难的，你动作稍微迟缓一点，他们就服毒自杀了，留给你的往往是冷冰冰的一言不发的尸体。当然也有来不及自杀被我们抓获的，但要撬开他们的嘴巴，同样颇费周折。共产党里有硬骨头，国民党里也有硬骨头。所以后来罗定乾看反特电影，一见银幕上那些特务在我们侦察人员的枪口下吓得屁滚尿流，立马就软包了，投降了，就禁不住想笑：这电影也把国民党的特务拍得太简单了，把我们共产党的反特工作说得太容易了！

总之，1950年初冬的罗定乾怎么看我父亲怎么都觉得他不像个真正的潜伏特务，或者说不是个合格的潜伏特务。老谋深算的军统特务头子毛人凤，怎么可能将仅次于"成都大爆破"的"FD计划"交给这样一个人呢？他承担得起吗？可我父亲的交代又与他们截获的情报完全相符，就连他与"春天"的接头暗语也一字不差，他不是"老熊"又是什么？可问题是，如果他真是"老熊"，他来投案自首就讲不通了：一个深受军统信任并有着重大神圣使命的潜伏特务，怎么可能轻易暴露，主动来投案自首呢？如果出现这种情况，那么只有一种可能：就是这投案自首背后有问题！

鉴于对我父亲特务身份和投案自首行为的种种怀疑，再加上"春天"还未露面，还有可能唤醒其他潜伏特务实施"FD计划"，罗定乾便向上级打报告，建议暂不对我父亲进行判刑或枪决之类的处理，而是将我父亲关押起来，放长线钓大鱼。

事实证明，罗定乾的猜测是正确的。1956年冬天，他们终于在街道居民的协助下，一举抓获了潜伏时间长达六年之久的国民党军统老牌特务邓传书！

什么是军统特务？这才是军统特务！不惜血本地潜伏，顽固地与人民政府对抗，死到临头了，还油盐不进，软硬不吃！几十年后，年近八旬的罗定乾在小酒馆里说起此事，还禁不住双眼炯炯发亮，就像战场上拼刺刀遇到了强悍对手似的亢奋不已。我自然听出了他对我父亲的鄙视。对于他毫不掩饰的轻蔑之意，我不知道是该高兴，还是该别的什么。我坐在他对面，默默地望着酒杯里残余的酒液，心里酸甜苦辣，百味杂陈。

至于邓传书，我们井福街的人只知道他从小就很聪明，是那种很好学的孩子。我曾听一位老人说起过他早年读书的趣闻，说他每天早晨天麻糊糊亮，别的孩子都还赖在被窝里，他就起床了，就在他家后院哇里哇啦地读书背书，有时还叽里咕噜地念外文。下午放学回家帮他父亲在杂货店做生意时，他也手不释卷，一边眼不离书地念念有词，一边在心里算账。街坊邻居都笑他，说书娃子，你真是个书虫，就不怕把账算错了，你老子吃亏？邓传书淡淡一笑，说放心吧，不会错的。然后就一股脑儿地报出他们买东西的样数和钱数，竟然精确到了几分几厘，还四舍五入的，吃亏在明处，便宜也占在明处，让街坊邻居全都惊诧不已。但最让大家惊奇的是，邓传书读到小学三年级的时候，也就十来岁光景吧，跟人说话就咬文嚼字，文绉绉的尽是书上的语言，叫人听得糊里糊涂半懂不懂的，既惊又喜。那时，我们井福街读书的孩子本就不多，有几个家境稍好的在读书，也是三天打鱼两天晒网的，不是去三泊洞打铜钱，就是去文庙山上捉鸟，气得家长经常揪着他们的耳朵，把他们拖到手不释卷的邓传书面前，说你看看人家传书，看看人家传书！以至几十年后，邓传书成为轰动全县的"活鬼"，死狗一样被拉到楠木林里枪毙时，这些被揪过耳朵的大男人，还念念不忘当年的耻辱，撇着嘴对他们父母说，你们还要我去学他，学他有什么好？脑壳都没了！

邓传书是十八岁那年秋天独自一人提着柳条箱，离开家乡去省城读大学的。至于他后来又去了哪里，干了些什么，我们井福街就没人知道了，甚至他父亲也未能得到他的确切消息。他去省城读书的第一年，还给父亲写过几封信，可第二年秋天，就石沉大海般突然没了音信，春节放寒假也没有回来。他父亲急了，春节刚过，估摸着学校开学了，就关了杂货店去省城找他。可他父亲问遍了教他的老师和宿舍的同学，也未能探听到他的丝毫消息。那些老师和同学全都异口同声地说，去年秋季开学没几天，邓传书就给学校打报告退学了，他们就再也没有见过他了！老师怕他父亲不信，还特意从校长办公室拿来那份退学报告给他看。他父亲一见报告上那熟悉的字迹，顿时天旋地转瘫倒下去。他早年丧妻，仅有这个宝贝儿子。他之所以节衣缩食不遗余力地供儿子读书，就是希望儿子将来能出人头地，为他们邓家撑起门面。可现在，儿子连招呼都不给他打一个，就擅自退学了，退学后去了哪里也不给他这个当爹的说一声！老人眼泪汪汪地坐在地上哭一阵，无可奈何地离开学校，丧魂落魄地回到了家里。老人从此便没了做生意的心思，不是坐在杂货店里长吁短叹，就是独自一人躺在床上默默流泪。最后，这孤寡可怜的老人竟因思子心切，悲伤成疾，郁郁地死去了。

邓传书最终出现在井福街，已是 1949 年冬天。一个莫名其妙消失了十几年的人突然又回来了，这在井福街引起了很大的震动。街坊邻居都纷纷跑去看他，问他这么多年究竟去了哪里呀，他爹想他想得好苦噢，天天一个人关在屋里哭，死时眼角都被泪水泡烂了。他说他去南京一所中学教书了。人们说，那你咋不给你爹来封信呀？他说他来过信的，还前前后后来了好几封，但一直没有收到他爹的回信。

人们就不说那些责怪的话了，就围在四周仔细地打量他们一家人。据我们井福街的老人回忆说，当时邓传书穿着一件整洁的青布长衫，脖子上围着一条灰色的羊毛围巾，确是一副教书先生的派头。而他身边的女人，也是长旗袍，灰围巾，剪着小县城很少见的齐耳短发，额前的刘海和脖间的发尖都微微地弯卷着，人也弯眉笑眼的，很像一个先生娘子。他们的一对儿女也同样地招人喜欢，干干净净白白生生的，被围在人群中由无数的目光注视着，竟一点也不怯生，黑黑的大眼睛滴溜溜地转着，不停地与人群里的小孩子交换着眼神做着鬼脸。那些小孩子立马就显出了小地方人的拘谨和胆怯，慌慌地躲到他们父母身后，从腿缝中露出半边脸来，偷偷地睃他们。这样，街坊邻居就信了邓传书的话，就帮着他们收拾了残破朽旧的老屋，让他们住了进去。

大约十多天后，邓传书又将他父亲的杂货店整理出来，重新开张营业，卖起了锅碗瓢盆和煤油草纸等杂货。当时井福街的人都很诧异，一个曾到堂堂国都南京教过书的先生，怎么卖起了这些东西？可面对大家的疑问，邓传书总是淡淡一笑，说眼下这时局，有一口饭吃就不错了，你还想啥呀？大家低头一想，觉得他的话说得很有道理。现在共产党刚来，刚解放，你晓得他们站稳脚跟后会干些啥？会怎么对待老百姓？县城里有好几个大户人家至今还躲在乡下不敢回来呢，他一个文质彬彬的教书先生又能怎样？于是大家就认同了邓传书的杂货生意，只是路过店铺的时候，看见他颀长着身子，一袭长衫地站在那些锅碗瓢盆和坛坛罐罐间，总觉得有些别扭，特别是他那个头发卷卷的漂亮女人，亭亭玉立在幽暗的杂货店里，更像一张画儿似的新鲜闪亮，让来来往往的人都忍不住要扭着脖子多看几眼。

从此，邓传书的杂货店就成了我们井福街最引人注目的风景，其光彩的程度远远盖过了它对面的李幺妹裁缝店，几乎从早到晚都有小孩跑去看稀奇，黑黑的脑袋在店门外一晃就不见了。而那些过去习惯到李幺妹裁缝店里坐着抽烟闲聊的大男人，也开始有事没事地往杂货店那边跑，倚在店外跟邓传书说些生意上的事。其实他们跟邓传书谈生意是假，主要是去偷看他老婆，看她弯弯的刘海，弯弯的眉眼，还看她白皙的脖子和饱满的胸脯。有时看得呆了，竟忘了与邓传书说话，花痴似的迷迷瞪瞪地盯着他老婆不错眼珠子。邓传书也不介意，总是显出一种见过大世面的豁达来，叫他老婆搬出凳子，招呼男人坐。男人坐下了，可目光却被女人牵走了，紧追着她丰盈的腰身在杂货店里东游西走，仿佛被粘住了似的。直到看得自己都有些不好意思了，男人才收回目光，拍着邓传书的肩膀感叹道，老邓呀，你真有福气噢，找了这么好一个女人！邓传书也慨叹着说，是呀，我当了十多年的穷教书匠，功不成名不就的，幸好老天有眼，给了我这么好一个女人，还给了我两个乖巧可爱的孩子。他们就是我头上的天，我心里的肉啊！

可第二年秋天，邓传书就抛弃他可爱的妻儿，在南桥上摆下一只布鞋，"跳水自杀"了。井福街的老人们至今都还记得，那是清匪反霸运动开始后不久的一个深夜，人们都睡下了，迷迷糊糊间突然听见有人在街面上撕心裂肺地哭号。人们赶忙披衣起来，拉开屋门一看，只见邓家女人跌坐在幽暗的街中间，手握一只布鞋，捶胸顿足悲声号啕，而那两个半大的孩子则呆立在她身后，一边用手背抹着眼泪，一边抽动着小肩膀呜呜地哭泣。人们慌忙拥出去，围着她问这是咋啦咋啦？女人也不答话，就用那只布鞋在自己心口上砰砰砰地拍着，哭天抹地地号啕，你有啥想不通的呀？你咋就去跳水了呀？你走了，我们娘儿仨今后咋活呀？人们蓦地一惊，这才明白邓传书跳水了。但让人们不理解的是，这样一个知书识理的人，老婆又漂亮，孩子又可爱，怎么就一时犯了糊涂去寻短见呀？于是男人们就撒腿往南桥河边跑，想去打捞邓传书的尸体，女人们七手八脚地将哀哀哭泣的女人扶起来，一边替她抚弄胸口，一边好言相劝着，把她搀进了屋里。结果男人们在南桥河边忙了一个晚上，顺着河岸吵吵嚷嚷地跑了好几里地，除了在一个回水凼中捞起一只死猪外，连邓传书的影子都没发现。不料这事却惊动了公安局。第二天一早，当井福街捞尸的男人们水湿淋汤地回来时，公安人员也脚跟脚地来了，在邓家老屋里里外外看了一圈后，又让邓传书的女人带他们到南桥上去，将她捡拾布鞋的地方指给他们看。井福街的男女老少跟去不少，密密麻麻地在南桥上站了一大圈，伸长颈子盼着公家的结果。可该问的都问了，该看的都看了，公安人员却什么也没说，就转身拨开围观的人群走了。一个经常到杂货店与邓传书闲聊的男人忍不住追上去，问公安人员，这究竟是咋回事呀？他为啥跳水呀？不想那个领头的回过头来猛地瞪了他一眼，用山西话厉声喝道，这是你该问的吗？！吓得那男人吐了吐舌头，赶急缩回了人堆里。

几天后，就有人从公安局里打听到了消息，说那邓传书根本不是什么教书先生，而是国民党的一个大军官！他之所以从南桥上跳水自杀，是怕被政府揪出来，拉到楠木林去"打脑壳"、"敲沙罐"！井福街的人这才醒悟过来：怪不得他要开杂货店噢，原来是想在新社会蒙混下去！怪不得他老婆那么漂亮噢，又穿旗袍又烫头的，原来是个官太太！人们对邓家人的好奇之心和怜悯之情瞬间消散殆尽，此后再见那女人时，心里就不觉生出些恨意和鄙弃来，冷冷地瞪她一眼后，便昂首而去。

然而让井福街的人更加没有想到的是，第二年春天，那个长得像画儿一样漂亮的女人，竟带着她两个金童玉女似的孩子，嫁给了北门上一个打锅盔的老光棍！那个老光棍已经五十多岁了，不仅人长得猥琐，而且很邋遢，一年四季都没见他穿过一身干净衣裳。冬天的时候，他还边打锅盔边把长长的清鼻涕往胸前的围布上抹。那围布早已分不清颜色，黑污污油光光的一层干硬的垢甲，看着就让人心里发呕！

过去那些曾迷恋过邓家女人的男人们，心里就像堵了一颗青枣似的又酸又痛。他们重又回到对面的裁缝店去，当着李幺妹的面肆无忌惮地议论邓家女人。他们有的面呈怒色，愤愤地说，日你妈，便宜那个老光棍了！有的则流露出一种很古怪的惋惜之情，怅怅地说，可惜了，一朵鲜花插在了牛粪上！只有那些上了岁数的老太太，才能体谅邓家女人的苦衷，嚅动着没了门牙的嘴巴，咕哝道，她男人死了，大大小小还有三张嘴，她不嫁给那个打锅盔的，他们娘儿仨今后吃啥呀？

直到后来认识了罗定乾，我才从他那里知道了邓传书的真实身份和他"不惜血本"的潜伏经历。邓传书到省城读书的第二年就被军统看中，由军统秘密招到南京，参加了为期一年的特工培训。由于成绩优异，毕业后他就被安排到南京的军统总部工作，负责西南三省各军统分站的密码联络工作。他知道西南三省各军统分站的特务头目，但这些特务头目却不知道他的存在。所以川西保卫战失败后，鉴于他在西南三省没有任何"案底"，又是四川人，熟悉四川情况，毛人凤就密令他带着老婆孩子回老家潜伏，通过一条秘密渠道由他亲自掌控，没有他的指令，不得妄自行动。可邓传书刚在井福街安顿下来，川西平原就发生了大规模的武装叛乱。他本以为逃到台湾的毛人凤会趁此机会启动那条秘密渠道，指示他采取强有力的破坏行动，以配合叛乱，扰乱共产党的阵脚。可他焦急地等了两三个月，也没有得到来自台湾的丝毫信息。这时已是1950年夏天了，各地的叛匪已被共产党、解放军击溃，有的偃旗息鼓跑回了家里，有的带着残余人马逃到西面的大山中，与共产党负隅顽抗，还有不少人竟被共产党的攻心政策瓦解，向新生的人民政府悔过自新了。翘首盼望的邓传书不由感到彻骨的寒冷。凭他对共产党在东北和山东解放区所作所为的了解，叛乱平息后，他们势必会全面清查叛乱人员和旧社会的残渣余孽，该关的关，该杀的杀，借以巩固他们的政权！邓传书已经在夏天的各种草木花香中隐隐闻见了杀戮的血腥气息。所以7月初，学校刚一放假，他就将一对儿女送到成都一个朋友家里去了，而他与妻子则留在了井福街的家中，开始在睡房的床底下挖地窖。地窖是在晚上夜深人静的时候秘密挖的，白天他们依旧在杂货间笑容满面地做着生意。为了不露痕迹，他们把后院偏厦的茅厕掏干，将挖出来的新土全都填了进去，然后又买来好几百斤的柴棒子，密密实实地堆在上面。9月底，川西平原的叛乱彻底平息。正如邓传书所料，共产党果然就开展了声势浩大的清匪反霸运动，那种挖地三尺绝不漏掉一个可疑之人的架势让邓传书震惊不已，也惊恐不堪。为了更好地潜伏下去，完成自己肩负的神秘使命，邓传书不得不与妻子密谋，自编自演了"跳水自杀"事件，实际上他是藏到了地窖里。这就是后来罗定乾带着侦察人员赶来，在邓家老屋里里外外看了一圈，也没有发现异样的原因。那时，公安局已在秘密调查邓传书了，只因为他保密级别很高，又从没在四川活动过，内线和外线都没能查到他的底细而已。他的所谓国民党军官身份也是他事前密谋，让妻子向公安机关交代的，同样不过是个掩人耳目的花招罢了。

后来，他妻子就出人意料地嫁给了北门上那个打锅盔的老光棍。这虽然也是他一手导演的，但完全属实，以至于几十年后罗定乾说起此事，还禁不住欷歔感叹不已。他还是那句老话：什么叫军统特务？这就是军统特务！为了能潜伏下去完成使命，为了弄假成真，让别人都以为他跳水死了，逃过清匪反霸这一劫，他竟强迫自己心爱的妻子嫁给了一个肮脏龌龊的老光棍！什么人才能作出这样可怕的决定？只有以残暴出名，毫无人性的军统特务才做得出来！

记得那天在小酒馆里，罗定乾围绕着邓传书给我讲了许多许多，从他们怀疑邓传书起，到他"跳水自杀"，再到他后来不慎暴露行踪，被我公安人员一举抓获，滔滔不绝地给我讲了一个下午。我发现，罗定乾每每一提起"邓传书"三个字，就显得情绪激动，就面红耳赤地双眼炯炯发亮。我想，这中间除了有一种反特人员遭遇强硬对手的职业的亢奋外，还有一种共产党人的正义与愤慨。我一直坐在他对面，静静地听着。他的声音非常响亮，在小酒馆的墙壁上撞来撞去的，像放炮似的震得我耳朵嗡嗡作响。可奇怪的是，我心里没有一点激动，我始终默默无言地坐着。我仿佛看见一条幽暗的河在我面前流过，那夜色一般流淌的呜咽之声让我有一种想哭的感觉。

后来看了一些邓传书的审讯资料，我才知道，其实邓传书起初也没想到要逼迫他妻子嫁人。他只想从人们的视线里消失，安全地潜伏下来。可公安人员接连不断地来家里审问他妻子，在他家里到处走动查访，让他一阵阵地心惊肉跳。他躲在黑暗的地窖里，虽然听不见公安人员都问了他妻子什么，但却能清晰地听见他们的脚步声，一会儿远，一会儿近，一会儿在灶房，一会儿又在后院里，就像早年他母亲死去的时候，他一个人睡觉，总是听见顶棚上有人在走动似的，让他十分害怕。特别是当公安人员的脚步声由远及近，向他藏身的睡房走来时，他更是紧张不堪，他感到那脚步声就像雷霆一样在他头顶上滚动！他恐骇地瞪着地窖的顶口，浑身冷汗倒流，握枪的手都在颤抖。他生怕那地窖顶口被人发现挪开，外面的天光突然倾泻而下。他知道，他已不属于外面的世界了，他就像一个被活生生埋进了坟墓的干尸，那倾泻而下的天光会像一蓬炽烈的火焰将他烧死，化作齑粉！

他绝不能被那天光烧死，他必须稳妥地潜伏下去！

大约在地窖里藏了十多天后，他终于忍不住对给他送饭的妻子说，这样藏着不是办法，我迟早会被他们发现，拉出去枪毙的！妻子已被公安人员接二连三的上门查访缠磨得心力交瘁，她用袖口抹着眼泪说，事到如今，不这样藏着，还有啥办法嘛？他紧紧地盯着妻子，就像盯着一件即将失去的宝物似的充满了锥心的痛苦。煤油灯的火苗幽幽地闪烁着，犹如一团鬼火在他深寒的双眼里跳荡。他长叹一声，眼底突然涌起一片泪光。他红着眼睛，咬着牙对他妻子说，你……你得……你得嫁人！妻子惊愕地瞪着他，嫁……嫁人？你……你啥意思？他别开脸去，显得那般的无奈和那般的忧伤地说，你不嫁人，不带着孩子离开这个家，我……我就活不了呀！妻子怔怔地望着他。他避开妻子的目光，把脸朝向地窖的土墙。他的脸上泪水长流。妻子知道他主意已定，眼泪不觉扑簌簌地流落下来。她苍白着脸对着他的脖颈，凄凉地说，那你要我……嫁……嫁给谁呀？他转过身子倚靠在冰冷的土墙上，紧闭着双眼满面成灰地说，北门上有个打锅盔的老头，我小时候他就是一个光棍，现在还是一个光棍，你……你就……就去嫁给他吧！妻子一愣，不觉扑倒在他怀里，抱着他呜呜地痛哭起来。

　　不久，他妻子就托隔壁的张三奶奶说媒，带着两个孩子嫁给了北门上打锅盔的老头。临出嫁的头天晚上，他妻子烧了一大桶热水，提到地窖里，将自己里里外外洗了一遍，然后赤条条地仰躺在地铺上，对他说，我跟了你十几年，你给了我那么多的好，那么多的爱，你就……就再给一次吧！可他直愣愣地望着妻子，没有一点这方面的心思。煤油灯光幽幽地闪烁着，妻子的裸体在地窖里灿然闪亮。她虽然已经生了两个孩子，但依然如当初才嫁给他似的，浑身洁白，起伏有致，如同一尊汉白玉雕塑似的楚楚动人。就是眼前这个人，这副身体，在十多年的岁月里给了他无数的温存，无尽的爱意，让他在阴险冷酷的特工生活中感受到了人世间的种种妩媚与美好。可现在，为了自己能潜伏下去，为了自己能活命，他竟要把他挚爱了多年的妻子拱手让给一个老光棍了！这跟生下一个可爱的孩子又将他亲手杀死，有何区别！他望着像祭品一样躺在地铺上的妻子，不觉悲从中来，心如刀绞。当妻子含着满眼的泪水，再一次轻声呼唤他，说你来吧来吧，你就再给我一次爱吧，他终于控制不住地扑上去，抱着妻子号啕大哭起来。

　　可女人出嫁的第二天晚上，又偷偷跑了回来。她说那老光棍太脏，太龌龊了，一个冬天都没洗过澡，肋腔上的垢甲比铜钱还厚，牙齿上的牙屎黄焦焦的，满嘴都是大粪样的恶臭！她不让他亲她的嘴，不让他上她的身，他就把她按倒在床上，撕扯她的衣服裤子，还噼噼啪啪地扇她的耳光，骂她一个特务婆娘，有啥了不得的？老子想咋弄你就咋弄你！然后就扑在她身上，掐她，咬她，甚至还操起打锅盔的擀面棒，恶毒地杵捣她的下阴！女人脱了衣服给他看，他果然看见女人的肩头和双乳上，布满了发青的掐痕和淤血的牙印！他一把抱过女人，泪流满面地用手指尖轻轻地去摩挲那些触目惊心的伤痕。他与女人生活了十几年，连一根指头都舍不得动她，可那个老光棍，怎么就这样下作，这样残忍啊？他眼泪汪汪地望着满身伤痕的女人，仿佛看着一件被自己亲手打坏的精美的瓷器，那哗啦啦的玉碎之声，把他的心都粉碎了，血糊糊地散落一地。他感到那些掐痕和牙印，全都掐进了他心里，咬进了他肉里。他心如刀绞。他止不住将脸埋进女人伤痕累累的胸乳间，撕心裂肺地哭喊道，珍珍，我对不起你，我对不起你呀！我不是人，我不是人啊！痛苦的泪水霎时溢满了女人的胸脯。女人受伤的双乳浸溺在他冰凉的泪水里，如同悲伤的花朵似的在他的泪雨中飘摇战栗。

在此后长达六年的心惊胆战的潜伏生活中，女人经常在老光棍的铺子里偷了锅盔，寻找各种借口悄悄跑回老屋，送到地窖里给他吃。他几乎就是靠女人偷来的锅盔活命的。每次女人来送锅盔，都要述说一番老光棍的丑恶，啥吃饭不洗手呀，房事不洗胯呀。她稍一抱怨，那老光棍就暴跳如雷，破口大骂，说我又不是国民党军官，我讲究那么多做啥？你狗日的干净，你咋成了特务婆娘呢?！然后就骂骂咧咧地用他污脏的手去抓吃的，或者将他臭烘烘的丑东西硬往她里面塞。有时那老光棍还打他们的儿子，骂他们的女儿。最让女人不能忍受的是，经常两个孩子刚吃了小半碗饭，他就拖了他们的碗，不让他们再去添饭了。孩子一哭，他就骂，说两个国民党的小杂种，吃那么饱做啥？还不如给老子节约点粮食！就是后来她怀上了他的骨血，肚子已经挺得很高了，他依然对她打骂不休，甚至是侮辱和虐待她。他总是横眉瞪眼地骂她，老子晓得你不是真心跟我，你还想着你那死鬼军官！她稍作辩解，他就抬手扇她耳光，有时还罚她站在烤锅盔的火炉前，让她当着来来往往的顾客的面给他低头认罪。如果是在晚上两人为此事吵了起来，他就一把揪住她的头发，将她拖下床，拖到尿桶旁强令她跪下，掏出鸡巴朝她头顶上淋尿！周围有几个好心的老太太听说后，就过来好言好语劝他，说人家年纪轻轻漂漂亮亮地跟了你，亏了你啥呀？你咋这样对待人家呀？他两眼瞪得跟牛卵子似的，硬着脖子蛮横地说，亏了啥？就亏了她年轻漂亮，还带着两个野种来吃我喝我！而背地里与别的男人喝酒谈论女人时，他则说，一个特务婆娘，有啥值得疼惜的？捡的娃娃当脚踢！老子前半辈子没有接到婆娘，后半辈子老子想咋霉整她就咋霉整她！

每次女人来给男人送吃的，一说起这些，两人就禁不住泪流满面，相向而泣。六年中，两人躲在暗无天日的地窖里，究竟哭了多少次，流了多少泪，他们已经记不清了。他们只记得地窖的幽暗和冰冷，还有两人在暗淡的煤油灯光下相对而泣的亮汪汪的泪眼！那亮汪汪的泪眼中，有他们逝去的年华，有他们内心的痛苦，还有他们爱人眼角丛生的皱纹和鬓边清亮的白发！男人老了，女人也老了。男人变成了鬼，女人也变成了鬼。两个无法在地上厮守相爱的鬼经常抱成一团，在黑暗的地窖里悲伤地哭泣。以至于到了后来，就连有着神秘使命的男人都对自己的潜伏失去了信心，一次又一次地在女人面前揪扯着自己又长又脏的乱发，往土墙上猛撞着，如同一只受伤的困兽似的仰天哭嚎，这真是生不如死啊！与其这样人不人鬼不鬼地活着，还不如跑出去，让他们枪毙算了！

但在罗定乾眼里，邓传书却是个不折不扣的反动透顶的国民党军统特务。我想，罗定乾之所以有这样的印象，是因为邓传书在绝望之下那种可怕的缄默与顽固。其实，在被公安人员抓获的一瞬间，邓传书已经明白自己死到临头，绝无活路了。所以在此后的审问中，罗定乾问他究竟是什么人？为什么要假装自杀藏到地窖里去？他戴着手铐木然地坐在椅子上，始终耷拉着眼皮一言不发。罗定乾拍着桌子吼他，骂他，他也没有丝毫反应，甚至连眼皮都不愿抬一下，看一看罗定乾和他身边的审讯人员。罗定乾只得组织人马三班倒，二十四小时对他进行轮番轰炸，用五百瓦的电灯泡照着他，不让他睡觉，不让他吃饭，不让他撒尿，逼他说出自己的真实身份和藏到地窖里的秘密。可他自始至终都像一只死猪瘫软在椅子上，任凭你怎么吼叫怎么辱骂怎么折磨，他都闭着双眼一声不吭。你揪住他的头发掀起他的脸，他就将颈脖摊靠在椅背上，一直将脸仰着，那毫无血色的瘦尖脸在白炽的灯光下恐怖得吓人。你按住他的脖子捺下他的头，他就像折断的芦苇似的一直将头垂着，长长的乱发披落下来，活像一个吊死鬼。这样连续轰击了三天三夜，他像一具死尸似的任人摆布折腾，可始终不吐一字。熬红了双眼的罗定乾不觉火了，冲上去掀翻了他坐的椅子，他竟顺势躺倒在冰凉的泥地上，死去一样凝然不动，你不上去扶他，他就不起来。

啥叫死猪不怕开水烫？这就是死猪不怕开水烫！几十年后，罗定乾对我说起此事，还禁不住满脸怒气，双眼冒火。

直到十多天后，事情才有了转机。罗定乾撬不开邓传书的嘴，就不再审他了，干脆把他丢到死牢里去，准备另寻突破口。有一天，罗定乾突然想起几年前我父亲那桩莫名其妙的特务案来。罗定乾一直对我父亲的潜伏特务身份持怀疑态度，现在又从邓传书这样一个死硬人物身上隐约感觉到了什么，于是就想诈邓传书一下。他将邓传书提到审讯室去，对他说，我今天也不审你，我只想让你见一个人。邓传书歪奓着脑袋死猪样瘫靠在椅子上，那又长又脏的乱发垂落下来，遮住了他苍白的脸孔，但细心的罗定乾还是发现他低垂的眼皮轻微地跳了一下。罗定乾就向旁边的人努了努嘴。那人便到隔壁去，带着我父亲站在了审讯室门口。罗定乾扬起下巴朝门口指了指，问邓传书，怎么样？这人你认识吧？

邓传书撩起眼皮看了我父亲一下，即刻又把眼睛合上了。罗定乾说，我知道你认识他。你们年岁相仿，又同住一条街，怎么会不认识呢？你不仅认识他，你还知道他的秘密身份！今天我就实话告诉你吧，我们已将"FD计划"破了，我们已经抓住了"老熊"！

邓传书的嘴角不易觉察地抽动了一下，露出一丝轻蔑的冷笑。

你笑什么？罗定乾紧盯着他问道。

邓传书摇摇头，终于开了"金口"：我没想到你们共产党是这样的破案水平！

罗定乾赶忙挥手让他的手下将我父亲带走了，回头问邓传书，你什么意思？

邓传书撩起眼皮瞟了一下空荡荡的门口，鄙屑地说，他怎么会是"老熊"？他不配是"老熊"！我才是真正的"老熊"！

罗定乾吃了一惊，怔怔地瞪着邓传书。

邓传书哼哼地冷笑着，满脸的嘲弄之色，说事到如今，我给你们漏点底细也无妨。这一切都是我亲手设计的。我知道国军撤离大陆后，我们这些党国的忠诚战士要想潜伏下来完成任务，将会非常非常艰难。于是我就精心设计安排了人体盾牌，给自己加密。说白了，就是让刚才那人煞有介事地假冒"老熊"，让他浮在面上，拿给你抓！我则安全地沉睡在水底，不到时机绝不露面。

罗定乾顺着他的话紧追不舍，你所说的时机，就是"春天"来唤醒你，实施"FD计划"？

邓传书一怔，然后苦笑道，不错，是这样。

那你的上线"春天"是什么人？潜伏在哪里？

邓传书脸上又露出那种不可一世的鄙屑和嘲讽来，我说了你们也抓不着他。他就是我的顶头上司，保密局局长毛人凤。他远在一海之隔的台湾，你们抓得着他吗？

可罗定乾并不灰心，紧盯着他问道："FD计划"的具体内容是什么？你知道吗？

邓传书得意地说，这是我与毛局长共同研究制订的，我当然知道啦。

那你就老实交代吧！

邓传书将眼睛翕开一条缝，漏出一缕冷森森的光来，盯着罗定乾说，你以为我会告诉你吗？

你坦白交代了，我保你不死！

邓传书长叹一声，摇着头满面凄凉地苦笑道，我已经死了，你保我不死又有什么意义？

罗定乾说，你还有老婆、儿女！

邓传书的嘴角剧烈地抖颤了一下，仿佛被利剑刺中似的，苍白的瘦尖脸上霎时堆满了无尽的怅惘和痛苦。但他很快就恢复了平静。他嘴角的痛苦变成了讥笑，他阴冷的目光里充满了恶毒。他盯着罗定乾冷冷地说，你休想从我这里得到一丝半点"FD计划"的具体内容！但有一点我可以告诉你，一旦"FD计划"得到实施，你们足下的这座县城将不复存在，你们的整个川西平原都将遭受灭顶之灾！

犹如一个被重重围困的士兵在绝境中扔出最后一颗手雷，在说完这几句话后，邓传书便彻底闭上他的嘴巴，再也不说什么了。旁边的罗定乾不觉惊得目瞪口呆，他禁不住冲上去，抓着邓传书的胸襟猛烈地摇晃着，让他说出"FD计划"的具体内容。可任凭他怎么摇晃怎么叫喊，甚至抬起手啪啪地扇他耳光，扇得他的脖子像风中的铃铛一样左摇右晃，扇得他嘴角都流出血来，他还是咬住牙巴，一言不发。他重又回到了先前那种死猪状态。他像一堆烂肉朽肉瘫靠在椅子上，双目紧闭，苍白失血的瘦尖脸上布满了绝望的灰烬和死亡般的枯寂。一个月后，他被押到离堆公园的楠木林里执行枪决，枪都指着了他的后脑勺，罗定乾走到他身边，狠狠地瞪着他说，你现在交代"FD 计划"还来得及！可他连眼皮都没有眨一下，依旧满面成灰地紧闭着嘴巴，不吐一字，气得罗定乾恨不得亲手毙了他，将他碎尸万段！

邓传书被枪决的当天下午，我父亲就被公安机关释放回家，交由街道居民委员会管制，监督改造。可我父亲并不知道公安机关释放他的真正原因，他疑心这是公安局在故布疑阵，放他出去的目的是放长线钓大鱼，让他引出"春天"，进行抓捕！他害怕别人再将他往什么特务案里扯。他对出狱充满了惊慌与恐惧。我至今都还记得，母亲带着我和哥哥姐姐去陈家巷监狱接他时，他竟躲在监舍阴暗的墙角里不出来，像个受惊的孩子瞪着恐骇的双眼，叫喊道，我不出去，我不出去！我再也不当潜伏特务了，再不当潜伏特务了！当哥哥姐姐一左一右搀扶着他走出监狱大门时，已经阻隔了几年的阳光和街市的喧闹之声更是让他惊恐不堪。他浑身颤抖不止，苍白的脸上布满了令人揪心的痛苦与绝望。他回头望着后边的罗定乾，可怜巴巴地说，我不想出去。我是误入歧途的。我不是真心想与共产党为敌。罗定乾走上来对他说，我知道你是一时失足。你回去好好改造吧，不要乱说乱动，要按时向居委会汇报你的思想行动，争取洗心革面，重新做人！可我父亲似乎没有将罗定乾的话听进去，他仍然沉浸在他的思维和恐惧里，我们搀扶着他往家里走去时，他还在一路念叨，说他是误入歧途的，他不是真心想与共产党为敌，真的不是真心想与共产党为敌。后来回了家里，母亲将他安排在堂屋的一把竹椅上坐下，就忙着去洗米择菜做晚饭了，我和哥哥姐姐则在一旁陪他。可他连看都不看我们一眼，连他几年都没回的家也不看一眼，就兀自坐在那里，像打摆子一样双手双脚不停地抖颤着，怔怔地望着对面的某一个虚空处，哆哆嗦嗦，念叨不休：我是误入歧途的，我不是真心想与共产党为敌，真的不是真心想与共产党为敌呀……

此后，我父亲就隔三差五地跑到居委会去汇报他的思想行动。他已经习惯了监狱里的生活，一到居委会门口就站得笔直，大声喊报告。进了屋子后，他也是一副诚惶诚恐的模样，低眉顺眼地站在屋中央，洗耳恭听居委会干部的训导。他甚至还把他每天记的日记给居委会的干部看。日记记得非常详细，每天早晨几点起床，几点吃饭，几点上茅厕拉屎，然后几点上街买菜，路上遇见了什么人，说了什么话，事无巨细，都记得滴水不漏，而且每个字都写得工工整整，是那种标准的蝇头小楷。居委会的干部先还表扬他，说他态度端正，真心诚意接受人民群众的监督改造，后来他去得多了，又尽汇报些鸡毛蒜皮的小事，拉拉杂杂的，居委会的干部就有些不耐烦了，说你没看见我们正忙着吗？你在那里啰唆啥呀？我父亲惊愕地望着居委会的干部，闷在那里半天说不出话来。最后他才眼泪汪汪地说，是……是公安局的罗科长，要我按时来……来向你们汇报的。居委会的干部说，我们听不懂你说的那些东西。你今后就直接去找罗科长吧！

父亲闷闷不乐地回了家，把自己关在睡房里默默地流泪。傍晚母亲从蔬菜公司下班回来，见他那副胆战心惊丧魂落魄的样子，就问他咋啦？他抬起头，绝望地说，我……我把居委会的干部得罪了！母亲问他咋把居委会的干部得罪了？他哭丧着脸说，他们嫌我啰唆，他们不想听我的汇报了，他们叫我今后直接去找罗科长。母亲撇了撇嘴说，这有啥呀？他们叫你去找罗科长，你就去找罗科长嘛！他们懂啥呀？

于是父亲就去找罗科长了。也是隔三差五地去，也是那副诚惶诚恐低眉顺眼极尽恭敬的模样，不仅口头汇报自己的思想行动，还将自己详细记录的日记一页一页地翻给罗科长看。罗科长先还认真听他的汇报，仔细地翻看他的日记，可连续去了几次后，罗科长就显得有些心不在焉了，就对他说，你的态度很端正，进步也很大，只是今后不必这样三天两头地跑了，你该干啥就干啥吧，有了重大情况后再来向我汇报，好不好？得到了罗科长的认可和表扬，我父亲心里很是熨帖，赶急躬着腰朝罗科长感激地点了点头，转身走。可刚一走出公安局大门，我父亲又觉得不对头了：罗科长为什么不听他的汇报了呢？也是嫌他啰唆吗？还有刚才罗科长说的"你该干啥就干啥吧，有了重大情况后再来向我汇报"，究竟是什么意思呢？是他随口说的呢，还是在有意向他暗示什么呢？我父亲不觉呆呆地站在公安局大门口，对着一株梧桐树紧张地思索起来。那天，有不少人经过公安局的大门口，他们都看见了我父亲对着梧桐树痛苦思索的情景，但他们却不了解我父亲紧张惶恐的内心世界。他们盯着我父亲怔怔地看，结果什么也没有看出来，就摇摇头，哂笑着转身走掉了。

那天，像傻子一样对着梧桐树思考的我父亲得出的最终结论是：罗科长这句话绝不是随口说的！他一定在暗示和提醒自己，不要再做那些买菜记日记的鸡毛蒜皮的小事了，应干他说的该干的大事了！那么什么才是他眼下该干的大事重要事呢？作为一个主动投案自首向人民赎罪的潜伏特务，当然是帮助人民政府和公安机关抓住他的上线"春天"，协助他们一举破获罪大恶极的"FD计划"了！

我父亲仿佛参悟了一个重大秘密似的兴奋不已，当即就飞奔着跑回家去，掏出日记本来又写又画，详详细细地为自己制订了一整套引蛇出洞，抓捕"春天"的行动计划。此后，我父亲就拒绝了母亲为他安排的买菜和做家务的所有琐事俗事，每天早早起了床，草草扒了几口饭后，就搬着一把椅子坐到了家门口去，等着他的上线"春天"来与他接头了。他恨不得在自己的额头上写下他的代号，让所有从井福街上经过的人都知道他就是潜伏特务

"老熊"，他在等着他的上线"春天"来接头！所以他一看见有人朝他走来，不管认识不认识，不管是男是女，他都亢奋和紧张不已，不自觉地要将手伸到背后去，紧紧地抓住他早就准备好了的那根毛刺刺的棕绳子。他渴望着有人顺着街边走过来，鬼头鬼脑地四下里望望，然后凑近他，悄悄地问他：请问先生，你知道哪里有熊皮卖吗？他知道只要来人一说出这句话，必定就是"春天"无疑，他无须说出后面的接头暗语，就可以毫不犹豫地扑上去，将对方按翻在地，扯出背后的棕绳子来捆了，扭送到公安局去！

　　然而让我父亲失望的是，他在家门口坐等了一个多月，虽然经过他面前的人无以计数，却没有一人如他所愿地凑上来，跟他神秘地接头。直到临近腊月底了，才有一个外地人上来跟他搭话。那是一个夕阳满地的冬日黄昏，我父亲正为这一天又毫无所获而懊恼的时候，他突然看见一个行色怪异的陌生人从街口走了过来。那人穿着老式的青布长衫，右肩上挎了一个灰布包袱，左手里捏了一把红油纸伞，正一边沿街走着一边仰头探望着街边的门牌号码，仿佛在寻找什么人或什么人家似的。当时正是井福街最热闹的时刻，李担水"卖——水喽——"的吆喝声在街面上长长地回响着，许多放学归家的孩子在青石板街道上拍着小手唱歌跳绳，而一些下了班的男人则坐在自家的门槛下，抱着茶壶喝茶，悠闲地等着家里的晚饭。我父亲一见那人的穿着和行色，旋即紧张起来：他会不会就是"春天"，来找他接头了？我父亲伸长颈子眼巴巴地望着那个陌生的男人，盼着他向他走来。像有什么心灵感应似的，那男人果然就一路探望和打问着，朝他走了过来。我父亲浑身的汗毛都直竖起来，还在几丈开外的地方，他就紧盯着那人的眼睛和嘴巴，期待他走上前来，问出那至关重要的开头一句暗语。真是神了，我父亲正在心里这样想着，那人就站到了他面前，躬身问道：请问先生……我父亲欣喜若狂，心想天啦，你杂种终于来了！便反手去扯腰后早就准备好了的棕绳子。可接下来那半句话却让我父亲泄了气。那人说，请问先生，你们这里有便宜的客栈吗？我父亲一听，手脚都软了，霎时瘫散在椅子上。但只一瞬间，他又呼地从椅子上跳了起来，满腔怒火地朝那个陌生男人吼道，你既然是找客栈，来问我干啥?！那人惊愕地望着我父亲，不知道他究竟说错了什么，惹得我父亲发这么大的火。

正是这件事引起了我父亲的反思：看来这样守株待兔是不行的，他必须主动出击，想方设法去寻找"春天"，挖出"春天"！他知道，只有这样，他才对得起宽大他的人民政府，才对得起拯救他的公安机关，才对得起帮助他的罗科长！

此后，我父亲就一改他待在家门口坐等"春天"出现的计划，开始在全城大小酒馆、茶铺、旅店和花鸟市场这些鱼龙混杂的地方日夜不息地晃悠。他成了我们家起得最早的人，也是最忙的人，几乎每天天不见亮就出去了，中午也不回家吃饭，直到深夜才顶着一身寒气和满头冰霜饥肠辘辘回家。母亲对他很是不满，说你现在菜也不买了，饭也不煮了，成天鬼头鬼脑的，都在外面忙些啥呀？他竟昂着头说，这是秘密，我不会告诉你的。我们有纪律，上不传父母，下不传妻儿，你问了也白问！母亲哭笑不得，恼恨地瞪他几眼，也只得由他去折腾了。

父亲只花了不到十天的工夫，就将全城的大小酒馆、茶铺、旅店和花鸟市场跑遍了。每到一处这样的地方，一发现陌生的面孔或者他认为可能是"春天"的人，他就主动凑上前去，直戳戳地站在人家面前，紧盯着人家的眼睛和嘴巴，希望对方开口说话，用暗语跟他联络接头，常常看得对方莫名其妙，继而毛骨悚然，纷纷闪避而去。父亲见这样等待别人开口说话难以奏效，寻思一番后，就进一步改变了他寻找"春天"的方式。此后再遇上他疑心是"春天"的人，他就不再沉默了，而是走上前去，主动发问：

请问先生，你知道哪里有熊皮卖吗？他知道，如果对方是"春天"，他的这句暗语必定会引起对方的注意，对方就会顺着他的话往下答，或者反过来问他哪里有熊皮卖，他再顺着对方的话往下答。只要这一问一答对上了，对方就无疑是"春天"了，他就会猛扑上去，抓住他，把他往公安局里送！这样，他就洗清了他的一时失足和所有罪过，他屁股后面的尾巴就没有了，他就可以光明正大地在新社会生活，在新社会亮亮堂堂地做事做人了！

　　事情的结果可想而知。我父亲早出晚归，忙过了冬天又忙了一个春季，最终也没能挖出他的上线"春天"。我父亲懊丧不已，也痛苦至极。他觉得非常对不起宽大他的人民政府，对不起拯救他的公安机关，对不起帮助他的罗科长。他痛心疾首地接连扇了自己几十个耳光。他扇着扇着突然想起"负荆请罪"这个词来。于是他就效法古人，用那根他本想用来捆绑"春天"的棕绳子，绑了自己，在背后插上一根棱角凌厉的柴棒子，跑到公安局大院去，跪在冰冷的泥地上，哭喊着向人民政府、向公安机关、向罗科长请罪了！

　　我父亲古怪的行为引来了许多人围观。在里三层外三层围观的人群中，有公安局内部的人，也有外面的人民群众，还有不少半大的孩子在人前人后兴奋地窜来窜去。那天，我放学回家经过公安局，也被围观的人群吸引，挤进了人堆里去。我一见父亲就愣了。父亲赤裸着瘦骨嶙峋的上身，毛刺刺的棕绳子深深地勒进胳膊里，一边将额头往泥地上咚咚地猛磕着，一边泪流满面地哭喊道，我对不起共产党，对不起人民政府，对不起公安局的罗同志！我有罪，我有罪呀！我请求共产党，请求人民政府，请求罗同志宽大饶恕我，宽大饶恕我呀……

　　咚咚声中，父亲将额头都磕破了，殷红的鲜血顺着他的鼻梁不停地往下流，流得满脸都是。可围观的人群却爆发出一阵哄笑之声。他们都把我父亲当做了疯子，当做了神经病！我当时还小，还不能理解父亲古怪的举动和痛悔的心情，我只感到父亲那痛哭流涕的样子很是丢人，就包着满眼屈辱的泪水，挤出人群，回家去了。

那天，只有罗定乾站在公安局的二楼上，默默地俯望着我父亲，没有笑，也没有说话。后来与他相识后，他曾对我说，那天他看着我父亲跪在地上痛心疾首地哭喊谢罪，不知怎么就想起他们180师那些被俘的战友来，想起了他们沉重的心理负担和种种身不由己的痛苦。他长叹着说，人啊，千万不能有尾巴，一旦有了尾巴，你这辈子就他妈的完了！

直到几年以后，那潜藏至深的"FD计划"才彻底告破。那时，已是1960年夏天了，中国内地正处于天灾人祸的三年困难时期，全国各地都有人得浮肿病，都有人饿死。台湾的国民党当局便趁机大造舆论，调集军队，派遣特务，叫嚣着要"反攻大陆"，要打回来！已当了局长的罗定乾有一天突然接到上级保卫部门的保密电话，说他们侦听破译了一份由台湾特务机关发给四川潜伏特务的密电，命令"春天"立刻唤醒"老熊"，尽快实施"FD计划"，以配合国军"反攻大陆"的军事行动！在其后浩如烟海的神秘电波中，上级保卫部门又截获和破译了潜伏特务"春天"发给台湾总部的回电，说他们将动员所有力量，不惜一切代价，立刻启动和实施"FD计划"，给共产党以沉重的打击！

罗定乾听完电话后，不觉惊得目瞪口呆。那个代号叫"老熊"的潜伏特务邓传书不是被他们抓捕和枪毙了吗？他不是说"春天"就是他那位逃到台湾的顶头上司毛人凤吗？怎么台湾的特务总部又在给"春天"发报，命令他唤醒"老熊"实施"FD计划"？而且"春天"还给台湾方面回了电！难道邓传书死前的所谓交代全是谎言？全是国民党军统特务早就精心策划好的又一个阴谋，施放的又一道烟幕？如果真是这样，那问题就严重了！他们处心积虑地搞反特，掘地三尺地挖"老熊"、挖"春天"、挖"FD计划"，结果挖了十年，除了发现一些没有多大价值的障人眼目的枝叶外，连它的根须都没触到，"春天"和"老熊"还像定时炸弹一样深埋在他们眼皮底下！如果真像邓传书宣称的那样，一旦"FD计划"得到实施，这座县城将不复存在，整个川西平原都将遭受灭顶之灾，那怎么得了？

罗定乾站在电话机旁，不觉汗如雨下。他赶急召开案情分析会议，紧急成立特别行动小组，一方面派人调集档案，对新中国成立前后有案底有疑点的各种人物重新进行摸底排查，看能不能发现"春天"和"老熊"的蛛丝马迹，一方面加强电台的工作力度与强度，按上级保卫部门提供的频率和波段，二十四小时全天候监听敌台，一旦发现"春天"和"老熊"跟台湾联系的信号与电波，就迅速确定方向锁定范围，立即进行搜捕！

时间不等人，我们必须在最短的时间内，用最快的速度，抓住"春天"和"老熊"，摧毁"FD计划"！不然，我们……我们将连同这座县城，死无葬身之地！罗定乾铁黑着脸，双手撑在会议桌上，用血浸浸的眼光狠狠地瞪着大家。他的话说得很重，但并非虚张声势，犹如刀锋过颈一般，让围坐在四周的同事们不寒而栗，从里到外刻骨铭心地感到了一种从未有过的震撼与紧张。

一张密集的网就这样撒开了。

一种剑拔弩张的硝烟气氛就这样在我故乡的小县城弥散开来。

结果这边刚布置好，远在一百多里外的万家煤矿就突然传来了一个消息：说是十年前送到那里去劳改的姓徐的原国民党上校军官，竟越狱逃跑，在追捕中慌不择路，坠崖摔成重伤，现在正在监狱医院里急救。那个姓徐的本来被判了十五年徒刑，由于他在监狱里表现积极，被减刑五年，还有一个月就要刑满释放了。罗定乾一听这情况就觉得非常蹊跷：既然还有一个月就刑满释放了，那他为什么还要冒险越狱逃跑呢？为什么他早不越狱晚不越狱，偏偏是在台湾特务总部密令四川的潜伏特务启动实施"FD计划"的关键时刻越狱呢？难道他国民党上校军官的身份背后还另有隐情？他是狗急跳墙？

罗定乾没顾得多想，放下电话后就带着特别行动小组的主要负责人，驱车火速赶往了万家煤矿。他们在煤矿得到的情况是，那个姓徐的一直很安心很沉静地在煤矿里劳动改造着，他有文化，见过世面，为人又和善风趣，不仅与狱友们处得很好，与管教人员的关系也处得不错，夏天帮他们翻修房子，冬天帮他们糊糊火炉，甚至还负责全队的黑板报，时常将一些时事新闻和学习心得抄在黑板上，对监友们进行帮助教育，算得上是一个"劳改标兵"，让管教人员交口称赞。可两天前，他突然接到了一封书信，就变得有些心不在焉了，总是一个人躲在屋里，默默地想着什么。接着就出现了越狱事件。当时的追捕人员念他平时表现得不错，不忍心向他开枪，可他却慌不择路，再加上夜里天又很黑，他竟失足跌下了悬崖。当追捕人员将他救起时，他已七窍流血，昏死过去了，直到现在都没醒来。

罗定乾便让监狱的负责人找出那封书信给他看。

这是一封以姓徐的家属名义发出的信，邮戳上的地址也很清楚，就是我们井福街口对面的那家邮电所，主要内容是说春天来了又过去了，接着又将是冬天了，你能不能在山里买一张熊皮寄回来，冬天铺在床上，给孩子们暖脚？

罗定乾一看信中出现了"春天"和"熊皮"的字眼，立刻就明白过来，这是潜伏特务"春天"向"老熊"发出的秘密信号，意在唤醒"老熊"，让他启动实施"FD计划"！这就是那个姓徐的之所以等不及一个月后刑满释放，要冒险越狱的原因了！罗定乾望着那封看似普通却内藏了天大玄机的所谓家信，不觉惊异非常，也痛恨不已：原来我父亲和邓传书都不是真正的"老熊"，真正的"老熊"竟是这位姓徐的原国民党上校军官！他做梦也没想到，这个姓徐的竟会绞尽脑汁，挖空心思，让人民政府判了他十五年徒刑，躲藏到了这里来！对于潜伏来说，还有什么地方比劳改煤矿更安全可靠，更容易蒙混下去的呢？

狗日的，真是无所不用其极啊！罗定乾在心里恨恨地骂一声，顾不得去监狱医院看一眼那个还处在昏迷中的潜伏特务，就带着那封信匆忙赶了回来。可出乎他意料的是，当他带着特别行动小组到我们井福街徐家抓人时，徐家老老少少都说，那封信根本不是他们写的寄的，言之凿凿，一点也不像在说谎。罗定乾就让他们在几张白纸上写字。虽然姓徐的父亲、妻子以及三个孩子都识字，但他们写出的字迹却与信上的笔迹完全不同！罗定乾不觉蒙了，只得一边安排人将徐家监视起来，一边派人去邮电所调查核实那个寄信人究竟是谁。调查情况很快就出来了：由于每天从邮电所寄出的信很多，他们对那封信根本没有什么特别的印象，更何况它又是一封普通信件，寄信人完全可以扔进门口的邮筒就了事，他们怎么可能知道他是谁，长什么样子呢？无奈之下，罗定乾只得下令在全县范围内大规模地核查比对笔迹。

查！翻天覆地地给我查！我就不信查不出这狗日的"春天"来！由于案情重大，情况紧急，罗定乾说话的语调都变了，他恶狠狠地瞪着他的下属，紧蹙的眉宇间充满了一种焦急和杀气。他脑里的那根弦已经绷紧了，就像拉在风中的电线丝一样嗡嗡作响。

三天后，笔迹调查小组就传来了振奋人心的消息：他们在北街小学一份学生家长签名的成绩单上发现了类似的笔迹！罗定乾赶去一看，那成绩单上签着"张玉华"三字，其笔迹果然与信上的字迹极其相似！

这张玉华是谁？罗定乾抬头问校长。

校长说，就是北门上那个打锅盔的老婆。

打锅盔的老婆？罗定乾一惊，她不就是几年前被他们枪毙的"活鬼"邓传书的妻子吗？她那么柔弱无助的一个妇道人家，怎么可能是"春天"？她怎么肩负得起"春天"的重大使命？可罗定乾静心一想，她既然敢与丈夫合谋，制造出跳水自杀的假象来欺瞒政府，后来为了掩护潜藏到地窖里的丈夫，又忍辱负重嫁给那个肮脏邋遢的老光棍，由他打由他骂，由他糟蹋蹂躏百般侮辱，她还有什么不可能的？就是把天捅个窟窿，都有可能噢！

然而，当罗定乾带着人赶往北门的锅盔店去抓捕张玉华时，她已带着她与邓传书的两个孩子失踪了。店里只有那个打锅盔的，胸前挂着那张油黑污脏的围帕，抱着他年幼的孩子坐在店门槛上发呆。住在旁屋的老太太正在数落他，说我早就给你说，人家年纪轻轻的嫁给你，亏了你啥呀？你成天地打人家！现在把人打跑了，你心头踏实了哇？那个打锅盔的不说话，只是唏呼唏呼地吸溜着鼻子，用粗糙的大巴掌不停地抹着眼泪，一副很是失悔的样子。店门口烤锅盔的炉火早已熄尽，空荡荡的锅盔店里显出一种从未有过的破败与冷清。

当天晚上，张玉华的行踪就暴露了。她正躲在玉垒山背后的凤栖窝里，给台湾方面发报。公安局的侦听电台很快就发现了她，并探知锁定了她藏身的方向与范围。可当罗定乾带着人马赶赴凤栖窝时，她的报已发完了，并将随身携带的一颗剧毒药丸吞了下去。七八道白炽的手电筒光柱齐齐地照着她，她的脸上一片苍白。她的嘴角已经渗出了血丝。她痛苦地抽搐着面孔，对气喘吁吁赶来的公安人员冷然一笑，便歪倒在了发报机旁。而她身后的岩洞壁下，则静静地躺着她的两个孩子。一男一女，两个金童玉女般的孩子已经被她毒死了，乌青的脸孔在手电筒光芒的照射下，散发出一种来自地狱般的鬼魂的幽光。

几十年后，我在公安局的解密档案里看见了这份张玉华发往台湾的绝命电报。电报竟然没有加密，是用明码发的。她在电报里向台湾特务总部详细汇报了他们"FD计划"小组曲折的潜伏过程和惨痛的失败经历。最后，她不无凄惨地说：一个人有一个人的历史。我们无法穿越历史，也无法再造历史。我们全家大小都为党国尽忠了，我们死无葬身之地……

至于"FD计划"的具体内容，则是由那个代号叫"老熊"的原国民党上校军官交代的。他被监狱医院救醒后，一直都不开口说话。他始终像一个死人似的躺在床上，闭目不语。直到后来得知他的上线"春天"已经服毒自杀，他们"FD计划"小组已经全军覆没，他才绝望地长叹一声，神色黯然地交代了他所知道的一切。

在我们县城西边的玉垒山下，有一座两千多年前修建的古代水利工程，至今仍旧发挥着它调节洪水灌溉广袤农田的巨大作用，这就是闻名世界的都江堰。正因为有了都江堰这样一个杰出伟大的古代水利工程，川西平原才摆脱了长期困扰的水患之灾，从此"水旱从人，不知饥馑"，成为繁荣富庶名扬天下的"天府之国"。用现在一些专家的话说就是，都江堰是天府之源，是天府之魂。就连著名的文化学者余秋雨在看了都江堰后，也惊叹不已感慨万端，挥笔写下《都江堰》一文，盛赞天下看水的地方，第一当数都江堰了，并将她与长城相比，说她比长城还伟大，长城像一位老爷坐等后人来修缮与朝拜，而都江堰却像一位朴实的乡间母亲，千百年来默默地流淌不息，默默地哺育着川西大地和川西人民。

都江堰的伟大除了她的源远流长外，还在于她贯穿体现了道家"道法自然"的哲学思想和"顺天应人"的治水精神。她有三大主体工程，巧妙设置，相互作用，硬是将一条桀骜不驯高蹈奔腾的岷江收拾得服服帖帖。一是鱼嘴，它像一条大黑鱼伏卧潜伸到江心，其作用是将岷江来水一分为二，冬天枯水的时候将六成的江水逼入内江，供整个川西平原生产与生活之用，夏天洪水季节，则把六成的江水逼进外江泄掉，以保证川西平原不被洪水淹没，农事得以顺利进行。二是宝瓶口，就在玉垒山与离堆之间，其实就是在玉垒山尾部开凿出一条二十来米宽的狭口，玉垒山和离堆分立两岸，隔江钳制，以扼制江水的总体流量。三是泄洪道，就在离堆和宝瓶口左侧。当进入内江的总体流量超过了预期，有可能对川西平原造成灾害时，这部分多余的江水就会因为宝瓶口的遏制，而转身从旁边的泄洪道里流走，通过一段河道汇入宽阔的外江。在这三大主体工程中，最重要的就是鱼嘴和宝瓶口，从古至今，每年岁末的枯水季节，人们都要用杩槎将水流截断，进行淘挖和维修，次年清明才隆重地开闸放水。

　　自从有了都江堰水利工程后，川西平原的水灾和旱情就几乎绝迹了，但有一年例外，即1931年夏天，川西北高原发生了强烈的地震，山体垮塌堵塞了岷江河道，形成堰塞湖，当地人称海子，地震中心的叠溪古镇就沉没在了这深不可测的海子底下。可不久，这叠溪海子又溃坝了，堵塞在高山河道里难以计数的洪水便奔腾而下，都江堰自然拦不住，汹涌狂卷的洪水竟淹没鱼嘴，翻出泄洪道，冲出宝瓶口，灌进了县城，然后又以迅雷不及掩耳之势，在一夜之间淹没了整个川西平原，毁田无数，塌房无数，人畜死亡无数。我们小时候还经常听老人们说起这事，说洪水来时正是深夜，大多数人都在梦中，没有睡着的人先是听见一阵由远而近的轰隆隆的打雷之声，接着就地动山摇起来，可还没弄明白是怎么回事，洪水就淹进了家里，瞬间就漫到了床沿。一家老小惊呼着跑出去时，竟没了逃生之路，大街小巷全都淹在了亮汪汪的水中，许多人家的泡菜坛子也被冲了出来，连同一些锅碗瓢盆在水面上摇摇晃晃地浮荡着，甚至还有一些上游罹难的尸体冲进城门，沿街漂浮，或者泊在街角的转弯处悠悠地打转。洪水退去后，全城淤积的泥沙竟达两三尺厚，前后花了半个多月时间才清理完毕，而那些搜集起来抬到北门外校场坝乱坟岗子里埋葬的无名尸体就有七百多具，城里城外也有不少本地的老人孩子被突如其来的洪水淹死，至于溺毙的鸡猪牛羊等家禽家畜，更是不计其数。

"FD计划"就是受"叠溪溃坝"事件的启发而制订的。邓传书是本地人，他从小就对叠溪洪水耳熟能详，并留下了非常深刻恐惧的印象。同时他也谙熟都江堰水利工程的各种重要环节和薄弱之处。所以继参与策划"成都爆破计划"后，他又与毛人凤秘密制订了"FD计划"，其实质就是选择夏天岷江水流丰沛的季节，对至关重要的鱼嘴和宝瓶口实施爆炸破坏，将大量的岷江来水逼入内江，让它失去控制，泛滥成灾，淹没冲毁我们这座素有"金灌口"之称的川西县城，继而淹没冲毁整个川西平原，人为地制造出一起骇人听闻的洪水事件！

在英语中，"洪水"一词为"FLOOD"。邓传书将中间三个字母拿掉，将之命名为"FD计划"。为了保证自己能安全潜伏下来顺利完成任务，他又别出心裁地安排了人体盾牌。可他没有想到的是，正是他这一新奇的设计，启发了他的顶头上司毛人凤。当时，毛人凤已经意识到在被共产党完全解放的大陆安插潜伏特务，并实施大规模的破坏行动，将是非常艰难非常艰难的。为了保证"FD计划"能最终得以实现，毛人凤灵机一动，在邓传书背后秘密安排了另一套潜伏人马，甚至不惜启用他的妻子张玉华担负"春天"的使命，在他万一失手之后，奉命唤醒另一个"老熊"，采取切实可行的补救措施。其实早在邓传书加入军统之前，早在戴笠时代，张玉华就是军统的秘密特务了。她后来之所以嫁给邓传书，也是军统上层一手安排的，目的就是为了贴身监视他这个刚到总部心脏机关工作的新手，防备他与共产党接触，或被共产党策反利用。然而，自诩为毛人凤智囊的精明过人的邓传书，到死也没发觉他妻子的真实身份，他一直都以为她是一个不关心时事不关心政治的普通女人，一个能用自己的似水柔情将男人坚硬的内心浸软泡化的可爱的女人，一个能用自己宽厚的胸膛和忍辱负重的精神温暖保护孩子的可敬的母亲……

最后说说我父亲。

按理，"FD计划"彻底告破，真正的"春天"和"老熊"等潜伏特务被一网打尽后，我父亲该从这桩离奇古怪的特务案中解脱出来了。但事实恰恰相反，我父亲却陷得更深了。当他听说真正的"春天"和"老熊"被揪了出来后，感到非常奇怪：怎么又出来一个"老熊"？还说是真的，那他是谁呢？是假的？是冒牌货了？可对于冒牌货这一点，我父亲自己都说服不了自己，因为他确确实实参加了"反共救国游击干部培训班"，还亲手领到了结业证，领受了"老熊"的潜伏任务，把接头暗语一字不漏地记了下来，他怎么可能是假的，是一个冒牌货呢？既然确定自己不是冒牌货了，我父亲的思维又回到了老路上去：一定是公安局在放长线钓大鱼！作为一个投案自首决心痛改前非的潜伏特务，他更应该积极主动地配合公安机关，想方设法去寻找"春天"，挖出"春天"！只有抓住了"春天"这条大鱼，粉碎了国民党反动派破坏社会主义的险恶阴谋，他才能真正地洗心革面重新做人！

于是，我父亲再次抖擞精神，早出晚归，去酒店、茶馆、旅店以及花鸟市场那些三教九流鱼龙混杂的地方，追踪寻找"春天"了。有一次，罗定乾正带着他的手下人在一家旅店里办案，秘密侦察和监视着一帮准备将新中国成立前窖藏的鸦片烟偷运到成都去贩卖的山里人，竟被我父亲撞上了。我父亲没有认出乔装改扮的罗定乾，见他一副商人打扮，又在登记窗前走来走去地不停地东张西望，就像发现什么目标似的兴奋不已，凑上去诡秘地问道，请问先生，你有熊皮卖吗？气得罗定乾猛地一掌推开他，将他推出旅店去，说滚滚滚，你滚回去吧！

　　事后，罗定乾又来我们家，对坐在堂屋里发呆的我父亲说，老黎，我今天就明给你说了吧，真正的"春天"和"老熊"我们已经抓到了，那"FD计划"也被我们破了，你今后就不要再到处找人接头了，行吗？父亲怔怔地望着罗定乾，显得有些不知所措。许久，他才嗫嚅地问罗定乾，我……我真的不是"老熊"？罗定乾点着头肯定地说，你真的不是"老熊"。你不过是他们故意安排的一个幌子，是他们的挡箭牌！父亲"哦"了一声，好像听明白了罗定乾的话，就待在堂屋的晦暗中不说话了。罗定乾站起身，拍着我父亲的肩头说，你要放下包袱，彻底解放自己。你有文化，又教过书，也算是一个有能力的人。你今后该干什么就干什么吧，不要再想过去的事了，啊？

　　当时，我和哥哥姐姐正躲在堂屋外面的屋檐下，紧张地听着他们的对话。我们都听见父亲在堂屋里"哦哦"地答应着，可罗定乾离去后，我们却发现他僵直地坐在靠墙的板凳上，望着对面的墙壁发呆，灰暗的脸上如同黄昏的乡野似的，布满了一种烟锁雾迷的空茫与怅惘。

　　此后，我父亲并没有像罗定乾说的那样"放下包袱，彻底解放自己"，相反，他却手脚无措起来，就像一个戴惯了镣铐的人被突然解除了监禁，竟然头重脚轻昏头涨脑的，变得茫然不知所措了。他虽然不再出去寻找"春天"了，可早晨一起床，就在家里四处转悠，转了睡房转灶房，转了灶房转堂屋，那样子似乎要找一件东西干活，可转了半天又不见他干什么，最后竟糊里糊涂地转到了后院去，站在了枇杷树下。他的目光顺着枇杷树慢慢地往上抬，好像正有一队爬行的蚂蚁牵引着他的目光向上走。他的目光透过茂密的树叶望见了天空中的云影。那飘忽的云影仿佛牵动了他什么心事一样，他眉头紧锁，脸上露出若有所思的神情，瞅着天空嘀咕：我怎么就不是"老熊"，不是"老熊"了呢？这中间会不会有啥问题？是不是罗科长他们搞错了呢？……

我和哥哥姐姐以及母亲齐齐地站在屋檐下，惊愕地望着父亲。这时我们才意识到，父亲的脑子可能出了问题！

此后的几年间，我父亲始终处在一种茫然不知所措的惶惑与恍惚中。那个究竟是不是冒牌特务的问题一直紧紧地纠缠着他，让他心里忐忑不安，惊恐慌乱，根本没有心思做别的事情。几乎每天早晨一起床，他就像热锅上的蚂蚁一样在家里团团乱转，最后总要转到后院去，站在那株枇杷树下，仰头望着天空中的云影喃喃自语：我怎么就不是"老熊"了呢？这中间会不会有啥问题？是不是罗科长他们搞错了呢？枇杷树肥大的绿叶筛下浓厚的阴影，糨糊般地贴在他的脸上。他面色灰暗，目光呆滞，紧锁的眉宇间仿佛插了一把利剑似的，让他痛苦不堪。

直到后来"文化大革命"爆发，我父亲才"彻底解脱"出来。那时，许多"地富反坏右"分子都被学校里的红卫兵揪出来批判斗争，我父亲也被揪了出来，押到了批斗大会上。红卫兵按住他的头问他，你知罪吗？一向委靡不振的我父亲不觉激动起来，抬头高声说，我知罪！我是国民党军统的潜伏特务，我的代号叫"老熊"，我罪该万死！为了证明自己确实是"老熊"，确实罪该万死，我父亲还当场背起了他与"春天"的接头暗语。犹如堵塞的洪水终于被疏通了似的，我父亲竟然滔滔不绝，将那套接头暗语一字不差地背了下来，不仅背得滚瓜烂熟，还背得抑扬顿挫，仿佛在朗诵一段了不得的精彩的文字！背了暗语后，我父亲还感到意犹未尽，又对身边的红卫兵说，可有一个人总不相信我是"老熊"，还要我放下包袱，该干什么干什么！红卫兵就问他谁不相信他是"老熊"？他说，就是公安局的罗科长！他说我这特务是假的，是冒牌货！红卫兵们都很年轻，都不知道他说的"罗科长"是谁，及至唧唧喳喳地你问我，我问你，终于弄明白这"罗科长"原来就是公安局的一把手、靠边站的走资派罗定乾时，他们一下就群情激奋起来：这还了得呀，一个公安局长竟然包庇国民党的潜伏特务！还有没有敌我观念了，还要不要我们的红色江山了?!于是，情绪激动的红卫兵们立刻派出一个小分队，火速去将待在家里的罗定乾捉了来，与我父亲他们这些"地富反坏右"分子们一起批斗，甚至还让我父亲上前揭发罗定乾。我父亲从未在大庭广众之下受过这样的信任与器重，一时竟变得飘飘然起来，连自己是谁都忘记了，气昂昂地站到罗定乾面前去，指着他的鼻尖厉声质问道，我明明就是国民党军统的潜伏特务，你为啥还要包庇我？还要我放下包袱，不要去想过去的事？你是不是通敌了，想跟台湾的国民党反动派合谋，颠覆我们的红色江山？罗定乾先是惊愕不已，接着就愤怒地瞪着我父亲，一口黏痰猛地吐到了我父亲的脸上，破口大骂道，你这个狼心狗肺的东西！你有什么资格站到这台上来斗我？你给老子滚，滚得远远的！旁边的红卫兵们见他气焰如此嚣张，就纷纷冲上前去按下他的头，对他拳打脚踢，同时振臂高呼：打倒走资派罗定乾！打倒包庇国民党军统特务的反革命分子罗定乾！

批斗会上顿时一片狂乱的手臂，一片歇斯底里的口号声。

我父亲也情绪激昂地站在人堆里，跟着红卫兵们举臂高呼口号，仿佛他也成了革命小将似的。一个红卫兵头目在旁边瞪着我父亲，心里很不是滋味，就冲上去揪住他喝道，你喊什么喊？这口号是你喊的吗?! 然后就将我父亲拖到罗定乾身边,在他后脚弯上猛踢两下,强令他跪了下去。这样,批斗会的重心再次转向我父亲,台上台下的红卫兵们都高举起手臂朝他怒喊:打倒国民党反动特务黎栋梁! 打倒国民党反动特务黎栋梁!

我父亲跪在地上,也跟着红卫兵们举起手臂呼喊:打倒国民党反动特务黎栋梁! 打倒国民党反动特务黎栋梁!

台下爆发出哄笑之声。

那个红卫兵头目觉得这样不够严肃,批斗也不够深刻,就抓住我父亲的头发,将他的头死死地按到地上,说你一个狗特务,你还敢喊呀?你必须老老实实,向人民低头认罪!不然我们就砸烂你的狗头!

我父亲撅着屁股弓在地上,诚惶诚恐地说,我认罪,我认罪!

那个红卫兵头目又揪着他的头发抓起他的脸来,说,那你说,你怎么个认罪法?

我父亲艰难地扭着脖子,拉长眼角瞅着那头目,眨巴着眼睛想了想,说,我……我请求跪炭灰,不,我请求跪玻璃碴儿!

那个红卫兵头目嘿嘿一笑,一脚将我父亲踢倒在台上,说你杂种还知道好歹!便朝下面的人挥了挥手。台下就有几个红卫兵争相跑到街边去,砸碎商店的橱窗,搞来碎玻璃碴儿让我父亲跪。我父亲眼也不眨,咚地就跪了下去,那决绝果敢的样子把台上台下的红卫兵们全都惊得目瞪口呆。尖利的玻璃碴儿扎破我父亲的皮肉,鲜血汩汩涌出,顷刻就染红了他的膝头和地上闪亮的玻璃碴儿,可他脸上却没有丝毫的痛苦,反而像一个负罪之人终于得到了盼望已久的惩罚似的,面露微笑,显出一种超脱的轻松和愉快来。

跪了玻璃碴儿后,红卫兵们又将一个写着"国民党反动特务"的木牌挂在我父亲的脖子上,押着他去游街示众。他们还将一面打更的铜锣塞给我父亲，让他一边走一边敲着铜锣喊：我是国民党反动特务黎栋梁！我对不起人民，对不起党！我罪该万死，罪该万死！

咣咣的铜锣声引来许多人站在街道两边观看，也引来不少小孩跟在我父亲屁股后面，嘻嘻哈哈地学着他的样子，扯长喉咙喊：我是国民党反动特务黎栋梁！我对不起人民，对不起党！我罪该万死，罪该万死！

这样连续批斗游街了两天后，红卫兵们就对我父亲失去了兴趣，跑去揪斗其他人了。我父亲感到非常失落，就站家门口伸长颈子朝街口瞭望，皱着眉头嘀咕：怎么不来斗我了？我是国民党的大特务呀，他们怎么就不来斗我了呢？接连在家门口等了几天，都不见红卫兵来，我父亲按捺不住了，竟然自己跑到县中学去，送上门请求红卫兵们斗他。那时，红卫兵们正忙着揪斗县政府走资本主义道路的当权派，哪还把我父亲看在眼里，说你一个小特务，还有啥值得斗的？你自己回去向人民群众低头认罪吧！就将我父亲推出了校门。

我父亲闷闷不乐地回到家里，又站在后院那株枇杷树下发起呆来。可他只呆了一会儿，就好像想通了什么似的，突然扑哧一声笑了。他想，你们不斗我，难道我就不能自己斗自己了？于是就兴冲冲地跑到街尾的一家废品收购店去，搞来一块十多斤重的大钢板，在上面用墨笔工工整整地写下"国民党反动特务"的字样，又用铁丝捆扎住钢板的两端，挽成一个套子，将钢板挂在脖子上，提着那面打更的铜锣出门了。

我父亲先是到县委、县政府和县公安局这些他认为神圣的地方低头认罪，一进门就毕恭毕敬地站在院当间，咣咣地敲着铜锣喊，我是国民党反动特务，我有罪！我对不起人民，对不起党！我罪该万死！罪改万死！

沉重的钢板吊在他胸前，在他的脖子上勒出一道深深的凹痕，勒得他头昏脑涨喘不过气来，眼里都充上了血丝，可他依旧毕恭毕敬地站在那里，满头大汗地敲着铜锣大声喊，说他是国民党反动特务，他有罪，他请求政府的宽大饶恕！

那时，人们正忙着停工停产闹革命，政府机关几乎人去楼空一片死寂，任我父亲喊破嗓子，也没引来几个人接受他的虔诚认罪。我父亲感到异常失落，就干脆跑到大街上去向人民群众低头请罪。他敲着铜锣满大街地喊，我是国民党反动特务，我有罪，我请求人民群众的惩罚！人们先是惊异不已，满脸错愕地望着他，或是跟在他身后像看猴戏似的指指点点，又说又笑。后见他态度诚恳，又疯疯癫癫的，就开始愚弄和欺侮他，说你真是国民党反动特务？我父亲低着头一副忏悔认罪的模样，说我真的是国民党反动特务，我有罪，我请求人民群众的严厉惩罚！于是就有人问他，怎样才能严厉惩罚你呢？我父亲即刻兴奋起来，眨闪着双眼说，我给你们跪玻璃碴儿吧！那人摇着头说，跪玻璃碴儿已经不新鲜了，你还是给我们来个别的吧。我父亲怔怔地望着那人，说还有啥别的，你说吧，只要是人民群众的要求，我都能做到！那人就将一泡口水啪地吐到脚前的泥地上，说你要是真心向人民群众低头认罪，你就把这泡口水舔了吧！我父亲愣愣地望着那人，又愣愣地望了望那泡吐在烂泥地上的口水，但让所有在场的人没有想到的是，我父亲在片刻的犹疑后，竟伏下身去，真的将那泡口水舔了！舔了那泡口水后，我父亲又抬起头来，咧着粘满污泥和脏涎的嘴巴，对着那人嘿嘿地笑，说这下你相信我的真心了吧？周围的人不禁目瞪口呆，仿佛看见一个茹毛饮血满嘴血腥的鬼怪似的惊恐不已。

后来，这种愚弄和欺侮竟然扩展到了小孩子那里。无论是上学还是放学，他们遇见我父亲，只要朝着我父亲大喊一声"黎栋梁"，我父亲就会像士兵听见指令似的浑身一震，大答一声"到"，便急急地跑上去，站到他们面前，毕恭毕敬地问，请问革命小将，你们有啥指示？那些小孩子就学着大人的样子，挺胸凸肚地指着我父亲说，你就是那个国民党反动特务吗？我父亲点头哈腰地说，是是是，我就是那个国民党反动特务，我的代号叫"老熊"。小孩说，你认罪吗？我父亲低着头说，我认罪，我认罪！小孩说，你认罪就打自己的耳光吧！于是我父亲就抬起手，啪啪地打自己的耳光。打了耳光后，小孩们还觉得不好玩，又掏出鸡巴往地上撒尿，说你吃我们的尿吧！我父亲就伏下身去，吃他们撒在地上的尿。有一次，一个心肠歹毒的大男孩，竟从街背后的茅厕里搞来一截干焦焦的屎棒子，扔在我父亲脚前，说你要是真的低头认罪，你就把这个东西吃了吧！我父亲毫不犹豫地抓起那截屎棒子就往嘴里送，还嘎嘣嘎嘣地大咬大嚼，仿佛他吃的根本不是屎棒子，而是什么香脆的东西似的！

那时，我哥哥姐姐都下乡当知青去了，只有我留在父母身边。每当我看见父亲被人如此欺侮作践，我就恨不得提一把菜刀出去杀人！可父亲的感觉却与我截然相反，好像每次欺侮作践都减轻了他什么罪过似的，让他身心愉快，他一回家就喜滋滋地对我和母亲说，谁谁又斗了他，斗得真深刻，真过瘾，真是触及灵魂啊！然后就嘻嘻呼呼地扒下几大碗饭，抚着圆滚滚的肚子，心满意足地哼哼着，飘飘然地走回他的睡房去了。

我和母亲待在饭桌旁，一口也吃不下。灶房里的灯光暗如鬼火，黄幽幽地闪烁着，灰黑的屋梁上结满了长长的灰串，如同一把把陈旧的历史之剑悬挂在我们头上。母亲忍不住扯起胸前的围帕，去擦着眼里的泪水，我则望着父亲飘忽的背影，咬住了嘴唇。

此后的几十年间，我父亲一直都沉浸在这种几乎残酷的赎罪生活中。"文革"结束后，没有人斗他了，他就去公共厕所淘大粪，早出晚归，将城里的茅厕挨个挨个地淘，搞得自己满身的粪迹，满身都是屎尿味。母亲流着泪劝他不要再自己作践自己了，他竟和母亲大吵大闹，说他一个管制分子，他不淘大粪干啥呀？他不好好改造，他对得起人民对得起党吗？有一次，母亲嫌他身上的大粪味太难闻，不让他上床，他竟动手打了母亲，还说我母亲思想反动，看不起劳动人民，闻不惯劳动人民身上的屎尿味，他要去揭发她！

后来大粪不能淘了，我父亲又罚自己去南桥河边砸石头。冬天河水刚一干涸，他就挎上竹编的尖尖背篼，去河里背石头。他将那些足有脸盆大的石头一块块地从泥沙里挖起来，一块块地背上岸去，堆在河堤上。一直要背到腊月三十，抵着吃年夜饭了，他才作罢，累得腰酸腿痛地回来，躺在床上哎哟哎哟地呻唤。可来年正月初三，春节还没过完，别人都还在光光鲜鲜高高兴兴地串门走亲戚，他就换上一身破旧的脏衣服，提着铁锤，带了草垫子去河边上，坐在那高高的石山旁，开始叮叮当当地砸石头了。一砸就是一年。无论春夏秋冬，日晒雨淋，人们都会看见他坐在南桥河边上，虾米似的弓着腰垂着头，默默地砸着石头。有时母亲见他的手被砸坏了，虎口震裂渗出血来，就劝他休息几天，可他却摇头，盯着自己血糊糊的手掌说，我还得去砸石头。不去砸石头，我心里不踏实。于是母亲就找来纱布给他包扎伤口，他却拦着母亲说，包它做啥？就让它流血吧。多流点血，我心里安宁！

后来，父亲终于积劳成疾躺在床上动不了啦，他竟要我们做儿女的顶替他，去南桥河边砸石头。那时，我哥哥因为父亲反动特务的身份，在农村与女知青谈恋爱时未婚同居，被冠以"破坏知识青年上山下乡运动"的罪名判了十年徒刑，刚刚刑满释放回家。哥哥一听说父亲要他去南桥河边砸石头，就气不打一处来，恶狠狠地瞪着父亲说，我们跟着你受的罪还少呀？你还要不要我们活了？那时，我姐姐也因为父亲的缘故，嫁了个农村人，还待在乡下没有回城。于是父亲就拉住我的手，痛哭流涕地哀求着，说老三呀，我只有依靠你了。你就帮帮我，去河边上砸砸石头吧，啊？母亲也在旁边不停地给我使眼色，要我去帮帮父亲。虽然我心里十分不愿意，但见父亲那副生不如死苦苦哀求的样子，我最终还是去了。

我提着父亲已经用钝的铁锤和毛边的草垫子，来到南桥河边上。父亲砸下的碎石已经不少了，可旁边没有砸的石头却层层叠叠地堆积着，仿佛一座巨大的冷硬的山体压迫着我，让我目瞪口呆。我坐在那庞大的石山下，只砸了小半天石头，我就气馁了。这哪是人干的活呀？我的手板心里全是亮晶晶的水泡，虎口也被震裂开来，鲜血流得满掌都是！我不觉望着父亲砸下的那一大摊碎石，怔怔地发呆。我不知道这么多年来，父亲是怎样将这苦活累活一年接一年干下来的？他的手上究竟打了多少泡，磨落了多少老趼，流了多少血噢？

那天，我一直垂吊着自己受伤的双手站在烈日当空的南桥河边，愣愣地望着那昂然矗立的石山发呆。我任凭鲜血从震裂的虎口流下来，顺着我的指尖滴滴答答地跌落到地上。我心里的痛胜于伤口的痛。我恨不得抓起足下那沉重的铁锤和残破的草垫子扔到河里去，让它们随着奔流的河水，永远地消失在我和父亲的世界里！可我扔得下那铁锤和草垫子，父亲扔得下么？那千百年来奔流不息的河水能带走世间的风风雨雨，可它带得走坚硬的历史么？

一个人有一个人的历史。我们无法穿越历史，也无法再造历史。当2006年的春天来临，奄奄一息的父亲还在临终前拉着我的手，念念不忘他一生的痛苦和悲伤时，我不觉想起了潜伏特务张玉华在绝命电报里说的这番话。

我握着父亲枯瘦的手，在春天的风中欲哭无泪……

迎着太阳

　　李明醉醺醺的，前脚刚跨入家门，后脚吴小芳就撵了进来，像有什么天大的急事似的，朝他惊乍乍地嚷叫，哎呀，你野到哪里去了？这时才回来！李明回过头，吊着一双醉眼看她，看她天气一冷就像桃花样姹紫嫣红的脸，突然嬉笑着说，我冷，好冷噢！就把冰凉的手往她怀里插。吴小芳啪地打开他的手，嗔道，都啥时候了，你还开玩笑！李明醉浪浪地摇晃着身子，乜斜的眼里有股烫人的邪劲，说啥时候了？天黑了呀，你不来，我还正要去找你呢！说着就将吴小芳团住，拿嘴去亲她红扑扑的腮颊。吴小芳在他肩上捶打着，说你老婆才走几天呀，就跟饿死鬼投生的一样！但还是让他在脸上鸡啄米似的亲了几下，推开他，捋着耳边的发丝说，别闹了，你知道哪个回来了吗？李明收住嬉闹，盯着她问，哪个回来了？吴小芳瞪大眼睛，说杨山豹回来了，你还不知道？李明一怔，但即刻又笑了起来，说他回来就回来吧，他婆娘娃娃都在杨家沟，你挡得住人家回来吗？吴小芳毛乎着眼说，你真以为他是回来看他婆娘娃娃的？李明说，他不看他婆娘娃娃，还能做啥？吴小芳说，他早不回来晚不回来，偏偏这时候回来，你不觉得蹊跷？李明的眉头蹙了起来。可只一会儿，他的眉头就舒展开了，嘴角扯起一丝鄙薄的冷笑，说他一个败家子，他把全村的人都得罪了，他还能东山再起？吴小芳摇着头说，李明呀李明，你不要感觉太好了，谨防檐沟里把船翻了！

李明不说话，只是看着她笑。

吴小芳又说，杨山豹这人你不是不知道，他可是啥都干得出来的！吴小芳还说，她看见杨山豹回来后就在村里到处乱串，东家进西家出的，见人就握手，就散烟，甚至还到猫岩去，跟修路的老支书站在冷风里，说了大半天的话！

"我从来没见他那么恭敬过，站在老支书面前，乖得跟孙子一样!"吴小芳撇着嘴说。

可李明就是不说话。任凭吴小芳将杨山豹说得怎样的形迹可疑，怎样的居心叵测，他始终都笑微微的，嘴角抿出两弯意味深长的弧纹，看着她一言不发。他眼里像汪了水似的，一副似醉非醉的样子。仿佛他的心思根本不在杨山豹身上，而在她翕动的两片红唇间，在她艳若桃花的脸腮上。他眼里的水越积越深。他的两个眸子浸在那深水里幽幽地闪亮。他突然捉住她的手，醉醺醺地说，你干脆不走了，我们进房去吧！

吴小芳愣愣地望着他，脸上显出一丝惊愕来。她拂掉他的手，悻悻地说，不行，我男人回来了。李明哧地一笑，抬手去揪她桃红李白的脸蛋，喷着满嘴的酒气说，狗日的野的就是野的，一辈子都喂不家！吴小芳白眼瞪他，说我倒是想你把我喂家，你敢吗？李明嘿嘿一笑，只得拍拍她的屁股，放她走了。

吴小芳走出李家院子没入黑夜的时候，听见李明在她身后关门，还听见他在哼歌，咿咿呜呜的，是那首他一辈子都没有哼利索的《月亮代表我的心》。

杨家沟的冬夜黑黝黝的非常安静，除了散落在山沟里的几家暗淡的灯火和几声莫名其妙的狗叫外，什么也看不见听不见，可敏感的吴小芳总感到有眼睛在盯着她……

　　其实吴小芳的男人根本没有回来。他在一两百里外的成都金沙酒店当厨师，哪能说回来就回来。她之所以那样说，是因为她觉得在这节骨眼上，她得与李明保持正常的距离，不然黏黏糊糊地被别人拿住把柄，就坏了他们的大事了。

　　吴小芳还在很小的时候就上了李明的"贼船"。那时，他们两家都住在沟底，一家南坡，一家北坡，仅隔一条水沟和几亩瘦长的窄田对望着，抬头不见低头见，两家的大人娃娃都很要好，亲得跟一家人似的，不管哪家煮了好吃的，都要站在家门前的坡坎上，敲着饭碗招呼对方，喂，我们炒了新鲜的竹笋，过来吃哦！或者扯开喉咙朝对面喊，哎，我们煮了豌豆酒米饭，香得很噢，都过来尝尝鲜吧！如果是逢年过节有酒肉招待亲戚朋友，必定要先遣了孩子去对面请，请不来，就拉，总之是要把两家人搅在一起，嘻嘻哈哈地吃了喝了，才高兴，才舒服。那时候，吴家派出去请客的"使者"必定是小芳，李家派出去的则必定是李明。两个孩子都长得眉清目秀唇红齿白的，精灵鬼儿似的招人喜欢，小嘴儿又甜，伯伯婶婶哥哥姐姐地脆生生地叫着，没有请不来的客。这样跑来跑去的，两个小精灵鬼儿就跑出了感情，就跑得跟亲兄妹似的热乎，无论上学还是放学，都像糯糊样的黏在一起。有时去田边地头割猪草，李明还会将家里的泡鸭蛋偷一个出来，在崖畔挖个小洞，拣来干柴点着火，用旧瓷盅煮熟了，剥了皮给小芳吃。吃了泡鸭蛋后，两人才割猪草。先将小芳的背篼割满，再割李明的。如果割下的猪草装不满两人的背篼，李明宁愿自己回去挨母亲的骂，也要让小芳满载而归。于是，李明的母亲就跟小芳的母亲开玩笑，说我们明娃子喂不家了，还是你把他收去做儿子吧！小芳的母亲不解其意，眨巴着眼睛说，明娃子咋啦？他不是好端端的吗？咋要给我做儿子了？李明的母亲说，你是真不知道还是装不知道？你没见他跟小芳出去割猪草，每次小芳的背篼都是满满的，绿葱葱的，他的背篼里松泡泡的，只有几把又老又黄的芭茅草吗？小芳的母亲这才明白了李明母亲的话意，不由扬起脸，骄傲地说，咋啦？你眼红我生女儿了？李明的母亲说，我眼红你啥呀？我是笑我家明娃子，球大点人，就晓得讨好你家小芳了！那是我家小芳长得乖，逗人爱！好好好，你家小芳逗人爱，逗人爱……两个女人就在院门前的坡坎上笑成一团，笑得上气不接下气，风摆杨柳般的，眼泪都流了出来。

这样就到了某年夏天，李明和小芳在山坡的玉米地旁割猪草，李明提议钻到玉米地里去"办锅锅儿"（过家家），小芳毫不犹豫地跟着他去了。可那天，李明带着她钻进玉米地后，却没有给她煮泡鸭蛋吃，而是跟她扮起了夫妻：两人解开衣服，相互把对方身上有的和没有的都看了，摸了，然后李明就趴到她瘦骨嶙峋的身上，像只发情的小公狗，嘻嘻哈哈地乱扭乱动。

那年，李明十三岁，小芳十二岁。虽然忙乎了大半天，两人都不知道做了些什么，可从此以后，小芳就有了一种奇怪的感觉，好像她和李明之间有了什么不可告人的秘密，好像她身上有啥东西被李明偷走了，拿去了，她心里欠欠的，总是牵着挂着他，可又羞羞的，有些怕见他。于是到了家里请客需要她再去李家的时候，她就有些犹豫了，她红着脸对母亲说，回回都叫我去，你咋不叫哥去呀？母亲拍着她的头说，你嘴乖，你才请得来嘛。然后就不由分说地将她往外推，说快点去吧，回来我给你啃骨头！她只得去了。可去了后，她将李家人挨个挨个地都叫了，就是不叫李明。她不好意思开口叫他了。可嘴里不叫，心里又特别地想他去，于是她就倚在门外磨蹭着，忸怩着，拿眼偷偷地瞅他。直到看见他也站起来，跟在家人后面往她家走去时，她才像一个飞蛾子似的扑扇着，跑到前面去了，欢欢喜喜地跑去向她妈报信了。

后来，小芳到莲花乡中学读书，在供销社看见一幅画：一个胖嘟嘟的外国小男孩弯腰凸肚扯起自己的裤头，让一个金发碧眼的外国小女孩看他的下面。那个外国小女孩倾着身子，像看什么稀奇似的伸长颈子往他裤裆里觑着。已朦胧懂得了一些男女之事的吴小芳不觉大惊失色，脸上火辣辣地发烧发烫，赶急捂着脸跑出了供销社：哎呀，我的妈呀，羞死了！当年她在玉米地里，不正是这样伸长颈子看李明的吗？

再次上李明的"贼船"，已是十多年后了。那时，两人都各自成了家，都有了自己的孩子，已当了几年村文书的李明准备竞选村委会主任，就来动员吴小芳"入伙"，要她也出来，竞选妇女主任。吴小芳在村里开了一家小卖部，还搞了个麻将摊子，生意很不错的，少说一天也有五六十元的收入，不愿意将自己的精力花费在村里那些偷人养汉、吵嘴打架的烦心事上。李明就给她做工作，说你一个高中毕业生，有文化，人又能干，总不会一辈子开小卖部，做麻将生意吧？吴小芳不说话，但也不动心，只是坐在小卖部门口，望着远处青翠的山野静静地微笑，一副心满意足的样子。李明不觉有些失望，甚至脸上还露出一种怅然的落寞来，叹息着说，你不出来竞选妇女主任，我就是当了村委会主任也没啥意思了！吴小芳回过头来，惊奇地瞪着他，说你当你的村委会主任，跟我有啥相干呀？李明盯着她说，我就想你出来，跟我搭档嘛。吴小芳哧哧地笑，说你的意思是男女搭配，干活不累？李明的脸倏地就红了，吞吞吐吐地说，你……你不晓得，我这么多年心里一直挂着你，我总感到我们是……是天生的一对。谁跟你是天生的一对呀！吴小芳撩起眼皮毛乎乎地剜他一眼，赶急将脸别开了。可脸是别开了，气色却变了，就像一盘嫩红的颜料打翻在她脸上，粉氲氲地漫到了她耳后，漫到了她脖根，如同花满山野的桃林，雾腾腾的氤散出一种初春的羞涩和美丽……

后来，两人果然在村民选举大会上双双当选。乡政府公布选举结果的那天下午，李明偷偷将吴小芳约进县城，在一家饭馆里备下好酒好菜，为两人庆贺。吃饱喝足后，李明又把吴小芳往城郊偏僻处的一家小旅馆里带。吴小芳不知他要干什么，转动着身子惊奇地看着四周，说这不是一家旅馆么？你带我到这里来干啥呀？李明一把将她拽进房去，抱起她就往床上扔，说这里有房有床的，你说干啥呀？然后就扑上去死死地压住她，在她脸上、嘴上和脖颈里疯狂地啃着，亲着。

吴小芳在他突如其来的袭击中呻吟说："你……你就要我这样跟你搭档呀？"

李明饿狗扑食似的，把脸埋在她颈弯里呜呜地说："唔，就……就这样搭档，就这样合……合作！好好地，全面地……合作！"

于是两人就开始"全面合作"。

一番癫狂后，李明翻下来，揿亮床头灯，光着身子跪在床上，瞪大两眼直直地看吴小芳。他张大嘴巴吭哧地喘息着，脸上身上全是晶亮的汗水，正牵珠窜线似的往下流泻。有几颗豆大的汗珠滚进他眼里，他也不眨巴一下眼睛，就那么死死地盯着吴小芳看。吴小芳见他那副痴愣愣的傻样，就伸手抚着他的脸说，你啃也啃了，吃也吃了，就差把我骨头里的油熬出来了，你还看啥呀？李明的目光顺着她通红的脸颊、莹洁的脖子和高耸的胸脯慢慢地往下滑着。他像读到了某部奇书似的双眼炯炯闪亮，一脸惊讶地说，你咋比小时候还好看呀？吴小芳扑哧一笑，说你是真不懂还是装不懂呀？我那时候还是个毛桃子，熟都没熟，青乎乎的，当然不好看啦。李明脸上不觉露出一丝幽怨的悻色来，说我当初真不该听我妈的话，说我们八字不合，命里没有夫妻的缘分，把你错过了！吴小芳抬手去掐他的腰，说你狗日的人心不足蛇吞象，吃了五谷想六谷，你就不怕把你撑死呀？李明伏下身去，紧紧地抱住她，在她脸上和嘴上猛劲地亲着，说只要是跟你在一起，别说是撑死，就是累死了，我也心甘情愿！

说归说，闹归闹，但此后两人在这方面还是很有节制的，人前人后从不胡来，全都一本正经地把精力花在工作上，该瞪眼时就瞪眼，该吵嘴时就吵嘴，该合作时就合作，把村里的计划生育、村民纠纷、贫困家庭的扶持以及孤寡老人的安置等工作都抓得很到位，也很出色，不仅村民满意，就连乡政府也给予了他们表彰。只是到了农闲时节，村里的工作稍微轻松了，两人不免要想起那事，于是就相互丢个眼色，或打个电话，相约着到县城去，找个僻静的小旅馆住下，痛痛快快地闹腾一番。有时两人心里有了疙瘩，或者在工作上遇到了挫折，心里很不痛快很气馁的时候，也相约着出去，一边躺在床上慢悠悠地做着那事，一边相互交流抚慰着。当然有的问题在做着那事时就水一般轻易地化解了，消逝了，但有的矛盾却一时无法解决，犹如坚硬的铁块梗在他们中间，让他们心里都不舒服。可不管两人在工作上存在多大分歧，吵得怎样厉害，最后都会在那事上兢兢业业，尽量做得让对方满意。

"工作上的事是工作上的事，我们的事是我们的事，不要搅混了！"李明说。

吴小芳也觉得她跟李明在一起不容易，不能因为村里那些烦心事影响了他们的感情，即或心里有怨气，有些问题还暂时想不通，她也会把这些烦恼和不快丢到一边去，抬起身子全心全意地迎合他。

两人就这样在吵吵闹闹和柔情蜜意中搭档了几年。眼下，又到了村支委会和村委会干部换届选举的时候。现任村支书已经满六十岁了，按规定要退下来了，李明决定利用他村主任的身份顺理成章接班，去竞选村支书，她也想借机往上走一格，填李明的缺，去竞选村主任。如果竞选村主任的愿望实现不了，她至少也要进入村支委会，当个组织委员什么的。村委会干部与村支委会干部是有区别的，她可不能老在村委会里混，老是当那个妇女主任，老是管那些男人打老婆、女人安环避孕的琐碎事！可就在这换届选举大幕即将拉开的时刻，已出外做了多年生意的杨山豹却突然回来了。这可是个虎狼般的人物，能力和魄力都有，野心和手段一样不缺，如果他在选举中横插一杠子，那李明顺理成章接班，竞选村支书的事就有些悬了。她跟李明是一条绳上拴着的蚂蚱，如果李明的事泡了汤，她的事就更加成不了，别说是当选村委会主任，就是进村支委会恐怕也有问题，弄不好，还会被人连根拔掉，撵回去开她的小卖部，守她的麻将摊子！现在，她已经习惯做村干部了，习惯在村人面前指手画脚地解决问题安排事务了。她觉得这样活着很好，既体面又有意义，既给村里做了事，又拿了干部津贴，还时不时地要到乡政府去开会，跟各村的干部们坐在一起聚餐，整酒吃肉说黄段子，嘻嘻哈哈热热闹闹的，哪点都比她开小卖部摆麻将摊子强噢！所以她一见杨山豹回来，又在村里东奔西跑的，还到猫岩去找老支书谈话，就紧张不已。她不仅为李明捏把汗，也为自己的事担忧。她再也坐不住了，就去找李明，打算给他提个醒。可李明家的门锁着，不但李明不在家，就连他老婆也回娘家去看她生病卧床的母亲了。于是，她就在李明家的房前屋后焦急地转悠，直转了好几个小时，才在半夜的时候把李明盼了回来。可李明那副大大咧咧满不在乎杨山豹的样子，却让她感到非常的惊讶与失望：狼都来了，你还昏昏乎乎的，还要拉我进房去睡觉，你究竟想不想当那村支书了?!

所以，吴小芳离开李家往回走的时候，一路都在骂李明，骂他贪杯，骂他好色，骂他脑壳简单缺根筋，糊里糊涂的不懂得人情世故！此时已是午夜过后，浓重的夜色紧紧地裹拥着僻静的杨家沟，远远近近的山山岭岭都静默成一片睡梦般的剪影，朦朦胧胧地显得十分的安谧与宁静。可在已当了好几年妇女主任的吴小芳看来，这初冬的山村之夜一点也不安宁平静，她已从那冷浸浸的夜雾中，闻到了一种生石灰般刺鼻的气味……

　　李明的脑壳并不简单也不糊涂。他之所以那样不把杨山豹放在眼里，是因为他心中有数。其实早在半年前，他就开始为他竞选村支书悄悄奔走了。他知道，他能不能由村主任顺利接班当上村支书，关键在于乡党委的意见和安排，而在乡党委的一班子领导中，起决定作用的当然就是乡党委书记了。他还记得三年前村干部换届选举，试行"公推直选"的民主选举方式，村里的年轻党员都怂恿和支持他出来，与现任村支书面对面地公开竞选。他也觉得现任村支书没有什么能力，除了老老实实地完成一些乡上安排的具体事务外，对村里的长远规划和经济发展，没有一点创造性的想法，甚至他心里根本就没往这方面想。他成天想着的就是如何完成好上面下达的目标任务，如何接待好下村来的干部。有时乡政府下来两个普通的工作人员，他也鞍前马后地跑得不亦乐乎，村里没有钱买酒买肉款待，他宁愿把自家正下蛋的鸡杀了，自己掏钱去买了酒来，也要让他们吃好喝足了，才放他们回去。他是个好人，但不是个好干部。他早该下来了，不然今后村里很难有大的发展。正是因为悟到了这一点，村里的年轻党员们才鼓动李明出来与他竞争。李明也相信，只要他站出来，凭他这几年的工作成绩和在党员群众中的威信，他一定能在"公推直选"中胜了他！可出人意料的是，乡党委在开会研究杨家沟的人事问题时，却决定让现任村支书再留一任，说这样的干部让人心里踏实，虽然干不出多大的成绩，但也不会出什么娄子。换届选举嘛，就要讲个稳定，稳定压倒一切。并找李明去谈话，希望他与乡党委的意见保持一致，支持村支书留任。

是书记亲自跟他谈的话。书记还让他当杨家沟的选委会主任。

"你必须全面贯彻落实乡党委的意见。如果选举出了问题，我拿你是问！"书记板着脸，很严肃地对他说。

他目瞪口呆地望着书记。他当时就蔫了。他一个小小的村主任，所有的前途都捏在乡党委和书记的手里，他敢违拗他们，敢不跟他们合作，敢私下里反水么？他不敢的。他不仅不敢，还要把自己的诸多心思和不满情绪压下去，严丝合缝地藏在心底，不让它们露出丝毫的端倪来。他装出什么事也没有的样子，满脸笑容地对书记说："书记您放心，我好歹也做了几年村主任，这点起码的觉悟是有的。我保证完成您交给我的任务，保证让村支书当选！"

然后，李明就怅然地离开乡政府，回去给村里的年轻党员们做思想工作了。年轻的党员们一听乡党委还要让村支书再留一任，当即就嚷开了，说不是说"公推直选"，民主选举么？咋又内定了？李明说，啥内定呀？这只是乡党委的意见。有人哼哼地冷笑，说他们都这样意见了，我们还敢有别的想法么？李明说，没别的想法，就照着做嘛。可吴小芳却瞪着毛乎乎的桃花眼，盯着他说，那你咋办？李明狠狠地剜她一眼，说啥我咋办呀？你以为选举是为我一个人搞的吗？然后又转脸瞪着众人，神色严肃地说，我先把丑话说在前头，在座的各位都是党员，是党员，就得有个组织观念，全局观念。如果哪个在选举中给我出洋相，出难题，别怪我对他不客气！大家都不做声了，面面相觑着，脸上的表情都有些尴尬和悻悻然的。

后来，村支书果然顺利当选，得以留任，而李明依然当他的村委会主任。不过经过这事后，李明也明白了一点：他今后要想更上一层楼，当上村支书，除了要有广泛的群众基础外，还必须得到乡党委领导班子特别是书记的支持，不然一切都无从谈起！所以半年前他就开始活动了。所幸的是，原来的书记已在一年前调走，新任的罗书记与乡上和村上的各种人事都没有多大的利益关系，而且李明还打听到，这位罗书记过去曾在县电视台当过总编室主任，后来又调到县政协任副秘书长，是个说话做事都很讲政策也很开明的人。于是他就转弯抹角地找到他姐姐的一个高中女同学的丈夫，送了些烟酒，拜托他请罗书记吃饭。这人原是个小学教师，在与他夫人恋爱时，双方的父母都强烈反对，他们没有地方去，夫人只得带着他往山里的李明家跑。李明的姐姐和父母一点也不嫌弃他们，待他们很是热情，不仅安排他们住宿，还将家里的老腊肉从房梁上戳下来，煮给他们吃，让他们心里很是宽慰。他们暑假去，春节也去，去的次数多了，就把李明家当成了自己的家，把李明的父母当成了自己的父母，当然的，也就把李明当成了自己的兄弟。后来，这人因为能写一手好文章，被县领导点名调到县委宣传部工作，跟在电视台当总编室主任的罗书记多有往来，私下里的交情也不错。所以李明求到他头上，他没有丝毫推脱，当即就当做一件大事给办了，打电话约了罗书记出来吃饭，并在杯箸往来间毫不掩饰地将李明委托的意思表达了出来：希望能在下半年的换届选举中，竞选村支书。罗书记虽然没有就这个问题作出正面回答，但话也说得再明白不过了。他说："李明这人我知道，已当了好几年的村主任，工作和能力都不错的！"

有了这句话，李明心里就踏实了，就在宣传部那位"倒拐姐哥"的授意下，三番五次地往乡政府跑，面对面地给罗书记汇报工作，谈了不少他们一帮年轻党员对村里发展作的长远打算：什么以栽种特色果树为产业支撑，带动新农村建设呀，什么以培植龙头企业为抓手，逐步探索现代农业发展呀，等等。罗书记听得很认真，也很耐心，还时不时地在笔记本上记着什么。

罗书记这种友善和重视的态度让李明兴奋不已，心里如沐春风般快乐，所以秋天过去天气刚一转寒的时候，他就将自家的狗杀了，用橘皮和干辣椒炖出一种辣烘烘的扑鼻的异香，请罗书记到家里吃狗肉，还顺便把吴小芳等年轻村干部招来，介绍给了罗书记。罗书记见吴小芳扎着围帕忙上忙下的，人又桃红李白的颇有几分姿色，就跟李明开起了玩笑。

"你们村委会阴阳搭配得好嘛，有鲜花又有绿叶的！"罗书记指着他周围的村干部说。

吴小芳是个很会来事的人，见罗书记夸她，就解了腰间的围帕凑上来，举着酒杯说："既然罗书记都说我是鲜花了，那我就给罗书记绽放几点春色吧。我先干为敬！"竟接连干了三杯，粉白的脸上顿时火烧云般燃烧起来，满园春色关不住似的，倒立着滴酒不剩的酒杯，笑吟吟地望着罗书记。

罗书记仿佛被她的豪情感染了，说声好，女士都当先了，我们男人还能落后吗？站起来就仰脖子连干了三杯，然后也将那滴酒不剩的酒杯倒立着，满面红光地看着吴小芳笑。

一桌子的人都笑，又是整酒又是吃肉的，闹得不亦乐乎。

那顿酒喝得要多愉快有多愉快，要多春色有多春色。

罗书记走的时候，李明又将剩下的半边狗肉用塑料口袋装了，放进了他的后车厢里。罗书记没有一点推脱的意思，说声时候不早了，大家都回去休息吧，就钻进车去，打燃火，一踩油门走了。村里通往乡上的土路被来往的车辆压坏了，坑坑洼洼的，车子开出去很远，李明都还听见他那半边狗肉在罗书记的后车厢里叮叮咚咚地响。

11 月初的时候，县委组织部关于换届选举的文件就下来了。

不久，罗书记就把李明找去谈话，说他们已开了党委会，经研究，一致同意把他作为组织推荐的杨家沟村支书候选人推荐给群众，但在村主任的人选上，乡上另有打算，决定推荐他们村上的女企业家方秀华。

"她有企业，又有经济实力，当了村主任后，肯定能促进你们村上发展的。"罗书记说，并就此事征求他的意见。

虽然乡上没有考虑吴小芳，这多少让李明感到有些遗憾，可乡上这一决策也使他眼前一亮，觉得能把这样一个经济女强人推到村主任的位子上，确实是步好棋，确实比吴小芳更适合，更有利于村上的长远发展。于是他就当即表态，笑着对罗书记说，我坚决拥护乡党委的英明决策，我一定按照罗书记的指示搞好这次选举工作！罗书记点着头，说他相信他的能力和威信，但还是叮嘱他，说这次换届选举与往年不大一样，虽然也是"公推直选"，却是成都地区成为全国"城乡统筹综合配套改革试验区"后的第一次选举。"既然是试验区嘛，就该在基层民主选举和基层民主自治上做些探索，就该往前走一步，充分尊重民意，广泛听取群众意见。"并希望他能对这次换届选举的意义和可能出现的复杂情况有足够的认识。

临走，罗书记又将一份换届选举的复印文件交给他，要他回去后仔细阅读，认真领会，"把该想到的都想到，该做到的都做到，千万不要出了啥娄子！"

李明像得了天大的宝贝似的怀揣着那份复印文件离开了乡政府。他没有回家去，当即就在街边找了一家茶铺子坐下来，看起了那文件。他仔仔细细地一连读了三遍。他已将文件上的相关规定和选举程序烂熟于心。其实这次选举村支书与三年前试行的"公推直选"也没有多大的差异，不过就是几个固定的程序：先是采取个人自荐、组织推荐和群众推荐等形式公开报名，然后由乡党委集体研究，按照任职条件，对这些报名的人进行资格审查，确定出参选的初步人选；之后，乡党委将以适当的方式组织参选人员入户调查，了解问题，向群众宣传自己的工作思路，同时考察组通过查阅资料、个别访谈和走访群众等方式，对参选人员进行考察筛选，确定出候选人预备人选；再后就是召开党员群众公开推荐大会，让这些预备人选与党员群众见面，发表竞争演讲，回答大家的提问，最后以无记名投票的方式，按得票多少推荐出两名正式候选人，提交党员大会依法差额直接选举，当场验票，得票最多者当选村支书。不过李明也注意到了这次选举与过去的不同，那就是普通群众的广泛参与，比如群众推荐就是采用的一户一票制，家家都有发言权，而且在公开推荐大会上，除了党员、村干部和村民代表参加外，还有普通群众代表参加。最后，这些普通群众代表还要列席党员选举大会，虽然没有选举权，却可以对选举的整个过程进行监督！这让李明非常高兴。因为在这几年间，他勤勤恳恳地为村上和村民们做了不少好事实事，群众基础和群众关系都相当好，虽不敢说在一户一票的群众推荐中被全票推荐，那至少也能得到百分之九十以上的群众票！至于在组织推荐方面，他更是成竹在胸。他不仅有村上大多数党员特别是年轻党员的支持，还有乡党委和罗书记的支持，他天时地利人和都占尽了，他还有什么担心和忧虑的？

如果说罗书记找他谈话让他心中有数的话，那么读了选举文件后，他就吃了定心丸。

他感到这次选举好像就是比着他做的！

他有一种舍我其谁的感觉！

他似乎已经看见了他在党员大会上高票当选的情景！

兴奋之下，他不禁约了几个朋友去县城大吃大喝了一顿，还去洗脚坊按摩了一番。他本来是想约吴小芳去县城的，但想到乡上没有在村主任的人选上考虑她，有些事还不便于给她直说，就忍住了。所以，当他醉醺醺地回到家里，一见吴小芳送上门来，不觉心花怒放，忍不住想往她身上扑，想把她拉进房去，痛痛快快地跟她做一番，说一说，让她也分享分享他的快乐。至于吴小芳说的杨山豹回来了，在村里怎样怎样，他几乎就没有听。他也根本用不着听。他竞选村支书已是铁板钉钉的事了，他还听它做啥？他太了解杨山豹了，不过是个破落之人而已，他纵有天大的本事，他现在也不怕他！因此，吴小芳给他喋喋不休地说着杨山豹的时候，他就色迷迷地望着她鲜润的嘴唇和粉艳的脸蛋坏想。他们已有两三个月没在一起了，他一想到她丰盈的身子和床上的那股疯狂劲，心里就潮涌般地一阵阵冲动。

可吴小芳却拒绝了他。

拒绝了，他也不难受，反正是自己的人，今天不用明天用，急啥子嘛？于是就大度地拍拍她的屁股，放她走了。关门的时候，他心底的那份快乐又控制不住地流淌出来，像漫天飘散的酒香似的让他痴迷陶醉。他愉快地哼起了《月亮代表我的心》。"要问我爱你有多深，爱你有几分……"他连歌词都记不全，可他就是喜欢唱这首歌。他一高兴就唱。他过去是为吴小芳唱，现在是为自己唱了。

杨山豹确实是冲着这次村干部换届选举回来的。早在十多年前，他就当过杨家沟的村支部书记，后来之所以下马，是因为他带头集资，在村里办了一家玻瓶厂，而后又自己出面承包经营，把玻瓶厂搞垮了。可玻瓶厂垮了，他却在县城买了一大套房子，装修得气气派派的，还买了一辆崭新的桑塔纳轿车，在村里和县城之间人模狗样地跑着，那一团蓝汪汪的亮光，像闪烁飞驰的电火似的，扎得杨家沟人眼疼。村民气不过，就跑到乡政府去告他，说他吃群众的肉，喝群众的血，贪污腐败，把厂子搞垮了！甚至还组织起来，拦住他的桑塔纳轿车，把他拉到乡政府去，要他给村民一个交代，还要他退还当初的集资款。杨山豹不承认自己有贪污腐败的事。他说他办厂确实赚了一点钱，可那是他承包经营的合法收入！后来办玻瓶厂的人多了，村民又不同意及时投资更新设备，产品样式和质量都跟不上市场需要，产品没了销路，厂子注定要垮，他有什么办法？可村民们却不依，说他承包经营厂子的时候，哪天不是茶馆进酒馆出地大吃大喝，走在路上衣裳角角都扇得死人，比乡长书记的架子还大？有时还去跟那些小煤窑的老板打大麻将，一晚上就输三四万块钱！大家都是集资，怎么他们的钱打了水漂，他的腰包就鼓了起来，又买房又买车的？"你这钱不是吃村民的黑村民的，又是哪里来的?！"村民指着他的鼻子尖尖质问道。

双方一时闹得不可开交。甚至还有情绪激动的村民扬言，要富大家富，要穷大家穷，要去砸他的车，拆他的房！乡上担心村民把事情闹大，同时也鉴于这几年杨家沟的工作搞得令人不满意，就责令杨山豹引咎辞职。辞就辞吧，一个村上的破书记有啥好当的？杨山豹二话没说，当即就向乡党委递交了辞呈，开着他那辆桑塔纳走了，再也不回杨家沟了。

一晃十多年过去。杨山豹究竟在外面干了些什么，杨家沟没人清楚，只是隐隐约约地听说他在天南地北地跑生意，最后跑栽了，连跟他好的女人也跑没了，成了光杆司令。所以当人们听说他又回到杨家沟的时候，都跑出去看他，见他果然比过去委顿了许多，黑瘦了许多，既没了车，也没了过去那种衣裳角角都扇得死人的张扬和霸道，整个人都变得跟他们山里人一样的平实朴素了，心里就安静下来。再加上杨山豹见人就握手，就散烟，还就当年的事向乡亲们赔礼道歉，一口一个"大伯大娘大哥大嫂"地叫着，话说得很真诚，笑得也很软和，积郁在大家心底的那股怨恨之气一下就全散了。杨家沟的人自来就没有记仇的习惯，何况又是本村长大的山娃子，人家现在啥都没了，都成光杆司令了，你还记恨人家啥呀？于是人们就接过杨山豹递来的烟，吧嗒吧嗒地抽着，傻呵呵地笑着，问些不痛不痒的事，说些不痛不痒的话。后来就有心软的老人见他站冷风里说话，不怎么像样，就将他让进屋去，给他搬凳倒水，甚至还拉着他的手，以一个过来人的语气，对他真诚地说，豹娃子呀，你的祖坟在杨家沟，你的婆娘娃娃也在杨家沟，你该回来还得回来，啊？一番话说得杨山豹心里暖融融的，差点落下泪来。

可杨山豹并不是专程回来给乡亲们道歉的，也不是回来重温乡情的，他是回来选举的！所以他在村里转了一圈，算是给乡亲们打了招呼后，他就径直走向村外的猫岩，去找修路的老支书了。

老支书不仅资格老，在村里的大事小事上也起着重要作用。他早在新中国成立初期就是村里的农协会主席了，后来实行人民公社，他又当了杨家沟的党支部书记，一直干到上世纪80年代末才卸任。可老支书卸任后，还是喜欢在沟里、山上和田边地头到处转悠。当他发现村民都将山林管理得很好，将庄稼种很不错，并没什么需要他再操心的时候，他就扛着锄头去村外修路了。这是杨家沟通往乡上和山外的唯一一条土路，狭窄，弯曲，坑洼，天一下雨就泛满了软泥，上学的孩子走在上面总是摔跤，大人骑自行车也会被带起的泥巴塞住挡泥板，骑不了也推不动，只得将车扛在肩上，在泥泞中艰难行进。其实在很久以前，老支书就想把这条土路修一修了，想把它加宽拉直，再铺上碎石和柏油，让杨家沟的人也脚不粘泥地在大柏油路上痛痛快快地走一走！可谋划了多年，村里始终都挤不出钱来修这路，老支书的美好心愿也就泡了汤。

这是老支书卸任后藏在心底的最大的遗憾。他觉得自己在杨家沟当了这么多年的党支部支书,最后连一条好一点的路也没能让乡亲们走上,他心里有愧呀!于是就在卸任后早出晚归,天天扛着锄头出去修路。他修得最多的地段就是猫岩。因为这里是个弯道,不仅狭窄,还经常从路边的猫岩上滚下一些石块和泥土来,将弯道塞住,人和车都无法通过。他得隔三差五地去清理。他还得在靠山的路边上修一道堡坎,免得石块落下来伤人。他这样风里来雨里去的,一干就是二十年。可他将背都干驼了,头发都干白了,那条土路还是土路,泥泞还是泥泞,他期冀中的大柏油路始终都没有在杨家沟出现。

说起杨山豹与老支书的关系,既简单又复杂。老支书曾有恩于杨山豹。杨山豹当年高中毕业回到家里,高不成低不就的啥也做不了,就是老支书将他弄进村委会当文书的。后来杨山豹由村文书到村主任,再到村支部书记,也是老支书一手扶持的。但在承包经营玻瓶厂一事上,新老两个支书却发生了很大的矛盾。老支书认为杨山豹是村支部书记,不能出面承包厂子,要承包也该由别人来承包,免得群众说他们村干部以权谋私。可杨山豹却不同意老支书的说法,说玻瓶厂是村民集资兴办的,是村集体财产,把它承包给别人他不放心,他得为村民把这份财产紧紧地看着!后来玻瓶厂产生了效益,老支书曾提议将那土路修一修,可杨山豹却置之不理。杨山豹不想在这方面花钱,他把钱花到了其他方面。他茶馆进酒馆出地大吃大喝,还在逢年过节的时候去给乡干部送礼,给公安、税务人员"上寿",大手大脚地四处打点关系。老支书看不惯他这套做法,就给他提意见,说你办厂就办厂吧,你搞这些不正之风做啥?杨山豹不悦地说,你晓得啥呀?现在时代变了,你不出血,不搞好关系,你怎么办厂呀?方方面面整死你!老支书还想说什么,可杨山豹已经听得不耐烦了,硬着脖子,大眼瞪着老支书，说厂里的事你别管！既然承包给我了，我想咋整就咋整，我又没少交一分钱的承包费！气得老支书掉头就走，回去在床上躺了两天，从此以后再也不理睬他了。

后来，杨山豹终于把玻瓶厂搞垮了，将村民从牙缝里挤出来的上百万元的集资款全都打了水漂。老支书忍不住落泪了，在村里到处检讨，逢人就说，都怪他，都怪他用人不当呀！

这是老支书卸任后的又一大遗憾。这遗憾时时咬着他的心，让他处在一种不安和痛楚之中。

所以，当落难回来的杨山豹去猫岩找着老支书，以一种征询和商量的口气，给老支书谈了自己打算回来竞选村支书的事后，老支书拄着锄把站在路边上，眯眼瞅着远处的山山野野，许久无语。脚下的土路破破烂烂的，像一条蛇似的伸展出去，弯弯曲曲地隐没在东边的云烟里。初冬的寒风在山口上一阵阵地刮着，吹得老支书稀疏的白发一根根地颤动。老支书面色冷峻，皱纹密布的脸孔有如陈年的山核桃似的，有一种尘封的记忆和沧桑的感觉。好一会儿，他才从远处收回目光，看了看乖孙样站在面前的杨山豹，叹息着说，你是杨家沟的人，又是一名党员，没有哪个拦得住你回来选举。可有一句话，我还得送给你：你不要啥事都只想着自己，你要多想想群众。水能载舟也能覆舟，这道理你不懂？

杨山豹连连点头，说："我懂，我懂，我今后一定遵照老支书的教导，多想想群众，把群众的利益时刻记在心上！"

其实杨山豹去找老支书，只是一种礼节性的拜访，并不奢望从他那里得到什么支持。老支书对他成见太深，一时半会儿不可能原谅他，也不可能在竞选村支书的事上支持他。不支持就不支持吧，他不过是党员大会上的普通一票，有啥了不得的？所以，老支书不软不硬地打了他一个头子后，他也不在意，也不生气，只是淡淡地笑了一下，就告别老支书，回村去了。

他心里早就有了一套完整的游说他人的计划。

他知道在目前的情况下，他想东山再起重新选上村支书，他该从哪些人入手，该从哪里下手。他有一张王牌。他相信他打出这张王牌后，就能在村里掀起波澜，将事情朝着对他有利的方向引导和发展！

说来也怪，在莲花乡，几乎每个村的地下都有煤，都能开小煤窑，唯独他们杨家沟的地下没有煤，不能开小煤窑。他们只有一座其貌不扬的沙山。前些年，别村的人都在热火朝天地忙着挖煤赚大钱的时候，他们只能垂头丧气地提着锄头，去刨开沙山的浮土，挖点沙子运到山外去卖给建筑工地，赚点别人根本看不起的芝麻小钱。后来封山育林，他们连这点芝麻小钱都赚不到了，再加上村里集资兴办的玻瓶厂又让杨山豹搞垮了，他们只得对着禁采禁伐的山山岭岭干瞪眼。直到1999年夏天，事情才发生了变化：县上引进了一家年产一百万吨的大型水泥厂，就建在十多里外的金凤乡，每天都需要大量的岩沙做辅助材料！消息传来，杨家沟一下就沸腾了，村民像看到了庞大的发财机会似的疯狂地扑向那座沙山，要挖了岩沙去卖给水泥厂。可乡长却带着人跑来拦阻，说上面有规定，不能滥采滥伐，要想挖沙子，必须先取得开采权！村民就问乡长，怎样才能取得开采权？乡长说，就是给国家交开采费，一年三十万，先交十年！村民吓了一大跳，一年三十万，十年就是三百万，他们哪里有那么多钱交哦？就是把他们杨家沟翻个底朝天，把他们家家户户的房子都拆来卖了，恐怕也凑不够这个数噢！

村民你看看我，我看看你，一脸的郁闷，可又不能看着摆在眼面前的钱不去赚，于是就耍横，就跟乡长吵，跟乡长闹，说我们祖祖辈辈都生活在这里，在山上割草在山上砍柴，怎么现在挖点沙子都不准许了，这是哪家的王法啊？

"哪家的王法？国家的王法！"乡长的话说得很硬，没有一丝商量的余地。乡长还逐一指着他们，口气严厉地说："我告诉你们啊，国有国法，乡有乡规，你们哪个敢动这沙山一指头，我就用滥采滥伐的罪名治他！"

前两年，就有一些村里人不把乡政府的规定和国家的法令放在眼里，偷偷去山上砍树，结果被乡政府逮着，罚了个狗血淋头，其中一人还因毁林情节严重，被公安局铐去，判了两年的徒刑！村民都知道，这滥采滥伐的罪名可不是说来吓人的，一旦跟它沾了边，那是要吃官司蹲大狱的！所以乡长那样一说，村民就有些气馁了，就闷闷不乐地退到一边去，怀中抱了锄头，翻着白眼朝乡长嘀咕，我们就要看看，哪个能一下拿出这么多钱来买这沙山？

乡长哼哼地冷笑，说你们拿不出钱来，别人都拿不出了？这世上有钱的人多的是！

不久，那承包沙山开采权的人就浮出了水面。当乡上派人来宣布这一事宜时，村民都大吃了一惊，因为这人不是别人，就是在他们村里土生土长的方秀华！在村民眼里，方秀华并没有什么了不得的，不过就是东拼西凑地买了一辆中巴车，在乡上和县城之间跑了十多年的客运生意。她的生意做得再好，也不过积攒了三五十万的家底，她哪来的三百万，一下就买断了沙山十年的开采权？

村民震惊不已，也疑惑不已。所以方秀华的沙厂开业那天，他们都跑去看热闹了，那轰轰烈烈的开采场面，旋即让他们傻了眼。他们过去采沙，都是锄头钉耙的小打小闹，运输工具也是山里常见的小四轮，装个两三方沙子，就垒尖尖了，遇到稍陡的坡坎就爬不上去，困在坡坎上啪啪啪地干火，像个干精火旺的老人，急得浑身冒黑烟。可方秀华的沙厂却不是这样，她用的全是挖掘机，长长的挖臂伸展出去，将沙山表面的浮土一扫，挖斗就扎了下去，挖起来的沙子至少也有一方多两方，气昂昂地往等在旁边的车里倒就是了。而那些运沙的车子，全是清一色的大翻斗车，少说一车也能装个八方十方的，装好了就一溜烟地开出沙厂，开出杨家沟，也没见它们在爬坡上坎的时候打半个格塞，就跑得不见了踪影。

后来，就有村民打听出来了，那些沙子拉到水泥厂去，一方要卖六十多元，除去挖掘、运输和管理方面的成本，一方沙子至少也能赚个三十来元。一辆运沙车按八方计算，那就是满打满算的二百四十元噢！而且他们还站在村头的土包上仔细数过方秀华的运沙车，发现她每天都能出三十多车沙，最多的时候还出过五十来车沙。一车沙赚二百四十元，五十车沙就是一万多块钱！一年三百六十五天，她要赚多少钱噢？村民们站在光秃秃的土包上，望着那些来来往往撒欢样跑着的运沙车，不觉又红了眼：这哪是在挖沙子噢，这分明是在挖金子！

眼睁睁地看着别人挣大钱，而自己却被晾在了一边，这让村民心里火烧火燎的异常难受。但沙山已经承包出去了，他们无法再收回来，于是愤懑之下，他们就频频去找沙厂的茬儿。他们跑到沙厂去，说运沙的车子把他们家门前的路压坏了，要沙厂赔偿。沙厂不理会，他们就把路挖断，不让运沙的车子从他们家门前经过。更有甚者，还在夜间将一些废弃的耙钉悄悄栽在路中间，扎破运沙车的轮胎，让它们趴在路上半天半天地动不了，然后一大帮村民就站在远处，抱着膀子嘻嘻哈哈地看热闹。沙厂没法，只得请乡政府出面调解。但调解了几次，都没效果，因为那进出杨家沟的土路确实被运沙的车辆压坏了，坑坑洼洼的，骑个自行车都会摔跤，你还能说啥。最后，乡政府只得动员方秀华给沿路村民一些补偿。可方秀华拿着钱去给村民赔笑脸时，村民又不买账了，说你们沙厂一年赚了多少钱呀，你们拿这点钱来，打发叫花子呀？气得方秀华转身就走，气呼呼地去找着乡长，说你们不把事情处理好，这沙厂我不办了。乡长脸都黑了。封山育林后，小煤窑不能开了，砖瓦厂也不能办了，整个莲花乡就只有这家新兴的沙厂了，乡上的许多事都靠它的承包收入来周转呢，哪能说不办就不办了。于是乡长大吼大叫着招来几个派出所的民警，开着警车呜呜呜地直奔杨家沟，抓了几个挖路扎轮胎的"破坏分子"，把他们带到派出所拘留了一天一夜，才将事情平息下去。可从此以后，方秀华和她的沙厂就成了村民的眼中钉，肉中刺，先前她搞客运生意的时候，村民见了她还打个招呼，可现在，村民都把她当外人了，见了面不仅不打招呼，还朝她翻白眼，尽说些剜心刺骨的风凉话。

"挣那么多钱干啥呀？买棺材啊？"

"黑心钱赚得再多，有啥用呀？死后还不是别人得绝业呀！"

啥话伤人，村民就说啥话，甚至还把方秀华丈夫没有生育的事也扯了进去，让方秀华听了非常伤心。她开沙厂确实赚了不少钱，她本想拿出一些钱来，把村里的烂泥路全都铺上水泥，免得村民晴天一把刀雨天一团糟地在泥水里滚来滚去，可听了他们风凉话后，她啥心思都没有了。人家都说你赚钱买棺材了，死后别人得绝业了，你还巴心巴肺地去讨好啥呀？

所以，沙厂与村民的矛盾一直没有解决，只不过后来李明当了村主任，坚决贯彻乡上的意图，不停地在村民和方秀华之间跑来跑去地和稀泥，局面才得以勉强维持。可那沙厂从此也就成了埋在杨家沟的炸药，只要有人去翻动它，它就会燃烧，就会爆炸，就会掀起滔天的波澜，把杨家沟搅得鸡犬不宁！

这就是杨山豹的王牌。

他对这张王牌充满了信心。

杨山豹回村后游说的第一个人，就是村会计刘福贵。这刘福贵早在杨山豹当支书的时候就是村里的会计了。那些年，杨山豹承包经营玻瓶厂，大权在握，大把花钱的时候，就没少给他甜头吃，也没少让他占便宜。他家的几间大瓦房就是那时修的，家里的电视机、洗衣机等家用电器也是那时买的。最让刘福贵不能忘怀的，杨山豹还自己花钱把他儿子弄去当了兵！他对杨山豹充满了感激之情。可后来杨山豹被村民闹下台，他又见风使舵，倒向了新任支书和新任村主任李明，贴了心地跟着两人干。李明也诚心诚意帮他，不仅让他继续当会计，还给村民做动员工作，让他当了一个村民小组的组长。所以杨山豹回来的时候，他并没有像其他村民一样跑出去看热闹，而是关着门一个人待在院里，一边吧嗒着叶子烟，一边听着村民在外面跟杨山豹说些没盐没味的话。

　　他知道什么叫回避。

　　他确实也该回避。

　　但让他没有想到的是，最后杨山豹竟跑来找他了，要他支持他回来重新竞选村支书！他惊愕地望着杨山豹，半天说不出话来。可杨山豹过去有恩于他，他又不便直接拒绝，他皱着眉头想了许久，才迟迟疑疑地说，听说乡上已有意让李明当支书了，你这样冷不丁地杀回来，能成么？杨山豹哼哼地冷笑，说啥能成不能成的？现在是"公推直选"民主选举，他李明一个毛桃子娃娃都能竞选村支书，我咋就不能了？刘福贵苦着脸说，这是乡上的意思呀！杨山豹瞪着眼说，乡上的意思又咋个？他们说啥就啥啦？你以为还是那几年，啥事都由他们大包大揽呀？刘福贵怔怔地望着杨山豹，本想说就是民主选举也要有群众基础，你那几年把全村的党员群众都得罪完了，已成了孤家寡人一个，你咋去竞选呀？可他想了想，觉得这话有点伤杨山豹，就闭住嘴巴不说了。可杨山豹却凑上来，逼问他，究竟支持不支持他竞选村支书哦？他为难地望着杨山豹，不知道说什么好。杨山豹见他一副犹犹豫豫的样子，就抓住他的手，十分诚恳地说，老刘，只要你支持我竞选上了村支书，我就把你儿子弄回来当村主任，你看咋样？刘福贵的眼睛猛地就睁大了，本来暗淡的瞳人深处不觉闪射出了惊喜的亮光。

儿子是刘福贵的一大心病。他当年虽然被杨山豹弄去当了兵，又在部队上入了党，可并没有提干，甚至什么技术都没有学到，就蔫巴巴地回来了。回来后，他大事干不了，小事又不愿意干，成天在村里晃荡，甚至还经常跑到莲花乡街上去，跟一些游手好闲的人喝酒打牌，输了就回家跟老婆吵，跟老婆闹，两人常常打得鼻青脸肿，惹得四邻八舍看了许多笑场。刘福贵没法，只得托人给他在县城找了个事做：在一处建筑工地上看门。可看门的收入很低，一个月不过五六百块钱，他又喝酒又打牌的，哪够他花销？所以去了县城几个月，他都没给家里一分钱。他老婆没法，只得撵到工地上去，吵着闹着向他要钱养娃娃。他拿不出，又嫌她到工地上扫了他的面子，盛怒之下就将她一把薅倒，按翻在泥地上，拳打脚踢地一顿狠揍。女人钱没要着，又平白无故地挨了打，心里气不过，就哭稀烂流地跑回来，将娃娃扔给刘福贵，卷起衣裳回了娘家，说是要离婚，再也不跟这"狗日的烂杆子"过了！气得刘福贵牵着小孙子的手，站在龙门槛上望着远去的儿媳妇啪啪地落泪，心里"挨刀砍脑壳塞炮眼"地恶咒他那不争气的儿子，一遍又一遍地哀叹：这娃娃，啥时才有出息噢？可现在，杨山豹却说，如果他竞选上了村支书，就把他儿子弄回来当村主任！这无疑让绝望中的刘福贵看到了某种希望：他儿子真要是当上了村主任，不仅每年可以拿到几千块钱的干部补贴，还可以改邪归正，从此堂堂正正地做人，体体面面地当官，那可是天大的造化呀！可他一想到儿子那副德行，又没了信心，不觉咕哝着对杨山豹说，那杂种是个扶不起的阿斗，他……他行吗？杨山豹大大咧咧地说，咋不行呢？他当过兵，又是党员，比村里许多人都有见识，只不过好钢没有用在刀刃上而已。只要在村民选举大会上有人提名，再仗着你在村里当了这么多年会计的面子，我们上下一使劲，哪有不成的！刘福贵想了想，觉得也是，他在村里当了十几年会计，大小也是一个村干部，平时没少为村里人办事，也没少周济村里那些困难的人家，不看僧面看佛面，咋说，他们也会投他儿子一票的！于是，刘福贵那颗悬着的心就放了下来，不觉紧紧拉着杨山豹的手，充满期待地说，山豹，你说话可要算数哦！杨山豹知道已将刘福贵搞定了，心里非常高兴，仰头哈哈笑道，老刘，我杨山豹是个啥样的人，你还不知道？我要是说话不算数，你这一大弯房子修得起吗？你儿子当初能去当兵吗？说得刘福贵满脸赧色，是是是地直点头，恨不得把杨山豹抬到神龛子上供起。

说动了刘福贵后，杨山豹又悄悄去找了另外几个老党员。这些老党员过去都在他手下当过村民小组长，他承包经营玻瓶厂时就按月给他们发过"工资"，还在年底的时候给他们发过很厚实的红包。可他倒台后，他们什么都不是，什么都没有了，村民把他们一撸到底了。他们过去做惯了轻松活路，拿惯了轻松钱，现在又上了点岁数，肩不能挑手不能提的，没人抹得下脸面出去打工挣钱，日子竟比一般的村民过得还糟糕！

他们心里都记着杨山豹。

他们十分怀念当年在他手下干事的那段风光岁月。

可杨山豹找着他们的时候，并不拿过去说事，他拿现在的沙厂说事。他说，他本在县城里好端端地做着生意，可他为什么要回来？他是想给大家打抱不平！他们杨家沟的人祖祖辈辈都在沙山上割草，在沙山上砍柴，那沙山自来就是"公山"，是大家的，怎么现在沙子能卖大钱了，就成了个别人的摇钱树了？再说她方秀华只有一辆烂中巴车，糊里糊涂地跑了几年客运生意，她哪来的三百万一下就买断了沙山十年的开采权？这背后会不会有乡政府的人捣鬼，在往方秀华的沙厂里集资参股？如果真是这样，他们凭什么就能支起方秀华承包沙山赚大钱，而他们这些祖祖辈辈守着沙山过活的杨家沟人却只能干瞪眼，球钱都挣不到一个？这公平吗？合理吗？这不是吃屎的把屙屎的压倒吗?!

杨山豹一席连珠炮似的话，竟说得那些自以为还有几分见识和头脑的老党员们全都目瞪口呆。当初方秀华承包沙山时，他们也确实对她的资金来源产生过怀疑，但怀疑归怀疑，他们就是没往乡政府那方面想。毕竟人家一下就拿出了三百万，干脆利落地签了承包协议，他们心中再是不满，也无话可说。谁叫他们没路子没办法，找不到钱来交那承包费呢？可现在，经杨山豹这样一说，他们就像窥破了某个秘密似的突然从梦中惊醒过来，一种被欺骗被愚弄的感觉霎时涌上心头，他们都禁不住从凳子上跳起来，脸红筋涨地日妈倒娘地骂开了。

"我要是当时还当着村支书，我绝不会让他们签这协议！"杨山豹又在大家的怒骂声中，火上浇油地说。

大家不觉扭过头来，齐齐地望着他，满含期待地问道："那我们今后咋办？"

杨山豹搓了搓自己的脸颊，又看了看大家，嘿嘿地笑了几声，方才说道："其实这事解决起来也不难。方秀华已经承包了八年，再有两年就到期了。如果你们这次支持我竞选上村支书，到时我就给大家把沙山收回来，我们杨家沟的人自己承包沙山，自己集资办厂！"

大家都愣了。原来杨山豹拿沙厂说事，绕来绕去绕了半天，结果是要他们支持他回来重新竞选村支书！

杨山豹见大家有些犹疑，就很诚恳地对大家说，你们放心，今后我们办厂实行股份制和董事会管理，凡是出资入股的人都是股东，凡是党员干部都是董事会的成员，不仅参与公司的管理，到了年底还可以大把大把地分红！

这些老党员并不懂什么是股份制和董事会管理，但听说可以参与公司管理和年底分红，心中就活泛起来：他们过去都在杨山豹手下干过，知道他这个人虽然搞钱有点手狠心黑，但不吃独食，凡是对他有帮助给他干事的人，他都会极力关照的。而那李明，这几年当村主任，连正眼都不瞧他们一下，完全把他们当一堆臭狗屎看了，他们凭什么就非要支持他，非要把他推到村支书的位子上呀？这对他们有什么好呀？

如同风过林梢一般，这些老党员心里都痒痒的，开始往杨山豹这棵大树倾斜了。可他们此刻最关心的并不是杨山豹竞选村支书的问题，而是他当了村书记后，到时能不能将沙山收回来的问题。他们都有些忧心忡忡地望着杨山豹，说方秀华跟乡上的人绞得那么紧，两年后你真的能将沙山收回来吗？杨山豹一副信心十足的样子，挥着手说，这有什么难的？村民法早有规定，凡是涉及村民利益的事，必须经村民协商同意，任何人不得横加干涉！到时候她方秀华还要继续承包沙山，我们村委会和全体村民都不给她签字，她还能咋样？要是乡政府敢从上面压我们，我们就跑到县上去闹，惹毛火了，我们就直接去纪委，把他们在沙厂集资参股的事抖出来，那还不吓得他们屁滚尿流呀！

老党员们全都咧着嘴笑了。他们知道，现在不少干部屁股后面都不干净，他们最怕的就是纪委，就是有人到纪委去反映情况。杨山豹是个戳烂天不补的角色，到时候逼急了，他还真有胆量那么干，不把沙山收回来，他是绝不罢休的！于是，老党员们就像吃了颗定心丸似的，满脸都是灿烂的笑意，纷纷向杨山豹伸过手去，说："山豹，那我们就这样说定了，到时候你可要兑现你的诺言哦！"

杨山豹的脸色变得异常庄重，他拱着手对大家说："请各位放心，我杨山豹是个说一不二的人，到时候我要是把沙山收不回来，我就卷铺盖走人，再也不回杨家沟来丢人现眼了！"

李明刚出乡政府大门，就在拐弯处跟人撞了个满怀。他先是觉得胸前被一团软乎乎的东西扑搭了一下，接着就闻见了一股扑鼻的脂粉香气。他抬头一看，竟是满脸汗水的吴小芳！他忍不住想笑，可还没笑出来，吴小芳就一把捉住他的手腕，将他拉到街边的一根电线杆下，焦急地埋怨道，你咋一天只晓得往乡政府跑呀，村里都翻天了！李明知道她遇事稳不住，爱咋呼，就逗她，说咋翻天了？是狗起草了，还是猪打圈了？吴小芳拿手在他大腿侧边狠狠地掐着，说人家跟你说正事，你扯啥撩边鼓呀！李明就正了脸色，说好好好，我们不扯撩边鼓了，我们说正事，有啥，你说吧。吴小芳就将嘴巴凑到他耳边，低声说，我看见杨山豹在村里找党员谈话，关门抵户，做得神神秘秘的，好像在谋划啥子事情！李明的眉头皱了起来，显出很烦心的样子。他问吴小芳，杨山豹都找了哪些人啊？吴小芳就掰着指头，将杨山豹找的人一五一十地说了。不料李明却扑哧一声笑起来，说原来是那几个噢，他们过去都在杨山豹手下干过，得过杨山豹的好处，杨山豹当然要去找他们啦！吴小芳见他一点也不着急一点也不在意的样子，有些急了，说要是他们都被杨山豹说动了，到时候在选举大会上反水，你咋办呀？李明哼哼地冷笑，说他们反水我也不怕！他杨山豹就是把他过去的人全都拉过去了，也不过才十来个人。全村有三百七十多户群众，五十六名党员，只要有两百户群众三十个党员投我的票，他杨山豹都是瞎忙！可吴小芳却不这样看，她还沉浸在她的忧虑中。她几乎是用乞求的口气对李明说，你还是防着他们点好。你该走动的还得去走动，该做工作的还得去做工作，千万不能让杨山豹钻了空子，大意失荆州噢！李明仰头哈哈一笑，说你放心吧，失不了的。刚才主管党务的副书记还找我谈话，说是要把我们村作为这次民主选举的试点，要派工作组来指导我们的选举工作。既然乡上这么支持我，又有工作组临阵指挥，我还怕他杨山豹啥呀？他们几个臭虱子，还能把铺盖拱翻了！

"不过有个人跳出来陪我选举也好，免得我一枝独秀，一花怒放，连点陪衬都没有，你说我寂不寂寞呀？"李明甚至还嬉笑着跟吴小芳开玩笑。

可吴小芳却笑不起来。自从杨山豹回来后，她的眼皮就一直在跳，心里一直紧张，具体紧张什么，她也不知道，可能就是担心李明会有啥疏漏，会有啥闪失吧。他们不仅是床上的搭档，也是政治上的盟友，李明一旦在选举中不慎翻了船，她还不跟着落水呀？可李明却信心十足地安慰她，说他竞选村支书已是铁板钉钉的事了，哪还会有啥闪失呀？我都没有闪失了，你还担心啥呀？说着还将嘴巴凑到她腮边去，像狗一样翕动着鼻子在她脸上呼呼地闻着，堆着一脸的坏笑说，好香呀！我看你最近心里堵了东西，要不我们去县城一趟，我给你疏通疏通？吴小芳忍不住又在他大腿上狠狠地掐了一下，说你这人咋老不正经呀，都这时候了，还想邪事！可想想，又觉得自己近来确实是对他冷硬了些，就软和下来，撩起眼皮朝他妩媚一笑，说选举以后吧。到时候你想咋个就咋个，别说去县城，就是去省城，我都陪你！

李明心里突然涌起一股冲动，想伸手去拧她桃红李白的脸蛋，说这才像个好女人乖女人嘛，可看见街上有人经过，又忍住了。他凑近前去，装着跟她说悄悄话似的，在她耳边恶狠狠地说，到时候别怪我剥你三层皮!

吴小芳毛乎着双眼看他,不觉想起他床上那种杀人般的疯劲和狠劲来,脸蓦地就红了。她波光粼粼地瞟他一眼,将头低了下去。她酡然的脸孔湮没在她垂落的黑发里,可她说出来的话却像火一样烫人,一下就把李明融化在了街边上。

她说:"别说是剥我三层皮,你就是把我嚼碎了吃了,我也乐意!"

正如李明预想的那样,他在此后的预选中人心所向,一路顺畅。先是在公开报名阶段,在一户一票的群众推荐中,他以二百八十三票远远领先于只得了四十多票的杨山豹和另一个报名参选的村民小组长;接着在乡上组织的实地调研中,他栽种特色果树、引进龙头企业大力发展村经济的主张,又得到了广大村民的拥护。而杨山豹在整个走村串户的调研过程中,几乎就没有提出什么有价值的建议,只是简单地问问村民近来生活怎么样,有什么困难需要在今后解决的,就草草了事。所以在11月底举行的党员群众公开推荐大会上,李明不仅以百分之七十五的得票率再次领先于杨山豹,成为村支书的第一正式候选人,而且他提出的以吴小芳等人组成的支部委员人选建议名单也获得了认可。杨山豹仅以三票的优势将那个报名参选的小组长比下去,像个小尾巴似的远远地掉在李明后面,勉强成了第二正式候选人。这让李明非常高兴,也让乡上的选举工作指导小组非常满意。主管党务的副书记把李明拉到莲花乡街上去,说是他的选举组织工作搞得不错,为乡上解了很多忧虑,要请他喝酒。李明赶急拦着副书记,说你为我们杨家沟的选举日夜操劳,尽心尽职,哪能让你请客哦?要请也得我请!于是就把选举工作指导小组的一班人拖到县城,选了一家中高档酒楼,点了一桌好菜,上了两瓶好酒,热热闹闹地吃了喝了，以表谢忱。

　　回到杨家沟后，李明还按捺不住兴奋，悄悄去找了吴小芳。自从两人有了那层关系后，为了避嫌，李明是从来不在村里找吴小芳的，更不轻易去她家。这是他第一次去她家。他一见吴小芳，就禁不住将脸凑到她面前，得意地说，咋样？群众的眼睛是雪亮的吧？可吴小芳却定定地望着他不说话，本来桃花灼灼的脸上也变得灰僵僵的，非但没有一点喜悦之情，相反还显出一种忧愁和疑虑来。特别是她右眼皮上贴的一小绺红纸，更加深了她的这种灰暗与忧虑。李明见她那副不声不响的怪模样，就扑哧一声笑了，说你看你那样子，就跟神仙婆一样！咋？你还担心选举的事？吴小芳这才叹了口气，说李明呀李明，我看你是被暂时的胜利冲昏了头脑！李明怔了一下，说咋啦？我咋被胜利冲昏头脑了？吴小芳瞪大眼睛盯着他，说你没发现杨山豹很不正常吗？李明就问她，杨山豹咋不正常了？吴小芳说，前段时间走村串户搞调研的时候，我就发现杨山豹不多言不多语的，今天的公开推荐大会上，他又缩在墙角里，一声不吭。这不是他的性格，他不是这样的人呀！李明鄙薄地冷笑道，他没了群众基础，又不了解近几年村里的情况，他能说啥呀？你以为他还能像过去那样，神气活现地抖起来呀？吴小芳摇着头，说我不这样看，我认为杨山豹心里有鬼！他一定会在几天后的党员直选会上搞鬼名堂！李明不以为然，说他今天暗地里特别注意了一下党员的投票情况，给杨山豹投票的就是他过去的那帮人，大概也就十三四票吧，绝大多数党员还是把票投给了他李明的。他杨山豹纵然心里有鬼，想在党员直选会上搞啥鬼名堂，他还能把这绝大多数党员都拉过去吗？吴小芳说问题就在这里！他既然都下狠心回来跟你面对面地竞选了，他会甘心给你做陪衬吗？他为什么要在群众推荐和公开推荐大会上装聋作哑，按兵不动？他就是为了麻痹你，就是为了在最后的最关键的时刻，拉拢绝大多数党员，在党员直选会上翻盘，把你搞下去！为了印证自己的看法和心中的忧虑，吴小芳还给李明说了一个重要情况：公开推荐大会结束后，李明跟着选举工作指导小组的人去了乡上，而杨山豹却去了其他党员家里，开始挨个挨个地串门。

"他要不是为了在党员直选会上翻盘，他还去找这些党员干啥呀？"吴小芳目光如炬地瞪着李明说。

李明心里一沉，这才意识到问题的严重性。他太了解杨山豹这个人了，为了达到自己的目的，他会不择手段的！他要是真的把这些党员都拉过去了，在党员直选会上给他来个大逆转、大翻盘，他就是在前面得了那么多的群众票又有什么意义呢？群众票只是作为一种民意参考，而党员的直选投票才是决定性的噢！

李明觉得他再也不能麻痹大意，再也不能小看杨山豹了，他应该把他作为一个强大的竞争对手来认真对待了。更何况他还是一个破落之人，在外面实在混不下去了，才抹下脸面回来参加村支书竞选的。他要是破釜沉舟，拿出一种置之死地而后生的狠劲和恶劲来跟他争，跟他斗，那就太可怕了！

"你这几天就不要再往乡上跑了，你还是在村里多跟党员们交流交流，谈谈心吧，啊？"吴小芳仰头望着他说，语气温和，充满了一种女人特有的关切和期待。

李明不觉拉住她的手，放在自己掌心里摩挲着，说："我知道，知道了。"

此后的几天里，李明果然就不去乡上了，而是按照吴小芳的吩咐，在村里挨个挨个地去找党员们交心谈话，向他们宣传他今后的执政主张和发展村经济的诸多打算，希望大家能在竞选村支书的事上支持他。党员们都对他呵呵地笑着，说你这几年咋当村主任的，咋给大家办事的，我们全都看在了眼里，我们不支持你还能支持谁呀？

"现在的杨家沟，除了你能当好这个村支书外，再没有别的人了！"有的党员甚至还亲昵地拍着他的肩膀，打包票似的说。

这让李明非常宽慰，感到这几年跑上跑下没白天没黑夜的辛苦，终是没有白干。怪不得毛主席他老人家会说，群众的眼睛是雪亮的呢！

最后，李明还去找了那些跟杨山豹走得很近的老党员。他本来不想去找他们的，但仔细一想，既然大多数党员他都找了，如果单单不去找他们，也不对呀，那不是自己有意将他们往杨山豹那边推吗？他们支持他也好，不支持他也罢，他都得把这个姿态做到，都得去挨个挨个地走一遍。然而让他没有想到的是，这些人对他近几年的村主任工作同样给予了很高的评价，特别是那个村会计刘福贵，由于心里有鬼，对他更是百般殷勤和奉承，好话说了一大堆，那样子恨不得把心掏出来给他看似的。尽管李明在他们说话的过程中，发现他们目光游移躲闪，有许多不真实的成分，但他还是很高兴，他们毕竟还是认可了他这几年的村主任工作！有了这一点，他们就是阳奉阴违，在党员直选会上不投他的票，他也不会责怪他们的。

这样前后跑了两天，李明终于将全村五十六个党员从头到尾走访了一遍。结果让他非常满意。他在心里默算了一下，除去可能将票投给杨山豹的那十多个老党员外，他至少可以得到四十张选票！四十对十六，他占绝对优势，他还怕他杨山豹啥呀？再说他杨山豹过去承包经营玻瓶厂的时候，是怎样损害村民利益的，大家不是不清楚。就是有个别党员势利，犯了糊涂，想投票将他重新推到台上，可别的党员不糊涂呀，他们不会答应呀！

有了这满打满算的四十张稳拿的选票，李明心里顿时踏实下来，当初那种勃勃的雄心和舍我其谁的感觉，又涨满了他的心胸。他像一艘鼓满风帆的船快步走在坑坑洼洼的村道上。他放眼四顾，那满目苍凉的初冬山色也在他眼里变得绿草茵茵，春意盎然起来。他按捺不住地哼起了《月亮代表我的心》。他一路哼到了吴小芳家里。他一进门，就不无得意地对吴小芳说了他的走访结果。吴小芳竟像一个小媳妇似的红了脸，捋着耳边的发丝说："那我就提前恭喜你了。"

李明一把将她拉过来，用胸口紧紧抵着她饱满的乳房，咬着她耳根说："你就等着选举后跟我去省城，我剥你三层皮吧！"

两天后，党员直选大会就在村委会前面的坝子上举行了。参加会议的不仅有全村五十六名党员，还有村上的各级人大代表、政协委员、驻村企事业单位负责人以及村民代表和普通群众代表，共八十多人列席会议。乡上主管党务的副书记也带着指导小组亲自到场，坐镇主持选举。由于村委会前那坝子是过去生产队残留的一个晒谷场，本身就不大，一下坐进了百多号人，就显得非常拥挤了，再加上有乡领导亲临现场，那密密麻麻挤挤挨挨的人群中，就显出一种庄重而又紧张的气氛来。

李明走进会场的时候，特意在前面的党员席上找了找杨山豹。当他发现杨山豹穿着一身崭新的西装还打了一条鲜艳的领带，目不斜视地端坐在人群中时，他差点扑哧一声笑起来。他感到杨山豹那样子太滑稽了：你一个陪太子读书的人，你打扮得那么花哨做啥呀？你想抢戏呀？可这里有你的戏唱么？

但杨山豹却像没有发现他的嘲讽似的，依旧挺直腰板作古正经地坐在人群中，抬头目不转睛地盯着台上。

李明只得摇头笑笑，就近找了个位子坐下来。

直选就这样开始了。

先是发选票。

选票上只有他和杨山豹两个人，党员们同意谁就在谁的名下画勾，不同意谁就把谁叉下去。这就是差额选举。

接着就是无记名投票。

投票结束后，选委会的人就开始当众验票，唱票。

唱票的是村会计刘福贵。他先将选票拿起来，面朝台下左右晃动着展示一番后，才念得票人的名字。他的声音尖细响亮，像扯着喉咙唱川戏那样，传遍了整个会场。可票刚唱到三分之一的时候，李明就感到了异样：在那将近二十张选票中，他只得了六票，而杨山豹却得了十多票！他不觉惊诧地转过头去，瞪着周围那些曾明确表示支持他的党员们，可党员们却纷纷别开脸去，躲避着他询问的目光。也有几个不躲闪回避的，却将脖子长长地伸着，装着没有发现他的质疑似的，全神贯注地看着台上的唱票和计票情况。

投票结果最后出来了：二十一票对三十五票！他二十一票，杨山豹三十五票！

李明愣愣地望着小黑板上自己名字后边那几个稀稀落落的"正"字，不觉天旋地转。他惊慌地扭过头去，求救似的看着台上的副书记。副书记正用一种严厉的目光狠狠地瞪着他，宽大的脸盘黑得跟旁边的小黑板一样拧得下水来！他羞惭地收回目光，又转脸去看旁边的吴小芳。她也满脸惊愕地望着他，眼里泪花花的，有一种说不出的憋屈和绝望。他知道她内心的失望和痛苦。她跟了他这么多年，在村里跑上跑下的为了啥呀？还不是为了能在这次选举中有点出息，能有点实权，更好地工作和生活！可现在，随着他竞选村支书的失败，她的一切念想都鸡飞蛋打了，作为一个心气颇高的女人，她怎么承受得了这突如其来的打击？李明心里酸酸的，像做了什么亏心事一样，赶急将脸别开了。可就在他转脸的瞬间，他眼里又出现了杨山豹的身影：他挺直腰板坐在人群里，一副志得意满的样子！这时，李明才发现杨山豹并不滑稽，才明白了他穿西装打领带的真正含义：他是有备而来的，他早已做好了当选村支书的准备！

会是怎么散场的，李明都记不清了。他只记得自己像木桩似的站在晒谷场上，有许多人从他身前纷纷走过。那些人在走过他身前的时候，像是在表示一种不满，又像是在表示一种同情，说咋会是这样呀？不是说好了让李明当村支书么？咋又选杨山豹了？最后，那杨山豹也走到了他面前，怪模怪样地看他一眼，重重地冷笑一声，便昂然离去了。那声冷笑犹如射向他的一颗铁钉，在他脑袋里引起一阵嗡嗡的鸣响。他不觉想起小时候拧着脖子仰望天空中飞翔的鸽子，那翻飞的鸽影和嗡嗡的哨鸣让他一阵阵地晕眩。他几乎都要瘫倒在地上了。当他清醒过来，意识到他期盼多时的村支书换届选举已经彻底结束时，四周已经没了一个人影，空荡荡的会场上只有一些凌乱的烟头和废弃的选票还凄惨惨地伴着他，恍如某个破碎的梦境。初冬的阳光冷冰冰地洒下来，冷冰冰地照在他身上，将他的身影紧紧地压缩在他的脚下。这时，他才发现自己是那么的弱小，那么的微不足道，就像小时候他堆在路边的雪人一样，经不起一点风吹雨打！

李明望着自己脚下枯缩的身影，几乎都要哭出来了。

杨家沟的选举结果报到乡上的时候，罗书记的脸色猛地就阴沉下来，拍着桌子对那副书记吼道："怎么会是这样？你们的组织工作究竟是怎么做的?!"

副书记站在旁边不说话。他知道书记此时的想法：乡党委的有关意见在选举中都贯彻不下去了，今后还怎么开展工作？还有什么威信，还有什么执行力？于是，副书记作了一番检讨后，就给罗书记建议：干脆再重新安排一次选举，想方设法把李明选上来！罗书记回身瞪着他，哼哼地冷笑，说你也当了好几年的管党副书记了，你以为选举是上街买花生胡豆呀，可以随便讨价还价，不对了我们就重来？副书记咕哝着说，那咋办呀？杨山豹又不是我们乡党委圈定的人选。罗书记在屋子里来回走动起来。好一会儿，他才在副书记面前站下来，叹了口气说，选举是一件严肃的事，既然有那么多党员投他的票，就肯定有投他票的理由。这结果我们不承认也得承认！还是按选举程序往组织部报批吧，批下来就张榜公布！

"但在选村主任的事上，我们不能再出娄子了！"罗书记转而又对副书记说，"你到杨家沟去好好做做村民的工作，一定要把方秀华选上来！目前在杨家沟，只有她当了村主任，才能搞好村里的基础设施建设，才能带动村里的经济发展！"

副书记却显出一种信心不足的样子："你要我百分之百的保证，我看有点难。"

"咋难啦？"罗书记拧着眉毛说。

副书记说，他已听说杨山豹打算将一个转业军人推举出来竞选村主任了，目的是今后两人好搭档，便于开展工作。罗书记一听就冒火了，说既然这样，那就更要把方秀华选上来了！杨家沟哪能由他一个人说了算！没个跟他掣肘的人，他还不像过去一样胡整蛮干！

可副书记依旧忧心忡忡。他已在莲花乡干了十多年，他太了解杨山豹这个人了，不仅意气用事，工作作风还很霸道，几乎就没有人收拾得住他。他既然能在十多年后重新杀回杨家沟，力挽狂澜，让自己当选上村支书，他就有办法将他中意的人推到村主任的位子上！到时候他要是铁了心地跟乡上顶着干，再给你来个生米做成熟饭，你有啥办法？

罗书记的脸黑得跟农民家里煮饭的铁锅似的，站在屋中瞪着副书记呼呼地喷粗气。他皱着眉头思索片刻，迅疾作出了一个重大决定：立刻往组织部报送杨山豹的当选情况，让他作为新当选的村支书，跟着组织部出去考察学习！他前脚走，我们后脚就撤换杨家沟选委会的人，让李明来当选村委会主任，立即展开选举工作，把方秀华选上来！

可副书记却嘀咕道，李明竞选村支书刚刚失败，他肯当这个选委会主任么？

罗书记说，他有啥不肯的？他连这点风雨都经不起，他今后还怎么在村里立足，在村里发展？你去把他找来，我亲自跟他谈话！

结果李明很快就来了。他满脸赧色地站在罗书记面前，一副辜负了领导期望的样子。可罗书记并没指责他什么，只是重重地拍了拍他的肩头，说现在选举已不像过去那么简单了，希望你能吸取教训，在哪里跌倒就在哪里站起来！然后就给他讲了乡上的打算，希望他能放下包袱，担负起新一任选委会的责任，全力配合乡上，做好此后村主任的选举工作。

李明沉默了。

李明选举失败后，丧魂落魄地回到家里，他那曾经与杨山豹搭档做过两年村主任，后来又被杨山豹使手段整下去的哥哥，很是不服气，说他杨山豹这几年对村里没有一点贡献，他凭啥回来当支书？还有他在竞选中到处煽风点火，拉拢人心，许诺这样许诺那样，这是不是变相的贿选？这符不符合上面的选举精神？他哥哥鼓动他到乡上去闹，找罗书记反映情况，把杨山豹在选举中搞的各种鬼名堂全都抖出来。"要弄烂大家都弄烂，凭啥子就让他轻轻松松当了支书！"他哥哥说。

他哥哥甚至还说，要是李明碍着罗书记的面子，不好到乡上闹的，那他去。总之他是被杨山豹整过的人，他现在啥也不是了，光屁股一个，他怕啥呀？

李明静心一想，也觉得他哥哥说得有道理：他凭啥就这样轻易服输了，让杨山豹当了支书？除了阴险狡诈和心狠手黑外，他哪点比杨山豹逊色了？更何况杨山豹还在选举中搞了一些鬼名堂，这是选举文件上明令禁止的，他哪能就这样沉默了？他就是把杨山豹推不翻，也会吓出他一身冷汗的！于是李明就想趁罗书记找他谈话的机会，反映反映杨山豹的情况。可当他从罗书记的谈话中，觉察到乡上已基本认可了选举结果时，又临时改变了主意。罗书记是个好人，对他有知遇之恩，他可不能给他出难题呀！而且他明白罗书记说的"在哪里跌倒就在哪里站起来"的意思，他也相信那句老话：是骡子是马，拉出来遛遛就知道了。像杨山豹这样的人，这样的心思，能在村支书的位子上干多久呢？他还年轻，他今后有的是机会！这样想着的时候，李明心中的块垒就放了下来，愉快地接受了罗书记交付的任务，并表示，他会竭尽全力做好村民的工作，保证让方秀华当选村主任的！其实他心里的真实想法是：你杨山豹再有能耐，再有手段，给你弄个有千万身价的企业家顶着，看你今后还能咋整？

　　第二天午后，杨山豹刚一去县里报到，乡上就内定了杨家沟的新一任选委会人员，并由主管党务的副书记亲自带队，在村里悄悄走访村民，挨家挨户地为方秀华竞选村主任做工作。

　　在新一任选委会人员中，除了李明外，还有吴小芳和另一名年轻党员。吴小芳已从李明竞选失利的忧伤中缓了过来，同时撤换选委会人员也让她看到了新的希望：只要方秀华当选村主任限制了杨山豹的势力，她的妇女主任就可以保住了！所以，当李明来通知她去乡上接受任务时，她欣喜不已，甚至还拉住李明的手，红着脸对他低声说，我……我想你了，你……你哪天晚上来……来我家吧！李明蓄积在心里的感情一下就爆发了，禁不住猛地将她拉过来，紧紧地抱在了怀里。

走访是在天黑后开始的。不久，天空中就下起了毛毛细雨，副书记和李明、吴小芳等人摸黑走在崎岖的山道上，心里既紧张又亢奋，那感觉就像在做什么秘密工作似的。他们东家进西家出，冷不防就在黑暗中跌了跟斗，却还爬起来打趣说，这狗日的杨山豹，害得我们半夜三更的，还在摸爬滚打地做地下工作！副书记说，乡上也是无奈了，才出此下策的。不然这时候都抱着老婆亲热了，谁还愿意黑灯瞎火地来做这种麻烦事呀！李明就问副书记，一星期跟老婆亲热几次呀？副书记回身说，李明你别拿我开心哈，你晓得我有糖尿病，这方面说不起硬话的。大家不觉哈哈大笑，接着就拿些床上的事来逗笑，说些黄段子来打发夜行的沉闷，竟说得夹在中间的吴小芳脸上一阵阵地发烧，禁不住把手伸到后面去，狠狠地掐李明。

　　直到凌晨四五点钟，他们才将村里大多数人家走访了一遍，才拖着疲惫的身子回到村委会稍事休息。次日天一亮，他们就用广播通知村民到村委会选举村主任，并当众宣布了乡上撤换选委会人员的决定。刘福贵等人当即就跳了起来，冲到台上去质问副书记，乡上凭啥把他们撤了？他们究竟犯了选举的哪条规程呀？副书记没过多地解释，只说这是乡党委的决定，便要李明和吴小芳提着票箱，走到人堆里去，让村民往箱里投票。刘福贵这才反应过来，原来乡上让杨山豹出去考察学习，使的是调虎离山计，其目的就是要阻止他们上下联手，将他儿子推到村主任的位子上！刘福贵想到自己为了杨山豹竞选村支书的事，跑上跑下地奔忙，可到头来他儿子当村主任的事却眼看要泡汤了，不觉又气又急，便指着副书记的鼻子大声吼叫道，你们乡上包办选举，破坏民主，我要到组织部告你们！副书记站起来冷笑道，你去告吧！究竟是哪个包办选举，破坏民主，组织部会有结论的！然后就撇下刘福贵，径直走到台下去，招呼村民往箱里投票。刘福贵愣愣地望着投票的村民，知道他苦心经营的一切已难以实现了，便招呼起那几个被撤换下来的人，愤然离开了选举会场，以示抗议。

选举结果很快就出来了：在群众推荐和组织推荐的几名候选人中，方秀华脱颖而出，以绝对优势高票当选！

可选举结果还未上报备案，组织部的人就下来了，说他们接到村民的投诉电话，乡上在选举中大包大揽，徇私舞弊，他们奉命下来调查。"如有违背选举法的行为，我们将作出严肃处理！"带队的组织科长说。

罗书记只得放下手里的工作，亲自接待组织部的人，并详详细细介绍了杨家沟在选举村支书时出现的意外情况，以及乡上在村主任选举上的一些长远想法。组织科长理解乡党委的良苦用心，但还是颇为严肃地指出，现在是建设民主政治与和谐社会的时代，基层民主选举和民主自治都要大踏步地前进，各级党委和领导干部不仅要增强民主意识，工作上还要讲究方式方法，不能再像过去那样在选举中大包大揽了，更不能以领导意志来代替一切了！至于这次杨家沟选举村支书和村主任的结果能否最终成立，乡上必须与杨家沟的党员群众进行充分的沟通和协商，达成一致意见后方可上报组织部批复！

于是，乡上就在组织部的监督下，召开了杨家沟党员和村民代表大会，对这两次选举结果进行协商。同时杨山豹也接到组织部的电话，中断考察学习，火速赶了回来。会上主要有两派意见：李明、吴小芳等年轻党员认为，既然刘福贵等人不承认村主任的选举，那么就连同村支书的选举一起推翻，进行重选。可杨山豹和刘福贵等人却坚决反对，说村支书的选举结果与村主任的选举结果不是一回事，村支书是按选举程序合法产生的，而村主任则是乡上强行撤换选委会的人后，非法产生的，两者不能同日而语。要重选也只能重选村主任，而不能重选村支书！双方当着组织部的人各持己见，又吵又闹，一时竟僵持不下。

最后，组织科长只得把李明和杨山豹叫到隔壁去，单独给他们做思想工作。组织科长说，村支书确实是按选举程序合法产生的，这不假，可在选举村主任一事上，乡上有更长远的考虑，其主要目的是好的，是为了杨家沟今后的发展，建议杨山豹给下面的人做工作，接受这一结果。

"当然你们不接受也可以，"组织科长面色严肃地瞪着杨山豹说，"那我们就只有以组织的名义，下令你们重新选举村支书和村主任了！"

杨山豹搔搔头皮，讪讪地笑着，说他其实对村主任的选举并没什么意见，主要是刘福贵他们闹得凶，说乡上太武断了，招呼都不打一个就把他们撤换了，这叫啥民主选举呀？

组织科长说，其他的我们不说了，究竟怎么办，你作个决定吧。

杨山豹当然不敢去冒重新选举的风险，便全盘接受了组织部的建议，出去给反对村主任选举结果的人做思想工作了。他把刘福贵叫到旁边，做出一脸的苦相，无可奈何地叹息了一声，说老刘，我看不能再犟了，我们得承认村主任的选举结果。刘福贵大眼瞪着他说，咋啦？他们包办选举，破坏民主，也要我们接受？杨山豹正色道，老刘，你也是个老党员了，话可不能这么说呀！这是组织部的意思，不然就连村支书也要一起重选！刘福贵昂着头大声武气地说，重选就重选，我怕啥呀？然后又将嘴巴凑到杨山豹耳边，低声说，山豹，你的事成了，你可不能过河拆桥，丢下我儿子的事不管啊！杨山豹想了想，盯着刘福贵说，你看这样行不行？先让你儿子当个村民小组长，村主任的事过两年再说，他还年轻，还有机会嘛。不然跟组织部和乡上闹僵了，大家都会一事无成的！刘福贵做村会计多年，也算是在官场出入的人，他当然明白组织部的权威和与乡上闹僵的结果，于是便退后一步说，行是行，但你得拍心口保证，必须让他当上村民小组长！杨山豹连连点头，说这有啥难的？你们村民小组的组长现在由你当着，你当他当还不是一回事！刘福贵也觉得凭着他在村上的面子，让他儿子当个村民小组长，应该是没问题的，于是就说，那好吧，我们就这样说定了。先让他当几年村民小组长磨炼磨炼也好，免得他突然当了村主任，给老子丢人现眼！

选举结果就这样协商下来，可算是皆大欢喜，同时也让组织部的人和罗书记松了口气。可让他们没有想到的是，仅仅两天后，杨家沟又在村民小组长的选举上出了问题。

问题出在李明哥哥和姐姐身上。

李明他们与刘福贵家住在同一个村民小组里。李明哥哥因为挨过杨山豹的整，本来就对杨山豹满心怨气，眼下又见他弟弟被杨山豹和刘福贵等人使手段整了下来，心里更是气不过，于是就纠结起他妹妹，利用大多数村民都是他家亲戚朋友的关系，鼓动村民，在刘福贵儿子竞选村民小组长的事上大力作梗。

选举那天，组上所有的人家都派代表到场了，这在杨家沟的选举历史上是从未有过的。过去不论是选举村支书还是村主任，他们都认为，谁能选上谁不能选上，乡上和村上早就安排好了，只不过让他们假巴意思地投投票，举举手而已，没有一点选举的真正意义。更何况他们家家都有自己忙着的事情，该出去打工的要出去打工，该出去做生意的还得出去做生意，至于村里哪个当村支书哪个不当村支书，哪个当村主任哪个不当村主任，跟他们的生活似乎没有多大的关系，所以他们选举的时候大多不到场，就是被村干部逼得没法了，勉强到了现场，也是打打闹闹嘻嘻哈哈的，没一点正经。可这次，他们眼见村支书和村主任的竞争如此激烈，可说是翻云覆雨，波澜起伏，让他们蓦地感到了手中选票的分量。再加上有李家兄妹的游说和鼓动，他们觉得再也不能像过去那样草率地对待任何选举了，即便是选举一个小小的村民小组长，他们也应该把票投给他们信任的人！

可杨山豹和刘福贵显然没有意识到村民的这一心理变化，他们还像过去那样，草草地把村民集中起来，草草地宣布一下村上准备提名谁来当村民小组长，就问大家有没有意见？见大家都默不作声，他们就高声宣布道，好了，既然大家都没意见，就这样定了吧！说完就打算起身走人。可村民却坐着不动，用一双双沉默的眼睛怒视着他们。杨山豹担心村民会闹出不利于刘福贵儿子的事来，就挥着手说，会开完了，大家该干啥就去干啥吧！不想李明的哥哥却呼地从人群中站了起来，指着杨山豹说，你这是选举吗？又不举手又不投票的，就这样由你们随便说一说就算了？杨山豹的脸色陡地就阴沉下来，瞪着他说，你想咋着？李明的哥哥冷笑道，咋着？你是村支书，你还不知道选举程序？这时，李明的姐姐也站起来，帮着她哥哥嚷叫道，如果你们这样就算选举了，就定了小组长，我马上打电话到组织部告你们！说着就拿出早就带在身上的手机，要往组织部拨号。

组织部的投诉电话是现成的，就公布在村委会墙壁的选举告示上。

村民们见李家兄妹闹开了，也纷纷站起来，帮腔似的朝着杨山豹和刘福贵嚷叫道，这样说一下不算事！必须由大家投票来选，选！

杨山豹知道他们杨家沟的人不闹事就不闹事，一闹起事来就天王老子都不认的，他再也不敢将事情往组织部折腾了，只得恨恨地瞪着李家兄妹和村民们，无可奈何地重又坐了下来，让村民按照选举程序进行选举。结果这一选，就把刘福贵的儿子选了下来，把组里一个种植果树的能手选了上去，气得刘福贵当场就拂袖而去，下来后又跟杨山豹翻了脸，指着他的鼻子尖尖说，杨山豹呀杨山豹，我啥事都听你的，也信你的，为你的事我脚板皮都跑翻了，可到头来你当上了村支书，我儿子捞着啥？不仅他没捞着啥，就连我的村民小组长也丢了！你说我冤不冤呀？

可杨山豹却不承认他有什么过失。他说："这能怪我吗？要怪也只能怪你那没出息的儿子！他那样一个吊儿郎当的人，能当村主任，能当小组长吗？"

刘福贵惊愕地瞪着杨山豹，不由倒吸了一口凉气。这时他才明白过来，当初杨山豹之所以提出要让他儿子当村主任，不过是拉拢利用他，让他俯首帖耳地帮他竞选村支书而已！现在，他当上了村支书，不再需要他了，他就过河拆桥，露出了他的丑陋嘴脸！

刘福贵不由气得浑身发抖，哆哆嗦嗦地指着杨山豹说："好，好你个忘恩负义的杨山豹呀！你是咋个当上支书的，你在选举中干了些啥子，我可是前前后后给你记着！你不要以为选举通过了，你就稳坐在村支书的位子上了，你坐不稳的！"

杨山豹睥睨着他说："你想咋着？"

"咋着？"刘福贵那张老脸即刻显出一副孤注一掷的神情来，凶巴巴地瞪着杨山豹吼道，"老子要到组织部告你们！你和李明都不是好东西，你们都在背后搞鬼，破坏选举！"

杨山豹竟扑哧一声笑起来，挖苦他说："你想告就去告吧！你前两天不是去告过吗？可结果咋样？你把哪个告翻了？"

"……?!"

刘福贵没想到杨山豹竟会说出这样的话。他气得脸色绝青，捂着胸口吭吭地咳嗽起来。好一会儿，他才直起腰，抖抖地指着杨山豹说："好……好，杨山豹，那我们就走……走着瞧！"

刘福贵当即就趔趔趄趄地回了家，开始整理他的上告材料。

第二天一早，罗书记就亲自带着方秀华到村里就职了。

方秀华已有好几年没回村里了。村里人对她办沙厂的恶劣态度，还有村民说她断子绝孙挣钱买棺材的那些话，让她很是伤心，刻骨难忘。她过去到厂里办事，都是将车开得飞快，从村里一闪即过。她不愿在村里作片刻停留，也不愿意看见村里的任何一个人！别看这些山里人平时都很朴实良善，可一旦有了利害冲突，他们就会突然变得恶毒起来，说出来的话做出来的事，直顶人的后脑骨，直刺人的心尖尖，要多伤人就有多伤人！可这天，方秀华却像完全变了个人似的，穿着一件喜庆的粉红色缎面小袄，跟着罗书记一进村，见人就打招呼，就握手，甚至还亲热地拉住一些老年人，"伯伯婶娘"地问寒问暖。村里人知道她当了村主任，今后大事小事都要管着他们，也就改变了先前那种冷硬的态度，跟她有说有笑的，不停地夸她长富态了，比过去还年轻漂亮了，说得方秀华眉开眼笑的，脸上红彤彤地放着光彩。

就职仪式是在村委会前的坝子上举行的，村支书、村主任、村文书、村妇女主任、村会计以及各村民小组长等大小村组干部全都到场了。各家各户也派代表来了，有的家庭还来了好几个人，前呼后拥的，把那个本就不大的坝子挤得满满当当，热热闹闹的。罗书记见村民来得很整齐，心里非常高兴，站出来代表乡上简单地讲了几句，提出几点希望后，就让新当选的村干部给村民们讲话。

杨山豹的讲话没有多少新意，但方秀华的讲话却在村民中引起了强烈反响。

方秀华开口就说，我知道大家都很关心沙山的事和沙厂的事。我当初之所以要八方筹钱，甚至向银行贷款把沙山包下来，就是不想让外面那些有钱人来把这个肥坨坨叼走了！这几年我办沙厂确实赚了不少钱，可除了吃点穿点用点外，我没有乱花一分钱，我将钱全都存着！我把钱存着做啥？大家都晓得，我家男人没有生育，我们两口子无儿无女的，这辈子用得完那么多钱吗？用不完的。用不完还要把它存着做啥？现在，大家信任我方秀华，选我当了村主任，那我就给大家交交心，说说我存钱花钱的打算吧。一、我们沙厂这几年拉运沙子，确实把村里通往乡上的路压坏了，我先用实际行动给大家赔个不是，准备拿出两百万来，把这条路给大家修好，还要加宽，全都铺上水泥，下个月就动工！二、我们村自古以来吃的就是山沟水，笕槽水，很不卫生，也不利于人体健康，我打算花三百万在村里修个自来水厂，把水管通到家家户户，保证大家的人畜饮水安全！三、沙山是不可再生资源，我估计再挖个十年八年的，这沙子就没了。没了沙子，我们杨家沟今后吃啥，靠什么来发展？我想来想去，还是觉得李明的思路好，很有点长远眼光。所以我打算将大部分钱用来发展新型农业，在村里投资办公司，以公司加农户的方式，扶持大家种植特色果树和特色蔬菜，改变我们的产业结构和我们的生产方式，大家共同致富，一起来建设我们的社会主义新农村！

最后，方秀华在说到村委会的工作时，还向村民们表示，他们村委会今后不用村上一分钱！就是有上面的人来村里了，实在需要花钱接待，也由她自己来掏腰包。如果村上要召集开会，或者村干部要到外面去参观学习，有个什么花销的，那也是哪个召集就由哪个出钱，哪个出去哪个就费用自理，绝不给村民增加一点负担！

方秀华话音刚落，村民们就激动地齐刷刷地站起来，为她高声叫好，热烈鼓掌，噼里啪啦的巴掌声持续了十几分钟都没有停息，许多人把手都拍红了，拍痛了。

但在村民热烈的掌声中，有一个人的脸色却变得异常难看，那就是新任村支书杨山豹。他知道，乡上安排这么一个女强人在他身后顶着，目的就是为了钳制他！他还想像过去那样在村里肆无忌惮地搞点什么，那可是千难万难了！

李明没有去参加村干部的就职仪式。作为一个竞选村支书落败的卸任村主任，他觉得还是回避一下那个尴尬的场面好。所以当村民都兴高采烈地往村委会赶的时候，他却径直走向村外，到猫岩去找修路的老支书了。

他觉得此时此刻能和他说说心里话的，恐怕就是老支书了。

可他到了猫岩才发现，老支书并没有劳作，而是拄着锄把站在路中间，眯眼瞅着远处的山路发呆。那曲曲弯弯伸向山外的土路上，正走着一个穿黄胶鞋打绑腿的人，身后还背了一个洗得发白的旧军用挎包，一副要出远门的样子。李明认出了刘福贵。也听说他整了上告材料，要到县上去告状，但没想到他这么快就付诸行动了！

李明在老支书身边站了下来。他皱着眉头瞅着远处。他眼里全是那曲曲弯弯的山路，和山路上那个正在走远的黑瘦的身影。

他咳嗽了一声。

老支书也咳嗽了一声。

但两人都不知道说什么好。

沉默了好一会儿，他们才从远处收回目光，说起了方秀华，说起了下个月她就要拿出钱来动工修路的事。

老支书脸上终于露出了一丝笑容，满脸沧桑地感叹道，这路也确实该修修了，我们杨家沟的人也确实该走走大柏油路了！

李明不觉伸过手去摩挲着老支书的锄把，说从此以后，你就用不着风里来雨里去的，再来修路了。

老支书却摇了摇头，将锃亮的锄把抱在怀里，神思悠悠地望着远处说，路不铲不平，不修不直。天下的路都是闯出来和修出来的，今后就是铺上了柏油，又宽又直了，也得有人来维护，来修理噢！

　　远处的山峦尽头，一轮太阳从浩渺的云烟里喷薄而出，将金灿灿的阳光洒满天地，洒满山野。他们迎着太阳站着。他们都在满山遍野的明亮中，看见了一条即将诞生的路：又宽又直，熠熠闪亮地伸往山下，伸向远方……

纸 牌 坊

一

腊月二十三这天上午，崇义村的李家花园突然传出一个消息，说是八十九岁的崇德老汉无疾而终，在墙根下晒太阳时死了。可午饭过后，当村里人纷纷从几里外的街场上买回床单、被套或各色布幅，准备去李家送礼时，一个让他们惊愕不已的消息又传了出来，说崇德老汉又缓过气来，活了。于是，正提着各种礼品从四面八方赶去送葬的乡亲们，便在沟渠边或土路上驻了足，抬头望着远处楠木森森的李家花园摇头苦笑，说这崇德老汉整啥呀？死了又活，活了又死，都这么大岁数了，还有啥子放不下的呀？然后，大家就讪讪地笑着，转身打道回府，将那些床单、被套或各色布幅放在伸手可及的地方。事不过三，他们把这些东西给崇德老汉候着。

前年，崇德老汉就死过一次了。那是冬至过后的一个早晨，崇德老汉起床到屋后的钢管井旁边蹲着洗脸，可蹲下去就没起来，就悄无声息地歪倒在了湿漉漉的泥地上。他孙子媳妇来打水煮饭，吓得手中的钢精锅哐地砸在地上，扭头朝屋里喊，爹！爹！你快

115

来呀，爷……爷死了！他儿子尚义赶忙从屋里跑出来，伸手在老人鼻前一摸，已没了一丝气息。六十九岁的尚义竟像一个小娃娃似的咧咧嘴，哇的一声哭了起来，跪伏在老人面前，爹呀爹呀地哀号。隔壁的几位老人闻信跑来，见尚义那把年纪了，这时候还没一点主心骨，就说，尚义你光哭有啥用呀？人死不能复生，赶紧把你爹往屋里抬呀！

于是大家就七手八脚地去抬崇德老汉。

可刚将崇德老汉的上身抬起，就听见他喉咙里"咕咚"一声，像打饱嗝似的吐出一口气来。崇德老汉睁开眼，看看这个，又看看那个，说你们干啥呀？我好好的，你们抬我做啥嘛？说得那些抬他的人全都愣愣的，不知是该放下他，还是继续抬他。头发胡子都花白了的尚义破涕为笑，赶急把崇德老汉扶起来，腼腆地靠着他，抹着脸上的泪水说，爹，你刚才吓死我了。你要是就这样没了，我……我今后咋办呀？崇德老汉摇摇头，满脸悲悯地望着他六十九岁的老儿子，叹息说，你呀，一辈子都像扶不起的阿斗！都这么大岁数了，还经不得一点事情，你叫我……叫我咋放心得下呀！尚义俯首帖耳一副听训的样子，恭恭敬敬地搀着崇德老汉往屋里走，那情景确实像一个离不了爹的孩子……

可腊月二十三这天，崇德老汉的死而复生却与前年不一样了。他死得蹊跷，活得突兀，且自始至终都充满了一种诡秘妖冶的色彩，让人想起来背皮子一阵阵地发麻。

腊月二十三是灶王爷的生日，川西平原的乡村都有一个习惯，要在这天打扫灶房，把锅碗瓢盆包括水缸、碗柜和饭桌擦洗干净，还要备了刀头和水酒敬献灶王爷，祈求灶王爷保佑，来年风调雨顺，锅里碗里都不缺油水和饭食。这天一早，崇德老汉的孙子媳妇就围上腰帕戴上草帽，举着绑了竹竿的丫杈扫帚，打扫灶房顶上的油烟灰串和蜘蛛网网，擦洗屋里的锅碗瓢盆和水缸、碗柜、饭桌等家什物件。待将灶房收拾得妥妥帖帖干干净净后，她又提着扫帚，来打扫崇德老汉的睡房。

自从前年在钢管井旁边昏倒后，崇德老汉就很少走出他的睡房了，他成天把自己关在晦暗的屋子里，躺在一把竹躺椅上，闭目养神。时光的影子从窗外一天天走过，他躺在那幽冥的晦暗里，究竟想了些什么，没有人知道。他儿子尚义和孙子媳妇唯一能做的，就是时不时地走到窗下去听听，看他是不是还活着。如果听不见动静，他们就会跑进屋去，在他的鼻前摸摸，看还有没有呼吸。就是这个时候，崇德老汉也懒得睁开眼来，看看他的儿子或孙子媳妇。他闭着眼睛躺在那幽冥般的晦暗里，一动也不动，仿佛他的肉身还在这个世上，但他的灵魂已去了很远的地方……

这天，孙子媳妇提着扫帚来到他的睡房，低头在他耳边说，爷，今天太阳很好，您去外面晒晒太阳吧，我把您的屋子收拾一下。崇德老汉像睡着样没有一丝反应。孙子媳妇就刨刨他的手，说爷，您醒醒，醒醒。崇德老汉眼皮动了动，慢慢醒过来。他懵懵懂懂地望着孙子媳妇，说咋，又吃夜饭了？孙子媳妇轻轻一笑，说晌午还没到呢，吃啥夜饭呀？我想把您的屋子打扫一下，您先出去晒晒太阳吧。崇德老汉就直起身，眯眼望了望外面明亮的天光，说好吧，就出去晒晒太阳吧。再不跟老天爷打打照面，就没有机会喽。可当孙子媳妇搀着他往外走时，他又问，今天是啥日子？是不是六月二十四哦？农历六月二十四是夏日里最热的一天，这天，川西平原乡村的人家都要把衣服、被子抱出来，放到炽烈的太阳底下暴晒，杀除霉菌和病毒。孙子媳妇见他活得连天日都不知了，就笑着说，爷，六月二十四早过了，今天是腊月二十三了，是灶王爷的生日。崇德老汉点点头，在孙子媳妇的搀扶下颤颤巍巍地往外走，说哦，哦，都到腊月二十三了，这么说，马上就要过年了，就要给祖先人烧香敬奉了？孙子媳妇便顺着他说，对对，马上就要过年了，爹已经在准备香蜡纸钱了，过几天就可以给曾祖爷爷和高祖爷爷烧香敬奉了。

这样，崇德老汉就在他孙子媳妇的照料下，从那幽冥晦暗的睡房里搬了出来，搬到院坝的西墙根下，躺在竹躺椅上晒起了太阳。孙子媳妇怕他冷，还特意将自己屋里一床厚厚的毛毯拿来，盖在了他身上。见老人舒舒服服地躺在毛毯里，舒舒服服地躺在暖烘烘的太阳下，孙子媳妇这才放心地走进屋去，给他打扫卫生。

孙子媳妇在屋里忙碌的时候，曾几次透过窗户去看老人。直到这时候，老人都还很正常，都还像个婴儿，面色红润地躺在绒绒实实的毛毯里，舒舒服服地晒着太阳。一只红冠金羽的小公鸡走过去，伸颈啄着老人棉鞋上的饭粒，老人晃动着脚尖，不让它啄，逗着小公鸡玩。

人说老小孩老小孩，人一老了，还真像个小孩呢。孙子媳妇躲在窗户后面，咏咏地笑。

可是，当她将老人的睡房收拾完毕，到西墙根下去叫老人，问他是再晒会儿太阳，还是搬进屋去时，老人却没了声息。老人闭着眼睛安静地躺在毛毯里，安静地躺在太阳下，白皙透明的面皮上返老还童似的泛着一层新鲜的红晕。孙子媳妇以为老人睡着了，迟疑着该不该叫醒他，但想想又不放心，就把手伸到老人的鼻前去探摸，结果这一探，就探出了一声充满了惊疑和恐惧的喊叫，把满院觅食的鸡鸭都吓得支棱起脖子，虚张着翅膀，准备四散奔逃。

爹！爹！你快来！你快来呀！孙子媳妇惊恐的叫声响箭一样拔地而起，瞬间就打破了满院的温暖和沉寂。

正在屋里给敬祖的纸钱打着洞眼的尚义，闻声丢下木槌和小铁凿子跑了出来。他怔怔地望着儿媳妇，说咋啦？又咋啦？儿媳妇惊骇地指指躺在竹椅上的老人，说爷……爷又没气了！尚义慌忙跑过去，伸手到老人鼻前去摸，果然没有摸到一丝丝儿气息。但尚义却不敢像前年那样咋呼，赶急叫儿媳妇配合着，从躺椅上抱起老人，一俯一仰地倒动着。可接连倒动了十多下，瘫软的老人也没能像前年那样，"咕咚"一声打出饱嗝来。尚义脸上木木的，又去摸老人的脉。结果他非但没有摸到一丝生命的跳动，反倒摸出了满手寒彻的冰凉！尚义愣愣神，脸上的肌肉痛痛地撕扯几下，突然像被抽去了全身的筋骨似的，轰隆一下瘫倒在了院地上，把满地灿烂温暖的冬日阳光都跌散了，跌碎了……

崇德老汉死亡的消息就这样传了出来。

随后，人们就看见七十一岁的尚义头上缠了白布孝帕，哭哭啼啼地跑出李家花园，哭哭啼啼地跑去给亲戚们报丧了。

不久，那个把人三魂吓掉两魂的惊奇的一幕就出现了。

大约午后三点过钟的时候，崇德老汉唯一还活着的八十六岁的老妹妹被接来了。老妹妹像崇德老汉一样，已经很老了，老得满脸的皱纹，满头的白发，连牙齿都掉光了。老妹妹被人搀扶着坐在崇德老汉的床边上，张着黑洞洞的没牙的嘴巴，茫然地看着已经逝去的老哥哥。这样看了许久许久后，老妹妹才瘪了瘪没牙的嘴巴，抽抽噎噎地哭起来，一边哭，一边拿过旁边的寿衣，给老哥哥穿上。其实那也不叫哭，就是在给她老哥哥穿寿衣的时候，嚅动着没牙的嘴巴哀声念叨着什么。究竟念叨些啥，周围没有一个人听清，只觉得那念叨哀哀切切絮絮叨叨的，像是在述说些陈年旧事，又像在叹息生活的艰辛和不易……

那一件件早就备下的寿衣，就这样在一串串老迈的哭似的念叨中，从头到脚穿在了崇德老汉身上。每一件寿衣都穿得很慢很慢。那情景已不像是在穿寿衣了，而是在触摸和感伤最后的亲情与岁月。

在给他戴帽子时，老妹妹将他那几根稀疏的白发理了又理，还将手放到他眉毛、眼睛和脸颊上轻轻地摩挲着。在给他穿衣服时，她又将他冰凉的双手握在自己枯瘦的手心里，像怕他冷着似的，久久地捧着暖着。最后，是给他穿那千层底的老布鞋和针脚密实的老布袜。在穿鞋袜之前，老妹妹特意抱起他白惨惨的脚脖子，将两个大拇指抵在他的脚心里，慢慢地按着揉着。这次，周围的人全都听清了她的念叨，她嚅动着没牙的嘴巴，神色苍凉哀戚地说，老哥哥呀，你从小脚板心就是满的，不能走远路，你一走远路脚就痛。现在，你要一个人出远门了，老妹妹就最后一次给你揉揉脚吧。在那边，你也不要只顾着赶路，你要在路上多歇歇，多歇歇哦……

听得周围的人全都流下泪来，尤其是尚义，听他老姑姑那样一说，不觉悲从中来，扑倒在他父亲床前，号啕大哭。

守在旁边的人也跟着哭。洪大的哭声会成一片，像冬夜的寒风呜呜地刮过屋顶。

可就在这时，孙子媳妇看见崇德老汉的脚脖子像抽筋似的突然颤了一下。初时她还以为是老姑奶奶揉脚的缘故，可当那白惨惨的脚脖子在老姑奶奶的手中又颤了一下，再颤了一下时，她不觉惊得倒吸了一口凉气，恐骇地指着床上的崇德老汉，结结巴巴地说，爷……爷……你们……你们快看爷！屋里呜呜哭泣的人们还没明白是怎么回事，已穿好了寿衣的崇德老汉像从梦魇中遽然醒来似的，猛地挺身坐了起来，用一双充满惊惶和恐悸的眼睛死死地瞪着大家。屋里的人陡地一怔，接着就汗毛倒竖，惊叫着炸了窝似的纷纷往外逃去。

他们以为崇德老汉诈尸了。

可他们跑到院里后，却听见屋中传来了老姑奶奶喜极而泣的声音，说哥，我的哥呀，我还以为你真的就丢下老妹妹，一个人走了。接着就是尚义欣喜若狂的哇哇的哭声，说爹，爹呀，您今后可不能再这样吓我了。我经不住您吓呀……

躲到院中的人们这才松了口气，确信崇德老汉不是诈尸，而是真的缓过气来，又活了。可他们的心依旧怦怦悸跳着，谁也没有勇气敢再硬着头皮走进屋去，接近那已沾染了阴间死亡气息的崇德老汉了。

二

如果说腊月二十三这天，有人没有受到崇德老汉死而复生的惊扰的话，那就是村西头独门独院住着的玉清嫂了。

这天，玉清嫂也像村里其他女人一样，早早起床，在家中忙活起来。可她花大力气精心收拾的，却是灶房旁边女儿女婿的睡房。女儿女婿已经出去打了两年工了，虽然房间还保留着他们走时的模样，但衣柜和梳妆台上却落满了灰尘，墙角还挂了些蜘蛛网网，满屋都是刺鼻的霉味。玉清嫂将女儿女婿睡房的窗户大打开，举着扫帚拂掉那些蜘蛛网网后，又用脸盆打来清水，挨件挨件地擦洗屋中的家具，还把存放在衣柜里的床单、被套以及女儿女婿的衣服裤子抱出来，搭到横在院中的竹竿上去晾晒。最后，玉清嫂还特意将床头墙上女儿女婿的结婚照取下来，擦拭得纤尘不染精光明亮后，又重新挂了上去。

漂亮的女儿，憨厚的女婿，便像一对新人似的在墙上向她微笑。

玉清嫂站在屋中，望着女儿女婿的照片，也笑，心里像晒进了满地的阳光一样，融融地充满了暖意。

玉清嫂已独自一人在家里守了两年了，可她每每一想起外出打工的女儿女婿，心里就有一片阳光，就有一股暖意，甚至还有一种按捺不住的骄傲和幸福，在心底愉快地流淌。

这些年来，村里外出打工的男娃女娃不少，可没一个让玉清嫂看得上的。想想也是，他们都出去干了些啥呀？叫人咋个看得起呀！

比如村东头的张家三娃子，有一身木匠手艺，带着几个人去县城搞装修，钱还没挣到几个，就跑去观凤楼找小姐，结果被派出所捉了现场，关在黑屋子里，通知他家里拿钱去取人，而且不是一百两百的小数，开口就是五千，五千哪！气得张老汉跳起脚，把正端在手里的饭碗都摔了，挨刀砍脑壳塞炮眼败家子的不歇气地骂。可摔归摔骂归骂，摔完骂完后，张老汉还是不得不抹下清白了几辈人的老面子，涨红着脸，挨家挨户地去借钱，好不容易凑足五千块钱后，灰溜溜地给派出所送去。

这哪是送钱呀？这是把我们张家祖宗八代的老脸送去，丢到地上，让人吐口水，让人用脚板踩呀！事后，张老汉大病了一场，坐在堂屋门口的竹椅上，不住地抹泪。

还有那个刚嫁到陈家院子的周青妹，娃娃还没断奶，就跑出去了，说是到东莞的电子厂打工，其实是在广州的发廊当按摩小姐。乡下人不知道按摩是咋回事，于是就在"按摩"两字上下工夫，说一个女娃子，出去让男人按着摩着，还能有啥好事呀？尽管没啥好事，但周青妹还是挣了不少钱寄回来，家里的男人隔天就去镇上割肉吃，买酒喝，甚至还把那几间老式的椽竹房子掀了，修起了推窗亮格的水泥楼房，还安上了白灿灿的铝合金窗子和亮汪汪的海水蓝玻璃，可同时周青妹也把脏病带了回来，传给了她男人。去年腊月，周青妹就从广州偷偷溜了回来，躲在家里跟她男人一起治病，可吃了许多药，打了许多针，那脏病始终不见好，听说两人的下身都开始烂了，成天躺在床上，不敢下地走路，更不敢在村里露面。

住了好房子，烂了命根子！报应，报应呀！村里的老辈人都忍不住朝着那明光闪亮的水泥楼房，摇头叹气。

　　就是留在村里发展的那几个年轻人，玉清嫂也同样的看不上眼。说得好听点，是暴发户，说得不好点，那纯粹就是土匪！比如老碾坊的邱小明，初中毕业就跟他老子在公路边上找了块闲地，收破烂。那时，这娃娃多良善多乖巧哦，见人就打招呼，叔叔伯伯婶婶的，喊得多亲热呀。可后来，邱小明去外地偷经学艺，回来办了个塑料厂，生产包装袋，一下子发了财，人也就跟着变了，走在村里，眼睛望着天，根本不招呼人！不招呼人就不招呼人吧，你有钱了，你该洋盘，该得意，可你不能下三烂，不能仗势欺人呀！可邱小明倒好，专干这一着。他没事就开着他新买的现代越野车，在村里闲逛，或到公路边的供应点上，跷着二郎腿端着架势喝茶。其实他喝茶是假，他的真正目的，是挑在供应点上闲耍的有点姿色的年轻女人开玩笑，调情。虽然崇义村自来就不是贫穷之地，但能开上那种牯牛样威风凛凛的越野车的，毕竟他是第一个。于是就有眼窝子浅的年轻女人，被他言来语去地勾搭上了，悄悄跑到僻静处去等他，见他的越野车开来，就一闪身钻了进去，跟他到县城的小旅馆开房。也有胆大的，干脆省了那舟车劳顿，趁了家中无人，把他偷偷往屋里带。这邱小明也真是色胆包天，竟然不怕，你说去就去，还把女人整得像杀猪般地又吼又叫，不管隔壁的人听见不听见。完事后，女人要他走后门，可他偏不，他偏要从前门出去，披着他的西装，大模大样地往外走。出了大门，他还要站下来，四下里环顾。有人在外面盯着他看，他也不露一丝怯色，昂着头走他的路，好似身后那屋子和屋子里的女人，本就是他的，他想啥时来就啥时来，想咋个整就咋个整！

　　邱小明究竟在村里勾引糟践了多少女人，玉清嫂都记不住了，她只记得有一次，邱小明睡了张家湾的高红英后，被她男人张贵娃发现了，张贵娃提起一把雪亮的锄头，就跑到厂里去找他算账。

当时邱小明正在厂里跟一个要货的老板谈价,见张贵娃疯狗一样红着双眼闯来,也不躲,只是在张贵娃抢起锄头要砸他越野车的时候,他才朝旁边的几个小兄弟使了使眼色。那几个小兄弟便蜂拥上去,按住张贵娃就是一顿拳打脚踢。在小兄弟打张贵娃的过程中,邱小明始终没有看他一眼,继续跟那位要货的老板一分一厘地讨着价。直到把张贵娃打得满脸是血躺在地上后,他才朝要货的老板做了一个稍等的手势,走过去,将几张百元的票子扔到张贵娃脸上,说这是给你的损失费!你今后要是再敢到我厂里来闹事,老子就打断你的双腿!张贵娃看着那几张百元的票子,一股痛楚霎时钻入他的骨髓,他汪着眼泪骂,我日死你邱小明的先人,你几百元钱就把我婆娘睡了?邱小明哼哼地冷笑,说老子去找一个学生妹儿,才花两三百块钱,老子已经给你五百块钱了,你还要咋个?你以为你婆娘是金镶玉呀?张贵娃不干,在地上挣扎着硬要邱小明给他个说法。邱小明懒得再理他了,皱着眉头朝那几个小兄弟挥挥手。那几个小兄弟便抬起张贵娃,像扔死狗一样将他扔到了厂门外。张贵娃翻身爬起,气得目崩眦裂,但又觉得自己斗不过邱小明,只得抹抹嘴角的血迹,提着锄头奔回家去,拿他婆娘出气,打得他婆娘满村里乱跑,惊呼着张贵娃杀人啦,张贵娃杀人啦!看得老人们站在苍茫的暮色里,不住地摇头,叹气。

有了村里这些乱七八糟的事,玉清嫂想起自己女儿女婿的时候,心底就由衷地泛起一种宽慰和喜悦。她女儿娟娟从小就很听话,就很乖顺,虽然人长得水灵灵的颇有几分姿色,但从读书到后来回家种田,女儿从来没有自作主张谈过恋爱,直到满了二十二岁后,才由她做主,把家住三四十里外穷山区的何松,招上门来做了女婿。何松这孩子沉默寡言,一看就有一种山里人的老实和本分,这点很讨玉清嫂喜欢。但玉清最喜欢的还是何松上门后,

124

不仅知道疼爱娟娟，还知道孝敬她这个丈母娘，吃饭时从来不让她离桌，总是吃一碗给她添一碗，双手捧着，恭恭敬敬地给她递上，做得比她女儿娟娟还细心周到，还让人感到舒服。玉清嫂早年丧夫，生拉活扯地将娟娟盘大，现在能有这样一个美满的结果，她真的很知足，很满意了。所以，外边有人问她女婿咋样，她总是笑眯眯地说，我总算熬出头喽！人家都说，一个女婿半个儿，我那个女婿呀，整个整个的，都是我的儿！眉宇间流露出来的满足和幸福，让那些生了好几个儿子却得不到孝敬的老人们全都羡慕不已，一迭连声地慨叹，说现在养儿真的不如养女了，当初晓得是这样子，就把那几个杂种，丢到粪桶里溺死了！

后来，村里外出打工的年轻男女越来越多，娟娟也曾试着和玉清嫂商量，是不是让她跟何松也出去打打工，挣点钱回来，把家里的老屋翻修了。自从丈夫死后，玉清嫂就一直想把已经破败的老屋翻修一下，可始终未能如愿。翻修老屋成了她的一块心病。可是，当娟娟提出要与何松出去打工挣钱翻修老屋时，玉清嫂几乎想都没想就阻止了。她的理由很简单：村里出去那么多打工的人，有几个真正的挣回钱了？即或挣回钱来，最终又能咋样呢？与其那般人不人鬼不鬼地活着，还不如一家人和和美美的，住这老屋旧屋好！娟娟知道她母亲在说陈家院子的周青妹和她男人，同时也理解母亲的心思，便将外出打工的念头掐灭了，不再向母亲提起。

可前年春节还没过完，何松远在西安做防护栏生意的幺爸就打来电话，说他铺子上缺人手，要何松过去帮忙。何松便鼓起勇气将这事给玉清嫂说了，玉清嫂竟然没加拦阻。没有拦阻不等于说玉清嫂改变了对村里人外出打工的看法，而是她觉得何松去的是西安，又不是去东莞或者广州那些害人的鬼地方！更为重要的是，她认为何松不是出去打工，而是去帮他幺爸。他幺爸玉清嫂曾见过，当年何松入赘她家时，他竟搅在一帮送亲客中，来给侄儿送亲，玉清嫂不知道他的身份，就按对晚辈的礼节打发他红封封，他红着脸不接，旁边的人一起哄，玉清嫂才知道，他跟其他的送亲客不一样，他并不是何松的侄儿，而是何松的幺爸！玉清嫂扑哧一声笑了起来，禁不住就多看了他几眼，发觉他比何松也大不了几岁，但人却长得很精神，眼睛黑亮亮地透着一种机灵和聪明。现在，何松要去给这样一个亲幺爸帮忙，她还有啥子放心不下呢？虽说如此，但精明的玉清嫂还是给何松附加了一个条件：你要去给你幺爸帮忙可以，但你必须把娟娟带上，两个人在外面也好有个照应！嘴上说是照应，可玉清嫂心里明白，她让女儿跟去，其实是为了看住何松。现在的年轻人，你别看他在家里老实本分，说不定到外面的花花世界，一夜之间就学坏了！

她只有娟娟这个宝贝女儿，她不能把她弄丢了；她也只有何松这个宝贝女婿，她不得不多个心眼子，紧紧地防着。可让她没有想到的是，何松听她这样一说，脸上顿时乐开了花，两眼都放出光来，不住地朝她点头，还拍着心口向她保证，说他一定照顾好娟娟，他绝不让娟娟累着，苦着！那惊喜感激的样子，好像她给了他天大的恩赐似的。

自从接到幺爸的电话后，何松心里又喜又忧，喜的是他终于有机会出去打工挣钱了，忧的是他想带娟娟一起去，而且娟娟也很想跟他去，可就是不知道她妈同意不同意。娟娟没有信心，也没有胆量去给她妈说。何松倒是有信心，却又嫌自己笨嘴拙舌的，不知道该怎样给丈母娘说好。两人商量来商量去，最后还是决定由何松去说。何松是女婿，不管说啥子，当丈母娘的总得好好地掂量掂量，一般是不会轻易驳他面子的。于是何松便在娟娟的怂恿下，硬着头皮去了。他本想在说了幺爸的事后，再说娟娟的事，没想到他还在心中思量着怎样开口，丈母娘却率先将带上娟娟的

126

话说了出来，叫他怎能不喜出望外呢？他当时的感觉是，这个丈母娘真是太好了！他要是不是她女婿，而是她的亲儿子，他就抱着她老人家，狠狠地亲几口了！

得到了恩赐的何松像只快乐的鸟儿，立刻飞回睡房去，把这个喜讯给等在屋中的娟娟说了。娟娟也没想到她母亲会有这样的安排，顿时高兴不已，抱住何松，在屋里又笑又跳。一向老实本分的何松，这时竟突然将嘴巴伸到她耳边，悄悄说，这下我到西安去，就用不着天天晚上躺在床上干熬了。娟娟睄他一眼，说你带我去，就是为了这个？何松嘿嘿地笑，说我不为吃锅巴，我围着锅边转啥呀？娟娟的脸腾地就红了，在他腰上狠狠地掐着，说到了那边，也不一定依你！何松摸着脑袋，嘿嘿地笑，说不依就不依，只要有你在身边，我看着都舒服！说得娟娟浑身一下就软了，像一摊水，化在了何松怀里。

当晚，两人就将行李收拾妥当。

可第二天一早，他们要走的时候，却发现玉清嫂端着架子，面色严肃地坐在堂屋的神龛下。娟娟知道她母亲有话要交代，便赶忙拉着何松，走进堂屋去，端端正正地站在她母亲面前。这时，早晨的天光刚刚透进屋来，玉清嫂端坐在堂屋清冽的熹微中，像一尊神。她神一样凝重庄严地看着娟娟，一字一句地问，我们是啥样的人家，有着啥样的规矩，你还记得不记得？娟娟赶紧说记得。然后，玉清嫂又扭过脸去，庄重地看着何松，同样一字一句地问他，我们是啥样的人家，有着啥样的规矩，你知道不知道？何松连忙点头，说知道，知道。玉清嫂淡淡一笑，说好，既然你们都知道，那我就把丑话说在前头了：你们出去要好好做事，好好做人！假如像张三娃和周青妹那样，干了丢人现眼的事，辱没了我们的祖宗和名声，你们就不要回来见我了！永远都不要回来了！

127

玉清嫂的话说得斩钉截铁，掷地有声，像一记重锤敲在娟娟与何松心上。两人心里都凛凛的，感到了一种肃杀之气。

两人就是带着这种肃杀之气上路的。

玉清嫂也是带着这种肃杀之气，在家里等待的。

功夫不负有心人，两年间，娟娟与何松确实在西安"好好地做事，好好地做人"，没有传回来丝毫风言风语，而且还按月给玉清嫂寄钱回来，有时是五百，有时是八百，最多的时候，小两口还一个月寄回了两千多块钱，让村里那些家道没落家声败坏的父母们全都羡慕不已，也惊叹不已，说玉清嫂孤身一人，竟把女儿女婿调教得这么端庄，这么孝顺，真有福气呀！每当这个时候，玉清嫂的心里就会泛起那种由来已久的自豪和骄傲，昂着头说，我们是啥样的家庭呀？哪能容许那些伤风败俗的事发生！旁边的人虽然听得心里酸溜溜的，但也找不到话说：在崇义村，若论祖传的家教和名声，确实没有一家能和他们家比的！

而在腊月二十三的头天晚上，女儿娟娟打回来的电话，更将玉清嫂这种骨子里的自豪和骄傲，涂上了一层甜蜜幸福的亮光。娟娟在电话里说，他们已经买了火车票，准备今年赶回家来过年了。娟娟还说，正月十五一过，他们就打算用自己挣来的钱，把老屋推倒了重修，修个像城里有钱人家住的漂漂亮亮的小别墅！

小别墅是啥模样，玉清嫂不知道，但玉清嫂敢肯定的是，既然是她家娟娟看准的，那就一定比陈家院子周青妹修的那个水泥楼房强，一定比它要正经，要气派，要漂亮！所以，腊月二十三这天上午，玉清嫂便将自己关在老屋里，倾尽感情地为即将归来的女儿女婿收拾房间，擦洗家具，还把两人的结婚照取下来，擦了又擦，直到擦拭得纤尘不染精光明亮后，才将它端端正正地挂在墙上。

玉清嫂这样做的时候，心里有种奇妙和快慰的感觉，她觉得她不只是在为女儿女婿打扫卫生，她还在为崇义村打扫卫生。她就是要擦亮她们的家世名声，让村里那些败坏的年轻人和昏聩的老年人看看，啥样的人才是真正的崇义村人，啥样的人家才是真正的崇义村的人家！

三

死而复活的崇德老汉僵直地坐在床上，原来青灰的脸颊已变得一片蜡黄，密实的汗水顺着他枯皱的额头和苍老的鬓角汩汩流淌。老妹妹见他那副神不守舍的样子，就将双手在他眼前晃动着，说哥，哥，你咋啦？咋啦？崇德老汉像没看见她摇晃的双手似的，依旧瞪大眼睛，直愣愣地盯着虚空里的某一个地方，僵滞的眼神里有一种说不出的惊惶与恐悸。老妹妹便顺着他的目光看去，先是看见一个被老鼠啃烂了的旧木柜，接着就在旧木柜旁边的墙角里，看见了一根已使坏的锄把和一双穿烂的草鞋。崇德老汉的目光就直直地盯着这两样东西，好像这两样东西散发出一股强大的磁力，将他的灵魂吸了去。老妹妹望望那破锄把和烂草鞋，又望望惊怔着一言不发的崇德老汉，昏花的老眼突然闪跳出一丝惶悚的光星，惊悸地盯着崇德老汉问，哥，你……你是不是看见爹，看见……看见爷爷啦？崇德老汉不说话，依然直愣愣地盯着墙角，但手脚却动了起来，开始往地下走。尚义赶忙上去扶他爹，却被他老姑姑拦住了。老姑姑说，你千万不要动他，千万不要动他！仿佛崇德老汉是一张燃尽的纸，稍稍一碰，就碎了。尚义只得退到一旁，惊疑地看着他爹梦游似的走下床，走到墙角去，穿上那双破草鞋，拄着那根已使坏的老锄把，晃晃悠悠地向屋外走去。

院里的人们见崇德老汉出来，就如霎时看见了鬼魂似的，哗啦一声往两边退去。可崇德老汉却像没有看见他们一样，或者说他们在他眼里根本就不存在似的，顾自趿拉着破草鞋，挂着那根已使坏的老锄把，晃晃悠悠地走下屋檐，走过院坝，又晃晃悠悠地往院外走去。

退到两旁的人们虽然很好奇，但没有一个人敢跟上去看个究竟。他们全都呆立在午后偏西的阳光里，惊恐地望着崇德老汉梦一样飘忽的身影。直到老姑奶奶从房里出来，白发苍苍地站在屋檐下，满脸悲悯地望着她老哥哥轻飘的身影摇头叹气时，他们才缓过气来，围上去七嘴八舌地问老姑奶奶，崇德爷爷究竟咋啦？崇德爷爷咋啦？老姑奶奶望着她老哥哥的神情便越发地沧桑，越发地悠远，也越发地虚缈。她在满地的冬日阳光中眯缝着昏花的老眼，像在回望着一桩千年旧事一样，幽幽地叹息道：他还魂了，他出去收他的脚板印了……

腊月二十三这天午后，死而复生的崇德老汉就这样飘飘悠悠地走出他蜗居了几十年的老屋，飘飘悠悠地走出埋藏了他祖上无限荣耀的李家花园，飘飘悠悠地走进了常人无法窥见的"阴阳"两重世界。

冬日的阳光白晃晃地铺展着，冷冰冰的一如他过去那些惨白的梦境。他被这种梦幻般冷白的阳光引导着，头重脚轻地来到了李家花园的寨篱外，双手挂着锄把站了下来。他像过去在田里干活累了一样，将下巴放到锄把上。他霎时觉得有一股脉气通过锄把从地底传来，直达他的脑顶。他眯着眼睛，在一片白花花的虚光中，看见了一条七八尺宽的黄苍苍的老土路。甚至，他还看见了老土路上凌乱的鸡公车辙印和积满了雨水的牛脚窝，看见了遗落在车辙印和牛脚窝里的麦粒和谷子，正像小孩一样龇着牙巴，在白花花的阳光里膨胀发芽。崇德老汉呵呵地笑了起来。他知道，这条老土路就是从他们李家花园的左墙根下延伸出去的，一直延伸到了远方。他们李家的祖上，还有后来的许多子弟，都是踏着这条黄苍苍的老土路走出去，走向外面的世界的。但崇德老汉记得最清楚的，还是在那些并不遥远的岁月里，他作为李家花园的最后一个守望者，经常站在李家花园高大的龙门外，去眺望东方日出的情景。那是怎样的一种景象噢？想起来都让人心中舒展，沉醉！红彤彤的太阳从远处的竹林背后升起来，把坦旷的田野照得金煌煌的一片明亮，特别是那满田满坝的春小麦，长得跟韭菜叶子似的又肥又厚，像上了漆一样，在阳光里绿油油地闪亮。还有那大片大片的油菜花，夹杂在绿油油的麦地中，一咕噜一咕噜地开放着，像女儿家长开的脸盘子，黄娇娇嫩闪闪的惹人喜爱。这时候，你轻轻耸一下鼻子，就可以闻见那遍天遍坝的麦苗的青草香气，就可以闻见那遍天遍坝的油菜花甜丝丝的香味。那香啊，直钻人的鼻孔，直透人的心肺，比喝那陈年老窖的醪糟酒还香人，醉人！你还在香着醉着，又有鸟儿叫起来了，先是旷天旷地的尖亮亮的一声独鸣，接着四周农家竹林里的鸟儿全都跟着叫起来，此起彼伏，你唱我和，硬是把一个宁静的乡村都吵得热闹起来，红火起来。随后，那些躲藏着的鸟儿就像商量好了似的，纷纷扑扇着翅膀从四面八方的竹林里飞出来，飞得满天满坝都是，飞得千姿百态，多姿多彩，霎时将整个流光溢彩的清晨的天空，都变成了它们歌唱和飞翔的天堂。当然，飞得最高最优雅的，还是从他们李家花园的楠木树梢上飞起来的那群白鹤，长长的排成一线，像有人统一指挥似的，在蓝蓝的天空中整齐地扇动着洁白的翅膀，那副高天之上不惊不诧、稳重端庄的模样，还真有一种他们李家人的风范……

可现在，崇德老汉伫立在李家花园的寨篱外，却再也看不见远处那苍青的农家竹林了，再也看不见那冉冉升起的鲜润的太阳了，更看不见他们李家花园的楠木树梢上那群优雅飞翔的白鹤了。他的视线被一道横空出世的高高的土埂挡住了。他的视野被压缩成了一个促狭的世界，除了那些堵塞的沟渠、塌陷的土路、光秃秃的老树和毫无生气的逼仄的田野外，他几乎什么都看不见了。

什么也看不见了哦！

崇德老汉的心像被刀割似的，痛痛地抽搐了几下。他不用眯着昏花的老眼去细看，就知道横挡了他视线的"土埂"，就是两年前新修的那条高速公路了！他还知道，这高速公路不仅修得高，修到了人头上，还在路两边装上了长蛇一样的白铁栏杆，从早到晚，甚至半夜三更的时候，都有许许多多大大小小的车子在那路顶上刷地飞来，又刷地飞去，飞来飞去地让人看了眼睛花，让人晚上睡不着觉，老是觉得有东西在眼面前呼地跑来，又呼地跑去。崇德老汉不明白，那些汽车本来就跑得够快了，为啥还要修这高速公路，让那些车子一个追着一个，跟鬼撵来似的，没命地跑呀跑的。人一辈子，就这么几十年的光阴，你跑得太快，赶得太急，不就将光阴跑短了，跑没了？人生就像一瓶酒，你得慢慢地喝，慢慢地品呀，你成天急匆匆地追来赶去的，还能活出个啥滋味呢？人一旦活得没了滋味，心也就枯了，劲也就没了，做啥事都提不起精神了哦……

还有高速公路背后那条电站的引水渠，也让崇德老汉憎恶。它虽然比高速公路早修了几年，但同样横陈陈的在田野上筑起一道高埂子，把水关在了半天上。那是啥样的水呀？崇德老汉腿脚利索的时候，曾爬到那高埂子上去看过，绿森森满盈盈地关了一整沟，抱起一块脸盆大的石头扔下去，轰隆一声竟然砸不到底，别说是村里的女人不敢去渠边洗衣服淘菜，就是村里那些顽皮的半大小子，也不敢轻易跳到里面去玩水了。前几年倒是有个胆子大的犟小子，跟人打赌，从横搭在渠上的水泥桥板上往里跳，结果被宽阔深泓的渠水席卷着，怎么也爬不上岸来，在水里划拉着双手，惊呼着救命呀，救命呀，直直地往电站的进水口冲去，要不是进水口有个铁栅子拦着，被电站的人拉了起来，他命都没了！

这些年，村里的娃娃们都找不到一处玩水的地方了。夏天热得实在受不了，他们就跑到后院去，合上电闸，启动水泵打起地下水来，牵着水带子，往身上淋。哪像早些年，房前屋后和田坝里头，到处都是纵横交错的沟渠，都流着清凌凌的水，都游着自由自在的鱼虾，随便找个地方，都可以跳下去，玩水散凉。小沟里玩得不过瘾，还可以跑到大沟边上去，用闸板关了堰头，拦起满沟清花亮色的水来，尽情地洗澡、斗水、打水仗。在水里玩得牙齿打战，浑身起了鸡皮疙瘩，还可以溜到沟边的秧田里去，躺在热温温的田水里晒太阳，抓起热温温的田泥，糊在脸上、身上和硬翘翘的小雀雀上。待将全身晒得温暖起来，又像个黑人似的跑出秧田，纵身一跃，跳进水沟里去，斗勇逞能。还有那些栽着桤木树长着芭地草和茅花竿的老水沟，也让崇德老汉怀想。这些老水沟的堤足下通常都布满了螃蟹洞，藏着那些张牙舞爪眼睛像小棒槌一样支棱着的大小螃蟹。一遇下雨天，这些老沟里的水就浑浊起来，村里的孩子便三五成群地跑到沟边上去，挖出腥味浓烈的曲蟮子，绑在小竹竿上，杵进浑浊水里去钓螃蟹。螃蟹最见不得腥了，一闻到那腥味，就掉了魂似的纷纷爬出洞来，争先恐后地去咬那曲蟮子。这时，只消把小竹竿一提，就有满竿的螃蟹被钓起来，对着水桶一抖，稀里哗啦地直往桶里掉。用不了多长时间，就可以钓得一小桶，提回家去，剥了壳，除了裹杂着泥沙的内脏，穿上面粉"衣裳"，用油炸了吃，常常吃得那些贪嘴的小孩满肚皮的腥味，引得肚里的蛔虫兴风作浪，半夜时捂住肚子在床上直叫唤，被隔壁的父母没好气地骂了又骂：看你杂种还贪不贪吃，还贪不贪吃哇！

可自从修了电站的引水渠，筑起那高速公路后，这乡村的野趣和情趣就没了。昔日完整的田野被分割得七零八落，所有挡道

133

的农家院落和竹林都被搬迁，都被砍伐了，有近一半的村里人，被迁到一条坑坑洼洼的旧马路旁边，密密实实地挤在一排排水泥楼房里，促狭地过着日子。由于土地被大量占去，田不够种，人人心里都闷得慌闲得慌，再加上又没有挣钱的其他营生，日子过得紧巴得无聊，村里的年轻夫妻就经常吵嘴打架，常常半夜三更从床上闹起来，惊乍乍地闹得满村风雨，不是女人抓烂了男人的鼻子，血流得满脸都是，就是男人扯烂了女人的衣衫，半个青白的奶子露在外面，在夜色里晃荡。实在打得冤冤不解了，就有男人赌气，跑到城里去打工，挣了一点钱，就去干下三烂的事，报复家里不让他尽兴的女人。至于那些厌倦了乡村生活和粗暴男人的女人，就更是横了心，偷偷去成都打了火车票，一趟子跑到天涯海角的深圳或广东去了。究竟她在那边干了些啥子，家中的老人和丈夫根本就不知道，即使知道了，你也无法，远天远地的，你还能把她咋着？

当然，也有一些老院子没被搬迁，但再也没有过去那种田园牧歌的诗情画意了。由于人口膨胀，已有不少人家将房屋修到了竹林外，修到了田野里，远远看去，就像那些蓊郁的院林深处爆绽出的一团团烂棉絮，不由得让人产生一种破败苍凉的感觉……

偏西的太阳渐渐淡去，就像泼到地上的水在慢慢地收敛和消逝。八十九岁的崇德老汉拄着老锄把，望着那遮挡了他视线的高速公路和周围那些破败的农家院落，心里一阵阵地冷，一阵阵地痛。自古水都关在低处，路都修在人的脚下，哪有这样把水关在人头上，把路修到人头上的？人的头上压多了东西，人脉也就衰了，人心也就散了，崇义村哪有不败坏的道理呀？

四

乡村的冬夜死一样沉寂。劳累了一天的玉清嫂坐在暖烘烘的
柈碳火盆旁边，电视还没看完，困劲就上来了，于是便拍着嘴巴
哦哦地打着呵欠，从灶房里端来热水，准备洗脚上床睡觉。可她
刚将双脚伸到盆子里，房门却被人敲响了。玉清嫂侧耳听着，有
些疑惑地想，我独门独院住着，谁还在这时候来敲门呀？确信真
是有人在敲门后，玉清嫂便将双脚从盆子里提起来，吊在空中甩
了甩水，跋拉着"抱鸡婆"棉鞋，跑去开门了。门刚拉开，屋里
的灯光就透射出去，霎时照见了一个红彤彤的人儿：红彤彤的羽
绒服，红彤彤的羊毛围巾，还有一张被冻得红彤彤的俏脸儿！玉
清嫂惊叫一声，一把拉过那红彤彤的俏人儿来，紧紧地抱在怀里，
喜悦的泪水一下就涌了出来，说哎呀呀，是娟娟呀，是我的女儿
回来了呀！

可玉清嫂刚将女儿娟娟抱住，又突然想起什么似的，赶忙推
开她，伸出颈子去望外面，说何松呢？何松呢？

娟娟没有说话，只是用那双黑亮亮的大眼睛望了她母亲一下，
将身子闪到了旁边。于是，那透射出去的灯光里，就出现了一个
男人通红的面孔和瘦削的身影，他手里提着一大包胀鼓鼓的东西，
有些局促地站在门外。玉清嫂一愣，回头问娟娟，何松呢？何松
咋没回来？

娟娟将了将额前被霜露打湿的头发，低头说，他留在西安看
铺子了。迟疑一下，娟娟又抬起头来补充道，火车晚点了，幺
……幺爸在我们家暂住一夜，他明天……明天就回去。

玉清嫂哦了一声，这才明白是咋回事，赶紧伸出手去拉门外
站着的男人，热情地招呼道，快进来坐，快进来坐呀！天这么冷，

你还站在外面干啥呀?

那男人扯起嘴角动了动,似乎想招呼玉清嫂,但又不知道怎样招呼似的,只得尴尬地笑笑,红着脸进了屋。

玉清嫂赶忙把栎炭火重新加旺,拉着娟娟和她幺爸在火盆边坐下。玉清嫂问他们吃夜饭没有?娟娟摇了摇头。玉清嫂赶急拍拍手上黑黑的栎炭灰,转身麻利地往灶房里走,说你们先烤烤火,我马上去给你们煮吃的!那男人不好意思地说,算了吧,都这一夜了,不麻烦你了。玉清嫂回头嗔怪地瞪他一眼,说看你说的啥呀?你难得来我们家,还能让你饿着肚子吗?说完就满面喜悦地跨出门槛,朝灶房走去了。

留在堂屋里烤火的娟娟与她幺爸对望了一眼,但两人都没有说话。

灶房里的玉清嫂却忙得不亦乐乎。她先是拿出昨天刚磨好的汤圆煮了粉子,随后又往锅里磕了几个鸡蛋,最后还从碗柜里抱出猪油罐子,挖了一大坨白花花的猪油慷慨地放了进去。那咕噜咕噜开着的锅水里,立刻飘满了又圆又大的油星子,再将自酿的糯米醪糟往里一掺,灶房里霎时就弥漫起那种略带酒香的甜味来。幺爸是贵客,又是娟娟与何松出去挣钱的贵人,可不能怠慢了人家呀!

将醪糟蛋煮好后,玉清嫂就用一个瓷盘托着,端到了堂屋里。她亲手捧起一碗,递给幺爸,说天冷得很,你赶快吃了,驱驱寒气吧!幺爸有些受宠若惊地站起来,慌慌地伸出双手去接,却被玉清嫂拦住了。玉清嫂说,你快坐下吧,坐下吧。你是何松的幺爸,按礼我该叫你一声亲家才是,你就不要讲那么多礼数了。幺爸很不自然地笑笑,接过那碗醪糟蛋,闷头在火盆边吃起来。

娟娟也端起一碗,往嘴里扒拉着那白白的醪糟粉子和流出了蛋黄的鸡蛋。

玉清嫂笑微微地坐在旁边，看着他们吃。

栎炭火红红的旺旺的，将整个堂屋都烘烤出一种令人愉快的热气。

待两人吃得差不多了，玉清嫂就跟幺爸拉起了家常，问他西安的生意怎样，除了娟娟与何松外，铺子上还雇没雇其他的人，娟娟与何松听不听他的话，两人勤快不勤快，等等。幺爸显得很腼腆似的，问一句答一句，始终都不敢抬起头来看她。玉清嫂见他那副拘谨的样子，不觉想起当年他搅在一帮小年轻中，来给何松送亲，她打发他红封封，他红着脸不接的情景，心中不由得暗自笑了：山里长大的男人，就是这么实在，都在西安那么远的地方开铺子，当老板了，还这般面浅！于是，玉清嫂就跟他开玩笑，说何松是你的侄儿，娟娟是你的侄儿媳妇，两人不听话，不勤快，你就拿出老辈子的威风来，该咋骂就咋骂，该咋打就咋打，千万不要惯着他们，啊？

幺爸有些惊愕地看着玉清嫂，又有些惊愕地扭头去看娟娟。

娟娟赶忙低下头，用火钳去翻弄火盆里的栎炭。她那张俏生生的脸庞被炭火映得通红。

吃了夜宵，洗了脚后，玉清嫂就带着幺爸去女儿女婿的房间休息。她拍着软和的钢丝床，说今天上午我才收拾好的，铺盖都抱出去晒过太阳了，干净得很，你放心睡吧。幺爸感激地笑笑，礼貌地说了声谢谢。玉清嫂即刻又嗔怪起来，说都是亲里亲戚的，说啥谢呀。你坐了一天一夜的火车，想必是累了，就赶紧歇着吧！说完就拉上房门，走了出去。

等她灭了堂屋里的火盆回到自己的房间时，娟娟已经脱了衣裤上了床，正往被窝里钻着。玉清嫂心里的兴奋劲还没过去，她一把拉住娟娟，说哎哎，你咋就睡了？

娟娟的上半身停在被子外面，疑惑地问她，咋？你还有事？

玉清嫂赶忙脱了衣裤，几刨三折地钻进被窝里去，挨着女儿躺下，说你两年没有回来了，你就不给妈说说话呀？

娟娟望着她，你想我给你说啥？

玉清嫂便将头靠在女儿肩上，像天真的小姑娘似的眨巴着眼睛想了想，说，那你就说说西安，说说你跟何松的事吧。

娟娟的脸上突然就出现了一种落寞和倦意，她把身子往被窝里缩去，拉起铺盖遮在了自己的脖子下面，说这有啥说的呀？我坐了一天一夜的火车，累得都快散架了，眼睛都睁不开了，我……我想睡了。说着就翻转身去，把背朝向了她。

玉清嫂怔怔地看着女儿的背影，真想伸出手去在她的后颈窝上狠拧一把，说你个小女子，出去挣了几个钱回来，就敢在妈面前摆架子了，妈想跟你说几句话，你都不耐烦了！可转念想想，人家坐了一天一夜的火车，确实也累了，何况这次女儿回来，也不是三天五天就走的，今后有的是时间说话，你急啥呀？于是玉清嫂就叹了口气，说好吧好吧，你累了，赶紧睡吧。然后伸手拉灭床头灯，自己也钻进了被窝里去。

可躺在被窝里的玉清嫂一点睡意也没有，她在黑暗中大睁着眼睛，脑子里像有一根棍子在搅动似的，总停不下来。她一会儿去想留在西安看铺子的何松，这时一个人待在铺子上，该是多么的冷清呀！一会儿又想正月十五以后，娟娟就要把老屋推倒了修"小别墅"，那时何松不在，家中只她们母女俩，连个有把力气的男人都没有，那些重活大活谁干呀？一会儿又想，这两年，娟娟与何松虽然寄回了不少钱来，她一分一厘也没舍得乱花乱用，全都给他们存着，可也只有三万来块钱呀，修那"小别墅"够么？娟娟说要将这"小别墅"修得跟城里有钱人家那样漂亮，这得花多少钱呀？到时候场面铺开了，钱却接不上了，该咋办呀？……

玉清嫂脑子里像过电影似的，一会儿东一会儿西地闪来闪去，在黑暗里躺了半天，不仅没有抓到丝毫梦的影子，还把自己折腾得亢奋起来，整个人都清花亮色的，没有一点倦意和睡意。睡不着干脆就不睡了！玉清嫂打算穿上衣服，去院里走走，也好趁机把修房的事在心里谋划谋划。可玉清嫂翻身坐起时，却发现旁边的女儿也没有睡着，也在床上翻来翻去地折腾。玉清嫂禁不住在心里扑哧一声笑了起来，说这鬼女子，你不是说累得都快散架了，眼睛都睁不开了，咋也像你妈一样，翻来覆去的睡不着呀？原来你也跟妈一样，是个操心的命哪！

第二天早晨，玉清嫂天不见亮就起了床，在灶房里乒乒乓乓地忙开了。她用竹竿戳下屋梁上一块半肥瘦的宝肋肉洗了，又去冰箱里取香肠，川味和广味都各取了几节，最后还跑到碗柜旁边，弯着腰将右手伸到下面的盐水坛子里去，摸出几个绿莹莹的泡鸭蛋，一并放到了锅里。灶上忙完了，玉清嫂又坐到灶脚下去，不停地往灶膛里加着柴火。柴火呼啦啦地燃烧着，吐出长长的艳红的火舌头，把灶额头上吊着的黑黢黢的炊壶舔烤得嗞嗞地滴油，同时也把玉清嫂宽大的脸盘映得像火烧云似的一片赤红。像火一样赤红的还有玉清嫂作为女主人的心意：何松的幺爸今天就要回山里的家去了，她要好好地款待款待他，好好地谢谢他这两年来对娟娟何松的照顾！

饭桌上，玉清嫂表现得十分的周到热情，不仅坚持要何松的幺爸坐在上首，还在吃饭的时候，不停地给他夹菜，甚至还专门挑了大半边油浸浸的红心泡鸭蛋，亲自用筷子挑出里面的蛋白和蛋黄，往他碗里抖着，说这是娟娟他们走那年我泡的，都泡出油了，香得很，你快吃吧吃吧！搞得幺爸很不好意思，手足无措的，涨红着脸去看娟娟。

娟娟闷着头扒饭，不说话，只是将眼睛从碗边上撩起来，朝他笑了一下。

幺爸仿佛受到了鼓励一样，也低下头去，大口大口地吃菜吃饭。

吃了饭后，幺爸就钻进女儿女婿的睡房里去，收拾东西了。玉清嫂在灶房里收拾碗筷。可她将锅碗瓢盆全都收拾妥帖了，解着腰间的围帕擦着手往院里走时，却不见他从那屋里出来，而娟娟似乎也没有一点要送她幺爸走的意思，此时竟从衣柜底下翻出一件旧毛衣，坐在阳光初照的院坝里，簌簌地拆起了毛线。玉清嫂想走过去问女儿，她幺爸究竟啥时走噢？又觉得不好开口问的：人家难得顺路来她家住住，哪有刚吃了早饭就撵人家走的？

玉清嫂看看那紧闭的房门，又看看坐在院坝里簌簌地拆着毛线的女儿，终于想出了一个答案：他家离崇义村并不远，也就三四十里的路程，吃了午饭后回去，也来得及！

于是，午饭依然很丰盛，玉清嫂也依然表现得很是周到热情。

可吃了午饭，将灶房收拾妥当后，玉清嫂再次走到阳光灿烂的院坝里时，脸却沉了下来：幺爸又钻进那屋里去把自己关了起来，而娟娟此时已将那毛线拆完，并用开水在一个大号的红色塑料盆里烫过了，正噗噗地抖动着，穿在竹竿上，在太阳地里晾晒。

玉清嫂感到有些不对劲。究竟哪里不对劲，她也想不明白，就是觉得娟娟和她幺爸这样，有点古里古怪的，不太正常。

于是，玉清嫂就将晾晒毛线的娟娟叫到灶房里，关上门，板着脸问她，你幺爸咋还不走噢？

娟娟的眉毛一下就拧了起来，有些不悦地瞪着她说，妈，你啥意思呀？

玉清嫂淡淡地笑了笑，说我没啥意思，我只觉得他该回家了。他一个大男人，又是你幺爸，他咋能在我们家住着不走呢？

娟娟便低下头去，不再说话了。

玉清嫂疑惑地看着娟娟，看着她烫过染过了的深褐色的头发，心里突然像被钢针扎着似的，猛地跳了一下。她一把拉住娟娟，有些惊恐地问道，娟娟，你……你是不是跟幺爸之间有……有啥事……瞒着我呀？

娟娟依旧不说话，将头更深地埋了下去。

玉清嫂见女儿这副死皮奋脸的样子，不觉急了，抓扯着娟娟的肩头猛烈地摇晃着，大声叫道，你说，你说呀！你跟他究竟是咋回事？究竟是咋回事呀？

娟娟猛地抬起头来，双眼里已经汪满了泪水。她直愣愣地瞪着她母亲，黑森森的瞳人深处闪射出一股刺人的光来，你……你真要我给你说？

玉清嫂冷着脸，口气毋庸置疑，你必须给我说！必须说！

娟娟的脸上霎时出现了一种凄切的哀伤与锥心的痛苦。她昂着头倔犟地瞪着她母亲，整个人都变得孤注一掷起来。她凶巴巴地说，说就说！总之是瞒得了初一瞒不了十五，我还怕啥呀！

然后，娟娟就将捂在心底的话抖包包地说了出来。

其实娟娟说得很憋屈，也很痛楚，甚至在述说的过程中，还不停地去抹脸上的泪水，显得非常可怜。然而就是那么几句简单的叙说，却听得玉清嫂心惊肉跳，宛如一颗炸雷凌空劈下，轰地就将她炸瘫下去。她瘫坐在灶房冰凉的泥地上，恐骇万端地瞪着她女儿，仿佛在看一个从地狱里蹦出来的妖魔。她呆愣了好一会儿，惊恐地张着的嘴巴才动了动，急剧起伏的胸膛里才爆炸似的挤出一声撕心裂肺的号啕：我的妈呀！你们都做了些啥？都做了啥呀？你们不怕天打五雷轰，我……我还怕天打五雷轰呀！

五

崇德老汉又看见昔日的李家花园，又看见他们祖祖辈辈在李

141

家花园里悠然生活的情景了：高大的福字照壁在龙门外的阔坝上高高地立着，巍峨的黑漆门楼上悬挂着两只风铃，在悠悠的晨风中清脆地摇响，龙门两旁的侧墙上各开了一个扇形的雕花窗洞，隐约可见院里的红花绿树，人称"云耳纱窗"；龙门前百步远的地方，一高一低横卧着两条水沟，清澈的沟水长年不断，淙淙流淌，沟堤上植满了柳树和槐树，每到仲春时节，便含烟凝翠，槐香四溢，人称"双玉带"风水；白壁黑顶的瓦屋鳞次栉比，围绕着祭祖的堂屋和堂屋前的大花园，回廊曲径，八方通幽，内看中间高四周低，外看四周高中间低，风水学上称"四水到堂"；后花园里挺立着一片高大的楠木林，郁郁葱葱的像在半天上停驻了一团绿云，上面有白鹤在筑巢，在孵卵，在振翅鸣叫；堂屋四周的大小天井里都栽种了花草树木，筑造了假山鱼池，不时有衣着鲜丽的女人在花树间穿行，在波光粼粼的鱼池旁顾影自怜，顾盼生姿；前屋的学馆里书声琅琅，随着穿堂而过的清风传将出去，传得很高很远，与天上飞翔的白鹤的鸣唱融在一起，使幽深的大院陡添了几分新鲜的活力和几分清新的书卷气。最后，崇德老汉还看见一个穿小马褂的男孩，头上扎着冲天辫，趴伏在书房外面的泥地上，将一根细草伸到地下的小洞里去挑逗"地牯牛"，搞得满身的尘土和满身的汗水，抬手在脸上一抹，即刻就成了花脸调皮的"猫胡"……

拄着锄把站在冬日苍凉原野上回望家园的崇德老汉不觉笑了。他知道，那个趴在地上挑逗"地牯牛"的小男孩，其实就是他自己。他还不满五岁，就被有着秀才功名的父亲关进书房里，与那些比他大好几岁的本家族的孩子们一起读书，习字。他不想读书，也不想习字，坐着又不安分，就在书房里东游西荡，不是去扒拉哥哥们写字的肘拐，就是绷扯着脸皮给哥哥们做怪相，结果被他父亲屁股上一戒尺，赶了出去。她母亲不依，就把他跟父亲一齐拉到龙门上去。为了证明他的聪明伶俐，母亲指着龙门两旁的对联让他念。他便将小手背在身后，摇头晃脑地念起来：本源千载者胜，双露百年犹新。父亲不相信他认得那些字，又让他倒着念回来。他又摇头晃脑地倒着念了回来，竟念得丝毫不差，字字珠玑，惊得他父亲目瞪口呆，问他，哪个教你认的？他躲在母亲的罗裙下，仰头去看母亲。父亲把目光从母亲的脸上移过来，移到了他脸上。父亲板着脸说，你既然认得，那你写得出么？他便捡起一块小石子，背对着门框，拱着屁股在地上一笔一画地写起来，竟也写得一字不差，还点横撇捺的极有模样。父亲的脸板得更紧了，瞪着他说，既认得字，也写得出，为啥还要在书房里捣乱？他又躲到了母亲的罗裙下去，撅着红嘟嘟的小嘴巴说，我不想读书，不想写字。父亲问他，不想读书，不想写字，那你想做啥？他可怜巴巴地望着父亲，说我……我想玩。父亲扑哧一声笑起来，在他后脑勺上拍了一巴掌，说想玩就玩去吧，玩去吧！他乐颠颠地跑回了院里，还听见父亲在龙门外哈哈笑着，说这娃娃，还真是个读书的料！母亲却说，他还小，还没到发蒙的时候，你就别逼他了。父亲说，好吧好吧，我就把他交给你，等他发蒙了，我再教他……

时至今日，崇德老汉都还记得当年母亲拉着他到龙门外给父亲念对联的情景。可他记得最清楚的，还是龙门上的那副对联：本源千载者胜，双露百年犹新。寥寥十余字，却古朴苍劲，刀砍斧凿似的极有力量，颇具魏碑风骨！

他怎么可能忘记这副对联呢？这是他爷爷亲笔题写的噢！他爷爷不仅缔造了李家花园，也缔造了崇义村噢！

崇德老汉一想到他早已作古的爷爷，顿时觉得他们李家所有的辉煌和荣耀都凝聚在了他身上，他浑身上下气血贯通，神思飞扬，许许多多的前尘往事都清晰地回到了他眼前。

其实他们李家并不是地道的川人。他们李家与川西平原的许多人家一样，也是清初顺治年间"湖广填四川"填来的，祖籍就在湖北麻城的孝感乡。所不同的是，他们李家在孝感就是大族旺族了，就是远近闻名的书香门第了，甚至连女人都酷爱读书，《四书五经》，诗词歌赋，无不稔熟精通，其幽雅的谈吐和出众的才华，丝毫也不亚于族中那些手持经卷的男子。所以他们李家在孝感招婿，从来不问对方的家财地位，只问学问：学问比得过他们要嫁出去的女子，你尽管娶去，还白白送你一份丰厚的陪奁；学问比不过，你就夹着尾巴滚蛋！那时，孝感许多破落的读书人，在考取功名无望后，都纷纷到李家来考女婿，一样的可以扬名乡里，可以身价百倍。每到这样的时刻，李家大院的阔坝里就人头攒动，莘莘学子往来穿梭，之乎者也满地流淌，比传说中的穆桂英比武招亲还热闹！那时，孝感的读书人除了盼望自己科举成名外，另一个期盼就是李家女人"喜获千金"。李家女人一旦生了女儿，他们就奔走相告，欢呼不已：即使他们这一辈读书人赶不上了，可他们的儿子儿孙能赶上哦，也在科举之外多了一条出路噢！

崇德老汉曾看过祖上留下来的族谱，他们李氏族人拖家带口，从孝感出发，跋山涉水走了两个多月，才到达川西平原。由于连年的战乱与杀伐，当时的川西平原已"十室九空"，渺无人烟，几乎成了一片亘古鸿蒙似的荒原。为了鼓励民众入川开荒，朝廷颁令天下：但凡徙川民众，"尽可占其地"。也就是说，不管你从哪里来，也不管你过去是穷人还是富人，只要你入川，你想占多少地就占多少地，没有丝毫限制，哪怕是在野地里插根树枝树丫都作数！所以，他们李氏族人一到这里，就"插枝圈地"，就从荒废的水沟边上砍来树枝树丫，由族中的几十个年轻人抱着，在荒原里满头大汗地奔跑，往野地上插着那些树枝树丫，竟前后跑了整整三天，一口气圈下了七千多亩上好的油沙地，比现在的崇义村

144

还大出许多！然后，他们就在自己的"圈地"里开荒、种粮、造屋。他们李氏族人在草创住宅的同时，也草创了学馆，把族里所有的男孩女孩集中在一起，读书习字。那时，川西平原上迁来的人还不多，人烟还很稀少，辽阔的荒原里还野草丛生，狼蛇出没。可就在这片狼嚎蛇行的荒凉的世界里，李家后人的读书声却嘹亮地响了起来，经久不息，直入云天……

这就是他们李家先人的见识和胸怀！

可他们李家真正发达，还是在崇德老汉的爷爷手上。同治初年，他饱读诗书的爷爷在乡试中考取了举人的功名，三年后进京大考，又一举中了进士。喜报传来，整个崇义村都沸腾了，村人们敲锣打鼓，纷纷赶来祝贺，就连四川总督也亲笔题写了"进士第"的牌匾，派人快马送来，挂在了他们李家的门楣上！

不久，他爷爷就补缺，放到京畿的一个县上去做了知事。几年后，他爷爷又擢升为陕西督学。后来，他爷爷又回川，做了嘉州知府……

光绪二十二年，一抬绿呢大轿将他告老还乡的爷爷送了回来。许多年后，崇德老汉都还听他父亲无限神往地提起当年他爷爷归乡的情景：全村人都闻讯跑了出去，站在黄苍苍的老土路两旁迎接他爷爷。他爷爷从绿呢大轿中走出来，迈着方步，摇着杭州纸扇，笑微微地往村里走。来迎接他爷爷的还有本县的在任官员和本地的乡绅学子，他们众星捧月似的簇拥着他爷爷，那热忱恭敬的浩大场面，看得村人无不瞠目结舌，心生无限敬仰！

万般皆下品，唯有读书高噢！未能在科举中一展宏愿的父亲每每说起爷爷这些辉煌旧事，就止不住感慨万端，那种生不逢时怀才不遇的落寞和痛苦，像一片浓墨似的泼在他脸上。

爷爷告老还乡后，依然豪情不减，又秉承他读书人的心志和抱负，开始改造他的乡村：他先是大兴土木建造李家花园，后又拿出大量资财在乡里兴修水利，培植优良稻种，教给村人农桑技术。李家花园建好后，爷爷还将家族的学馆扩大，办起了义学，招收村里外姓人家的孩子，与李氏后人一起读书习字。爷爷不仅不收他们一分钱学俸，中午还免费供应他们一顿午饭。到了年底，爷爷还将那些课业出众的外姓学童分出等级，给予奖赏：末等奖是两块大腊肉提回家过年，高等则奖三块白花花的银圆，捧回家去给父母报喜。那些外姓学童的父母大多是雇工或佃户，家里很少有现钱，即使有，也是些零零碎碎的麻钱，用麻绳穿着提上街去，也买不来几样东西。所以，他们一见那白花花的银圆，眼睛都亮了，喜极而泣中，除了双手合十念叨和感谢着他们李家的功德外，还要拉着孩子的手，一而再，再而三地嘱咐：一定要好好读书，好好上进，将来有出息了，报答李家老爷的大恩大德！就是那些顽劣的孩子的父母，见邻家的孩子受了奖赏，也会逼着自己的孩子好好读书，好好上进的。一旦孩子不听话，不好好读书，就会被他们罚到泥田里去，汗流浃背地跟在牛尻子后面做脏活重活！

这叫"吆牛尻子"，是当时崇义村人对不好好读书上进的孩子的惩罚。如果哪个孩子被家长这样惩罚了，就会被其他的孩子嘲笑、鄙弃，任你能上树捉鸟、下河摸鱼，纵有百般能耐，也没一个孩子瞧得起你。

一时间，崇义村的大人小孩读书蔚然成风，村里村外，田间地头，到处都是朗朗的读书声，到处都能见到手捧书卷埋头读书的人影。那时候，你走进崇义村，随便在村头路尾捉住一个小孩，他都能给你讲《大学》《中庸》甚至是《论语》，随便在哪家门槛上一坐，那些做着针线活或者吧嗒着叶子烟杆儿的老人，都能给你讲几则"曹冲称象"、"孔融让梨"、"岳飞刺字"这类先贤圣哲的经典故事。至于"二十四孝"这类民间教化故事，更是在家家户户流传，人人都能给你说上几个，人人都懂得其中的道理。

于是，崇义村成了一个知廉耻、识礼仪、崇道德的乡间桃源。

后来，村里又出了几件大事，更使得崇义村声名远播，连朝廷都颁旨予以了褒奖。

光绪二十六年秋天，村里一个颇有几分姿色的杨姓小媳妇回娘家，被山里一个土匪头子拦路截获，抢回去做压寨夫人。这土匪头子已干了好些年的杀人越货勾当，积攒了大量的金银财宝，他捧出那些金银财宝来，在小媳妇面前炫耀着，说只要你从了我，这些东西都是你的！可小媳妇整死不从，土匪头子就将她关进地窖里去，不给她饭吃。接连饿了三天三夜，饿得奄奄一息后，土匪头子又把她提了出来，笑着说，咋样？你现在从了我吧？小媳妇依然不为所动，且鄙屑地瞪着土匪头子，说别说我已经嫁人了，就是没有嫁人，我也不嫁你这样的贼子、恶人！土匪头子的脸色一下就变了，瞪着她哼哼地冷笑，说你知道不从我，最终是啥下场吗？小媳妇苍白的脸上泛起一丝轻蔑的笑意，说大不了就是一条死路，你还能把我咋着？土匪头子恶狠狠地指着旁边的悬崖，说好，那我就成全你，有胆量你就往下跳吧！小媳妇看都没看土匪头子一眼，就拖着虚弱的身子摇摇晃晃地走到悬崖边，一头往下栽去，惊得土匪头子目瞪口呆，赶忙伸手去拉，竟没有拉住。

消息传回崇义村，全村的人都号啕大哭。崇德老汉的爷爷感念小媳妇的贞烈，便连夜上书总督衙门，请求表奏朝廷，对小媳妇进行褒奖。不久，朝廷的圣旨就下来了，不仅对小媳妇的贞烈之事给予了褒扬，还责令总督衙门，出资为其修造贞节牌坊。

三个月后，一座石砌的贞节牌坊就骑着黄苍苍的老土路，巍然屹立起来。

光绪二十九年冬天，村中又出了一个王姓孝子。王家本就不富裕，再加上父母都得了肺痨病，长年躺在床上，家境便愈加贫穷了。可王家的独生儿子宁愿不娶老婆，宁愿自己食不果腹，衣不遮体，也精心地侍奉着他病中的父母，三十年间，端汤奉药，从不间断，端屎端尿，从无一声怨言，有时为了他病中的父母能有一口好吃的，能有一点油荤补痨，他竟不分白天黑夜，出去找重活苦活干，一旦挣了钱，他就立马买了肉回去，用沙锅炖了，双手双脚地端给父母吃。父母要他也吃一点，他不吃，他说他已在灶上吃过了。然后在收拾锅灶碗筷的时候，他就喝点锅底的残汤，甚至把父母吃剩下的骨头捡进嘴里，吸吮上面所剩无几的油水。后来，他父母终于咽气了，可他也病倒了，躺在父母的尸体旁，再也爬不起来了，面色惨白，形容枯槁，竟比他死去的父母还骨瘦如柴！

王家孝子的作为同样感动了崇义村人，同样感动了崇德老汉的爷爷，经他奔走吁请，一座石砌的孝子牌坊又骑着黄苍苍的老土路耸立起来。

宣统元年，新上任的四川总督到县乡巡视，慕名来到崇义村，一见崇义村那种人人安居乐业，人人知廉耻、识礼仪、崇道德的非凡气象，不觉兴奋不已，连声夸赞，并当即口谕陪同的县知事，修造功德牌坊，予以宣扬表彰。

半年后，一座气势恢弘的青石功德牌楼，便在满地金色的滚滚麦浪中，巍然屹立在了村口。总督大人带着巡抚、道台等一班官员专程赶来祝贺，当场挥笔写下"崇德尚义"四个铿锵有力的大字，刻在牌楼正中，并赠一联：都江东下双交派，天府西来第一楼，并刻在牌楼两边的立柱上。

至此，从他们李家花园延伸出来的黄苍苍的老土路上，便巍然骑立着三道大石牌坊。村人日出而作，日落而息，扛着锄头牵着牛儿走在下面，仰望着从他们的土地深处耸然而起的大石牌坊，心中无不欣然自豪；外面的人从村前的官路上经过，抬头见了那三道联袂挺立的大石牌坊，则不由人停步，马缓蹄，天高地阔的，心中肃然起敬。

于是，整个平卧的崇义村便仿佛有了筋骨和灵魂似的，在坦旷旷的川西平原上肃然挺立起来。

崇义村原叫李家庄，也自此更名。

十多年后，崇德老汉呱呱坠地，他父亲请他爷爷起名。他爷爷站在他们李家巍峨的黑漆龙门上，指着那道最高最大的功德牌楼，说还起啥名呀？那不是现成的吗？就叫崇德吧！

二十年后，崇德老汉的儿子呱呱坠地，他请他父亲起名。他父亲也站在他们李家巍峨的黑漆龙门上，指着那道最高最大的功德牌楼，说还起啥名呀？那不是现成的吗？就叫尚义吧！

崇德老汉顺着他父亲手指的方向望去，他看见了一片深秋的旷阔的原野，看见了黑苍苍的土地上巍然耸峙的那三道大石牌坊。他肩上一沉。他深深地感到了他爷爷和他父亲心中的托付与期许，感到了他们李家作为乡村脊梁的重大的责任。

可是……

可是……

八十九岁的崇德老汉像从幻境中醒悟过来似的，慢慢地抬起头来，眯缝着昏花的老眼去冬日苍凉的原野上搜寻。他看见了那条黄苍苍的老土路，甚至还看见了老土路上凌乱的鸡公车辙印和遗落着麦粒与谷子的牛脚窝印，可他就是看不见那三道记载和铭刻着他们崇义村人灵魂和骄傲的大石牌坊了！

一阵冷风吹来，崇德老汉像一张脆薄的纸似的，站在萧瑟的田野里飘摇哆嗦。他干枯了许久的泪腺突然复活，竟淌下了两滴浑浊的老泪。那两滴老泪像两枚生锈的古铜币，冷硬地贴在他枯皱的老脸上，让他感到一种蚀骨的疼痛与悲凉……

六

灶房里一片死寂。

娟娟低头瞪着瘫坐在地上的母亲，她母亲也仰头瞪着她。屋里的空气仿佛被冻僵似的生冷铁硬，两人对峙的目光里都有一种短兵相接的坚韧与火星。

玉清嫂终于明白过来：她坐在地上再哭再号，就是把天哭塌了，把地号翻了，也不起作用！她必须立即行动起来，阻止女儿的荒唐行为！就是崇义村所有的年轻人都离经叛道，都沦落败坏了，她也不容许她的女儿离经叛道，沦落败坏！

于是，玉清嫂从冰凉的泥地上站起来，抹了抹脸上的泪水，又捋了捋耳边散乱的鬓发，端庄了仪容，面色严肃地盯着她女儿娟娟说，你们不能这样，我也决不容许你们这样！

娟娟的神情也显得非常严肃，瞪着她母亲的目光里透射出一种从未有过的冷静与坚硬。她说，我们这样咋啦？

玉清嫂冷笑，说咋啦？他是你幺爸，你是他侄儿媳妇！

娟娟说，他不是我幺爸，他是何松的幺爸！

玉清嫂扑哧的一笑，说这还不是一样？你嫁给了何松，他就是你幺爸！你们是隔了辈的，你们是两辈人！

娟娟瞪着眼睛说，隔了辈又咋啦？我就是觉得他比何松能干，比何松强！

可你已经嫁人了！

嫁了，我可以离！

他有老婆娃娃！

他有老婆娃娃，也可以离！

……？！

150

玉清嫂惊愕地瞪着娟娟，嘴角两边的肌肉像被刀割似的抽搐了几下，仿佛裂开了一道血浸浸的大口子。她痛苦地瞅着娟娟，痛苦地摇了摇头，颤声说，你知道你们这样做犯了啥吗？这是乱辈哦！这在过去，是要绑了石头沉河的哦！

娟娟一副牛都拉不回来的样子，坚决地硬着脖子说，我不管这些！我只知道我喜欢他，他也喜欢我，我们两个在一起，会很幸福的！而且我把这事都给何松说了，何松也同意离婚。他这次回来，也是要回他家去，跟他老婆办离婚的！

然后，娟娟又不无怨艾地瞥了她母亲一眼，冷冰冰硬生生地加了一句，过去，我啥事都听你的，可这次，我得为自己做主了！这事我们已经决定了，谁也别想拦着我们！说完就转过身去，哗地拉开灶房的门，气冲冲地走了出去，把玉清嫂一个人扔在了灶房里。

灶房重又恢复了死寂，而且比先前更加沉重冷硬。一股股的寒风从后窗吹进来，吹得玉清嫂如坠冰窟般浑身发抖，心里像刀剜似的一阵阵地痛。她万没想到，仅仅出去打了两年工，昔日乖顺听话的女儿就完全变了样子，变得没心没肺，变得又冷又硬了，甚至还没脸没皮地跟她男人的幺爸好上了！虽说这幺爸不是她的亲公公，可这跟亲公公翻墙扒灰，儿媳妇与亲公公乱伦，有啥区别呀？她过去看不起张三娃，看不起邱小明，看不起周青妹，可现在她女儿做出来的事，比那张三娃，比那邱小明，甚至比那周青妹都还不如噢，都还丢脸丧德噢！周青妹丢下还在吃奶的娃娃，跑到广州的发廊里去卖那个挣钱，虽说那钱很脏，人也落下了一身的脏病，可她乱搞的都是外面的人噢！而她的女儿呢？她一直引以为自豪和骄傲的女儿呢？竟然不声不响地与她男人的亲幺爸好上了，甚至还要离婚，还要跟她男人的亲幺爸一起过日子！这成了啥呀？说得好听点是乱辈，说得不好听点，那就跟猪狗一样哦，比周青妹干的那些淫事贱事还有辱人伦，还天理不容哦！

站在灶房里气得浑身发抖的玉清嫂，不觉想起了她往日在村人面前说的那些炫耀自己家世名声的骄傲话，想起了她昨天为女儿女婿打扫房间擦洗照片时，那种要为崇义村保留最后一片净土的豪迈心情，脸上火辣辣的一阵疼痛，一阵难受。这是她的宝贝女儿在当着全村人的面，打她的耳巴子，短她的嘴噢！这事要是传出去，她今后还怎么有脸跟村里人说话呀？还怎么有脸，在村里活人呀？

更为重要的是，他们王杨两家的家世和名声，是决不容许出这样大逆不道的丑事烂事的！

一想到王杨两家的家世和名声，玉清嫂心里就不仅仅是羞愤和难受了，而是沉重和恐惧！这么多年来，他们王杨两家一直是崇义村高扬的道德标杆，一直受着村人由衷地尊崇和敬仰。当初她和娟娟父亲的婚姻，就是村里的老人们精心撮合的。村里的老人都说，只有他们两家，才门当户对，也只有他们两人，才是天造地设的一对，才能相互般配！他们几乎是带着两个家族所有的荣誉和荣耀，被全村人敲锣打鼓，欢天喜地结合在一起的。从那以后，玉清嫂就明白，他们的家庭和他们的儿女，甚至是以后的一代又一代人，都贯注和肩负起了崇义村古往今来的理想与希望。可现在，她家里却出了这样的大恶之事，如果她作为家长不能及时制止的话，那就不只是村里人的失望和嘲笑了，还会招来冥冥之中王杨两家祖先人的责骂，甚至是诅咒。用一句老话来说，就是她死后，恐怕连祖坟都进不了噢！

伫立在灶房里的玉清嫂不寒而栗，一种从苦胆深处泛涌而起的尖锐的痛楚霎时弥漫了她的全身，在她的骨头骨节里钻来钻去地痛。灶房的木门在冷风里幽幽地晃动着，她感到了一种从未有过的孤单和无助，焦灼与痛苦。她觉得自己被逼进了一条窄巷，两边高大厚实的墙壁都在向她挤来，越挤越紧，越挤越紧，挤得她气都喘不过来了。她喉咙里呼呼地响着，胸腔里憋闷得难受。她仰起头咧开嘴巴，她本想冲着老天悲愤地叫嚷，可她喊出的却是一个男人的名字：王军强，王军强！你帮帮我，你帮帮我呀！

王军强是她的丈夫，在部队上当了五年的工程兵，可临到要复员了，却在一次施工中出了事故，被隧道里轰然垮塌的土石方压死了。要是她男人还活着，她就用不着这样独自一人去苦苦地支撑，苦苦地担当了哦！

随着丈夫的名字脱口而出，两行泪水飞流而下，在玉清嫂宽大的脸盘上汩汩流淌。

可玉清嫂毕竟是玉清嫂，她喊过了哭过了，憋屈的心里也就轻松了，昔日的坚强也跟着恢复了。她扯起衣袖抹了抹脸上的泪水，转身走进自己的睡房里去，弯腰在床前忙碌起来。

这是一张老式的雕花木床，是土改时王家分得的浮财。床的两侧各有一个带铜环的抽屉，抽屉之间的床下还隐藏着一个长方形的暗柜。玉清嫂拉掉一个抽屉，伸进手去拨开了里面的插销，于是那暗柜的前挡板就平放下来，露出了一个黑糊糊的大方口。玉清嫂蹲在床前，两只手伸进去摸索，不久便抱出了一块残断的石板，上面落满了厚厚的灰尘。玉清嫂扯起袖头在那块石板上轻轻一擦，两个端庄的隶字清晰地显现出来：贞节。之后，玉清嫂又将两手伸进去摸索了一阵，接着又抱出一块石板来。这块石板比先前那个还小，还残缺，拂去上面的浮尘后，只有一个孤零零的工整的楷体字幽幽地闪现出来，那便是：孝。

玉清嫂望着泥地上两块残断的石板想了想，觉得分量还不够重，于是又走到墙角的衣柜前去，拉开抽屉，翻出一个红色塑料封皮的旧本子来，放在了那两块石板上。她弯腰将这三样东西抱起，一齐抱到隔壁的堂屋里去，把它们放在了神龛下的老案桌上。

有了这三样家法似的宝贝东西，她就不信制不了她那个鬼迷心窍不知廉耻的死女子！

玉清嫂在围帕上擦干净双手，又抬手抿了抿头发，捋了捋衣衫，这才在神龛下郑重地坐下。她挺起胸脯长吸一口气，从身后的墙脚下抓起一片巴掌宽的大竹板来，在老案桌上乒乒地敲着，扭头朝着隔壁女儿的睡房厉声高叫道，王娟娟，你给我出来，出来！

玉清嫂接连敲着案桌喊了好几声，她女儿娟娟才磨磨蹭蹭地一个人走了进来。

玉清嫂敲着案桌说，你那个幺爸呢？把他也给我叫来！

娟娟瞪着她，咕哝道，你训我就训我吧，跟人家有啥相干呀？

玉清嫂哼哼地冷笑，目光像刀子一样地锋利闪亮。既然他勾引了我们王家的女子，他就得站在这堂屋里来听训！

娟娟别开脸去，说要叫你去叫吧，总之我是叫不来他了。

咋叫不来啦？他想拿架子是不是？玉清嫂冷着脸喝问。

娟娟苦笑，说他还敢拿啥架子呀？他已经走了，已拿给你吓跑了。

玉清嫂哈哈大笑，说吓跑了？吓跑了好，等我收拾了你，再撵到他山里老家去找他说理！

然后，玉清嫂就扬起手中那片巴掌宽的大竹板，乒乒敲着老案桌，喝令娟娟过去，指着那块刻有"贞节"二字的残断的石板问她，这是啥？你知道吗？

娟娟瞥了那石板一眼，说是我们杨家祖奶奶的贞节牌坊。

玉清嫂又指着另一块残断的石板问她，这是啥？你知道吗？

娟娟说，是我们王家祖爷爷的孝子牌坊。

那这个呢？这是啥？玉清嫂又指着那个有着红色塑料封皮的旧本子问她。

娟娟几乎都要哭出来了,说这……这是爸爸……爸爸的烈士证!

玉清嫂又在那老案桌上猛敲了一下,发出一声惊天动地的震响,大喝道,既然你啥都知道,啥都明白,那还不赶紧给祖先人跪下,给你爸爸跪下!

娟娟瞪着她母亲,僵直着不动。

玉清嫂举起大竹板子就朝她劈过去,说你不跪下给祖先人认错,不跪下给你爸爸认错,我今天就打死你,打死你!

然后,那大竹板子就噼里啪啦地落下去,狠狠地劈在娟娟的腰上、屁股上和大腿上。可娟娟强忍着痛苦一声不吭,一动不动。她愈是不吭声不动作,玉清嫂就愈是劈打得厉害,飞舞的大竹板子接二连三地砸在她身上,打得她像风中的小树一样东摇西晃,有一板子玉清嫂没能控制住自己,竟硬生生劈在了她左边脸颊上,啪地就打出了一槽巴掌宽的红印子,嘴角和牙龈都被打破了,霎时血流如注,糊得她满嘴满脸都是血。就是这样,玉清嫂也没有收手,依旧挥舞着大竹板子发疯似的劈打着,双眼红红地瞪着她女儿吼道,你究竟跪不跪?跪不跪?!

娟娟双腿一软,身子摇摇晃晃地矮下去,但她并没有朝着神龛和老案桌跪下,而是瘫坐在了堂屋的泥地上。她绝望地瞪了一眼头上的神龛,又绝望地瞪了一眼她母亲,泪水飞流而下,在她已经高高肿起的脸颊上和嘴角上奔泻流淌。她仰着脸,在血泪纷飞中悲愤而又凄怆地哭喊,你打吧,打吧,你打死我算了!我早就知道,我过不了你这一关的!别人都有选择的自由,唯独我没有!做你们的儿女太累太苦了!与其这样,我还真不如死了算了,死了算啦……

玉清嫂手中的大竹板子蓦地僵在空中,随后啪的一声掉落在了地上……

七

冬日的阳光又淡又薄，给人一种灰烬般脆弱虚缥的感觉。崇德老汉拄着老锄把，颤颤巍巍地走在那条黄苍苍的老土路上，感到自己的身体和生命也像这淡泊如纸的阳光似的，在故乡的岁月里轻飘飘地徘徊，轻飘飘地游荡。他虽然再也看不见那三道记载和铭刻了崇义村人灵魂和骄傲的大石牌坊了，但他却永远记得它们的位置，永远记得它们摆布的方向，甚至，它们被摧毁的每一个细节，他都清晰地永远地记在了心里。

其实，最先被摧毁的是他们李家花园。仿佛是一夜之间，世界就发生了变化，过去对他们李家感恩戴德毕恭毕敬的村里人被鼓动起来，开始冷落他们，疏远他们，甚至还有一些人开始仇视他们，那一张张因长年做苦力而被太阳晒得黢黑粗糙的脸上竟布满了一种莫名的激愤之色。随后，这些村里人便在土改工作队的鼓动与指挥下，潮水般地拥进了他们李家花园，哄抢似的纷纷占了堂屋、正房、厢房和后花园小姐的绣房，住了下来。有的人家还干脆把天井中的花草树木砍了，把假山鱼池拆了，用树丫和石块在院中垒起了鸡窝鸭棚，甚至还有人家把围墙上的大青砖也拆了下来，搬到自家的屋后，挖起大大小小的粪池，修起了高高矮矮的猪圈。于是，从来不喂鸡鸭不养猪牛的花团锦绣的李家花园，从早到晚，鸡鸣鸭叫，猪吼牛哞，喧闹一片，也臭气一片。到了小春和大春收获的时候，这些人家还将锄头、钉耙、箩筐、扁担扔得满园都是，还将麦草、谷草和油菜秆子等各类柴火，大捆小捆地往园子里搬运，堆在后屋檐下，以备取用。结果第二年冬天，就有一家小孩玩火，引燃了后屋檐下的柴草，将他家分得的那几间侧厢房烧得黑不溜秋的，只剩下了几根枯焦的木头架子。如果不是院里到处都卧放着积满雨水的大石缸子，不是全院人拼死扑救，恐怕整个李家花园都在这场大火中化为灰烬了。

那群在楠木林里栖息了两三百年的白鹤，就是在这场大火之后飞走的。此后，崇义村的人就再也没有见过它们在蓝天白云下优雅飞翔的姿影了……

随着美丽的白鹤消逝的，还有那道最先屹立在黄苍苍的老土路上的贞节牌坊。

土改工作队长在调查清楚贞节牌坊的来龙去脉后，非常愤怒，说这哪是在为劳动人民树碑立传呀？这分明是地主阶级在借劳动人民的悲惨命运，为自己歌功颂德！

于是，土改工作队长叉着腰杆站在那道已经屹立了半个多世纪的老牌坊下，轻轻一挥手，轻描淡写一句话，就决定了它的命运。

工作队长说，拆！把这万恶的旧社会的东西给我拆了！

分得了住房又分得了土地的崇义村村民像吃了春药似的兴奋不已，纷纷冲上前去，抡起手中的锄头钉耙，向那道老牌坊凶猛地砸去。

崇德老汉和他做了几十年私学先生的秀才父亲站在他们李家花园的龙门上，惊愕地看着这一切。他父亲老泪纵横，跺着脚叹息，说完了完了，崇义村完了！崇德老汉当时还很年轻，还很血气方刚，当即就丢下他父亲，怒冲冲跑到老牌坊下去，张开双臂拦阻村民，说砸不得呀，砸不得呀，这是老祖宗留下来的东西，千万砸不得呀！

土改工作队长走到他面前，用一双锐利的眼睛死死地盯着他，说老祖宗留下来的东西？谁的老祖宗留下来的东西？是你们剥削阶级的老祖宗，还是劳动人民的老祖宗？

崇德老汉说，我们都是湖广填四川一起过来的，不是远亲就是近邻，还分啥剥削阶级，分啥劳动人民呀？

土改工作队长哼哼地冷笑，说好呀，你一个剥削阶级的孝子贤孙，都到这时候了，还敢跳出来，胡说八道，蛊惑人民群众！见崇德老汉并没有将他的话当回事，还在那里张着手臂，左一下右一下地拦阻拆除牌坊的人民群众，土改工作队长不觉大怒，扭头朝身后的人群吼道，来人呀，把他给我捆了！

村里的几个土改积极分子就蜂拥而上，扭住崇德老汉，用毛刺刺的棕绳子反绑了他的双手，将他往人群外面推去。崇德老汉挣扎着扭回头，泪流满面地朝那些砸着牌坊的村民喊道，这是老祖宗留下来的东西，外人不晓得心痛，你们还不晓得心痛呀！

可没有一个人听他的，人们依旧挥舞着锄头钉耙，疯了似的向牌坊砸去。

就是后来牌坊的杨姓主家赶来，也没能拦住砸拆牌坊的人们。土改工作队长面色严肃对杨家人训斥道，现在是新社会了，你们也该觉醒了，也该当家做主了，千万不能再被剥削阶级蒙蔽和利用了！

杨家人只得站在人群外面，默默地流着泪，默默地看着他们祖奶奶的贞节牌坊，在粗暴起落的锄头钉耙下，被一点一点地蚕食，被一点一点拆毁。

直到晚上牌坊完全被拆毁后，崇德老汉才被人从附近一户农家的牛圈里放了出来。他一出牛圈房，就往牌坊那里飞快地跑去。他刚跑到牌坊处，就陡地呆住了。他看见昔日巍然屹立的贞节牌坊，此时已坍塌成了一大堆残瓦断石，凌乱地躺在惨白的月光下，无言地散发出一种凄切的幽幽的暗光。他仰天长叹一声，完了完了，崇义村完了！泪水便刷地流了下来，一种巨大的悲伤霎时湮没了他的心田。他不明白，自古以来人们就讲究立功、立言、立德的，为啥这些东西在一夜之间就不容许了，就不要了？难道世道真的变了？可世道再咋个变，再咋个改朝换代，人世间的有些东西是不能变的，是不能丢的呀！

就在崇德老汉站在那堆残瓦断石前黯然神伤的时候，杨家的一个老汉也悄悄走来了，弯着腰在瓦砾堆中翻寻着什么。崇德老汉走过去，戚声问他，老哥哥，你找啥呀？老汉从瓦砾堆中翻出一块残断的石板来，见上面还完整地保存着"贞节"二字，就像寻到了宝贝似的将它紧紧抱在怀中，眼泪汪汪地说，没想到立了几十年的贞节牌坊就这样被拆了！我怕祖奶奶怪罪，我总得找个东西回去，给她老人家一个交代呀！

崇德老汉心里哀戚着，也不觉流了泪。他长叹一声，说也好也好，你把这块石牌匾抱回去，算是留个念想吧！然后，两人就站在那残破凄凉的月亮照射下的地里，许久无语。

后来，崇德老汉才从村民嘴里得知，其实那天，土改工作队长是要将孝子牌坊一并拆掉的。只因为那王家孝子的一个后人，正当着新成立的农协会的主席，村里的许多工作都得靠他去做，且又亲自出面向工作队长求情，讲了许多他那劳苦人出身的爷爷的感人事迹，工作队长在感慨之余，才没有一意孤行，将那孝子牌坊拆掉。

可十几年后，这饱经风霜的孝子牌坊终究未能免除掉它被拆毁的命运。

那时，村里已闹起了"文化大革命"，王家孝子的后人已被村里的造反派从大队书记的位子上拉下马来，还踏上一只脚，押送到大队的果园里去，与一群"地富反坏右"分子关在一起，劳动改造。一天，不知从哪里来了一群红卫兵，对着那孝子牌坊和功德牌坊指指点点了一通，就走了。可第二天上午，这群红卫兵又来了，还带来了许多跟他们一样年轻，一样穿着军装扎着皮带戴着红袖箍的男女学生，且人人手里都捏了一面小红旗。在他们身后，还跟着一辆破旧的长臂挖掘机，机身上也插满了大大小小的红旗。那插着红旗的挖掘机在村口的公路上一拐，就轰隆隆地压上黄苍苍的老土路，轰隆隆地停在了孝子牌坊下面。村里人还没明白是怎么回事，这群红卫兵就挥着手中的小红旗，朝着那孝子牌坊大声喊起了口号：打倒封资修！横扫一切害人虫！破四旧立四新！林立的手臂和舞动的红旗中，人人都面露激愤之色，仿佛他们面对的是不共戴天的敌人！红卫兵们的口号声刚一落地，那轰隆隆响着的挖掘机就动作起来，像一个巨兽似的伸展开长长的铁臂，把那个张牙舞爪的挖斗高举在空中，然后就对准孝子牌坊横扫过去。只听轰的一声巨响，牌坊顶部刻着"孝感天下"的石牌匾便被砸为两截，砰地栽落下来，在黄苍苍的老土路上砸出了一团暴起的烟尘。红卫兵们兴奋不已，又举起手臂和小红旗接二连三地高呼口号。那个张牙舞爪的挖斗像受到了鼓励和奖赏似的，又呼啦一声高举起来，向牌坊的其他部位横扫过去。几乎是在转眼之间，那道由青石板和青石柱嵌砌而成的坚固的孝子牌坊，就被那横扫的挖斗撞得分崩离析，石板和石柱的残片四散飞迸，乱纷纷地坍塌下去，看得闻讯赶来的村民们全目瞪口呆，竟没有一个人敢上前拦阻。

及至红卫兵们带着胜利的欢呼，簇拥着那台轰隆隆响着的挖掘机，又呼啦啦地朝附近的功德牌坊开去时，村民们这才醒悟过来，赶紧跑上前去拦阻，说红卫兵小将们呀，你们啥都可以拆，就是这功德牌坊不能拆呀！

红卫兵们根本不予理睬，上前推着他们，说凡是敌人反对的我们就要拥护，凡是敌人拥护的我们就要反对！这是封建主义的东西，时刻都在毒害人民，我们咋不能拆呀？

一个上了岁数的老人走出来，几乎是哀求般地对红卫兵们说，娃娃们呀，你们还小，你们不晓得这牌坊的来历，它不是剥削阶级的东西，也不是封建主义的东西，它是对我们崇义村劳动人民的褒奖，是我们崇义村劳动人民心中的碑呀！

一个红卫兵头目站了出来，冷冷地问那老人，那么你说，这是谁给你们的褒奖，谁给你们立的碑？

老人自豪地挺起了胸脯，说这块功德牌坊，方圆几十里无人不知无人不晓！那是宣统元年，四川总督给我们的褒奖，是四川总督亲自口谕县知事出钱给我们立的牌坊！

红卫兵头目哼哼地冷笑，双眼锐利地瞪着老人，说既然这样，那不是封建主义的东西又是什么?! 然后就再也不理会老人了，顾自回过身去，朝他后面的红卫兵战友们大声吼道，拆！把这个十足的封建主义的东西给我拆了！

后面的红卫兵们便挥舞着小红旗强行往前冲，跟在他们身后的那台挖掘机也轰隆隆地吼叫着，朝功德牌坊开去。

村民们不知如何是好，只得一边哀哀地劝说着，一边身不由己地往后退去。

这时，村里的造反派也闻讯提着锄头钉耙赶来了。他们不是来捍卫功德牌坊的，他们是看不惯这群外来的红卫兵的所作所为：来村里破四旧，竟然不跟他们打声招呼就擅自行动开了，眼里还有没有他们这些农村的革命造反派呀？于是，他们呼啦一声冲到了村人面前，筑起一道人墙，高举着手中的锄头钉耙朝那群红卫兵吼道，都给我们退回去，退回去！谁敢上来拆这牌坊，就别怪我们农村造反派手中的锄头钉耙不认人了！

双方陡地僵持下来。

红卫兵们没想到半路上会杀出个程咬金，竟有人敢冒天下之大不韪，提着锄头钉耙来阻止他们的革命行动，不觉义愤填膺，一齐挥舞着手中的小红旗，朝村里的造反派们愤怒地喊着口号：打倒封资修！横扫一切害人虫！破四旧立四新！村里的造反派们一点也不惧怕他们，也高举着手中的锄头钉耙朝他们喊口号：人民，只有人民，才是创造历史的动力！

最后，还是村里的造反派头头从公社赶回来，平息了争执。

那个头头不知从哪里搞来了一个红卫兵的袖箍，戴在左边手臂上，拨开众人钻进了剑拔弩张的人群。他掏出一包特意买来的"经济牌"香烟，拆开封口，给男女红卫兵们殷勤地散着烟，满脸堆笑地说，都是革命同志，都是革命同志，有话好好说，有话好好说嘛！

红卫兵们没有一个接他的烟。那个头目冷眼看着他左臂上的袖箍，问他是做啥的？造反派头头赶紧自报家门，说他是崇义村毛泽东思想战斗队的队长。随后就把脸凑上去，装出一副讨好的样子，对那红卫兵头目嘻嘻地笑着，说你们城里的红卫兵小将来我们村里指导革命，我们表示热烈的欢迎！你们已经把孝子牌坊拆了，可不可以把功德牌坊留给我们，让我们用实际行动向你们学习，也做一回革命的先锋闯将呀？

红卫兵头目蹙着眉头瞪着他，说咋？你们也想拆这牌坊？

造反派头头赶急说，对呀，我们已经商量好了，这功德牌坊是封建主义的大毒草，我们早晚得拆了它狗日的！

红卫兵头目低头想了想，突然云开日出地笑了起来，拍着造反派头头的肩膀说，我们都是来自五湖四海，为了一个共同的革命目标走到一起来了。好吧，我们就把这个牌坊交给你们，让你们来革它的命吧！但转念一想，他又有些不放心地瞪着造反派头头说，不过三天后我们要来看的，如果到时候你们还没拆了它，就别怪我们不客气了！

造反派头头赶紧点头，说那当然，那当然，我们一定遵照红卫兵小将们的指示办事！

红卫兵头目这才满意地笑了笑，转过身去，招呼起他身后的战友们，带着那辆破旧的轰隆隆响的挖掘机，一路挥舞着小红旗，一路唱着革命歌曲，浩浩荡荡地离开了崇义村。

结果三天后，那群红卫兵小将并没有来。

倒是村里的造反派们，对拆与不拆功德牌坊，产生了犹疑和分歧。以造反派头头为首的几个人主张拆，说他们都答应红卫兵小将了，不拆是说不过去的。可其他人却忧心忡忡，说拆得了吗？要是村里的老年人晓得了，还不来跟我们拼命呀！最后商议的结果，以造反派头头为首的几个人的意见压倒了一切：既然他们是革命的造反派，他们还怕啥困难，还怕哪个出来阻拦呀？再说他们拉起战斗队的旗帜后，还没有做过一件像模像样的轰轰烈烈的大事，现在正好可以拿功德牌坊来开刀，表明他们完全彻底的革命性和战斗性，同时还可以借此壮大他们战斗队的声势和声威！白天人多眼杂不便拆，那就晚上悄悄拆！等第二天村里的老年人晓得了，就是跑来跟他们拼命，也没球用了！

于是，几天后的一个晚上，村里的造反派们便悄悄聚集起来，扛着铁锤钢钎和锄头钉耙，偷偷摸到了功德牌坊下。可不知是消息泄露了，还是村里的老人们早有防备，他们刚刚潜到牌坊下面，黑黢黢的平静的村子里突然就有了响动，喊叫声此起彼伏响成一片，几十支火把同时亮了起来，呼啦啦地燃烧着，拖着红红的尾焰，长龙似的往功德牌坊卷来。

崇德老汉竟带着村里的几十个老人赶来了！

那几十支火把很快就在功德牌坊下围成一圈，在浓稠的夜色里熊熊燃烧着，每一支燃烧的火把下都有一张同样燃烧着的愤怒的脸孔。崇德老汉手持火把站在最前面，被火光映红的脸膛上有一种赴死般悲壮的神情。他在呼啦啦燃烧的火焰中，拍着祖露的胸膛，瞪着血红的双眼朝着造反派们大声吼道：你们要拆这功德牌坊，就先把我们这几十副老骨头拆了吧！

造反派们霎时呆住了。

正在双方僵持之际，有几个造反派人员的老爹也手提棍棒或粗大的牛鞭子赶来了。他们冲进人群，抡起手中的棍棒或牛鞭子，就劈头盖脸地朝他们的儿子劈去抽去，破口大骂道，我日死你妈！这老祖宗的功德牌坊你们都敢拆，你们是不是不想活人了?!

在挥舞的棍棒和牛鞭子的劈打下，那群造反派人员纷纷蒙着头，嗷嗷怪叫着，顿作鸟兽一般散去了。

在崇义村黄苍苍的老土路上屹立了七八十年的功德牌坊，就这样幸存下来。

可它也仅仅幸存了三十多年。

2005年冬天，从省城通往本地县城的高速公路开工，有一段路基不偏不倚，恰好要从功德牌坊上碾过。此时，这功德牌坊已是县级保护文物，也是崇义村唯一留存的祖传宝物，崇德老汉和王家那个早已退居幕后的老支书闻讯后，心里焦急万分，赶紧联合村民，集体上书县政府，吁请高速公路改道，保护功德牌坊，让这唯一幸存的祖宗的血脉流传下去。请愿书通过信访渠道送达县长办公室，县长看了那言辞恳切的请愿书后，不觉笑了，说这帮村民真是异想天开，一个石头砌的烂牌坊，有多大的保护价值?竟要求高速公路改道！但毕竟是全村人联名上书，又是高速公路开建之初，县长担心处理不当，村民闹出乱子来，影响了工程的进度，于是便放下手中诸多的大事要事，带着县政府办公室的正副秘书长，亲自坐车赶到了镇上，又带上镇政府的一帮官员，车尾相衔迤逦而行，火煞煞地赶到了崇义村。现在，从中央到地方，都强调依法行政，文明行政，他就是来崇义村给手下人，给全县人民垂范的。他将村民召集起来开会。他在会上大讲特讲全国的发展形势，全省的发展形势，最后讲到了本县的发展趋势和发展需求。县长言辞恳切，情绪高昂，心中好似有一片激荡的世界风云，有一股澎湃的建设热情。他说，这条高速公路是省上的重点工程，是本县经济建设和社会发展的头等大事，是当前县委县政府压倒一切的重要工作！这条高速公路一旦修通，我们县就可以迅速融入省城高速经济发展圈，就可以给我们县带来翻天覆地的变化，就可以驱动我们县工业、农业甚至是旅游业、医疗卫生和文化产业等等方面的跨越式发展！这是一件功在当代，利在千秋的大好事！我们县委县政府本着对历史负责、对人民负责的态度，已下定决心，要排除一切艰难险阻，加快建设步伐，不遗余力地尽早尽快修起这条经济发展之路，不遗余力地为全县人民谋发展，谋福利！

下面的村民不觉听得目瞪口呆，特别是崇德老汉和那个王姓老支书，已从县长的话里听明白了他的意思：修建高速公路事关全县的经济发展和社会建设，是目前全县人民政治经济生活中的头等大事，绝不可能因为你崇义村一个小小的牌坊而有丝毫改变！可县长却不将这话说透，而是笑容满面地望着村民说，我知道崇义村是个崇德尚义的地方，自古就民风淳朴，人人都知礼仪，识大体。现在，全县的经济发展和社会建设需要你们作出牺牲，贡献力量，想来你们是不会反对的，对吧？

下面的村民你看看我，我看看你，都不知道该如何回答，最后，都不由自主地把目光凝聚在了王姓老支书和满头白发的崇德老汉身上。

县长走过来，拍着王姓老支书的肩头说，我知道你是老党员，又在村里干了几十年的支书工作，觉悟高，党性原则强，一定会赞成我们尽早尽快修好这条经济发展之路的，对不对？

王姓老支书感到县长放在他肩上的那只手，像加坠了千斤重压似的又沉又重，压得他几乎喘不过气来。他望着县长，涨红着脸，嗫嗫嚅嚅的，竟说不出一句话来。

县长又转脸望着白发苍苍的崇德老汉，像拉家常一样和蔼亲切地说，老人家，您是李家花园的后人吧？我知道你们李家自古以来为崇义村倾注了不少心血，崇义村能远近闻名，你们李家功不可没呀！可现在，我们要加快发展，加快建设，要带着全县人民奔小康，有些东西是不得不舍弃的，是需要像您这样德高望重的老人家理解和支持的，您说对不对？

崇德老汉面色苍白，没有说他是不是理解，是不是支持，只是转过他那白发苍苍的头颅，无限眷恋地望着那凄然耸立的功德牌坊，长长地叹息道，只是这老祖宗留下来的东西，就此没了，全都没了啊！

县长安慰他说，老人家，您放心吧！俗话说得好，旧的不去，新的不来，今后这高速公路修好了，我们的经济发展起来了，我亲自来给你们送锦旗！我要让全县的老百姓都知道，你们崇义村为我们县经济发展作出的巨大的牺牲和贡献！那时，你们崇义村就真正的功德圆满了！

然后，不等崇德老汉再说什么，县长就转过身去，一边往外走，一边将两只手在头顶上高高地抱成一个拳头，左一下右一下地拱着，向在场的乡亲们大声道谢，今天的会开得很好，很愉快！我代表县委县政府，代表全县八十多万人民，谢谢大家的理解和支持！谢谢啦！随后就带着身边的正副秘书长和镇政府的一帮官员，钻进小汽车去，一溜烟走了，把崇义村的数百名乡亲扔在那里，愣愣的反应不过来，脸上都雾蒙蒙的有一种梦游般恍惚的神情。

几天后，高速公路的路基就填到了功德牌坊下面。镇政府非常重视，镇长亲自带了十多个工作人员和好几名派出所的警察，亲临现场主持牌坊的拆除工作。那天，崇义村的男女老少全都丢下手里的活路，跑去看了。有几个在女儿女婿家里"跷脚"的老

166

汉，还专程赶了回来，与功德牌坊作最后的诀别。与前两次牌坊被拆除时不同，这次没有一个人上前拦阻，也没有一个人吵闹，所有的人都规规矩矩地站在用布带拉起的红线外，默默地看着。那天的气温很低，刺骨的寒风无际无际地吹着，寂寥的田野里到处都弥漫着浓浓的冷雾，塌陷的水沟边上，光秃秃的树丫在雾气中若隐若现，像一些僵死的蛇悬挂在空中，牌坊下面的土路上结满了薄冰，两边的枯草上顶着厚厚的冰碴儿，头上的天空像一口巨大的阴郁的黑锅紧紧地倒扣着，让人心里堵堵的难受。但究竟难受些什么，又没有人说得出，总之就是觉得心里闷闷的，堵堵的，有一种想哭又哭不出的感觉。

还有一个不同，就是前两次拆除牌坊时，都很粗暴，不是用锄头钉耙砸，就是用挖掘机扫，而这次，镇上却让人来拍了照，录了像，还雇来了古建筑工程队，搭了脚手架，从上到下一块石板一块石柱地往下拆，拆得非常细心，非常郑重，每拆下来一块石板或石柱，不仅要在上面认真地编号，还要在一个本子上详详细细地做记录。

崇德老汉不觉走上去问镇长，看你们这样子，这牌坊似乎还有用？

镇长笑道，这是文物，当然有用啦！我们之所以这样费精费神地拆它，就是要把它拉到一个地方去，完整地保存下来！

崇德老汉哦哦地点头，忧悒的老脸上终于泛起了一丝欣慰的笑意：这牌坊在村里保不住了，能换个地方保存着，也好哦，也算是给祖宗积了一点德噢！

当天下午，功德牌坊就拆解完毕，那些大大小小的雕刻精美的石板和石柱，按编号搬上三辆大卡车，在暮色中拉走了。崇义村的乡亲们全都站在那黄苍苍的老土路旁，默默地目送他们祖先的东西渐渐远去，有几个老人控制不住，竟哽咽起来，扯起袖头去抹眼泪。崇德老汉也眼泪汪汪的很难受，但他却擦着泪水安慰那几个老人，说大家也别太伤心了，只要这牌坊没毁就好，我们就对得起祖先人了！

那几个老人问崇德老汉，他们究竟要把牌坊拉到哪里去呀？

崇德老汉摇头，说我也不清楚，总之不是博物馆，就是文管所吧。

那几个老人点头，目光绵长悠远地望着那三辆渐渐远去的大卡车，叹息着说，这样也好，我们心里要好受一点。

可晚上传来的一个消息，却让崇德老汉震惊不已，仿佛他早年走在荒凉的河滩地里，被突然窜出来拦路抢劫的棒客，一记闷棍打蒙了似的：镇上并没有将那功德牌坊拉到博物馆或文管所去，而是卖给了邻县一个开农家乐的老板！那老板的农家乐要上档升级，要包装文化，便花五十万将牌坊买去了，说是要立在他的农家乐门口，做招牌！

崇德老汉一口气卡在喉咙坎上，差点憋昏过去。他捂住心口空空地咳嗽，沧桑的老脸瞬间涨得通红，瞬间又惨白如纸。他感到心里像被人杀了一刀似的，血淋淋地痛。他感到有人闯进他们李氏家族的祖祠，掏出猥亵的鸡巴在往他们的祖宗牌位上淋尿！

这天晚上，崇德老汉心如刀绞，长吁短叹，一夜都没有睡着。

第二天早晨，他去屋后的钢管井旁边打水洗脸时，竟眼前一黑，栽倒下去。

此后，崇德老汉就把自己没日没夜地关在幽暗的睡屋里，再也没有走出家屋半步了。他感到自己愧对崇义村，愧对他们李氏祖宗！

他不想再看眼前的世界了。

八

　　玉清嫂躺在床上，娟娟也躺在床上。时间一点一点地过去，母女俩谁也不理谁，谁也不向谁屈服，就这样不吃不喝地僵硬地对峙着。

　　在玉清嫂悲伤而又空茫地望着帐顶的那些时间里，她的脑海深处总是反复回荡着女儿凄切悲怆地哭喊：做你们的儿女太累太苦了！与其这样，我还真不如死了算了，死了算啦！

　　玉清嫂惊异地发现，女儿的哭喊竟像磁铁一样贴合她多年的累，多年的苦，和此时此刻她心底无以言喻的绝望与悲痛。自从她作为杨姓人家的女儿嫁到王家后，她就感到了两个家族声誉的重负，特别是她丈夫王军强在施工中牺牲了，部队把她接去参加追悼会，她挺着大肚子站在台上接受全团官兵庄严肃穆的敬礼后，这种责任感就更加明确和沉重了，就像有千万人拿着刀，在她心里同时刻下了一个深深的印记。她之所以这么多年没有改嫁，始终独守空房寂寞地活着，苦苦地撑着，就是为了坚守自己的这份责任，就是为了能让娟娟健康向上地成长，不负王杨两家的声誉，不负她父亲烈士的英名。可现在，娟娟却背叛了他们家族的声誉，背叛了她父亲的英灵，整死都要跟她男人的亲幺爸好下去，整死都要做出这种有辱人伦和伤风败俗的事来！玉清嫂感到她多年的心血付之东流，感到她多年沉积在心里的自豪和骄傲，像一面被瞬间击破的镜子，哗啦啦散碎一地，每一块细小的碎片都在冰凉的泥地上闪射出令人心寒的冷光……

　　冬夜的乡村一片死寂，肆虐的寒风从屋顶上刮过，呜呜咽咽地，像在哭泣。玉清嫂僵直地躺在孤寂的黑暗里，万念俱灰，她感到她整个人都像被抽去了精气神一样，空空瘪瘪的，全然没了意义。

与其这样，还真不如死了算了，死了算啦……玉清嫂的耳边，不觉又响起了女儿凄切悲怆的哭喊。她心里戚戚的，有了一种从未有过的哀痛与悲伤。

当然，女儿还很年轻，还不能死。如果她们母女之间必须有一个人去死的话，那也只能由她去死。其实，早在丈夫成为烈士的那一刻，玉清嫂作为女人的心就死了，她只是作为母亲活着。而现在，她作为母亲的所有尊严和意义都被女儿无情地粉碎与剥夺了，她再也看不到自己活下去的理由了，再也看不到自己活下去的意义了。相反，她看到的是女儿的丑事一旦传出去后，村里人巨大的失望和鄙弃，还有他们王杨两家祖先人在九泉之下无比的震惊与愤怒。

真要是这样，她不仅没脸在村里活人了，就是死后连祖坟都进不了噢！

玉清嫂不寒而栗。

玉清嫂痛不欲生。

或许，这时候只有一死，她才能从种种历史的重负和现实的困厄中彻底解脱出来，她才不至于被久久地夹在一条窄巷里，被两边高大厚实的墙壁夹得粉身碎骨！

一想到死，一想到她将与九泉之下的烈士丈夫相见，玉清嫂心里竟突然变得轻松起来，愉快起来。她躺在浓稠无边的冷寂和黑暗里，看见一条宽阔的黄土大道在她面前铺展开来，那路黄亮亮的，两边种满了绿树，开满了鲜花，还有淙淙的流水和欢快的鸟鸣，甚至连走在上面的感觉，她都能清晰地想象出来：软软的，柔柔的，飘飘的，像走在初春翻耕耙细的泥田里，像踩在秋天层层垛起的蓬松的草堆上……

第二天早晨，接连在床上躺了一天一夜滴水未进的玉清嫂，便带着这种对死亡的愉快想象，翻身下床，走出了自己的家门。在路上，她碰见了几个早起的村民。他们一见她那副形容枯槁精神恍惚的样子，都不觉吃了一惊，但他们却没有多想，只是怔了怔，便笑着问她，玉清嫂，听说你女儿娟娟回来了，要给你修小别墅了，是不是呀？玉清嫂没有回答。玉清嫂像没听见似的，照直恍恍惚惚地往前走。此时，玉清嫂最不愿提起的，就是她女儿，最不愿村里人知道的，就是她女儿带着相好的男人回来了！

直到走进村里的农资供应点，沉默的玉清嫂才开口说话。她倚在供应点的窗台前，有气无力地指着屋中的货架，对正在打扫院坝的店老板说，给我拿瓶除草剂。

店老板捏着扫把，有些惊奇地望着她，说玉清嫂，这时节你要除草剂干啥呀？麦田里的草还没有长出来呢！

玉清嫂凄然一笑，说田里的草没长出来，可我家后院的草却长疯了。

店老板点头，说对对对，用这除草剂杀院里长出的草，省事！然后就丢下扫把，走进屋去，从货架上拿了一瓶除草剂，用抹布擦干净上面的灰尘后，递给她，说这是上半年薅秧的时候进的陈货，你将就着用吧。

玉清嫂接过瓶子，看了看上面的死人骷髅，幽幽地叹了口气，说陈货新货无所谓，只要能除草就行。

店老板赶紧说，你放心吧，玉清嫂，我进的可是正品货，保证你一杀一大片，一杀一个死！

玉清嫂又瞥了那死人骷髅一眼，没再说什么，将瓶子放到衣襟下面，转身漠然地向家里走去了。

直到玉清嫂走得不见了人影，打扫完院坝的店老板这才突然醒悟过来，觉得有些不对劲：现在是数九隆冬的时候，播在地里的麦子都还没长出苗来，她家后院哪来的长疯的草呀？一想到玉清嫂刚才那副神思恍惚的古怪模样，店老板心里不由一怔：该不会出啥事吧？于是便赶紧丢下一个来买饲料的顾客，连店门都没顾得上锁，就慌忙往村西头跑去了。

可他还没有跑到村西头，玉清嫂就出事了。

躺在床上赌气的娟娟听见她母亲出去，又听见她母亲回来。她虽然不知道母亲出去干什么，也不知道母亲为什么又回来了，但她却密切关注着母亲的动静，希望能从中窥察出母亲态度的变化。可她尖着耳朵听了许久，却没有觉察出母亲的丝毫变化，反倒突然闻到了一股浓烈刺鼻的农药味！她心里陡地一惊，赶急跳下床，往母亲的房间跑去。房间里没人，她又慌忙往灶房跑。她刚跑到灶房门口，就吓傻了：玉清嫂已口吐白沫翻倒在灶边的凳子下，那瓶刚刚买回来的除草剂已被她喝去了一大半，剩下的一小半还被她握在手中，从歪斜的瓶口里汩汩地往外流泻着。

娟娟大惊失色，叫一声，妈！妈呀！便向灶边翻倒的玉清嫂扑去。

这时，店老板赶来了，一闻那满院满屋弥漫的农药味，就知道出事了。他几步奔进灶房，一把推开伏在玉清嫂身上号啕大哭的娟娟，说这时候你还哭啥呀？赶快救你妈呀！便从地上揽起玉清嫂，把手指伸进她的喉咙里去掏。玉清嫂喉咙里啊啊地干呕着，嘴巴一张，哇地就喷出一股药味浓烈的秽物来。那翻着白泡的秽物里已经浸染了星星点点的血丝。

快去拿水和肥皂来，给你妈洗肠！店老板又朝娟娟喊。

娟娟赶紧跑去打来了水，拿来了肥皂。

店老板将肥皂水往玉清嫂的嘴里灌着。可接连灌了几次，吐了几次，玉清嫂还是面色绝青，始终闭着眼睛没有醒来。店老板冷汗汩汩而下，掐住玉清嫂的人中，对娟娟说，你妈已经中毒了！你快去叫辆车来，把她送到医院去！

娟娟哭哭啼啼地跑出去，哭哭啼啼地就找来了一辆农用车。跟着赶来的还有十多个村里人，他们七手八脚地将玉清嫂抬出灶房，往车上放着。一个灵醒的女人跑进娟娟的睡房，抱出两床铺盖来，一床垫在玉清嫂的身子下面，一床盖在她身上。另外几个插不上手的女人围着农用车东一下西一下地跑着，满脸的焦急和惶惑，说前两天玉清嫂还高高兴兴的，说娟娟就要回来了，就要把老屋掀了，给她修小别墅了，咋突然就吃药了？

娟娟坐在车上，紧紧地抱着她面色惨白人事不省的母亲，眼泪夺眶而出。

玉清嫂被紧急送到镇医院后，经过灌肠洗胃、输液吃药，一直折腾到傍晚时分，才幽幽地醒转过来。她慢慢睁开眼睛，像在一场沉重的体力劳动中耗尽了全身的力量和精神似的，极度虚弱疲惫地望了望病房，望了望周围的人，最后把目光落到了满脸是泪的娟娟身上。她不无怨恨地瞪着娟娟，说你救我做啥？你救得了我今天，救得了我明天么？

娟娟抓住她插着输液针的手腕，伏在床沿上哀哀地哭泣。

围在病床四周的村民看看玉清嫂，又看看娟娟，满脸的莫名其妙，都不知道这母女俩在说什么。

玉清嫂抽回手，冷冷地对娟娟说，你随便怎么哭都没用！你要是真心地想救我，还想让我活，你……你就马上往西安打电话，把……把何松给我叫回来！

病房里的村民这才听出了一点眉目，知道母女俩是在为何松的事斗气，于是便都走上去劝着娟娟，说你就顺你妈一口气，打电话把何松叫回来吧！你妈历来都把何松当亲儿子看待，她已两年没见何松了，是老的都想娃娃噢！

娟娟伏在床沿上不动，但两个肩头剧烈地抽搐着，把她母亲的病床都摇得抖颤起来。她再也抑制不住内心的悲伤，用头重重

173

地磕着床沿，放声大哭。她磕得猛烈，哭得也猛烈。她憋屈在心底无从述说的绝望和痛苦，像决堤的河水似的，随着那一声紧似一声的伤心的号啕，奔泻而出……

九

崇德老汉不再到田野里游荡了。他开始拄着老锄把，在屋后的林园里徘徊。

林园里已经很荒芜了，入冬后的第一场大雪就把许多老竹子压断了，横七竖八地纠缠在空中或者倒趴在地上，至今都没人收拾。哪像他年轻的时候，经常到林园里来，把满地的落叶打扫干净，把破损的篱笆修补整齐……

冬日的天空阴郁低沉，荒芜杂乱的林园里更像野坟场似的凄凉幽晦。崇德老汉拄着老锄把，颤颤巍巍走在横七竖八的断竹间，不时停下来，仰头看看这棵挺立的竹子，又仰头看看那棵挺立的竹子，沧桑的老脸上有一种灰蒙蒙的若有所思的神情。他八十六岁的老妹妹、七十一岁的老儿子和年轻的孙子媳妇，远远地站在后房的屋檐下，默默地瞅着他，都不知道他要干什么。

崇德老汉在一棵笔直粗大的竹子前站了下来，用手中的老锄把敲了敲竹竿。那竹竿发出清脆的金属样的响声。崇德老汉的嘴角两边不由泛起一丝淡淡的笑意，扬起锄把，头也不回地喊道，拿刀来，给我砍了！

站在后屋檐下的尚义赶紧跑回房去，拿来一把大砍刀，乒乒乓乓地将那竹子砍了。

崇德老汉又举起老锄把，敲了敲旁边的另一棵竹子。

尚义弯下腰去，又将那竹子砍了。

可崇德老汉的锄把指向第三棵竹子的时候，尚义站着不动了，他愁愁地望着他爹，说您……您砍这么多竹子，做……做啥呀？

崇德老汉瞪他一眼，说叫你砍你就砍，问那么多做啥！

尚义只得弯下腰去，再砍竹子。那 ■ ■ ■ 的砍竹声，有如深山古庙的木鱼声，在荒芜晦暗的李家林园里，苍凉悠远地响着。

直到砍了一上午，砍了足有近百根笔直粗大的老竹子，在荒凉杂乱的林园里横放了一大堆后，崇德老汉手中的锄把才停止了敲击。

他将锄把放下来，拄在地上喘息。他佝腰望着那一大堆苍黄笔直的老竹子，脸上又泛出了那种灰蒙蒙的若有所思的神情。他咳嗽两声，枯皱的褶子深处，终于露出了一丝笑意。

那笑很浅，很淡，在荒芜冥晦的林园里，像古钱币一样散发着幽幽的苍老的暗光。

崇德老汉就在那锈迹斑斑的苦笑里，招呼着尚义，说把这些竹子，给我搬到……搬到龙门外的空坝上去吧。

于是，尚义又吭哧吭哧地搬那些竹子。

将那些竹子全都搬到龙门外的空坝上后，崇德老汉走上去，又望着那一大堆竹子看了好一会儿，这才长长地叹息一声，丢下手中的锄把，拿过尚义手中的砍刀来，默默地剔起了竹上的节疤，甚至还把几根竹子破开来，起了横心，双手抖抖地扭起了篾绳。

一直站在龙门上愁愁地望着他的老妹妹，终于控制不住自己，蹒蹒跚跚地走上去问他，老哥哥呀，你究竟在折腾啥呀？

崇德老汉抬头看了他老妹妹一眼，嘴唇动了动，似乎想说什么，但又没有说出来。其实，他是想给老妹妹说说心里话，说说腊月二十三那天上午，他躺在墙根下晒太阳时"看见"的情景：太阳在他眼皮子上白花花地晒着，毛毯厚厚实实地围在他身上，他感到全身热烘烘的有些透不过气来，就想去院外走走。可他从躺椅上站起来，刚一走出家门，就看见那条黄苍苍的老土路铺展

175

到了他脚下。他当时很惊奇，心想这路啥时修到了他家门口呀？他怎么不知道呢？于是便抬脚走了上去。可刚走几步，他就发觉有些不对头了。他记得那老土路上有许多鸡公车辙印和牛脚窝印，可这路上却没有，却平平整整亮亮堂堂的，铺了一层细碎新鲜的黄沙。另外，他们村里的那条老土路，从他们李家花园左侧的墙根下笔直地伸出去，一直伸到两三里外，才与那条旧马路会合，可眼前这条金灿灿的黄沙路，却飘飘悠悠弯弯拐拐的，在一片庄稼地里逶迤铺展着，最后竟弯进了一片山冈里去。那山冈缓缓起伏着，蓝蓝天空和白白的云朵下，竟满眼的翠绿，像刚被雨水淋洗过一样，闪耀着洁净的葱郁的亮光。冈峦上，还隐隐飘浮着一团团紫色的云雾，好似一片片开花的桃林，又好似一片片初春时节的紫云英花地。崇德老汉一下就糊涂了，他们崇义村四周都是平原，哪来的山冈和桃林呀？紫云英花地倒是有，可它也不在寒冬腊月里开花呀！正恍惚间，他隐约听见有人在叫他的名字。崇……德……崇……德……叫得轻轻地飘飘地，像远远吹来的风，又像地底冒出的气泡。他慌忙四顾，只见四周的麦田紧紧地围拥着他，无边无际的麦苗海浪一样翻滚着，像是要将他湮没似的，周围却清风雅静的不见一个人影。他正纳闷儿着，突然感到有一股冷风朝他迎面袭来，他定睛一看，只见远处那蜿蜒起伏的山冈已近在眼前，那金煌煌的黄沙路旁屹立着三个身穿袍服的人：一个是他父亲，一个是他爷爷，还有一个竟是带着他们李氏族人，从遥远的孝感跋山涉水迁徙到四川来的远祖爷爷！三个祖先人立在路旁的松林下，身长足有丈高，峨冠博带，横眉冷眼，像庙里不怒自威的神。崇德老汉双腿一软，禁不住就扑上前去，跪倒在地上，给三个祖先人磕头。可三个祖先人像长了同一张嘴巴似的，厉声呵斥着他，声音轰隆隆地响着，像天上打下来的雷：崇德，你这个不孝子孙！你把崇义村糟蹋成啥样了？你还有脸来见我们！

你滚回去吧！然后，三个祖先人就猛地挥起袍袖，卷起一股飓风，呼啦啦地将他吹送回来，重重地跌在了家门前的泥地上……

但崇德老汉终究没有将这些话说出来。他怕吓着老妹妹，也怕老妹妹听不懂。他低下头去，依旧扭着手中的篾绳，叹息着说，我都这么大岁数了，还能折腾啥呀？我只想给自己做个花圈。

老妹妹望了望旁边那大一堆竹子，摇了摇头，说你想给自己做个花圈，也用不了这么多竹子呀！

崇德老汉仰脸望着低沉阴晦的天空想了想，嘴角两边又泛出了那种莫测高深的淡笑。他深邃苍老的目光好似穿越了厚厚的云层，看到一个遥远的地方。他带着某种莫名的兴奋和深沉的向往，笑着对他老妹妹说，我这次要给自己做个很大很大的花圈，世上从来没有过的花圈！

老妹妹惊疑地望着他，不知道他是啥意思。

崇德老汉也不管他老妹妹听没听懂，就顾自埋下头去，重新扭起了篾绳。

苍凉空旷的李家土坝上，寒风吹拂，远处黝黑的田野里，麦苗还没有长出来，光秃秃的树丫伸展在灰蒙蒙的冷雾中，萧瑟抖索。崇德老汉手中的篾绳像一条岁月之蛇似的，越扭越长，越扭越长……

结果三天后，崇德老汉就把他的"花圈"做了出来，高高地矗立在他们李家花园龙门前的空坝上。赶来看热闹的村里人这才发现，这哪是什么花圈啊，这分明是一道用竹子扎成的巨大的简易牌坊！崇德老汉不仅在那竹子扎成的巨大的牌坊上糊了白纸，还饱蘸墨汁，挥笔写下了四个庄重有力的大字：崇德尚义！

年轻人全都看得莫名其妙，面面相觑。他们实在不明白，崇德老汉都这么大岁数了，都是死过两次的人了，还费精费神的扎这纸东西干啥？只有那些上了岁数的老年人，完全懂得了崇德老汉的心思，懂得了他心底的哀和心底的痛，都不由定定地望着那纸扎的牌坊，扯起袖头，去擦眼窝里的泪水。

崇德老汉则像耗尽了所有的力量和精神似的，瘫坐在他们李家花园的龙门上，喘息着，面色苍白地对村里人说，你们把它……把它抬到老路上去吧！

然后，他又叫过尚义来，把头靠在他肩上，在他耳边轻声说，我死了，你……你一定要让乡亲们抬着我，抬我从……从这牌坊下过……过……

说完，崇德老汉就像完成了一桩重大使命似的，长长地吐出一口气，头软软地靠在他老儿子身上，闭上了眼睛。

这天，是腊月三十，农历的最后一天。这天的天气出奇的阴郁，出奇的寒冷，刺骨的寒风始终呜呜咽咽地刮着，刮过苍凉的原野，刮过光秃秃的树梢，刮过黑沉沉的屋脊，像一首绵绵不绝的哀歌，在崇义村的每一个角落里无休无止地盘旋回荡。村里的男女老少共同扶着抬着崇德老汉用生命扎成的纸牌坊，默默地向村外的老土路上走去。他们中没有一个人哭泣，他们有的只是泪水，被寒风冻僵冻硬的泪水……

正月初三，崇德老汉下葬。

村里人全都赶来了，全都披麻戴孝地给崇德老汉送葬。他们不仅为崇德老汉请来了方圆几十里最出名的唢呐队，还按旧时的礼仪，给他配备了最豪华的丧罩和最殊荣的十六抬龙杆，由众多孝子贤孙簇拥着，抬着无数的祭幛、挽联和花圈，浩浩荡荡地向那老土路上走去，向那纸扎的牌坊走去。在一阵阵尖锐悲怆的唢呐声和低沉雄浑的龙杆号子中，阴霾暗沉的天空里竟飘下了雪花，越飘越大，越飘越密，纷纷扬扬的，与送葬队伍中白色的挽联白色的花圈和白色的孝帕融为一体，把整个崇义村都染白了，把村外辽阔黝黑的田野都染白了……

在镇医院住院治疗的玉清嫂也赶了回来。由于除草剂剧烈的毒性，她已落下了残疾：嘴角歪咧着不住地抖索，双脚拖在地上，再也走不利落了。她由女儿娟娟和女婿何松搀扶着，站在那纸糊的牌坊下，迎接崇德老汉。

雪纷纷扬扬地下着，密密实实的雪花飘落在纸牌坊上，一点一点地侵蚀着洁白的纸面和那四个墨黑的大字。

玉清嫂不由跪倒在老土路旁，望着那正被风雪侵蚀剥落的纸牌坊，放声大哭……

蝴 蝶 飞

一

　　田富贵把手机放到耳边上。儿子的话还没说完，他的脸刷地就白了，一股冷汗像黄狗焱尿似的从额头上滋出来。他跳起身，对手机里哭稀滥流的儿子骂道："你背时，活该！老子早就给你说过，你杂种硬是不听！"然后就掐断电话，在屋里被狗咬一样团团乱转，嘴里还不停地骂着儿子。骂了一通后，田富贵嘴上解气了，可心里却堵得慌：儿子的事，他就这样甩手不管了？可……可他能不管吗?! 于是又猛一跺脚，抓起一件衣服，急火火地往楼下跑。刚跑到楼梯口，手机又响起来，他禁不住火冒三丈，对着手机吼道："日你妈！你催催催，催命嗦！"电话里没有响动。半晌，才听见一个声音咳嗽了一下，冷冷地说："老田，你日哪个的妈啊?"田富贵满脸的怒色和火气霎时被淋上了一瓢冷水样，寂灭了。他扯动着脸上僵硬的肌肉，挤出一丝尴尬的笑来，软声说："是王书记呀，对、对不起……"可他这边软下来了，王书记那边却硬了起来，打雷一样粗声吼道："你对不起我的事多着哪！你马上给我赶到特种纤维厂来！"田富贵皱着眉头说："我……我有点

180

急事，我儿子……"哪想王书记根本不听他的，语气显得粗暴而又毋庸置疑："你少给我讨价还价！今天就是你娘老子死在床上了，你也必须马上给我赶来，马上！"话音一落，手机也跟着断了。田富贵怔怔地望着被掐断的手机，心里很不是滋味：日你妈，哪有这样拿下属的娘老子说事的？可王书记的话他又不敢不听，只得将儿子的事撂在一边，急匆匆地朝下跑。

跑出小区，正好有一辆白色的"比亚迪"小车停在门口。这是一辆"黑租儿"。就是镇上的居民或附近的农民买来私自载客的，没有任何手续，完全属于非法运营范围。往昔田富贵有急事出门，大多坐这些黑租儿，图的就是随喊随走，方便。可今天，他看见那辆"比亚迪"黑租儿，却有些迟疑了。他突然反感起这些黑租儿来。可抬头看看，附近又没有其他的交通工具，他只得黑着脸走上前，拉开"比亚迪"车门，一屁股坐了进去。

"金藤村，特种纤维厂！"他看都不看那开车的驾驶员一眼，只是朝前挥了挥手。

车子驶离小区大门，出镇口往右一拐，就进入了工业区。

这是两年前才启动的一个大型工业园区，方圆有五六平方公里，但发展速度却相当快，几乎是风卷残云般地把园区里的几千户人家搬迁了，将大片大片的耕地和宅基地整理了出来。然后就是加班加点搞基础设施建设，修道路，架电线，布水网，筑厂房，白黑连夜，车来车去，尘土飞扬，建设场面之浩大繁忙，把搬迁农户全都看得目瞪口呆，原本宁静的乡村一下变成了热火朝天的工业港。

田富贵他们原来居住的金藤村位于工业区的中心，由于地理位置好，地名又吉祥，很快就有几家企业经过政府的招商引资入住进来。那家特种纤维厂就是最先落户他们金藤村又最先投产的企业。为此，田富贵还在几个搬迁村的支部书记中脱颖而出，被评为工业区建设先进个人，先后受到镇上和县上的表彰，年终奖也比其他的村支书多拿了两千块钱。所以在感情方面，田富贵就跟这家特种纤维厂很亲近，厂里有什么麻烦或困难，他总是密切配合，尽力给予解决。在外面给人说起这家企业时，他也很骄傲，总是一口一个"我们金藤村的特种纤维厂"，"我们金藤村的特种纤维厂"，仿佛他真在厂里管着什么事一样。这就惹得那几个没有评上先进的村支书当面说他的酸话："日你妈老田，那特种纤维厂究竟给了你啥好处啊？你这样给他们卖命？"田富贵嘿嘿地笑，也不说厂里给了他啥好处，只是说："我那金藤村过去可全是亩产上千斤的良田，他们拿去了，不把厂办好，那咋得行！"

可今天，田富贵赶往特种纤维厂时，心情却变得非常糟糕。

远远的，他就看见厂门口堵了一大群人，把几辆给厂里拉原材料的大卡车拦在了厂子外面。镇上的王书记早就带着经发办的人赶到了，但人却站在旁边，叉着腰气咻咻的，一副吹胡子瞪眼的模样。田富贵一看那架势，就知道亲临第一线的王书记并没有将问题解决掉，于是对送他来的"比亚迪"驾驶员说一声："你等我十分钟。"便跳下车，朝王书记跑去。

王书记一见田富贵，就像找到了出气筒一样，鼓瞪着双眼朝他吼道："田富贵，你看看！你们村的土地工又在闹事！你马上把他们带回去！处理不好这个问题，我就地撤你的职！"

田富贵本想上去跟王书记问声好的，一听他扬言要撤自己的职，心中不觉又是一阵鬼火冒，干脆白他一眼，不理他了，径直朝闹事的土地工们走去。

王书记这人啥都好，就是工作作风粗暴武断，稍一不顺心，就要撤下属的职，好像在他手下干事，就把命脖子伸到他手里去，让他捏着了。

三四十个闹事的土地工果然全是他们金藤村的，张三李四王二麻子，田富贵全都叫得出名字。其中他女儿田秀丽和女婿张建良也在闹事者之列。田富贵黑着脸不说话，绕着他们转圈子。他用凌厉的目光将闹事的土地工们挨个挨个看了一遍后，这才站下来，冷冷地问道："究竟啥事啊？你们把厂里拉货的车子都拦了，不让人家生产？"

土地工们就闹嚷起来，说厂里把他们开除了。

田富贵的眉头一下就皱紧了："为啥呀？"

一个离他最近的土地工低下头去，咕哝着说："还不是嫌我们没有技术。"

田富贵哧的一笑，说："这有啥了不得的？没有技术，可以学嘛！哪个生下来就有技术了？"然后就朝土地工们很不耐烦地挥手，"回去，回去，都给我回去吧！三天后我给你们回话，保证你们重新回厂里上班！"

土地工们全都站着不动，望着他的脸上都有一种将信将疑的神色。

田富贵的眼睛陡地就瞪圆了，大声吼道："咋？我的话你们没有听见？"

那个离他最近的土地工抬起头来，可怜巴巴地望着他说："田书记，你……你真的能让我们重新回厂里上班？"

田富贵的火气陡地又冲了上来，瞪着那个土地工骂道："日你妈！啥真的假的？老子啥时说过假话，哄过你们！"

那个土地工不敢再说什么了，便扭回头去看他的女儿女婿。

其他的土地工也不觉将目光齐聚起来，投射到他女儿女婿身上。

田富贵也扭转头，黑沉着脸去看他女儿女婿，目光像寒夜里的刀子，冷浸浸地割人。

他女儿赶紧低下头去，拽了拽她丈夫的衣角，默默地向人群外面走去。

土地工们怔了怔，想说什么又不敢说，只得相跟着悻悻地散了。

田富贵不觉昂起头来，拿眼睛去瞟旁边的王书记。他目光里有一种很冷很硬的东西，甚至还有一丝轻辱和嘲笑。别人都怕王书记，可他不怕，他就是要当着王书记表达他心中的情绪！

王书记皱着眉头走过来，冷冷地说："老田，你就这样解决问题的？"

田富贵见自己解决掉了问题，他当书记的还不满意，心底那股无名之火又嗖地蹿了起来，硬着脖子顶撞道："不这样解决咋解决？未必还把他们抓起来，关到派出所里去！"

"你……？"一句话就将王书记噎住了，喉咙里像塞进了一块硬石子似的，上不得也下不去。

王书记曾在工业区的开发建设中，动用警力对无理要求的村民进行强制拆迁，闹出很大的动静，甚至还有几户被强拆的村民纠集起来，跑到县委门口去鸣冤叫屈，跑到省城去静坐上访。为此，王书记还专门被组织部门叫去，做过诫勉谈话。这是王书记的一块心病，软肋，容不得别人来戳它、动它。可今天，田富贵竟然当着这么多土地工和镇干部的面，戳他的心窝子，他不觉恼羞成怒，涨红着脸，指着田富贵骂道："我日你田富贵的妈！你杂种今天吃火药了嗦？"

哪想田富贵的火气比他还大，两个眼睛瞪得跟牛卵子似的朝他吼道："吃火药算啥？老子今天屋里都火烧房子了！"说完就扔下王书记，怒气冲冲地朝那辆等着他的"比亚迪"小车跑去。

王书记不由气得脸色发青，在他身后大骂道："田富贵，我看你杂种是真的不想当这支部书记了！"

田富贵头也不回地说："你想撤就撤吧！一个比芝麻还小的村

官，有啥了不得的？老子从今之后落个清净！”

然后就跳上汽车，砰地拉上车门，朝驾驶员挥挥手，急火火地往县医院赶去。

二

刚到县医院门口，田富贵就看见他儿子田兴旺头上缠着厚厚的白纱布，站在门柱边焦急地东张西望。他一走过去，儿子的眼泪刷地就流了下来，抱怨说：“爸，你……你咋才来呀？”田富贵皱着眉头说：“咋啦？”儿子像被判了死刑一样，苍白着脸哭稀滥流地说：“他们……他们把我开黑租儿的事，说……说给交警队了！”

田富贵心里不由哧啦一声，裂开了一道血浸浸的大口子。

工业区征地拆迁，田富贵家连林木、房产和土地，总共获得了三十二万多元的赔偿，同时还按人头分到了两套一百零五平方米的房子。儿子便在老婆蒋文英的怂恿下，吵着闹着跟他分了家，并分走十六万元的赔偿款，拿去装修了房子，买起了跑黑出租的车子，像村里的许多年轻人一样，单门独户地过起了新生活。

儿子装房子、买车子的意图很明显：既然都从乡坝里搬到街镇上来居住了，当了城镇居民，就得像城里人一样，懂得找钱，懂得享受，懂得过日子！

田富贵却坚决反对他儿子去买车跑黑出租。在他看来，这黑出租不仅是非法的，还是个高危职业。别看那些开黑租儿的人，成天风风光光地跑来跑去，大把大把地挣着钱票子，可一旦在载客的时候发生了交通事故，他们可就抓瞎了，倒霉了！别人正经开车出了事故，有保险公司理赔，可你非法运营载客，出了事故谁来给你赔偿呢？不但没有人给你赔偿，交通运营管理部门还要重重地处罚你！如果遇上狠心的伤者和家属，他们还会抓住你黑租儿的辫子不放，胡搅蛮缠，狮子大开口，在医疗费、误工费和赔偿费等等方面漫天要价，不把你整得倾家荡产才怪！

可田富贵将这些利害关系跟儿子说了后，儿子却不以为然，还很不高兴地斜眼瞪着他，咕哝道："咋别人都跑得黑租儿，偏偏我就跑不得了？咋别人都没出事，偏偏轮到我就出事了？"实在被田富贵说得烦了，急了，就干脆搬出他老婆来做挡箭牌，说："不是我要买车，是蒋文英要买车。有本事你跟她说去。只要她同意不买车，我就不买。"

一句话就噎得田富贵眼睛鼓。像村里许多厉害的年轻媳妇一样，蒋文英不仅将田兴旺管得严严实实服服帖帖的，还总是跟公公婆婆磕磕碰碰的，处不好关系。她在娘家是独生女，自小就被她父母惯坏了，性格蛮横霸道不说，还贪玩好耍，好吃懒做。嫁到田家后，她依然如此，甚至还学会了打麻将，整天整夜地沉迷其中，一点家务和农活都不想干。田富贵最看不得她的，就是这点。一个农村女子，哪能这样贪玩好耍呀？家里就是有座金山银山，也经不得你这样没日没夜地拿去输呀？同样的，蒋文英也不待见田富贵，总嫌他端着一副村支书和老公公的架子，管天管地啥都管着，不让她和田兴旺自由自在地用钱，自由自在地过日子。于是，两人同处在一个屋檐下，成天碰头碰面的，却很少说话。偶尔搭白，说不上两句，就会顶撞起来，闹得一家人都秋风黑脸地，不愉快。至于家里的大小事情，那蒋文英更是一个钉子一个眼地专跟他顶着干，他说东，她偏偏要说西，他说上，她偏偏要说下，好像两人生来就是冤家对头似的！

可现在，儿子却要他去跟这个好吃懒做脾气又冲又倔的儿媳妇说理，那不是自取其辱、自讨没趣吗？田富贵不觉气得咬牙切齿，只得恨恨地瞪着自己的软骨头儿子，一迭连声地哀叹道：

186

"好，好，老子不管你们了，你们想咋折腾就咋折腾吧！今后出了啥事，你们可别来找我！"说完就怒气冲冲地转身走去，再也不跟儿子说那黑出租的事了。

世上的事就是这样，你怕哪着，它偏偏就给你来哪着。这天上午，田兴旺在十字街口拉了一个六十多岁的老太婆去县医院看病，可车刚开到县城边上，就出了事故：一辆迎面而来的越野车，为了闪避突然从街边农贸市场里冲出来的电瓶车，竟猛地一甩盘子，改变原来的线路，对直朝他撞来！他心里一惊，本能地将方向盘往路边一打，可因为事发突然，他没能把握好，车子砰的一声撞在路边的水泥电杆上，当即就将坐在旁边副驾驶座上的老太婆弹起来，重重地砸在了挡风玻璃上，而他的额头也在方向盘上磕破了，瞬间血流如注。可那老太婆被挡风玻璃反弹回来后，却歪倒在椅子上，翻着白眼，口吐白沫，浑身上下抽搐不止。田兴旺当时就吓傻了，血流了满脸也忘记去揩擦一下，惊恐地瞪着老太婆，两眼发直发呆。最后，还是路边的行人打电话让交警赶来，把他和老太婆弄下车，一并送到了县医院。

田富贵赶到县医院的时候，老太婆还躺在了急救室里，人事不省。田富贵赶急问他儿子医生咋说？田兴旺哭丧着脸说："可能是颅内出血，要……要动手术。"

田富贵不由得倒吸了一口凉气。他斜着眼睛，看了看儿子，说："那你就赶急给你婆娘打电话，让她送钱来，给人家动手术呀！"

田兴旺的眉毛胡子都在往下掉落，像山河崩塌发生泥石流似的，流淌着无比的沮丧和痛苦。他说："家……家里没钱了……"

田富贵的眼睛霎时就瞪圆了，恶煞煞地盯着他儿子："你开了一年多的黑租儿了，少说也挣了两三万块钱了，咋会没钱呢？"

田兴旺垂着头说："钱是挣了些，可……可让蒋文英……输

187

……输了……"

田富贵感觉心上像被人杀了一刀似的,嗖嗖地冒着寒气。他恼怒地瞪着儿子,恨不得把他吃了似的:"你那婆娘是个败家子,你咋不管住她啊!"

田兴旺闷着头说:"我……我咋管得住她嘛?"

田富贵恶声说:"你当然管不住她了!你一辈子都心甘情愿落在她裤裆里,你还管得住她?"

田兴旺的脸一下就红了。他哀求似的地望着田富贵,说:"爸,你别说这些了,你……你赶紧帮我想想办法吧!"

田富贵瞪着眼睛说:"我有啥办法?我早就给你说过,出了啥事别来找我!"

田兴旺扑通一声就朝他跪了下去,凄声说:"爸,你不管我,我……我可就毁了呀!"

田富贵没好气地说:"你早就毁了,毁在你婆娘手里了!"

田兴旺双腿跪地,扑上前一把抱住他的腿杆,眼泪扑簌簌地往下流,哭喊道:"爸……爸……"

田富贵想提起腿来踢他儿子一脚,可劲还没使上去,心却软了。他摇摇头,恨铁不成钢似的望着儿子叹了口气,冷着脸说:"要我管你也行,可你得打电话把你婆娘叫来!"

田兴旺的眼里不觉掠过一丝惶恐,咕哝道:"叫她来干啥呀?她……她又拿不出钱来。"

田富贵的眼睛猛地又瞪大了,恶声说:"你出了这么大的事故,还能让她在家里闲着,让她在牌桌子上无事一样跟人打麻将?"

田兴旺赶紧点头:"好好好,我马上打电话把她叫来,把她叫来。"然后就抹着脸上的泪水,走到一边去给蒋文英打电话。

不久,蒋文英就赶来了。跟着她同时赶来的,还有田兴旺的母亲高群芳，是田富贵打电话让她来的。

可蒋文英赶到后，一听田兴旺拉了个病老太婆出了这么大的事故，旋即火冒三丈，扬起手指头在他额头上又指又戳，大声骂道："你狗日的是猪脑袋呀！一个老年人，病病哀哀的，人家躲都躲不及，你还拉她，你没见过钱呀？"

田兴旺像做错事的小孩子一样，侧着身子怯怯地躲着他老婆。

田富贵在旁边实在看不下去了，一掌推开蒋文英，瞪着她说："你干啥呀？都这时候了，还又吵又闹的！"

哪想蒋文英的眼睛瞪得比他还大，回身没好气地说："我咋不吵不闹呀？他才开了好久的黑租儿，才挣了几个钱呀，就出了这么大的事故，我们一家大小今后还活不活了？"

田富贵冷笑道："你也晓得今后还活不活了？你当初都干啥去了，咋就一点都不听人劝，硬是要去买那鬼车子呀？"

蒋文英并不认为她当初鼓动田兴旺买车跑黑出租有啥错，此时也不把田富贵的责备放在眼里，她将一双文过的细弯的眉毛高高地挑起，伶俐着两个嘴片子，不依不饶地说："我当初咋啦？我当初咋啦？我是让他去买车赚钱的，可不是让他去拉老太婆撞电杆的！"

田富贵见蒋文英事到如今，还如此蛮不讲理，一个钉子一个眼地跟他抬杠，不觉气得牙根子发痒发痛，咝咝地往外冒着寒气。他恼恨地瞪着她说："好，好！你就在这里吵，就在这里闹吧！"然后就气冲冲地转过身去，往医院外面疾走。

田兴旺赶紧追上去拉住他，哭兮兮地说："爸，她是刀子嘴豆腐心，你……你不要跟她一般见识。"

田富贵瞪着眼睛说："球！我看她不仅是刀子嘴，还是刀子心！"

田兴旺抱住田富贵，浑身软软的又要往下跪去，哀声说：

"爸，我……我求你了！你……你就看在我面子上，看……看在锦绣的面子上吧！"

锦绣是田兴旺的儿子，田富贵的孙子。这孩子长得聪明伶俐唇红齿白的，很让田富贵喜欢，一直把他当宝贝似的宠着，疼着。现在，儿子搬出孙子来哀求他，无疑像一枚切中要害的子弹似的击中了他，击中了他心底那片最柔软的地方。他收住自己愤然离去的脚步。他感觉心里饱胀着的恼怒和气恨，都在孙子的如花笑靥中，慢慢地消融流逝。他低头看了看可怜巴巴的儿子，又回头望了望充满哀伤气息的医院，无可奈何地叹了口气，对跟上来的妻子高群芳说："不看僧面看佛面。你去银行取两万块钱出来，给……给他们吧！"

三

田富贵打着出租车回到金藤园。他本以为家里的烦心事暂告一段落了，不想他八十多岁的老父亲又出了意外。

其实也不算意外。冥冥之中，田富贵早就有种预感：他父亲迟早会出事的。

就像解放前出生的许多穷苦农民一样，他父亲一生最热爱的就是土地，最离不得的也是土地。他把土地当成了命根子。

两年前，镇上动员搬迁的工作组刚一到村里，他父亲就像有人来挖他祖坟似的反应强烈。他站在种满玉簪花的院子里破口大骂："啥搬迁，啥工业化呀？这明明是在卖土地啊！自古以来，哪有农民卖土地的呀？卖了土地，今后子子孙孙没着没落的，咋活噢？"还跑去将院门紧紧地关着、抵着，死活都不让工作组进屋。甚至，他还以一个父亲的严厉态度与口吻，不准田富贵在搬迁协议书上签字。他拄着拐杖坐在堂屋中央，头上顶着祖先人年深日

190

久的神龛，面色凛冽地说："村里的事我管不了，可家里的事得由我说了算！只要你敢在那狗日的搬迁协议书上签字，老子就打断你的双腿！"

可作为一个已有三十多年党龄的老党员，作为一个要起搬迁带头作用的老支书，田富贵怎么可能听他父亲的？又怎么可能由着他父亲的性子胡闹呢？田富贵便背着他父亲，在搬迁协议书上签了字。

结果正式拆迁那天，事情败露，他父亲不由气得七窍生烟，提着拐杖满院子追打田富贵，边追打边骂："你这个败家子，你这个败家子啊！老子打死你，打死你！"

一个五十多岁的老支书被他八十多岁的老父亲提着拐杖追打，这确实不像话，也影响不好，田富贵只得抱着头，跑出自家院子，躲了。

见打不着儿子，父亲干脆一挺身，躺倒在推土机那巨大的铁轮子面前，当众撒起野耍起横来。他仰躺在地上，对前来拆迁的镇干部和工作人员大喊大叫："你们要收我的土地，要拆我的房子，就先把我碾死，先把我碾死吧！"

当时，拆迁工作遇到村里很多老年人的阻碍，几乎进行不下去了。镇上之所以大张旗鼓地带着推土机来拆田富贵的房屋，就是要让他这个当支部书记的做个榜样，做个表率。

田富贵无奈，只得叫上几个村干部，跑回去把他父亲捆在一把竹椅上，强行抬离了现场。

可他父亲在竹椅里挣扎着，扭回头望着正轰隆隆开向他家屋院的推土机，绝望而又悲愤地哭喊道："好端端的一片土地，好端端的一个家，就让你们这样给毁了，给毁了呀！以后没了土地，子子孙孙咋活，咋活噢！……"

那天，他白发苍苍的老父亲，像一株被连根拔起的老芦苇，一直在竹椅里挣扎着，哭喊着，硕大的泪珠流泻下来，顺着雪白的胡须水泄一般跌落。田富贵扶着竹椅走在旁边，像在扶着他父亲的灵柩。他眼前晃动的，全是他父亲那芦花一样飘零晃荡的白发。

此后，他们一家人就搬到镇旁租来的几间小屋里，等待着政府的安置。也就是从这天起，父亲变得委靡颓丧起来：要么僵直地躺在晦暗的小屋里，久久不起身；要么起床了，就坐在低矮的出租房的屋檐下，望着空寂的天空发呆，家人给他端去的饭碗，他动都不动一下。中午的时候，温暖的太阳照在了他身上，可他又将脑袋低垂在胸前，睡着了，一丝长长的口涎从他瘪塌的嘴巴里流落出来，悬挂在他雪白的胡须上，风一吹，便凝固了，像冬天屋檐下那又冷又硬的冰条子。

田富贵望着团缩在阳光里的父亲，望着父亲那头枯疏的白发和消瘦的面容，心里一阵阵地难过。他知道，这次失去土地比当年搞人民公社时失去土地，对父亲的打击还大，还狠。父亲几乎被这次突如其来的变故彻底击垮了。父亲的五脏六腑都被掏空了。父亲成了一具徒有呼吸的躯壳，成了一张又脆又薄的纸！

半年后，他们家在金藤园分到了安置房。可父亲却拒绝搬到那高耸逼仄的楼房里去。父亲说那楼房不接地气，不是人住的地方，是关猪关狗的地方！父亲要田富贵给他找个敞亮处，随便搭个棚子住。田富贵苦笑，说："你以为还是在原来的村里呀，可以随便找地方，随便搭棚子的。"

父亲便闭上眼睛不说话了，抱着拐杖退回到了他的沉默里去。

几天以后，父亲才在家人苦口婆心的劝说下，磨磨蹭蹭地搬到金藤园的楼房里去。

可父亲搬进楼房的第一个晚上，竟一夜都没有睡着。田富贵迷迷糊糊的，老是听见他父亲拄着拐杖在屋里走动，还一声接一声地叹气。田富贵起床问他咋啦？他抱着拐杖坐在客厅的沙发上，在窗外透射进来的斑驳的光影中说："我头晕。"

田富贵说："这是二楼，一点也不高，你头晕啥呀？"

父亲瞪着他，消瘦憔悴的尖尖脸上突然就有了愠怒之色。他顿着手中的拐杖说："我头晕就是头晕，我咋晓得它头晕啥！"

田富贵不敢再多说什么了，赶忙走过去，从沙发上搀起他，将他扶到睡屋里躺下，还给他盖上被子，像哄小孩一样说："你安安稳稳地睡吧。过几天就习惯了，就不头晕了。"

果然，几天后，父亲就不说他头晕了。可不久，他又突然说他胸闷，喉咙里像堵着痰一样发硬发紧，出不匀气。父亲甚至还在胸前背后胡乱抓挠着，说他身上长疮了，难受得很！

田富贵翻起他的衣服一看，还真在他前胸后背上看见了不少的皮疙瘩，红点子。田富贵大惊失色，急忙要把他往医院送。可父亲却不去医院。父亲抱着拐杖坐在屋中，摇着头说："我的病我自己晓得，去医院没用。"

田富贵说："那咋办呀？你身上都长满了红疙瘩！"

父亲抬头望着窗外的天空，像在望着一个让他魂萦梦绕的地方，神色幽幽地说："这地方不沾地气，人活不通泰。你还是给我找个沾地气的敞亮地方吧！"

田富贵说："现在土地都被征用了，我哪去给你找这地方呀？"

父亲不信，回头瞪着他说："你一个村支书，掌管着几千号人，几千亩地，连这样一个巴掌大的地方也找不着？"

田富贵只得点头，说找不着。

父亲的眼睛一下就瞪大了，带着几分惊愕与惶恐，锥子似的寒亮亮地扎着他："你的意思是说，我今后死了，连……连个埋的地方都没有了？"

确实没有了。他们原来居住的金藤村全都修上了宽阔的道路和密集的厂房，就连那些转弯抹角的空余地方，也利用起来，搞起了绿化，种上了花草树木。在这样一个花园似的工业区里，今后哪个还允许你埋死人，垒坟堆呀！

可田富贵却不敢将这话给父亲说明，说透。父亲与家园与土地的所有关系都被斩断了，唯有这根筋还游丝般地在空中飘忽。田富贵担心这根最后的筋丝一旦被他无情地掐断后，父亲还能不能再活下去。

可父亲却不相信他的话，不相信在那偌大的曾经是自己的土地上，就找不到一块可容他沾沾地气的敞亮点儿的地方。几天后一个晴朗的上午，父亲终于按捺不住，自己拄着拐杖悄悄下了楼，找来一辆人力三轮车，把他拉到了工业区。

田富贵不知道他父亲在工业区里走了哪些地方，看到了什么。田富贵只知道他父亲临到天黑的时候，才由那辆人力三轮车送了回来。父亲像一摊烂泥瘫在三轮车上。父亲连上楼的力气都没有了。父亲是由那人力三轮车夫背进家门的。

从此以后，父亲就绝口不提那"能沾地气的敞亮地方"了。父亲成天把自己关在他的小屋里，连窗帘也不拉开，任由那充满了哀伤气息的暗晦，在他屋里，在他周围，无边无际地流淌着，弥漫着。

田富贵很是心痛他父亲，就时不时地走进屋去，跟他说话。可父亲要么僵直地躺在床上一动不动，要么就抱着拐杖坐在竹椅里，泥塑木雕似的闭着眼睛，一言不发。田富贵发现，父亲仿佛被那阴郁哀伤的晦暗浸透了，浑身上下都在发霉，发暗……

可不久，僵死的父亲突又复活了。他竟然走出他的小屋，走出那片阴郁浓厚的晦暗，重又拄着拐杖下了楼，重又去了那个让他万分沮丧痛苦的工业区。

这让田富贵很是惊恐。那丝不祥的预感就是在这时候产生的。

接连几天，父亲都默默地往工业区走。有时是自己拄着拐杖，一步一挪地慢慢走去，有时是找来人力三轮车，手扶着拐杖坐在车上，一颠一摇地慢慢被拉去。工业区里到处都是热火朝天的繁忙景象，可父亲一步一挪的苍老的身影，却在那喧天的工业建设中显得格外的孤独憔悴。父亲那头枯疏的白发在风中颤抖着，像落满了霜雪的衰草似的，闪烁着苍凉凄怆的寒光。

　　田富贵不知道他父亲重又去那工业区干啥。田富贵只是想，父亲成天把自己关在那霉暗的小屋里，也不是个办法，他去工业区里走走看看，开开眼界，见见世面，也好。人嘛，总得面对现实。可直到一天傍晚，天都打麻子眼了，一早就出门的父亲还没有回家，田富贵才着了慌。他赶急跑到工业区里去寻找，结果好不容易才在一家工厂背后的水沟边上找着了父亲。父亲抱着拐杖坐在水沟边的土堆上，正在浓稠的暮色里望着四周的厂房发呆。父亲枯涩的瘦尖脸上烟锁雾迷的，像周围正在垂落的暮色似的充满了迷惑和怅惘。

　　田富贵连忙跑过去搀起父亲。田富贵说："天都快黑了，你还在这里干啥呀？"

　　父亲扭回头望着他，那张又瘦又尖的老脸皱得跟山核桃一样，密密实实的皱褶里流淌着重重的迷疑和困惑。父亲说："我找了一整天了，咋再也找不见我家老屋的地方了？"

　　田富贵看了看四周，说："我家老屋早就修上了厂房，你咋找得见嘛。"

　　父亲说："你还找得见？"

　　田富贵说他找得见。可他接着又说："找见也没用。找见了，你也认不得了。"

　　父亲就长长地叹了口气，望着四周遍布的厂房，惆怅满怀地说："我们家几辈人，在那里住了几十年，真的就连一根草都没留下？"

田富贵说没留下，就像开荒一样，啥都铲了，铲得干干净净的！可话一出口，他又有些后悔了，赶紧问他父亲想去老屋找啥？

父亲的脸上突然出现了一丝酡红，出现了一丝羞涩。父亲像个小姑娘似的低下头，不好意思地说："其实我也不找啥，就是……就是想找找我家屋院里的玉簪花。"

田富贵心里不由得咯噔一下，这才想起父亲是很爱玉簪花的。父亲曾在他们家屋院的土墙脚下种满了玉簪花。每年春末夏初的时候，那硕大的带着斑点的玉簪花就开满了墙脚，开得红红艳艳喜喜庆庆的，像一溜排蓬勃燃烧的火焰，照亮了他们家的屋院。黄昏的时候，像火焰般燃烧的玉簪花还会引来几只黑色的大蝴蝶，扇动着宽薄的翅膀在花间飘飘忽忽地飞翔。玉簪花身上有斑点，黑蝴蝶身上也有斑点，这两种有斑点的灵物便上下呼应着，在金灿灿的落日余晖中翩翩起舞。每当这个时刻，劳累了一天的父亲就会站在旁边看，看得专注，看得出神，看得痴痴傻傻的，那充满了艰辛劳作的疲惫的脸上，像花朵开放，又像蝴蝶起舞似的，流淌出一种甜美的笑意，一种灿烂的诗情。

田富贵终于懂得了他父亲的心思。田富贵搀着他父亲往家里走。田富贵说："我们家屋院的玉簪花是再也找不着了，我会另外找几株回来，给你栽在阳台上。"

父亲点着头说："我现在啥也不想看了，就想看看那玉簪花，看看那黑蝴蝶。"

田富贵说："你放心吧，过几天我就给你找回来。"

父亲咧开没牙的嘴巴朝他笑了笑。父亲还抓着他的手用力握了一下。这是自搬迁以来，父亲第一次对他表达亲近和谢意。田富贵心里酸酸的，差点落下泪来。

可说归说，田富贵却没有兑现他的承诺。他成天陷在集中居住后各种杂乱的社区管理和居民们乱七八糟的烂事里，忙着忙着，就把这事忘了。

可他父亲却将这事牢牢地记在了心上。父亲出事，就跟那玉簪花有关。

田富贵从县医院打着出租车回到金藤园，刚刚下车，身子还没有站稳，就有一个穿着"宁江精密设备厂"工作服的小伙子，急急慌慌地从小区里跑出来，一把拉住他，气喘吁吁地说："哎呀，田书记，你可回来了！我楼上楼下都找遍了，也没有找到你！"

田富贵的眉头止不住皱了起来，一种厌烦之情霎时爬上他的额头。他不无气恼地问那小伙子："咋？你们厂也出事了？"

小伙子揩着脸上的汗水说："不是我们厂出事了，是田爷爷出事了！"

田富贵一怔，心里那根早就绷紧的弦被人扯断般地轰然一响。他紧紧抓住小伙子的手，急切地问道："我爹……我爹他咋啦？"

小伙子说："他翻我们厂的围墙，摔……摔下来了！"

"那他人呢？"

"还在我们厂里，人事不省的，大家都不敢动他，都等着你们家的人去哩！"

田富贵像当胸挨了一拳似的，痛痛地"唉"了一声，然后又猛一跺脚，赶紧转过身去，喊住那辆正要掉头离开的出租车，带上小伙子，急急慌慌地往宁江精密设备厂赶去。

田富贵赶到厂里时，他父亲还侧蜷着身子人事不省地躺在围墙脚下的泥地上。旁边围着不少厂里的人，可他们全都神色紧张，不知道该将老人怎么办。都这时候了，还没有人将他父亲从地上扶起来，田富贵不觉怒火中烧，吼叫着冲上去，推开众人，扑向前一把从地上揽起他父亲。

老人的额头和嘴巴上全都粘满了泥土。

老人的脖子松松软软的，白发苍苍的脑袋像风中跌落的葫芦，滚进了他的怀里。

田富贵赶紧掐住他父亲的人中，同时腾出一只手来，在他父亲胸前上下抚弄着。

老人终于慢慢醒过来，慢慢睁开了眼睛。老人看见了田富贵。老人扯动着寡瘦的面皮，朝田富贵笑了笑，颧骨高突的两个脸颊上竟然泛出了一丝羞涩的红晕。老人抬起枯瘦的手杆，指着旁边的墙角说："富贵，我……我找到玉簪花了！"

田富贵抬头看去，果然在旁边的墙角处看见了一丛玉簪花，那花色和品种，那斑点与火红，竟跟他们家老屋土墙脚下种过的玉簪花一模一样！

田富贵的眼里即时汪满了泪水。

田富贵眼泪汪汪地背起他父亲，往厂外走。

可老人却扭着脖子，眼巴巴地望着那丛玉簪花。直到出了厂门，老人才转回头来，将嘴巴贴在他耳朵边上，哀哀戚戚地说："我现在啥也不想看了，就想看看玉簪花，看看黑蝴蝶。富贵呀，你可得把那玉簪花给我挖回来，给我挖回来呀，啊？"

田富贵满眼的泪水刷地就流了下来。田富贵一边流泪，一边使劲地点着头说："你放心吧，爹。我一定给你挖回来，我明天就给你挖回来！"

四

田富贵刚处理完父亲的事，还没来得及在屋里喘口气，就听外面的楼下急吼吼地嚷成了一片。他赶紧跑到阳台上去，往楼下看，只见三四个女人气喘吁吁地站在他家楼下的水泥路道上，仰着脸招着手，朝他焦急地喊："田书记，你快下来，快下来呀！"

田富贵心里旋即紧张起来。他皱着眉头问楼下："咋啦？又出啥事了？"

女人们仰着脸齐声说："陈康文喝农药了！你快下来，快下来吧！"

田富贵陡地一怔，感觉他百孔千疮的心上又被狠狠地扎了一刀。他没顾得跟躺在床上的父亲说什么，就转身往屋外跑，往楼下跑。

接连跑过几幢楼房，跑到陈康文住的地方时，陈康文已被邻居们七手八脚地从六楼抬下来，放到了外面的水泥路道上。田富贵赶到，手忙脚乱的乡亲们禁不住都松了口气，扭回头问他："咋办呀，田书记？他把大半瓶除草剂都喝了！"

田富贵看着口吐白沫躺在地上痛苦抽搐的陈康文，大声吼道："还能咋办？赶急找辆车来，把他往医院送呀！"

于是，就有两个男的拔腿往小区外跑去。

不一会儿，车子就找来了。田富贵赶紧从地上抱起陈康文，坐进车里。跟着他上车的，还有陈康文的老婆。女人又干又瘦，满脸的菜色，头发像鸡窝似的散乱着，惊恐地望着口吐白沫痛苦抽搐的陈康文，呜呜地哭泣。

车里全是那强烈刺鼻的农药味。

田富贵看着脸色和嘴唇都变得乌紫的陈康文，问旁边的女人："他咋就喝农药了呀？"

女人抬起头，满眼的泪水和满脸的悲戚，哽哽咽咽地说："还……还不是为了我们一家……一家老小！"

田富贵不说话了。

田富贵知道女人说的"一家老小"是什么意思。

陈康文年纪不大，还不满五十岁，却是村里出了名的"闷葫芦"，老实人。他不仅嘴笨，脑笨，手也笨，农村里常见的泥工木工和瓦工篾活，他啥也干不了，除了侍弄那几亩承包地外，一无所长。可就是这样一个笨人，家里负担却极重：一个长年卧病在床的老母亲，一对正在上初中和高中的儿女，还有他老婆，因早年生孩子落下了妇科病，时不时地还要去医院看病抓药。还在村里的时候，陈康文家就是最潦倒的困难户，每到年底，村支书田富贵都要跑上跑下地去给他们找救济，有时还要将自家的年货分出一小部分来，给他们送去。村里拆迁，村民集中到镇上居住后，许多人家都在经济上翻了身，可唯独陈康文家，仍是一贫如洗：由于他家所在小组集体商议决定，土地出让实行的细水长流的租用方式（每年每亩土地按一千二百斤大米的标准，随行就市折算成现金补偿给村民），而不是一次性了断的征用方式，于是就没了那大笔大笔的土地赔偿款；他家只得到了两万多块钱的林木和房屋的损失补偿。可他刚从镇上领回补偿款，前些年拉下的债主就全都撺上门来，要求他还债。结果那两万多块钱还没在他手里捏热烘，就分文不剩地从他指缝中流走了。他依旧是村里最穷最苦的人。

　　再穷再苦，陈康文都不怕，他怕的是搬到镇上集中居住后，那无根无底的毫无经济来源的生活！

　　早先在村里的时候，他还能在种粮食之余，从地里侍弄些时令蔬菜来，挑到街上去卖了，换回些油盐柴米钱来贴补家用；还能在农闲的时候，给村里那些修房造屋的人家打点短工，挣回点零钱来，供儿女上学，供他母亲和老婆看病抓药。可现在，过去那些经济来源全都被一刀斩断了，他们住在镇上，吃穿住行，样样都得花钱：买米要米钱，买菜要菜钱，买油要油钱；用水要水钱，用电要电钱，用气要气钱；就是到镇上的公共厕所去撒泡尿，也要收五毛的尿钱！他们掉进了花钱的大坑里。他们一家老的老，小的小，病的病，残的残，今后这日子还怎么过啊？

被逼无奈之下，陈康文只得硬着头皮去镇上找活干了。他从来没有在镇上找过事做，也不知道怎么个找法。他先是在十字路口木戳戳地站着，瞪大眼睛望着来来往往的人，看有没有人请他去干活。后见这样根本不可能找到事做，他就改变了主意，去小街小巷里转悠，挨家挨户地问人家，需不需要帮忙？结果转了好几条小巷，走了上百户人家，才有一位老婆婆说她需要帮忙，需要把屋檐下晾晒的柴棒子搬进屋去，堆到阁楼上。陈康文很是高兴，连价都忘了跟老婆婆讲，就卷起袖子干了起来，院里院外，楼下楼上地跑着，忙着，直干得气喘吁吁，满头大汗。可干完活后，老婆婆却不掏钱，只是倒了一碗搅上白糖的开水给他喝。陈康文喝了水后不走，涨红着汗津津的脸孔，朝老婆婆伸出手，说："钱，你……你给我钱……"老婆婆顿时瞪大了眼睛，说："钱？啥钱呀？"陈康文说："工……工钱……"老婆婆像受了骗似的突然变了脸，瞪着陈康文骂道："你原来不是来帮我忙的，是来挣我钱的呀！"陈康文嗫嚅着说："我当然是来挣钱的呀，我……我……我……"陈康文本想说他老母卧病在床上，老婆身体又不好，儿女还要上学，他们一家老小全都眼睁睁地望着他，靠着他呢！但他想了想，却没有将这些话说出来。他哭丧着脸，可怜兮兮地望着老婆婆说："我给你搬了半天柴棒子，腿都累酸了，腰杆都累痛了，十元二十元的，你多少总得给点呀。"老婆婆气得不行，颤抖着没有牙的嘴巴，恼怒地说："你要挣钱早说呀！你早不说清楚，活干完了，你又伸手要钱了！我一个吃低保的孤老婆子，哪有钱给你呀！"说完，竟将屋门砰的一声关上了，还在门后不停地埋怨，嘀咕，说现在的人呀，全都钻进了钱眼子！帮一个孤寡老人做点事情，也好意思伸手要钱！鬼想钱，还挨令牌呢！

陈康文站在老婆婆紧闭的屋门前，苦皱着脸，几乎都要哭出来了。

　　第二天，陈康文又咬住牙巴去了县城。县城里倒是很繁华，到处商铺林立，车来人往的非常热闹，也确有很多活干，比如踩着人力三轮车载客，给卖家具的商城送货，给搞装修的人家拉运材料，等等。可陈康文东逛西看，却没有一样是他能做的，因为他空着两手，什么运输工具都没有。后来，他又跑到城外的建筑工地上去碰运气。城外的建筑工地确实不少，接二连三地铺展着，家家都干得热火朝天，可人家需要的是泥工、木工、电工和钢筋工这类的技术工人，而且要的是熟手，拉来就能派上用场的。他连着跑了好几个建筑工地，求爹爹告奶奶的，啥好话啥求人的话都说尽了，也没有一家工地愿意用他这样一个生手。何况他又上了岁数，满脸皱纹，胡子拉碴的，工地老板一看，就直摇头，说你这么大岁数了，还来打啥工呀？该回去抱孙子了！

　　他倒是想回家去抱孙子，可他有那福气么？

　　直到快天黑的时候，陈康文才在一个新建小区旁边找着了一家铺子。这家铺子新近才开张，是做防护栏生意的，正急需人手。但老板看他那把年纪，人又显得有些木讷，还是有所犹豫。虽然最终留下了他，却是有话在先：先试用几天吧！能做就做，不能做就走人！

　　结果做到第三天，陈康文就整出一个惊心动魄的事故，把老板吓得半死。

　　做防护栏主要有四道工序：切割材料、焊接、打磨刷漆和安装。老板有意想试试陈康文干活的能力，便先安排他学着搞焊接。可陈康文从来没有干过农活之外的任何工作，焊条刚一接触到钢筋，吱吱地迸出炽白的火花，他就吓得浑身发抖，丢了焊枪就跑，仿佛那四溅的火花，是一条条飞蹿的毒蛇，要咬他伤他似的。后来虽然不怕那焊花了，但他又无法掌握焊接的轻重，不是用力过猛，将钢筋烧断了，就是在钢筋上垒出厚厚的焊疤，根本达不到要求。他满头大汗手忙脚乱地学了整整一天，也没有学会这技术。老板只得苦笑着摇了摇头，递给他一副卷尺，让他去学着切割材料。他脸红筋涨地站在案台前，握着卷尺发蒙。老板问他咋啦？他愁苦着脸说："这……这咋……咋认呀？"他竟然认不得卷尺！老板无奈，只得亲自动手，按尺寸给他切下一札材料，要他比对着切割。可就是这么简单的一道工序，他也干不利索，干不准确，在比照着下料的时候，他的双手抖抖索索的老要挪动，不是切长了就是切短了，总有一两厘米的误差！老板气得不行，一把从他手里夺回切割机，瞪着眼睛骂道："你咋这么笨呀！去去去，去跟他们到外面搞安装！"老板心想，你笨手笨脚的干不下这些技术活，去搞搬运，去站在楼顶上拽着绳子往上拖拉防护栏，你总会吧！

可问题恰恰出在拽拉防护栏上。

那是陈康文干到第三天的时候，新建小区里一户人家订制的防护栏做好了，需要拉去安装。那户人家住在七楼，下面的几个楼层早就安上了防护栏和雨棚，这就需要将安装工人分作两拨，一拨站到十层高的楼顶上去，拽着绳子将足有五米宽三米高的防护栏使劲往上拉，一拨留在下面，拽着绳子将防护栏使劲往外拖，以免擦坏挂坏下面那些早就安好的防护栏和雨棚。陈康文与一个力气很大的小伙子分到楼顶上去，负责往上拽防护栏。可当防护栏拽到六楼的时候，不知是上下用力不均匀还是配合不默契，防护栏竟然撞着六楼的雨棚，给卡住了，上不得也下不去。那个小伙子便吩咐陈康文死拽住绳子不放，他进六楼去，解决问题。陈康文煞白着脸点头，一前一后站开双腿，向后使劲拽着绳子。那小伙子下到六楼，敲开门，爬到窗台上，将防护栏卡住的部位与雨棚脱离开。可就在这时，从来没有上过十楼的陈康文竟在高度的紧张中突然一阵晕眩，双脚打滑，那负载了上千斤重量的绳子便拖着他，哗啦啦地往楼边上滑去，砰的一声撞在了厚厚的边墙上。这时，如果陈康文死拽住绳子不放，也不会出啥事的，可他偏偏在突如其来的惊恐与慌乱中，昏了头，撒了手。于是，那悬荡在半空的防护栏猛地跌落下去，稀里哗啦地砸过五楼、四楼和三楼，把人家刚刚安好的雨棚全都砸得稀烂，蓝白相间的塑料薄片满天飞散。最要命的是，二楼不仅安装了防护栏和雨棚，还特意在窗外用角钢接出了一部分，增大空间，当做厨房。那轰隆隆跌滚而下的防护栏便砸在二楼钢筋铁骨的厨房上，猛地反弹开来，向下砸去。

在地面上拽绳子的工人们立马吓得四散飞逃。

可逃开了，他们才发现，一个站在楼下看热闹的小男孩竟然没动，他被半空里轰隆隆滚砸而下的防护栏吓呆了！老板大惊失色，慌忙返身，拽起小男孩就跑。他们刚刚跑开，那巨大的防护栏就兜头砸了下来，不偏不倚，正好砸在小男孩原先站立的地方，火星四迸，把坚硬的水泥地皮都砸出了一个大坑！

老板不禁面如土色，抓住小男孩的手抽筋似的打抖。

随着防护栏砸落的巨响，已经入住的人家全都打开窗户，纷纷伸出头来。他们一见楼下那可怕的场面和自家被砸坏的雨棚，旋即嚷闹起来。所有打开的窗户里都是愤怒的叫声和骂声。

老板这才反应过来，丢下小男孩，一口气跑上楼顶，抓起瘫软在边墙下的陈康文，抬手就是两耳光："我日死你妈！你杂种干啥呀？差点把人砸死！"

陈康文早已吓得魂飞魄散，煞白着脸不能言语。

最后，老板掏出四千多块钱，挨家挨户进行了赔偿，才得以离开现场。

陈康文捂着火辣辣的脸孔，跟在后面。

老板扭回头，没好气地骂道："你还跟着我干啥？你滚，滚吧！"

陈康文怯怯地站住了。

可走了几步后，老板想着他那冤枉赔偿的四五千块钱，心里气不过，就叫他手下两个工人过去，把陈康文的衣服裤子垮了！

老板不是稀罕陈康文的衣服裤子，他那身破破烂烂的衣裤也抵不了几个钱。对他这么一个蔫不拉叽的人，老板实在是不知道怎么发泄自己心中的怨气和怒气。

就这样，陈康文在外面打了三天工后，光着膀子和腿杆回到了金藤园。他耷拉着脑袋往家里走。沿路都有人在惊愕地看他，有的还拉住他，问他咋啦？大冷的天，你还光着膀子和腿杆做啥呀？陈康文闷着头不说话。陈康文的眼里全是泪水。

天确实有些冷了，道路两旁的树叶早已黄了枯了，此刻正在寒浸浸的晚风中飒飒地落着，落得满地都是。

落叶纷披中，陈康文的脸色比那黄了枯了的树叶还难看。他抱着膀子，瑟瑟缩缩地往家里走。他仿佛被外面的世界打垮了，佝腰驼背的，人也苍老了许多。他走进家门，家里比外面的世界还要让他感到枯寂与寒冷。他没有跟老婆和卧病在床的母亲说一句话，就闷头走进杂物间去，抓起前年用剩下的大半瓶除草剂，仰脖子喝了下去。

五

在镇医院里一直忙到下半夜，又是洗胃又是输液的，最后才把陈康文好不容易救活过来。可陈康文醒来的第一件事，竟是号啕大哭，捶着床边埋怨田富贵，埋怨他老婆："你们救我干啥呀？像我这样的人，还不如死了算啦，死了算啦！"

205

看着穷困潦倒悲伤欲绝的陈康文，田富贵心里也酸酸的，忍不住想落泪。他知道，集中居住后，像陈康文这样落入生存困境的，可不止他一人，也不止他们一户。这是他们金藤村的痛，也是他当支书的痛。这种痛在大家搬进金藤园后就渐渐显现出来，像一把尖利的刀子插在他心上，让他感到非常难受。他禁不住瞪起眼睛，吼陈康文："啥死了活了的？你少说这些丧气话！俗话说逼死人，逼死人，那是逼的死人！你一个大活人，还能让一泡尿逼死了？"

陈康文痛苦地摇着头，目光凄切哀伤，像一个被逼到绝境的孩子，可怜巴巴地望着田富贵，泪水扑簌簌地往下流。

他老婆也在旁边不停地扯起袖头擦眼泪。蓝幽幽的节能灯下，她脸上的菜色更加厚重了，头发乱蓬蓬的，像一堆被浓霜打坏的衰草。

田富贵明白俩人在焦心啥，便走上去拍着陈康文的手，安慰道："你在医院里安安心心地养几天吧。费用你就不用操心了，村里会帮你想办法的！"然后就走出病房，回家去睡觉了。

其实村里哪有办法可想呀。自从集中居住后，村委会就改成了社区，完全没了自己的土地，也没了提留的集体资金，到头来还不是由他这个当支书的给他们"贴黑尻子"，给他们掏腰包！

田富贵躺在床上长吁短叹了好一阵子，才迷迷糊糊地睡着。可他刚梦见自己为了一件什么事在原来的田野上急得团团乱转，就听见外面的客厅里有人在吵吵嚷嚷地说话。他披上衣服，下床去拉开房门一看，屋里竟然密密麻麻地站满了人，全是那些被特种纤维厂开除的土地工。他揉着发干发涩的眼睛，问他们啥事？那些土地工就七嘴八舌地说开了，说他们是来听信的，他们想知道厂里究竟还让不让他们回去上班噢？田富贵的眉头陡地就皱了起来，说："不是说好了三天后给你们回话吗？这才两天呀！"

土地工们的脸上全都露出一丝赧色来，惴惴不安地说："我们……我们想请田书记早点去给厂里说。这样悬着，我们心里……不踏实。"

田富贵只得叹口气，打消了再睡一会儿的念头，对土地工们说："好吧好吧，我今天上午就去给你们说。"于是便几刨三下洗了脸，连饭也没顾得上吃，就急匆匆地下了楼。

土地工们也跟着来到楼下，齐刷刷地站在水泥路道上，用目光送他。他们的目光里都有一种热切的期盼，甚至还有一丝忐忑的紧张和不安，仿佛田富贵是去帮他们办一件生死存亡的大事。

田富贵理解土地工们急于回厂里上班的心情，就转过身来，朝他们挥着手说："你们都回去，回家去等着吧。不就是上个班么，有啥了不得的？我给厂里说说就行了！"

土地工们却站在原地不动。清寒的初冬早晨里，他们默默望着田富贵的脸上，全都雾蒙蒙地罩着一层忧悒与疑虑。

田富贵只得摇着头苦笑，回身径直往小区外走去。农民就是农民哪，别看他们平时大大咧咧的，一副不服天管地管的样子，可一遇到事情，一遇到麻烦，他们立即就萎塌了，全都露出了可怜相。

当然，田富贵之所以把话说得那么轻松，并不是为了安慰他们，而是他心里有十足的把握。厂里不就是嫌他们没有技术么？他们过去都是农民，干的都是地里的活，哪来的现成的技术呀？没有技术可以学嘛，可以慢慢培养嘛！说白了，工业化、城镇化的最大事件，就是转换农民的身份，就是把他们由农民转换成产业工人呀！对于这点，村上有责任，镇上有责任，他们厂里也有责任，哪能因为这点点小事就把他们开除了？

所以，田富贵对前去厂里交涉，始终充满了信心。特别让他自信的是，他过去曾经配合厂里解决过不少麻烦事，厂长非常感激他，也十分尊重他。他现在代表社区的一级党组织，亲自去给土地工们说情，那厂长还能不给他面子吗？再说就是没有他跟厂里的这些交情，当初建厂的时候，厂里就跟政府签订了协议，要负责安置五十名土地工在厂里就业的。白纸黑字，还盖上了厂里和政府的大红印章，难道他们还敢翻脸不成？

然而，让田富贵没有想到的是，这次厂里果真翻脸了。那厂长像变了个人似的，冷着脸坐在办公室里，任凭他怎样为土地工们开脱说情，厂长都不松口，甚至还数落了土地工们的许多不是：文化低、素质差，没有技术，也不愿意学习，厂里的数字化控制设备他们完全不能操作，只能做些搬运材料、包装产品的粗笨工作；可就是这样，他们也不好好干，仗着自己是当地人，根本不服管理，有的人还专门跟厂里对着干，你喊他朝东，他偏偏要走西，你让他这样做，他偏偏要那样做，影响了厂里的产品质量不说，还践踏了厂里的管理制度，根本不配做现代化企业的工人！最为要命的是，他们在厂里还有偷盗行为：他们数次将厂里生产的特种纤维藏在衣服下面，趁着下班的时候悄悄夹带回家；有几个土地工竟然前后偷盗了十多次，每一个细节都被厂里安装的摄像头清楚地记录着！

厂长怕田富贵不信，还特意调来了摄像记录，用手提电脑放给他看。

田富贵望着那缓缓回放的摄像内容，特别是看见他女儿田秀丽和女婿张建良也在往衣服下面藏掖特种纤维时，他像被人打了一耳光似的，脸上旋即火辣辣地发烧发痛。他恨得牙齿都咬了起来。他的脸色变得非常难看。他双手撑在厂长的办公桌上，汗如雨下。

他先前的信心在这一瞬间全面崩溃。

这时，厂长像打了一场胜仗似的往椅背上靠去，掏出一支大中华香烟兀自吸了起来，并仰着头，朝空中一口接一口地吐着烟圈。

田富贵发现，厂长一边往空中吐着烟圈，一边还在拿眼角瞟他。田富贵心里不觉咯噔了一下。他突然从厂长那悠然自得的嘴脸上，嗅到了一种让人寒彻刺骨的阴谋气味！

田富贵的脸色蓦地阴沉下来。他死死地盯住厂长的眼睛，嘴里像嚼着梆硬的胡豆似的，一字一句地质问道："既然你都发现了他们的偷盗行为，为什么不及时阻止？为什么还要让他们三番五次地去偷，有的还前后偷了十多次？"

厂长停住了往空中吐烟圈，敲着桌子大声说："我阻止了，我怎么会不阻止呢？我在职工大会上不点名地连着说了三天，可他们没有一个人听我的，全都把我的话当耳旁风，照样去拿，照样去偷！"

田富贵哼了一声，说："其实你就是想他们不停地去拿，不停地去偷！"

厂长怔了一下，说："田书记，你怎么这样说呀？"

田富贵冷笑道："我为啥这样说，你心里还不明白？你不就是想拿个铁的证据，把他们开除出厂么？"

厂长愣住了，满脸都是被人窥破心思的尴尬。但瞬间他就从这种尴尬中解脱出来，在办公桌后面抱着膀子，以一种工业人特有的冷漠和刻薄说："老田，你也不要怪我做事不厚道。我们来你这里是办企业的，讲究的是产品质量和经济效益，可不是来你这里专门解决就业问题的，是不是人我们都得给你摊着，兜着！"

田富贵的心里嗖嗖地冒着寒气，他紧盯着厂长说："你的意思是说，他们这些土地工，再也不能回厂里上班了？"

厂长斩钉截铁地说："不能回来上班了！现代化企业的管理，就是这么铁面无情，只认制度，不认人！我们不能让几颗老鼠屎，坏了厂里这锅汤!"

"……?"田富贵惊住了,心里像刀割一样痛了起来。他万万没有想到,一向对村里对村民非常友善的特种纤维厂,会在生产经营步入正轨后,采用这样卑劣的手段把没有技术不懂管理的土地工们一脚踢出去,而且还把他们说成坏事的"老鼠屎"! 老鼠屎呀,这是一个多么让人厌恶让人恶心的东西噢!

田富贵咬牙看着厂长。厂长不再理他,在烟缸里掐灭烟头后,就兀自将电脑关上了。厂长面色冷漠神情倨傲,明显地透露出一种对他的冷淡和厌恶,仿佛他也成了一颗坏事的老鼠屎!

田富贵的心冷到了冰点。他知道再说什么也没用了,便猛一转身,气呼呼地走了出去。可走到办公室门口,他又心有不甘,回身恶狠狠地瞪着厂长,指着他骂道:"你们这是婊子行为!过河拆桥,翻脸无情!"

厂长无所谓地笑了一下,依旧是那副刻薄寡情的样子,说:"随你怎么说吧,我只想告诉你一点,我们这是在办厂,不是在解决就业!"

田富贵愤然地转身离去。

田富贵回到金藤园时,那些被开除的土地工们还站在楼下的冷风里苦苦地等着他。一见他回来,就全都围上前,满怀期望地七嘴八舌地问他:究竟咋样了?是不是跟厂里说好了?他们明天就可以回去上班了?田富贵像一桶被点燃的炸药,爆发了。他恶着双眼瞪着他们,没好气地大声吼骂道:"你们还想上班?上个鬼班!你们都在厂里干了些啥呀?那特种纤维究竟值几个钱呀?你们要三番五次地往家里拿,往家里偷!弄得我这个当支书的也丢脸丧德,像老鼠屎一样的,让人家厌恶,鄙屑!"

土地工们知道他们在厂里的劣迹暴露了,全都羞惭地低下头去。有个年岁稍大的土地工哭丧着脸说:"其实我们拿那东西,也不是为了卖钱。我们只是看着它软和、经事，拿回来塞个枕头，做个抹布。"

田富贵气得咬牙切齿，指着他们的鼻尖骂道："你们以为还是过去在村里呀，偷偷摸摸拿点集体的东西，大家都睁只眼闭只眼的，不跟你们计较！现在人家是在办厂，搞企业，哪怕是一分钱不值的东西，也不能往家里拿！拿了，就是偷盗，就是犯法！"

土地工们的脸色变得非常难看，眉毛胡子皱成一堆，懊丧和痛悔之情流水似的往下泻落。好一会儿，他们才抬起头来，可怜巴巴地望着田富贵，像一群犯了错误的孩子在请求大人的宽恕和谅解："田书记，我们……我们错了。请你再去给厂里说说，求求他们，让……让我们回去上班吧。"

田富贵摇头："人家是铁了心要开除你们，又拿到了你们偷盗的证据，我再去说又有啥用呀！"

土地工们的脸上顿时堆满了忧虑与焦愁，可怜兮兮地说："那我们今后咋办呀？"

田富贵瞪着眼睛说："咋办？还能咋办？你们自己酿的苦酒，你们就自己喝吧！"说完就丢下他们，气咻咻地往楼上走去。进了家门，田富贵还在恼恨地跺脚，还在骂："狗日的，农民就是农民，咋就一点都不晓得争气呀！"

土地工们傻愣愣地站在楼下的水泥路道上，像一截截被冷风冻僵的木头。

六

田富贵从宁江精密设备厂挖回玉簪花，又顺便到小区对面的杂货铺里买了一个仿青瓷的塑料花盆，在楼下壅了土，双手抱着往他父亲的房间里搬。他刚将花盆放下，镇上王书记的电话就猛不丁打了过来,那打雷似的粗声吼骂把田富贵的耳朵震得嗡嗡响:"我日你田富贵的先人!你杂种都干了些啥呀!"田富贵最见不得王书记这种开口就骂人的粗暴作风,便冷着脸反斥道:"我的先人早死了,都烂成泥巴了,你想日,还是回你家去吧!"王书记气得咬牙切齿,在电话里嚷道:"日你先人咋啦?老子恨不得把你祖宗十八辈都叼遍!"田富贵皱着眉头说:"我又哪点惹着你了?"王书记气呼呼地说:"你哪点惹着我了?你来政府看一下就晓得了!你们金藤村的人都要把政府闹翻天了!"田富贵一怔,便赶急掐了手机,往楼下跑。

刚跑到镇政府大门口,田富贵就看见院坝里黑压压地站了一大群人,正将提着个电脑包准备外出的王书记围在办公大楼前的石梯坎上,大吵大闹。这些人中,不仅有被特种纤维厂开除的那几十个土地工,还有他们的老父老母和妻子儿女,几乎每家人都全体出动了,围着王书记又吼又闹,说他们要上班,他们要吃饭!甚至还有几个火气旺盛的年轻人,搂着王书记嚷叫道:"你必须马上给我们一个答复,不然我们就不让你走!"

见是那些被开除的土地工,带着家人来找王书记要饭吃,田富贵不觉哼哼地冷笑一下,拐到旁边去,掏出一支香烟,慢悠悠地点燃,慢悠悠地吸了起来。

被围在人群中脱不开身的王书记见田富贵来了,却不上前给他解围,反而跑到一边去慢悠悠地吸烟,不禁勃然大怒,在石梯坎上伸长颈子,指着他吼骂道:"我日你田富贵的先人!你们金藤村的人究竟想干啥呀?"

田富贵这才扔掉香烟,用脚尖在地上碾灭了,慢腾腾地走上去,不冷不热地说:"我们的土地工都被人家开除了,我们还能干啥呀?"

王书记扫视了一下围着他的土地工,瞪着眼睛说:"开除了活

212

该！谁叫他们手脚不干净，偷人家的东西呢！"

田富贵一怔："你都知道了？"

王书记说："我当然知道啦！特种纤维厂早就给我打电话汇报了！"

田富贵愣愣地看着王书记："你的意思是说，你……你支持厂里开除我们的土地工？"

王书记摆着手说："这不是支持不支持的问题。人家是在办厂搞企业，啥事都得按人家的规章制度办！"

田富贵说："可他们当初跟镇上跟村里签过协议的，要负责安置我们的土地工！"

王书记摇着头冷笑："你以为你们手里拿着协议，就可以在厂里胡作非为了？偷拿盗窃，人家都不敢处理你们了？"

田富贵愤愤地说："他们这是成心的！他们就是想拿个铁的证据，过河拆桥，把我们的土地工一脚蹬了！"

王书记说："你也不要尽说人家的不是，多想想你们自己的问题吧！你们的土地工都在厂里干了些啥呀？不学技术不服管理不说，竟然还去做贼，接二连三地偷人家的东西！人家不严肃处理，不开除你们，今后还怎么管理，怎么办厂？"

田富贵满脸惊愕地盯着王书记："听你这语气，怎么跟那厂长一样呀？你究竟是他们的书记，还是我们的书记呀？"

王书记冷着脸说："我不是哪一家的书记，也不是哪一部分人的书记，我是整个工业开发区的书记！我得一碗水端平，哪个也不护着袒着！"

田富贵嘻嘻地笑了起来："既然王书记说要一碗水端平，那就好办了。我已经到特种纤维厂找过厂长了，可人家不给我这个面子。土地工们回厂里上班的事，我就只有拜托你这个大书记了！"

王书记狠狠地瞪着田富贵："你杂种休想把矛盾上交！我实话

213

告诉你，我不会插手这件事，也不会给你们开这个先例的！今后土地工跟企业发生矛盾，都来找我，我都像你这样护着袒着，给企业施加压力，我们还怎么招商引资，怎么建设最佳创业环境呀！"

田富贵惊异地看着王书记，有如乌云盖顶一般，脸色迅疾阴沉下来。他恶眼瞪着王书记，呼呼地喘气。他感到有一根棍子正往他心里捅着，捅得他背脊骨一阵阵地痛。他牙疼似的歪咧着嘴巴，冷冷地问王书记："你真的不管?"王书记说："不是我不管，是我不能管！"田富贵叹息一声，说："好吧，你不管，那我也不管了！"说完就转过身去，推开众人，向外疾走。

王书记急忙朝他喊道："你哪去?"

田富贵回头，没好气地说："我哪去? 我回家去！"

王书记说："那你把人带走呀！"

田富贵哼哼地冷笑道："他们是来找你解决问题的，我带走他们干啥?"

王书记知道田富贵又在给他打顶杠，又在给他出难题，扔包袱了，不由气得七窍生烟，指着他大骂道："田富贵，你杂种今天要是不把你的人带走，老子立马撤你的职！"

田富贵最反感镇上领导这种一出问题就拿村干部问罪的做法，不觉怒瞪着双眼，挥手吼叫道："你想撤就撤吧，老子早就不想干了！"然后就迈开大步，飞快地向院外走去。走到大门口，他还听见王书记在背后跺着脚骂："狗日的，还是老党员，老支书！连点组织纪律性都没有！"

田富贵根本不理睬他，径直怒气冲冲地回了金藤园，回了家，将自己一屁股摔倒在客厅的沙发上。一种身心交瘁的疲累感霎时海水样涌漫起来，围裹了他，袭击了他，他不由得瘫靠在沙发里，痛苦地闭上了双眼。还在征地拆迁之初，他就曾跟几个村支书闲聊过今后村上的工作，他们都满脸轻松地笑着，说这下好了，不用种田了，也不用交粮了，他们终于可以过几天清闲洒脱的日子了。然而让田富贵没想到的是，现在村民集中居住了，跟土地打交道的那些繁琐事全都没有了，可他竟比过去没日没夜地抓生产，抓水利，抓计生，抓治安，眉毛胡子一把抓的时候，还要累！他过去累的是身子，而现在他累的是心！这种累，带着一种透彻骨髓的力量，扎到他的心底，使他心力交瘁，疲惫不堪。他甚至还有一种怅然，一种隐忧，一种痛：搞工业化、城镇化发展，不是简单地将农民的房屋拆除了，简单地将他们搬到镇上集中居住起来，简单地在工业区里大批大批地引进企业，烟囱冒烟，机器飞转，GDP 直线上升，就完事了。更多的，还是要考虑一下农民的身份转换问题，再就业问题，可持续发展问题。如果农民搬到街镇上来集中居住后，日子反倒比过去过得艰难了，甚至陷入了各种各样的生存困境，那这工业化、城镇化发展还有什么意义呢？

他之所以把吵闹不休的村民们扔给王书记，就是想将这些问题暴露给他们镇领导，让他们在大抓经济发展和强力推进城乡一体化进程的同时，也好好想一想农民今后的出路问题，发展问题！

然而让田富贵失望的是，他回到家里不久，那些跑到镇政府去吵闹的土地工和他们的家人们就被赶了回来。王书记最终还是按捺不住，动用了派出所的警察，把他们强行赶出了镇政府。他们灰溜溜地回到金藤园，惶惶然如丧家之犬，可想想又心有不甘，于是就全都跑到田富贵的楼下和楼梯上密密麻麻地站着，请求田富贵再给他们想想办法。

田富贵摇着头叹着气说："我还能给你们想啥办法呀？"

那些被开除的土地工一听田富贵也没办法可想了，不觉全都哭丧起脸来，纷纷瘫坐在水泥楼梯上，眼泪汪汪地说："这可咋办呀？我们一家老小，都靠着我在厂里打工挣钱过日子呀！"

田富贵理解他们的沮丧和痛苦。当初往厂里安置土地工时，竞争非常激烈，几乎家家都互不相让，都想把自己家的人安插进去。最后还是田富贵拍了板：土地征用的人家都获得了巨额赔偿，开个铺子，做个生意，手里有的是活钱，日子要好过得多，就不要跟那些只拿了一丁点林木和房屋补偿款的土地租用户争了！

所以，安置进厂里的土地工，几乎全是土地租用户，家里的生活来源除了那几千斤大米的折算款外，就全靠他们的打工收入了。可现在，他们却因为贪图一点小便宜，被厂里拿住了把柄，给开除了，全家人的生活也就跟着陷入了困境。

一想到此后那没有保障的日子，有几个脆弱的土地工不禁就哭了起来，坐在楼梯上抹着眼泪说："日你妈，当初进厂的时候，我们心里还高兴着呢，骄傲着哩，哪想却变成了这样呀！"

有几个白发苍苍的土地工的老父老母则愤愤不平地说："早晓得是这样，我们就不把土地交出来了！现在没了土地，我们是叫天天不应，叫地地不灵呀，哪个还把我们当回事呀！"

一提到土地征用问题，大家不觉就想起了村干部们的上蹿下跳和挨家挨户的说服动员。于是，大家就像找到了出气口似的，把心中所有的怨气怒气全都一股脑儿地发泄到了田富贵身上，说要不是他当初带着村干部白天黑夜地来软缠硬磨，把工业化、城镇化发展说得天花乱坠，啥住楼房不要钱啦，还可以进厂当工人啦，从今以后大家就脱了"农皮"，变成了干净体面的城镇居民啦，今后找儿媳妇都可以挑花眼啦，他们也不至于上当，落到今天这个地步！

甚至还有几个情绪激动的土地工跑上前拽住田富贵，说："总之是你们村干部动员我们把土地交出来的。我们的事你管也得管，不管也得管！你要是不管，我们就在这里坐着不走，全都到你家里去开饭！"

田富贵不由气得脸色发青。狗日的农民就是这个德行，从来不晓得反思一下自己的错误，一旦理屈词穷了，他就给你杀偏风，耍横，撒野，耍赖！

田富贵气恨地摇了摇头，跺着脚说："好嘛，你们就在这里坐着吧。我看你们最终能坐出个什么结果来！"

七

可事情并不像田富贵想象的那么简单，那些被开除的土地工还真说得出就做得出。

第二天一早，他们就带着妻儿老小，搬着凳子椅子来到他的楼下，在水泥路道上密密麻麻地坐着。那些没带凳子椅子的人，则干脆一屁股坐到了楼梯上，挨挨挤挤的，从一楼直坐到二楼他的家门口，堵得他连房门都打不开，想出去办点事，也下不了楼。

不能下楼就不下吧。田富贵便在家里陪着他父亲说话。

可到了中午的时候，那些人就在外面拍着防盗门，嚷叫着说他们肚子饿了，他们要吃饭！

田富贵不理他们。

他们就在外面愈加凶狠地拍门，拍得噼里啪啦地动山摇的，还齐声扯着嗓子吼："我们要吃饭，我们要吃饭！"

田富贵只得走出去，拉开房门，想跟他们说点什么。可他刚将房门拉开一条缝，就有一个身强力壮的男人侧着身子挤了进来，随后便是几个女人鱼贯而入，纷纷跑进他家的厨房里去，翻箱倒柜，淘米洗菜，乒乒乓乓地煮起饭来。

他们一家三口人，平时储存在家里的大米也就三五十斤，菜油也就七八斤。大伙儿一顿饭，就将他们家储存的粮油一扫而光。而且吃了饭后，大家还不收拾，嘴一抹就走，将碗筷丢得到处都

217

是，残汤剩水满屋流泻，仿佛一片好端端的庄稼地，遭受了一群蝗虫的洗劫！

田富贵不由气得眼睛鼓，坐在屋中呼呼地喘气。他老婆高群芳则在旁边不停地抹泪，说："这是干啥呀？吃大户呀？"他父亲则躺在床上吭哧地咳嗽着，责备道："不听老人言，必定受饥寒！我当初就说过，哪有农民卖土地的呀？卖了土地，没着没落的，子子孙孙咋活呀？你们硬是不听！结果咋样？遭报应了吧！"

田富贵黑着脸坐在沙发上，一言不发，像遭到了雷击的树桩子一样，从头黑到了脚。

可第二天一早，土地工们又带着他们的妻儿老小来了。一到中午，他们又在外面噼噼啪啪地拍门，嚷着闹着要饭吃。田富贵再也不敢给他们开门了，黑着脸走到门背后，厉声说："你们再这样胡闹，我可要报警了！"

哪想外面的人根本不买账，依旧拍着门嚷叫道："总之我们都没有班上了，没有饭吃了，你就叫公安局来把我们抓去吧，正好我们的嘴巴有个挨靠！"气得田富贵两个眼睛瞪得跟牛卵子似的，不知道该说什么，也知道该怎么办。想打电话报警吧，全都是乡里乡亲的，抬头不见低头见，他又下不了这个狠心；可不打电话吧，他们天天这样来胡搅蛮缠，他们一家老小又如何经得住这般折腾？思前想后都不是办法。最后，田富贵只得退回到客厅里去，一屁股跌坐在沙发上，长吁短叹："日你妈，我这是当的啥支书呀？我还当这支书弄啥呀？"

可屋漏偏遇连阴雨。这时候，他儿子田兴旺又从县医院打来了电话，说那个老太婆已经做了开颅手术，恢复得很好，可她的家人却狮子大开口，要他拿十五万元私了，而且一分钱都不能少，不然就告他非法运营，把他送到监狱里去！田富贵不觉倒吸了一口凉气，一种刀剜似的痛楚霎时弥漫到了他的心尖子上。他闷了许久，才恨恨地对他儿子说道："都是你杂种自作自受！事到如今，你还来跟我说啥？你就把钱赔给人家吧！"儿子哭兮兮地说："爸，我没有钱呀。"田富贵没好气地说："没钱，你就卖车嘛！"儿子说："就是把车卖了，也只有几万块钱，还是不够呀。"田富贵一下就火了，恶声嚷道："那你就卖房子吧！"儿子在电话里哭出声来，说："我也想过卖房子，可……可蒋文英不让。她说只要我把房子卖了，她……她就跟我离婚！"田富贵气得牙根子都咬紧了，瞪着眼睛吼道："离就离吧！离了她你就不活了？"说完就把电话啪地压了。

半夜的时候，儿子回来了，像被霜打的蔫丝瓜一样，灰头土脸地溜进了他的家门。儿子一进屋，就在他面前扑通一声跪了下去，抱着他的双腿泪流满面地哀求道："爸，蒋文英已经带着锦绣回娘家了。我求求您，求求您帮我想想办法吧！"

田富贵最见不得儿子这种软骨头模样。他把双腿从儿子的怀中拔出来，走到一边去，冷冷地说："我早就给你说过，出了啥事别来找我！你现在弄出这么大一个窟窿，我哪去给你想办法呀？未免还要我拿钱去给你填这个黑洞？"

儿子哭着说："你那十几万块钱的赔偿款不是没动吗？就暂时借给我，应了这个急吧！"

田富贵一怔，一股凉气嗖嗖地往上蹿，直蹿到他的脑门心上。这杂种，果然惦记着他那十几万块钱的赔偿款哪！可他之所以一直没动这笔钱，连搬家的时候也没舍得去添置一件像样的家具，不是他不懂得过好日子，不懂得提高生活品位，而是他想把这笔钱留着，留给他和老婆养老用。他已经是五十三岁的人了，还能在支书的位子上干几年呀？一旦从支书的位子上退下来，他人也老了，力气也没有了，不可能再像年轻人那样出去打工了，而家里又没了土地可种，连吃口水、吃根葱葱蒜苗都得花钱，到时候他和老婆咋办呀?

他操劳奔波了大半辈子,他一无所求,他就是想老来有个依靠,有个幸福的晚年。可现在,闯了大祸的儿子却死气白赖地盯上了他的这笔养老钱。他突然有了一种心肝肠肺都被人拽住了往外揪的感觉。他痛得心里都要流出血来。日你妈,难道真像他父亲说的那样,今后没了土地,大家都变得没着没落的,没个挨靠了么?

一股冷风破窗而入,吹得站在窗户下的田富贵浑身上下都冰凉起来。

可儿子的事还没解决,第二天早上,他女儿田秀丽又鼻青脸肿地跑了回来,一进家门,就哇哇大哭,说张建良打她!张建良打她的原因很简单:就是她怂恿张建良学着别人的样子,往家里偷拿特种纤维的。现在,两人都被厂里开除了,全家老小七八口人的生活一下没了着落,张建良就把怨气全都发泄到她身上,甚至还出手打她,拳脚相加,下狠力地打,边打边骂,说她眼窝子浅,贪图小便宜,把两人好端端的工作给弄丢了!他们家上有老下有小的,今后这日子还咋过呀?

说到伤心处,田秀丽禁不住捂住脸孔呜呜地哭起来,泪水顺着她淤青的眼窝和红肿的鼻梁扑簌簌地往下落。

田富贵望着鼻青脸肿的女儿,喉咙里像吞进了无数枚钢针似的一阵阵地刺痛。

这时,他儿子田兴旺又蹑手蹑脚地摸了进来,站在门旁边怯生生地望着他。儿子头发凌乱面色灰暗,游移不定的目光里盛满了凄切、悲伤,甚至是哀求。

田富贵恶狠狠地瞪着他儿子,心里痛缩成一团。他感到儿子的目光像刀一样剜着他,剔着他,刳着他,要把他身上仅剩的那一点点肉筋筋也剔干刳净!他突然有了一种被推入绝境的感觉。

他感到一股股冷风从四面袭来，严严实实地围裹着他，要把他冻僵，冻硬，冻死似的！他从怀中摸出存折本，砸向他儿子，同时不无悲愤地吼叫道："拿去吧，拿去吧，狗日的你都拿去吧！"

然后就崩塌似的跌坐在了身后的沙发上……

八

两个多月后，也就是2010年的正月初六，金藤村的一百多名男女就告别家人同时出发了。女人由田富贵的女儿田秀丽带队，准备到北京去搞家政服务，男人则由田富贵自己带队，准备到上海的相关工厂去打工学习。

这是一次被迫无奈的出走，但也是一次雄心勃勃的远征。

两个月前，县上为了切实解决失地农民的再就业问题，由民政局牵头，在镇上搞起了家政服务、电工焊工和泥瓦工等技能技术培训。田富贵把村里所有的闲散人员，包括被特种纤维厂开除的那几十名土地工，还有他儿子、儿媳妇以及陈康文等人，全都赶去培训了，同时放出狠话说："这期间，我要是发现哪个不专心学习，或者溜回来打麻将，我决不饶他！"为了保险起见，他还将参加培训的人挨个挨个地造册，在培训班里早晚点名"考勤"，甚至还带着社区的管理人员，去把小区里的十几家麻将馆全都封了！

"牛要鞭赶刀要磨，我就不相信，我把你们夹磨不出来！"田富贵站在清风雅静的小区里，咬着牙恨恨地说。

功夫不负有心人。一个多月后，几乎所有参加培训的人都学到了相关的技能技术，并通过了民政局组织的考核。就连笨手笨脚的陈康文，也在培训人员的反复调教下，学会了焊接技术，拿到了技能技术考核结业证书。

可出于对本地人的成见，或者出于对土地工先前不良表现的忌怕，工业区里依然没有一家企业愿意把他们招去做工人。镇上的王书记只得亲自出面，带着经发办的人到企业去游说，做工作，甚至还以镇党委的名义向企业保证：这次他们的土地工都是经过技能技术培训和思想教育的，肯定用着顺手，肯定服从厂里的管理，绝不会给厂里带来任何麻烦的！

可企业的负责人只是笑笑，并不答应接收。

无奈之下，王书记只有拿土地工们的利益开刀，说："你们可以先试用一下嘛。试用期间，你们可以把工资折半嘛。试用完后，你们不满意，还可以给我们退回来嘛！"

几乎到了央求的地步。

但企业的负责人依旧那样暧昧地笑着，不直接拒绝，可也不说接收的话，就那么跟王书记软磨暗抗着。

消息传到田富贵的耳朵里，他两个眼睛旋即瞪得跟牛卵子似的，不禁火冒三丈：日你妈，这些企业都咋了？才来的时候对当地的老百姓还是很友好的，咋地皮子刚踩热烘，就翻脸不认人啦？我们的土地工纵有百般不是，可毕竟还是这片土地的主人噢！也不至于这般遭人厌，讨人嫌啊！

气咻咻地骂了一通后，田富贵转而又气哼哼地想：此处不留爷，自有留爷处！就是你们同意招我们的土地工去上班，我们还不一定来呢！于是就丢下手中的事务，急火火地往县上的有关部门跑。

接连跑了好几天。

临近年关的时候，县上的劳务输出部门终于给田富贵回话了，说可以对他们村经过技能技术培训的剩余劳动力进行劳务输出，同时还征求他的意见，问他们愿意到哪里去？

田富贵经过慎重思索后，报出了两个城市：一个是北京，一个是上海，其他的地方，工资再高，他们也不想去。

其实田富贵心里早就有了一种思考和想法：他们的土地工经过培训后在当地就近就业，干得再好，再出色，可到头来还是土地工，还是农民，还是脱不了那根深蒂固的"农皮"！而工业化、城镇化发展中的农民身份转换，不是简简单单地搬离乡土，简简单单地集中到城镇里居住，简简单单地丢下锄把子，开上机床子就完事了的。他们必须经过从头到脚从外到内的彻底的洗礼！说白了，他们必须脱胎换骨，必须重新做人！田富贵之所以选择北京和上海这两座城市，看中的就是它们一个是国家的首都，是全国的政治文化中心，一个是临海开放的大都市，是全国的经济金融中心。他就是要把村里的人赶到这两座全国最大的城市里去，学习、摔打、磨炼、开化，逼着他们在现代文明的世界里彻底改变自己，学会做一个真正的产业工人，学会做一个真正的城镇居民！这让他想起了过去农村里给小牛"上枷担"的情景：小牛不习惯戴枷担，也干不了地里的活，使牛匠们就拿鞭子抽着训着，让它学会戴枷担，学会干活！他还想起了年轻时看过的一本书，说什么"在雪水里泡三次，在盐水里煮三次"。他就是要架起一口大锅，加上雪水、盐水甚至是苦水，泡他们，煮他们，熬他们！这不是他当支书的狠心，而是他别无选择。他们已被社会发展逼到了死角，就像当初他们不得不拆迁，不得不搬离家园一样，他们只能擦干眼泪，硬着脖子往前走！这是工业化、城镇化发展进程中，作为世世代代在泥里土里摸爬滚打的农民，所必须付出的牺牲和努力！否则，他们不仅会被土地抛弃，也会被时代抛弃，就像他年迈的老父亲那样，一生爱着恋着土地，可百年归西后，很可能连个葬身之地都找不着！

田富贵跟县上的劳务输出部门敲定诸般事宜后，又跑到镇上去，向王书记作了汇报。

王书记听了田富贵的想法和计划后，显得非常激动。他冲上前一把抓住田富贵的手，紧紧地攥着，说："老田，我真没看错你呀，我们想到一起去了！工业化、城镇化发展是今后中国社会发展的大方向，我们的农民必须要做好思想准备，必须要主动去迎接这次挑战，求变求新，脱胎换骨，重新做人！否则，不仅我们的农民没有出路，就连我们的国家也不会有出路的！"

同时，他还跟田富贵约好，等春节过后他们出发的时候，他一定带着镇上所有的干部和工作人员来给他们送行，以壮声威。

果然，正月初六一大早，王书记就带着镇上的干部和工作人员来了，同时还带来了镇文化中心的秧歌队和腰鼓队，敲锣打鼓地为他们送行。可毕竟是一次逼迫无奈的远走，整个送行过程虽然很是热烈，可自始至终还是充满了一种凄楚和伤感的色彩。

由于地处富饶的川西平原，自来衣食无忧，金藤村的人很少出远门，像这样背井离乡到遥远陌生的地方去讨生活，那更是没有过。所以，头天晚上收拾行李的时候，几乎所有的家庭都悲悲戚戚的，弥散着一种难舍难分的哀伤气息。男人在屋中默默地捆扎着铺盖卷，孩子就在旁边瞪着一双惊愕的大眼，愣愣地看着。而女人则泪眼婆娑，一边帮男人整理着行装，一边幽怨地说："不能不走么？就在附近找个事做，我们一家人也可以维持生活呀！"男人便停住了手里的动作，抬起头来，叹息着说："我也不想走呀！可田书记说了，我们现在不走，恐怕今后就再也没有啥子出息和出路了！"然后就定定地站在屋中，死死地盯住墙角，眼圈红红的，有泪水迅猛地汪上来。

而那些夫妻俩都要远走的家庭，甚至还传出了孩子凄厉的哭声。

锦绣见他爸要走，妈也要走，不觉扑上去抱住他妈的双腿，哭喊道："妈，我不要你走，不要你走！"

蒋文英不觉蹲下去一把抱住锦绣，泪如泉涌。她把脸紧紧地贴在儿子的脸蛋上，哭着说："儿啊，妈也舍不得离开你呀！可我们家现在啥也没有了，还贷了十几万的账，妈不走不行啊！"田兴旺在旁边看着哭成一团的老婆和儿子，喉咙也发酸发涩，禁不住抬起手背去擦眼里的泪水。

那天夜里，金藤园不少家庭的灯光都彻夜通明，亮了整整一个晚上。

第二天早晨，老人和孩子们又拥出家门，拥到小区的大门口，为他们的亲人送行。

春节还没有过完，到处都是节日浓浓的气氛，到处都是走亲戚的喜庆的笑脸。田富贵他们刚一出来，早已站在大门两旁的王书记和镇上的干部们，便噼里啪啦地鼓起掌来。旁边的腰鼓队和秧歌队也锣鼓齐鸣，红绸飞舞，为他们加油，给他们送行，仿佛他们不是在落魄出走，而是在光荣远征。

可越是这样，他们的心里越是难受，无论是送行的人还是远走的人，眼里全都蒙着亮汪汪的泪水。

田富贵的老父亲也由高群芳搀扶着，颤巍巍地走出来，给田富贵送行了。老人自从在宁江精密设备厂摔倒后，身体便每况愈下，一天不如一天，春节后，竟然连神志都变得有些糊涂了。他不知道田富贵他们要到哪里去，也不知道他们要去干什么，他只是沉浸在自己的世界里，紧紧抓住田富贵的手，嚅动着没牙的嘴巴，抖抖索索地说："富贵呀，我现在啥也不想了，就想看看玉簪花，看看黑蝴蝶，你……你可得给我找回来，给我找回来呀！"

田富贵抱着老父亲瘦骨嶙峋的双手，一遍又一遍地摩挲着，说："爹，你放心吧。我把玉簪花都给你找回来了，那黑蝴蝶我也一定能给你找回来的！"

父亲便咧着瘪塌的嘴巴笑了，点着头说："是啊是啊，有了玉簪花，就能招回黑蝴蝶，就能招回黑蝴蝶……"然后，父亲就眯着一双昏花的老眼，出神地去看远处，密密实实的皱褶里流淌着一种痴醉的笑意，仿佛他真看见了那火一样盛开的玉簪花和那翩翩飞舞的黑蝴蝶。

这时，县上劳务输出部门开来接他们的大客车鸣响了催促的喇叭。田富贵望着他白发苍苍的老父亲和他脸上那近乎痴迷的神情，汪在眼里的泪水猛地就流了下来……

妖　绿

　　我不知道故乡对你意味着什么，但我的故乡对于我来说无疑
充满了一种诡秘妖冶的色彩，回想故乡总使我产生一种把灵魂重
又拽回地狱备受煎熬的感觉。记得许多个下雨的日子，我独坐于
城市的水泥楼房面对窗外淅沥的雨景回想遥远的故乡，我总是看
见一些褴褛肮脏的小孩坐在太阳地里翻弄他们污黑的小雀雀，总
是看见一些发情的野狗暴露出潮润殷红的性器在村巷里疯狂地追
逐，总是透过挂着破草席的牛肋巴窗户窥见一些成年男女在正午
明亮的天光中肆无忌惮地交媾，污浊的空气里燃烧着令人窒息的
腥臊味，甚至，我的目光还穿越城市苍茫绵密的雨帘，越过故乡
低矮霉黑的屋脊，在村后一处荒草丛生的残垣下发现了一个邋遢
的汉子，他正扯下裤头端出自己异常壮硕的鸡巴朝面前一个男孩
摇晃，并且猛地捉住了那男孩的小手按在自己裆下摩挲，那男孩
吓得尖叫一声挣脱汉子转身就跑，那汉子哈哈大笑，冲着惊慌逃
遁的男孩的背影喊，你杂种跑啥？你妈见了都不跑，你杂种跑
啥？……
　　故乡的许多人和事就是这样叫我难以启齿。所以别人津津乐
道自己故乡的时候我总是保持沉默。我厌恶故乡。我想这种对故

乡由来已久的厌恶跟我过去那些可怕糟糕的少年经历有关。我是个还未开花结果就被风雨摧折了的不幸少年。我相信你在了解我的故乡后就会理解我对故乡的某些诅咒。

重新回到那些寂寞的雨天，你会发现我穿越城市雨幕的目光渐渐悠远渐渐迷离，许多人和事烟云过往之后一团妖绿浮现于我的瞳人，并且漫漶放大充塞了我的整个视野。多少年了，这团妖绿都在雨天的时节如期而至，遮蔽我灵魂的天空，仿佛一个海怪似的在我面前漫无边际地妖媚地扭浪摇荡，发出雄浑绵远的呼吼给我一种神秘的召唤。呼——噢——呼——噢——，在那些寂寞的雨天里，我满耳都充满了这种类似画角又似古埙的低沉的呜咽。我的心灵有如锈蚀的铁链在这呜咽声中寸寸断落……

这就是我故乡的麻地。我故乡沃野千顷，但乡人每年都要栽种这种非稻非黍非草非树既不能食用又不能盖房的特殊植物。一到初夏时节，那些麻苗便蓬勃苗壮高没人头，棵棵修长笔直精怪似的亭亭玉立，而且千亩麻地连成一体沉瀣一气，在天地间组成一道青纱帐般的绿色屏障，在夏季的艳阳里闪烁着鲜翠惑人的光亮，或在午后的长风中妖冶妩媚地晃荡。这时候你会发现那些散落的苍翠竹林和黑瓦白壁的村舍半掩其中，像些孤独的岛屿在浩瀚的海浪中沉浮，你还会听见有许多人在说话但却看不见一个人影。天苍苍野茫茫，我的父母兄弟姐妹们哪，你们究竟在干什么？

探究故乡种麻的历史无疑像走入黑暗深长的死胡同一样叫人迷途难返。但我想我故乡种麻的历史至少有八百年了。八百年漫长岁月中，我故乡的人年年种麻从不间断。八百年来，故乡的麻地生生不息风雨招摇，一直绵延至今。这使我站在故乡高密翠绿的麻地深处，时时闻到一种来自远古的腥甜气息，使我认识到故乡许多一脉相承的历史意义。但故乡人执拗地种麻的行为在我心中却一直是个谜。其实在乡村种麻远没有种粮食经济实惠，但故乡人偏偏要种，而且年年种，千百年来从不停息！我不知道他们为什么这样固执，我只疑心他们这种怪癖的行为后面有一种精神范畴的东西，只疑心他们是把灵魂深处的某一部分延伸出来，构造了麻地这种特异的风景。

在那些寂寞的淅淅沥沥的雨天里，我就是这样经常想起故乡，想起故乡的麻地。在以后的叙述中，我也将反复描写这片麻地。这不仅仅因为它是我故乡最壮丽的景观，更为重要的是它是我故乡人灵魂的一面旗帜。当然，你若是别出心裁把这片妖绿理解为我这篇小说中一个至关重要的意象，那也未尝不可以。

又下雨了，那种淅淅沥沥的神秘的雨声又在四周无边无际地蔓延起来。我坐在城市的水泥楼房里，思想正随着这天地间的秘语浮升，穿越城市苍茫的雨雾飞临我那遥远的故乡。不过这次我看见的是一个小小的红点，正越过寂寥的旷野从远处向我故乡的村庄慢慢移动。待那红点靠近了，我才看清是一个年轻的小媳妇，脚下穿着黑色的平底布鞋，左臂弯里挎着个蓝花布包，而一朵黄色的蜡梅花极招眼地斜插在乌黑的鬓发里。如果你熟悉乡村生活，你会发现这是一幅小媳妇回娘家的典型画面。记得这是我十二岁那年冬天的事。当时人们正在村头的田地里种麻：把那墨绿色的土地耙细，耙出浅沟，撒上麻种，然后再用木板拖平，再赶着牛拉着沉重的石磙碾结实。印象中这是一个单调的没有风景的冬季。

那个小媳妇叫花花，是秋天的时候才嫁到外乡去的。尽管花花身上穿着棉袄棉裤，但你依然可以从她饱满的体态看出她是一个肥臀丰乳鲜润泽沛的女人。我故乡的女人个个都是这样如花似玉肥臀丰乳。肥臀丰乳是我故乡女人的共同标志。假如你在我故乡的小镇上碰见一个丰腴如画的女人，你向任何一个旁人打问她的来处，那人都会不假思索地告诉你：哪里来的？还会是哪里来的？当然是皇妃村来的啦！皇妃村是我故乡村庄的名字。据说八百年前我故乡曾出过一个叫玉儿的以肥美闻名于世的妃子。所以许久以来，我故乡村庄的名字就成了人们心目中美妇的代名词。我故乡的女人去小镇赶集时总要引起骚乱，那些下流的外乡男人总要趁着拥挤的人流，向我故乡的女人伸出罪恶的魔爪。那些外乡男人暗袭了我故乡女人的肥臀丰乳后，又无耻地聚到茶馆的墙角里大谈特谈心得体会，一遍又一遍地重复那些极其粗俗的乡间俚语，借此发泄他们对我故乡女人的馋羡和猥亵。

我不知道故乡的女人如此丰腴迷人跟八百年前肥美的玉儿有没有关系，但有一点可以肯定，这是我故乡水土养育的结果。还在很小的时候我就注意到了故乡一个奇怪的现象：故乡的男人大多不娶外乡的女人，故乡的女人大多不嫁外乡的男人。故乡的男人和女人不约而同地实行闭关锁国的政策，很默契地自产自销自给自足。即或偶有几个家境贫寒的男人娶了外乡女人，即或那些外乡女人初嫁来时面黄肌瘦枯萎憔悴，但不出半年，她们就会发酵似的迅速白胖起来，丰丰饶饶光鲜润丽，跟村里其他女人一样肥臀丰乳充满了风骚的魅力！

重新回到人物这条线索上，你会发现那个叫花花的小媳妇这时已经走到了村头。花花在村头那株巨大的已落光了叶子的皂角树下站了下来，望着田里种麻的人们浅浅地笑了一下，然后就把那个蓝花布包放在虬爪般突出的树根上，走到了田里。花花像走进了自家地里那样老到地端起一个盛满麻种和草木灰的撮箕放在左腰间，抓起种子踏着浅浅的沟垄撒播起来。花花身影微斜，右手优美地划动，那些麻子便挟带着草木灰均匀地被撒到了地里。花花完全沉浸在了那种由熟练的操作所带来的诗意中。

当时我正跟在一头老牛后面，用一把小锄去刮石磙上粘带起来的泥土，那弯翘的木耳和石磙轴子的摩擦声在我耳边咿呀鸣唱，使我想起某种古老乡谣的旋律。但是当我扭头看见花花时,我即刻被她优美娴逸的姿影惊呆了。我丢下小锄站了下来。我把手指头衔在嘴里定定地望着花花。我看见花花乌黑的鬈发上那朵黄色的蜡梅花在冬日的阳光里闪耀着神奇的光彩。我看见花花右臂后划时穿着红袄的胸脯露出了高挺圆腴的曲线。我看见花花白净的脸上春意盎然根根汗毛都剔透晶亮闪幻着奇丽的光晕。我感到整个灰暗阴沉的冬季都被花花照亮了,眼前一片灿烂的金光。这是我生命中第一次被女性之美震撼。我就是在那时候产生了强烈的欲念,并为自己未来的男人生活画下了美好的蓝图。记得我当时站在让石磙碾得异常平整结实的麻地里,盯着花花的身影在心中郑重地起誓:我长大以后一定要娶个像花花这样的女人!

娶个花花那样美丽丰盈的女人,这一直是我整个少年时代的辉煌梦想。现在想来,一个流着清鼻涕衔着手指头的小男孩面对着一个成熟的少妇痴想未来,这多少有点滑稽可笑,但是你要相信这一切全是真的。也正因为如此,我才在第二年故乡的麻地高密翠绿蔚然壮观的时候,对村里一个女孩犯下了弥天大错,至今我想起还痛悔万分。

在那个没有风景的冬季里,关注花花的不止我一人。我看见种麻的人们全都停住手中的活路,扭过头来凝视花花。我发现女人们的目光像一把锐利的刀子刺向花花的腰腹。我知道她们在窥探新婚给花花带来的变化,借此想了解花花那片肥沃的土地被男人垦种到了什么程度。从不放过对新婚小媳妇的肚子的观察和研究,这是我故乡女人的通病。但是在众多的关注者中,却有一个男人的神情和目光让我深感疑惑。这个男人侧脸望着花花,目光幽邃深沉,嘴角边泛出一丝不易觉察的笑意。这个男人的目光先是在花花饱满的胸脯上停留片刻,然后就滑到花花的小腹上,最后停落在了花花的腿根处。我发现这个男人的目光像蛇一样一直在花花那些最富女人韵味的部位盘桓不去。我不知道这个男人在花花身上探寻什么。女人们关注的是花花怀孕与否，那么这个男人留心的又是什么呢？

这个男人叫华福。华福是我记忆中最英俊健壮的故乡男子。

黄昏的时候，花花跟着收工的人群回到村里，走进了自己娘家。花花仔细地收拾着那间做姑娘时住的睡房。花花从父母房里抱来草席棉被垫好铺好后，又端来清水擦洗桌柜和门窗，大有一种永不再走的味道。这就引起了她爹的注意。她爹站在门外试探地说，住两天就走，还用得着这么收拾吗？花花埋头擦洗着桌柜脚柱，淡淡地说，我不走了。她爹即刻警觉地皱起了眉头，说你已结婚了，就是别家的人了，咋能住在娘屋里不走呢？花花直起身来瞪着她爹，说啥这家人那家人的，我说不走就不走啦！你啰唆个啥嘛？她爹即时吼起来，嫁出去的女泼出去的水！你要是不走我就打断你的腿！你敢！你看我敢不敢?！说着那老汉竟真的操起一根扁担扑进房里，扫在了花花的腿肚上。花花哎哟一声跌坐在地，捂住脸哭了起来。那老汉还要打，幸好花花她妈从隔壁跑过来拉住了老汉。老汉把扁担扔在地上，跺脚道，你做女娃子叫我们操心，嫁了人还要叫我们操心！你啥时才懂事啊?！然后气咻咻一转身，走了出去。花花她妈扶起花花，把她扶到床沿上坐下，一边替她拍打尘土一边说，这是咋啦？才结婚几个月，咋就不想回去了？花花哇地扑到她妈怀里号啕大哭起来。花花在哭泣中说了一句惊世骇俗的话。这句话后来很长一段时间成为我故乡女人的宣言，也成为我故乡的女人留恋乡土的最深刻的诠释。

我宁可嫁给村里的一条狗，也不愿嫁给外乡男人！花花伏在她妈肩头，悲号着说。

这时暮色幽灵般潜进屋来，窗外颓败的院墙上几只灰褐的小鸟在寒风里蓬起羽毛凄惶地啁啾。远处的乡野苍茫寥廓，竹林和村舍无言地瑟缩在阴郁的雾霭中，水沟边那些落光了叶子的枯树寂然而立，光秃的枝丫被风的手指弹奏出一种悠长凄厉的哨音。印象中这是一个单调的没有风景的冬季。花花就是在这个没有风景的冬季里回到故乡，走进我们的小说并最终成了重要的人物。

我想，这个冬季对大平和玉娃来说不仅没有风景，而且充满了血腥的灾难意味。简洁地说，大平在这个冬季的某一天被一只神出鬼没的疯狗咬掉了卵子。大平在被疯狗咬掉卵子之前，一直是故乡公认的最好的木匠。大平心灵手巧，在木活方面的创见和匠心堪称一代天才。大平见了木料就像鱼儿见了水似的充满亲切欢快的感情。大平最擅长的是给将婚的女子做嫁床。这不是我们现在常见的简单的木床，而是那种在我的故乡已经流行了几百年的古式大花床：雕龙画凤描漆涂金，一见就给人一种富丽的宫廷气派。我不知道这是不是八百年前玉儿那段皇妃生活给故乡女人的影响，但我确实在大平那册厚厚的图本上看见过"宫廷式样"这一类的字号。大平那册图本上描画着各种各样的嫁床图谱，龙凤呈祥，鸳鸯齐飞，并蒂连理……花花哨哨竟有上百种之多，而且每样都有一个美好吉祥的名目。可大平做活时却不拘泥于图谱，总是兴之所至随手拈来，既有一种主体精神又有一种独运的匠心。所以大平做的嫁床中从没有两张完全相同的，每张都让人感到一种与众不同的独特韵味，都让那些将婚的女子感到自己那张嫁床是最好的。由此你可以想象大平在我故乡女人心目中的分量。除了种麻的时节，一年四季绝大多数时日，你都可以看见大平背着一口枣红色的工具箱在乡村里东家进西家出，忙着他那绝妙的木匠活路。假如你听见一阵锯刨斧凿的响动寻声走去，看见一个白净秀气的后生光着膀子在一大堆木料和薄脆地散发着清香的刨花中间忙碌着，那就是大平了。

许多人都曾问过大平为啥嫁床做得那么好，但大平总是笑而不语。直到有一次他师兄问他时，他才吐露了其中的秘密。大平说他做嫁床时总是听见一种悠悠扬扬的歌声。这歌声像溪水似的在他心里欢快地流淌。歌声中，大平总是要想起他老婆玉娃，总感到这是在给玉娃做嫁床，将来的某一天他会爬上这张嫁床跟玉娃做在一处，千恩万爱百般的风流快活！心荡神驰间，大平就感到奇思纷呈身手灵妙，一切都在充满芬芳的音乐的妙音中自然天成……

　　大平是在酒后说这番话的。他师兄当然不信，认为大平保守秘密拿些醉话搪塞他。但我却相信大平的话，我相信大平的所有杰作都是在有关他老婆玉娃的臆想中完成的。

　　说到玉娃，玉娃是我故乡又一个美丽丰盈的女人。玉娃最突出的优点或者说最诱人之处还是她的肤色：洁白似雪，娇如凝脂。村里许多老人都说这在玉儿之后是绝无仅有的，有的老人还说玉娃本身就是玉儿投的胎。

　　玉娃还是个小姑娘的时候就成了村里后生竞相追求的目标。那时候我经常看见痴情的后生们盯着娇嫩的玉娃发呆，眼睛红红地闪光，那模样恨不得即刻把那玉人儿搂在怀里美美地享用似的。但玉娃挑来选去最后却嫁给了有木匠手艺的大平，这让后生们歆歔感叹之余不禁又羡慕起大平的艳福来。但大平和玉娃婚后那种出双入对情投意合的恩爱场景却又使他们忌妒不已，于是一有空闲就往大平家跑，说是去看大平做木活，其实是为了多看几眼玉娃，跟玉娃开几句荤腥的玩笑，也有胆大的要趁了玩笑在玉娃的胸前背后捏上一把，画饼充饥似的遂了那种占有的心愿。

　　那时候我也经常到大平家去，在他那间堆满了木料和各种木工家具的作坊里玩耍。大平在闲暇的时候总爱做些自己喜欢的物件，而且这些物件大多稀奇古怪，充满着他的奇思异想。我就曾在那间作坊里看见过一个奇怪的东西，类似逍遥椅，但可活动，折叠起来斜放着像一把躺椅，铺展开来平放着像一张睡榻，人一爬上去就悠悠地荡漾摇晃。我问大平哥这是啥东西用来做啥的？大平却拍着我的头顶说，你还小问这干啥？而当那些后生追问时，大平则兀地红了脸，摆着手说没啥没啥，是我随便想来做的，然后就赶急把那个奇怪的物件收叠起来放到了墙角。但是在一个风清月白的夏夜，一个因失眠而起来闲逛的后生在经过大平的房前时，却透过敞着的窗户看见他和玉娃在那个奇怪的物件上做爱。后生特别强调了大平和玉娃在那个悠悠晃荡的物件上，翻来覆去变换着各种姿势做爱的情景。他说两人像蛇似的绞在一起，缠绵悱恻高歌低吟久久销魂在极乐的世界里。他还说玉娃的身子在月光里妖冶丰腴晶莹似雪，像只巨大的美丽的萤火虫一样闪烁着淡蓝的亮光……

狗日的一对骚货！这事传到村里其他年轻男女耳中时，他们都忍不住咽着唾沫骂道，但心里却非常羡慕大平和玉娃那种和谐完满的夫妻生活。

因此我没有理由不相信大平对他师兄说的那些话。我发现这才是大平作为天才木匠的真正秘密。时至今日，我坐在城市的水泥楼房里还时时想起大平那段极富创造性的木匠生涯，我看见大平坐在充满阳光的屋檐下，在一大堆浅黄的木料和清香的刨花中间忙碌着，我听见大平哼着小曲将斧头优美地挥动，木屑溅射起来像打铁的火星似的在他四周跳荡。我相信大平眼前此时浮现出了他老婆玉娃雪白丰腴的身子，仰躺、侧蜷、弓卧、无骨之蛇般地做着各种缠绵娇媚的动作。我看见大平神情痴醉亢奋，动作轻灵神妙，蠕动的每一块肌肉里都流淌着活脱的创造的激情。于是那一张张极品似的嫁床便在大平的手里变魔术般地立了起来……

然而到了那个没有风景的冬季，一切就都结束了。我想这不仅仅是大平个人的灾难，而且是我们整个故乡的不幸。事后仔细一想，我发现这个没有风景的冬季对我的故乡具有一种不同寻常的意义。

其实灾难降临之前，大平和玉娃都没有丝毫预感。那天黄昏，也就是我故乡的千亩麻地最后封土的时刻，一个过路的人给大平带来口信，说外乡有一户人家请他去做嫁床。大平接受了，答应明天一早就去。而到外乡干活，大平一般都住在主人家里，隔三五天才回来一次。由此你可以想象那天晚上大平和玉娃躺在温暖被窝里的情景。那天晚上，玉娃讨债似的连续三次骑到大平身上纵情狂荡，甚至在大平肩头留下了一圈深深的牙印，痛得大平龇牙咧嘴，忍不住拿手去掐她肥腴的后臀，说日你妈你要吃了我啊？玉娃益发颠荡乱扭，双手捏抚着翘颤的乳头，一副狂情迷纵的模样，说就吃了你就吃了你就吃了你嘛！直闹到三星稀落，两人才烂泥似的沉沉睡去。第二天太阳升起了老高，大平才拖着酸软的双腿走出了村子。事后许多人都说他们看见大平背着那口枣红色的工具箱经过自家门前，像只美丽的红色大蝴蝶翩然出了村口。

记忆中这是一个霜花满地的潮润的早晨，田野里飘荡着浓浓的白雾，阳光透过雾气斜射下来，照得路上的白霜和牛脚窝里的薄冰晶莹闪亮。大平走出村子不久就感到小腹发胀充满了尿意。大平扭头朝四周看看，就向左边一个水塘的枯草丛中走去。其实这时大雾迷漫远近根本看不见一个人影，大平完全可以侧过身去就在路旁把问题解决了。可神差鬼使大平偏偏就走下大路，去了水塘边的草丛。大平在草丛中叉开双腿站定，刚掏出下面那东西尿了几滴，寂静里就炸雷样地响起一声狂吠，然后一只黄毛大狗就从浓雾中窜射出来，闪电般地扑到了他的裆前。大平大惊失色，慌乱中只看见那黄狗的双眼猩红如炬，闪射出一种血腥可怕的光芒。大平知道这是一只疯狗，但不明白冬天里为什么会出现疯狗。

大平撕裂似的惨叫一声，即刻捂住下体栽倒在地上，背着枣红色工具箱的身子弓蜷着不住地抽搐，脸孔深深地埋在潮湿冰凉的草丛里。大平的鼻端飘过一股浓烈的血腥气以及草木冰霜清凉的微香，但脑袋里却盘绕着那个令人困惑的问题：疯狗一般都出现在春天油菜花盛开的时节，可这个冬天里为什么竟出现了疯狗呢？

追忆故乡流逝的岁月对我来说是愈来愈难了。现在有两条路摆在面前供我选择：要么搁笔不写，要么就袒露心底的一切。你知道我是在沉默多年后才鼓足勇气写这篇小说的，自然不肯轻易放弃，但要袒露心底那些秘密，我又感到胆战心惊如芒在脊，那种弥漫全身的惶恐和忧虑使我握笔的手也开始了抖索。

在那些寂寞的雨天里，我面对城市苍茫的雨景回想故乡时，最让我难受的是故乡孩子的早熟。许多年来我都在思索这个问题，我发现乡村是个天然浑朴的大学校，在那片野荡无遮的世界里，有关性的教材遍地皆是。乡村过早地启蒙和训练了孩子们的性欲，并把一些罪恶的种子悄无声息地撒播在了他们幼小的心田里。

城市的雨越下越大了，阳台边上贴墙的泄水管里发出激越的流淌声，雨丝随风飘进窗来凉凉地打在脸上。如烟的往事和一些生活的碎片从雨雾中浮起，我看见一个男孩穿着露出脚趾的破鞋和旷荡的大人旧衣，蹲在一处残垣下面，把手指头含在嘴里，望着地上来往穿梭的蚁群发呆。

这个男孩叫小明。小明有一个硕大的头颅和一对黑亮的眼睛。小明那双黑眼睛里总是闪烁着探究秘密的幽光。许多大人见了小明那种思考老成的目光都忍不住要打个寒战。

记忆中这是一个晴丽的初秋的上午，一个邋遢猥琐的汉子赶着一只壮硕的公猪走进了村子。村巷的土路上阳光灿烂暖意蒙蒙，那只黑色的公猪哼哼着摇摇摆摆地走着，两个椭圆的大卵突坠在臀后散漫地蠕动。

不久，在村里一户人家的院墙根下就出现了一幅畜生交配的图景：那只壮硕的黑公猪趴到了一只瘦小的花白母猪的背上，那个猥琐的汉子弯腰搂着公猪的屁股从旁协助，不时腾出手来揩擦脸上的油汗……

这时你会发现小明正躲在旁边的草堆后面，把手指含在嘴里，瞪大那双黑亮的眼睛死死盯着公猪和母猪的交接部位。把手指头含在嘴里，这是小明早年观察探究秘密时惯有的动作神态。

秋夜流水似的从梦里淌过。小明又听见了木床摇晃的吱呀声和母亲梦呓般的呻吟以及那种类似于嘴唇咀嚼咂吧的声音。但这次小明没有像往常那样惊叫着跳起慌忙爬到他父母那头去。小明依旧闭着双眼躺在被窝里佯装熟睡，但两只耳朵却竖了起来，极力捕捉秋夜里的一切动静。夜色中小明不由想起了三年前一个夏夜的情景。那天半夜突然下起了滂沱大雨，一个炸雷落在屋顶上，吓得小明从梦中醒来，哭叫着爬到了他父母那一头。这时恰好一个闪电亮起，小明看见父亲正把母亲压在身下又抓又咬。小明便又哭叫着去拉父亲，说爸爸、爸爸你打妈妈干啥呀？父亲一愣，随即就把他按到了一旁，说外面在下大雨，打雷又刮风的，我怕你妈拿给风吹跑了！快，你把枕头抱住，不然也要被风吹跑的！小明哦哦地应着，赶急抱住一个枕头，紧紧地怎么也不敢放手。可在熹微的天光中，小明又看见父亲用双手撑起了上身，在母亲身上急狂地颠动起来。小明不知道父亲在干什么，小明只是想既然怕妈妈被风吹走了，咋又那样乱扭乱动呢？

然而在这个秋凉如水的静夜里，小明纹丝不动地躺在被窝里，竖耳谛听着那些混杂微妙的声音，似乎一切都明白了。小明止不住想起了白天躲在草堆后面看见的畜生交配的情景：一根鲜红泽润的鞭状物从公猪的裆腹下伸了出来，深深地扎进了母猪潮红的

238

后窍里，并来回抽动着……

在这个漫长的秋夜里，年幼的小明终于经历了人生的第一课，开始明白男女睡在一起是怎么回事了。这天晚上，小明就那么一动不动屏声静气地躺在被窝里佯装熟睡，一直到天明。第二天起床时，小明竟睡落了枕，脖子生硬痛得不能自由转动。父亲发现后走过来揉抚着他的脖子，说这是怎么搞的？你昨晚咋睡起在？小明白了他父亲一眼，拂掉父亲的手，说你管我昨晚上咋睡起在！便转身硬着脖子走出了睡房，坐在院外的石头上对着远处的田野发起呆来。村里许多人都在这天早晨看见小明坐在自家院门前发呆，但是却没一个人知道小明心里正在受着一种痛苦的煎熬，甚至连他的父母，也没有发觉小明眼里那丝淡淡的阴沉和忧郁，而在以后的夜晚里照行其事，不作丝毫的检点和掩饰……

然而值得注意的是，小明从此以后开始关注起他的母亲来，总要不自主地把目光怯怯地投向他母亲那些隐秘的部位。小明发现，母亲与村里许多婶娘比起来，都算得上是个漂亮好看的女人。

譬如这是个绵密的雨夜，睡房里淅淅沥沥漏着雨，父亲和母亲站在高凳上绷着塑料布，小明端着墨水瓶做的煤油灯在下面照亮。这时你会发现小明不知不觉地把煤油灯移近了他母亲，小明仰着脸透过背心窥探着母亲的胸部，小明看见母亲的双乳肥嫩白大，有如一对灵兔在背心里蹦跳。

譬如这是个无风的午后，蝉在窗外的柳树上没完没了地鸣叫，母亲在古式大花床上静静地午睡，穿着短裤的左腿从床沿上垂落下来，像荷藕般地白灿生辉，这时你会发现小明蹲在床前的地上，把一小块镜子的碎片在屋顶亮瓦投下的阳光里摆弄着，正将那反射的光斑往母亲的裤头深处照射着。

譬如这是个父亲不在家的夜晚，小明在被窝里紧紧抱住母亲的双腿贴在胸前，但自己的一只脚却不由自主地伸到了母亲的腿根里。这时你会发现小明在假寐中浮想联翩，心中充满了亢奋的思想和甜蜜的幸福感……

然而最让小明惊恐的却是十五岁那年他开始遗精。在我的故乡通常把遗精称作"跑马"。我发现"跑马"这个词极能生动形象地说明事件的全过程。跑马，马跑了，马本身关在圈里，但却挣脱缰绳冲撞而出，跑了出来！由此你可以看出民间语言的魅力。假如你有遗精的经验的话，你还会发现这事总是在一系列有关女人的美妙的梦境之后猝不及防地发生的。而在小明遗精之梦里出现的女人，竟无一例外的都是他母亲！

此后小明就开始手淫。小明每次闭眼手淫时，总控制不住地要想起他母亲，想起母亲那丰腴美丽的身影……

我实在没有胆量再往深处写了，那种蚀骨铭心的罪孽感早已紧紧地攫住了我，扼得我喘不过气来。也许你已经觉察到，其实那个叫小明的男孩就是我。你知道承认这一点对我来说需要多大的勇气。我不清楚袒露了心底隐藏多年的秘密后，别人会怎么看我。但时至今日我一想起早年对母亲犯下的唐突和不恭，心里还忍不住惶恐万端，特别是想起那些有关母亲的细微翔实的遗精之梦，我就禁不住心惊肉跳，吓出一身冷汗来。在那些寂寞的雨天里，我曾无数次地检讨自己的童年生活，除了发现罪孽深重外，我还发现这仅仅用恋母情结已远远不能诠释，我隐约感到这里面存在着一种人或人类与生俱来的悲剧意义。

顺便我还要补充一点，我的父亲在一个冬天的傍晚猝然死去了。记得那天父亲从地里种麻回来，刚走进院门即刻就捂住胸口站住了，还不等我和母亲有任何反应，父亲就像一扇门板似的砰地倒在了地上。我记得父亲壮实的身体夯在地上发出沉闷的巨响，接着我就看见鸡鸭在院里惊叫着扑打起翅膀横飞乱跑，而倒在地上的父亲已脸色乌紫，两眼鼓突着无神地凝望着黄昏的天空。父亲倒下去就再也没有起来。父亲的猝死在我心中一直是个谜，我至今也不知道父亲是得什么疾病死的，我只记得这是那个嫁走又归来的小媳妇花花回到村里第二天的事情。我说过这是一个灾难的冬季，不仅对被疯狗咬去卵子的木匠大平是如此，对村里许多人也是如此。

我母亲就是从这个灾难的冬季开始其寡妇生涯的。我母亲的寡妇生活在以后的日子里过得相当糟糕。寡妇门前是非多，寡柴难烧寡妇难当。我作为一个寡妇的儿子深深体味到了其间的许多悲酸和痛苦。一想起过去那些艰难的充满屈辱和泪水的岁月，我现在还悲从中起，禁不住想抱住头发已然灰白的母亲痛哭一场。

木匠大平死里逃生，从县城的医院回到村里已是第二年的春天。那时故乡的千亩麻地已经拔节而且蹿出了半人高，明媚的阳光下闪烁着鲜翠晶莹的嫩光，仿佛一块巨大的绿绸在温和的乡风中轻摇慢晃，窃窃私语。大平拄着木棍由他老婆玉娃搀扶着，像一只折断了桅帆的孤船一样漂浮在这片无边无际的绿浪上，慢慢向村里驶来。这时你会发现大平与先前已经判若两人，面容苍白憔悴，双眼呆滞黯淡，身子瘦弱佝偻，全然一副劫后余生弱不禁风的模样。记得大平走到村头那株翠绿如盖的皂角树下时，拄着木棍站了下来。大平扭头去望村外的千亩麻地。大平阴郁的双眼突然云翻雾涌波光激滟，晶亮的瞳人里清晰地映出那一片浩荡壮阔的亮绿。但那灵光瞬间就寂灭了。大平咕哝一句，这麻再过两个月就要长得比人还高了！然后就摇摇头，仰天长叹一声，转身失魂落魄地走去，拄在手里的木棍敲到地上也显得虚弱不堪飘忽不定。

你知道大平在心里叹息什么吗？

也许你已经想到，从此以后大平和他老婆玉娃便成了村里人关注的焦点。关于大平和玉娃此后的夫妻生活，人们议论颇多，传闻不一，令人难辨真伪，但有一点可以肯定，那就是大平和玉娃从此陷入了不幸的深渊中！

正如人们猜测的那样，这天晚上夜色降临之后，玉娃烧了一大盆热水，把大平放在盆中，在蒸腾迷蒙的雾气里一遍又一遍地往他身上擦着皂角液，使他身上刺鼻的药味和酸腐的汗臭消失殆尽，重又飘散出乡村的清香气息。然后两人就赤身裸体钻进了被窝里。玉娃把光裸热烫的大半个身子紧紧压住大平，一边用嘴唇在他脸上亲吻，一边拿手在他胸脯上轻轻地摩挲，并慢慢往下滑去，最后小心翼翼地停落在他的裆底。玉娃摸到了一片粗糙的疤痕和一个歪软如泥的东西。玉娃的手在那里轻柔地抚搓急迫地弹拨。玉娃的呼吸渐渐急促起来，身子也开始灵蛇般扭动不已。但大平却像一段木头似的躺着，不为所动，双眼空洞地望着黑暗的屋顶发呆。良久，大平叹出一口气，幽幽地说，怕是……怕是不行了。可玉娃不甘心，又蜷着身子缩到被窝里，拿嘴唇去衔舔，用舌头去挑逗，然而任她使出百般手段，那东西也毫无反应，死气沉沉地总也起不来，最后竟搞得大平浑身痉挛起了一层鸡皮疙瘩，心里忍不住地想呕吐。大平捧着玉娃的脸把她拉出被窝，忧伤地说，算了吧，你……你别再白费力气了。可玉娃仍旧不死心，就势翻身骑到了大平上面，手忙脚乱折腾了许久，搞出了一身的大汗，但终究还是没有成功！玉娃不由颓丧地滚了下来，满眼泪光地望着大平残缺的下身，悲怆地呢喃，怎么没有那两个东西就不行了，就不行了呢？而躺在一旁的大平，两个眼角已无声地滚出了凄凉的泪水。

第二天，人们都看见大平脸色灰灰地坐在自家院子的门槛上，双眼忧郁地望着村野发愣。正是春光如画的季节，院门旁边一株夹竹桃盛开着粉红娇艳的花朵，远处的田野一片翠绿光亮充满着勃勃的乡野生气。但大平却看不见这些。大平心境灰暗情绪低落。大平眼里那些红色和绿色都蒙上了厚厚的尘埃，一如久经风雨的冲刷黯淡无光。大平感到自己正置身于肃杀凋敝的冬天的乡村里，放眼一望满目的寒意和苍凉。人们不觉忧心忡忡。人们就是在这一天发现了大平眼里那种沉沉的暮气和濒临死亡的意味。

中午的时候，玉娃给大平炖了一锅鸡汤，但大平坐在饭桌边望着那热腾腾的鸡汤，半晌却摇头叹息着说，没有用，就是吃龙肉海参虎鞭鹿茸也没有用了！然后一星鸡汤也没喝，就顾自起身跌跌撞撞地走进了内屋，倒在床上蒙头大睡。玉娃咬着嘴唇望着那锅鸡汤许久无言，眼里的泪光在热气后面伤心地闪烁。最后玉娃端起那锅鸡汤走到了屋后的猪圈房，啪地倒在了猪槽中。这天正午，许多路过玉娃家的人都听见了猪们欢快的哐吧声和抢食的打斗声。

在以后那些不眠之夜里，玉娃不再去打扰大平，只是背朝着大平默默地躺在床隅。这时，皎洁的月光透过屋顶的亮瓦倾泻下来，静静地照着墙角那架类似逍遥椅的家什，那桐油的漆面在月辉里闪烁着春水般洁净惑人的光亮。玉娃望着那架家什不由想起了过去那些美好的夜晚，玉娃看见自己躺在那架家什上正由大平百般摆弄，玉娃真切地感到了那架家什随着大平的动作而晃晃悠悠的飘然感，玉娃看见大平光洁健美的身体在月华里闪烁着迷人的荧光正向她猛烈地撞击……躺在床隅的玉娃禁不住痴醉神迷心旌摇荡，拿手去捏抚鼓胀坚硬的乳头，然后又沿着小腹滑到了下面，身子浪动着发出梦呓般快活的呻吟。这时，旁边的大平却靠了过来，把手按在玉娃小腹上，怯怯地问，咋啦？是肚子痛么？玉娃激灵一颤醒悟过来，像被蛇咬了似的尖叫一声，打掉大平的手喊道，你别动我，别动我！然后就把脸埋在枕头上呜呜地哭泣起来。大平在旁边愣愣地不知如何是好，半晌终于反应过来，不觉在暗夜里长长地哀叹一声,然后挪动身子远远地离开玉娃,躺到床边去了。

邻近的人们都在这天晚上听见了玉娃呜呜的悲泣,但互相打问时却又都不说破,只说那是夜风刮过树梢和屋脊的声音。然而次日早晨我背着书包去学堂经过大平家时,我透过敞开的院门看见玉娃在院里举着斧头劈砸那架神秘的家什。我看见玉娃眼里满含的泪水在晨光中凄凉地闪烁,我从玉娃劈砸的动作中感到了一种悲怆怨恨的情绪。

记得好像就是在这天下午,那个准备给女儿做嫁床的外乡老汉亲自登门来请大平了。玉娃冷冷地拒绝了老汉,说不做!还说要不是去年冬天你们来请,我家大平也不会成现在这样!但大平却接受了,大平回过头冷厉地瞪着玉娃,说我的事你少管!然后就背起那只枣红色的工具箱跟着外乡老汉走了。

但在一个多月的木工劳作中,大平再也找不到过去那种轻灵活泛的感觉了,再也听不见那种来自远方的悠扬歌声了,有时在木料和刨花的清香刺激下,偶然闪出了老婆玉娃洁白丰腴的身子,但却心如刀绞,内心深处即刻涌起一种莫名的烦乱和深深的厌恶!于是大平的双手变得僵硬神思变得枯竭,大平由一个天才的创造者沉沦为一个平庸呆板的手艺人。然而最令大平痛苦的是,他竟把凤凰雕成了鸡,把龙刻成了蛇,把褚红土漆熬成了难看的牛肝色,以至于他做完了嫁床后,连工钱都不敢要,就不辞而别偷偷背着工具箱溜了。大平回到家里后,就一头倒在床上号啕大哭。大平一边号哭一边捶着胸脯悲喊,我完了,完了!我彻底完了,完了!大平悲怆的哭喊在这个将雨的午后撞破潮湿发黏的空气,在故乡村庄的上空久久回荡。

这是我一生中听见的最为悲惨最撕人心胆的男人的哭泣。许多年以后,我才明白这哭泣对于一个男人的意义,我发现这哭泣不仅透露了一个男人肉体破损的悲哀，还透露了这个男人精神毁灭后那种蚀骨铭心的巨大痛苦。

事后细心的村里人还发现了这个不幸家庭的诸多变化。大平把全部木工家具扔到了粪坑里，再也不出去做嫁床了。大平百事无心，连村里的农活也懒得参加，成天坐在自家院子的门槛上打瞌睡，头发胡子长了也不理，衣服脏了也不换，房子漏雨了也不管，鸡窝猪圈坏了也不修。邋邋懒散委靡不振，这是大平那些日子给人惯有的印象。而玉娃似乎也无心再料理家务，屋里到处是蛛网和垃圾，院中遍布着鸡粪鸭屎，阳光照射下常常散发出一种混杂难闻的恶臭。就是她本人也不再讲究打扮，丰盈的身子明显地枯瘦下去，洁莹的脸上也没了光泽，依稀添了一层忧悒的蜡黄，头发枯干蓬散有一绺斜拖下来遮住了半个面孔，眼里总是闪烁着抑郁的幽光，与人说话，还未开口就率先幽幽地叹出一口长气……

我想这无疑是一个不幸家庭最典型的景象了。村里的人们看见大平和玉娃今天这副模样，想起他们昔日的和睦恩爱以及那种春风满怀的姣美灵光，都不觉为这对金童玉女扼腕叹息。

至于那件事是从什么时候开始的，怎么发生的，村里没有一个人说得清楚。人们只记得一觉醒来就发现了玉娃的变化。玉娃重新开始收拾打扮自己了，眼里重又闪出了活泛灵动的亮光，脸上莹洁光艳时刻都漾着一层浅浅的红晕，出门进屋都腰肢款摆踏着风似的轻捷婀娜。人们自然惊讶不已。惊讶的人们便猜想这中间肯定有什么秘密。然而最先发现这个秘密的不是别人，就是那个嫁走又归来的小媳妇花花。花花是在麻地里发现玉娃的秘密的。当时麻苗已经完全成熟，高高地撑在头顶，遮天蔽日形成繁密可靠的屏障。当时正值午后阳光最为灿烂的时刻，千亩麻地浩瀚无际正在乡野的长风中壮阔地起伏摇荡，发出的绵密雄浑的呼吼湮

245

没了玉娃那高亢嘹亮的欢快的歌吟。与花花共同发现这个秘密的还有一个人，一个男人。这个男人当时正和花花在麻地深处偷情。

你可能已经猜到，那个和花花在一起的男人就是华福。我在前面说过华福是个英俊健美的男人，但村里的人们对华福的看法却普遍不一，甚至大相径庭。我们这些小孩都很喜欢华福，认为他和善可亲，每年初秋薅秧的季节都要捉些秧鸡，用铁丝做个吊环，把秧鸡拴在吊环上送给我们玩，所以随处碰上他，我们都"华福哥华福哥"地叫得很甜蜜。村里的姑娘和媳妇也很喜欢华福，她们总爱看华福英俊的脸孔和健美的身子，有一次我还看见两个挎着猪草背篼的女人躲在河边一丛茅花秆后面偷看华福洗澡；就是在田里劳作时，她们也要想方设法寻找机会接近华福，比如尘渣眯了眼，她们的男人就在身旁也不叫，反要朝远处的华福高喊，华福华福你过来给嫂子吹吹眼里的渣渣！而那华福竟也真的丢了锄头跑过来，掰开女人的眼皮撮唇轻柔温软地吹。这样村里的男人们就普遍反感憎恶华福，他们全都视华福为天敌，为洪水猛兽，一见华福和自己女人亲近，就咬牙切齿在心里暗骂我日你十八代祖宗，然后就恨不得冲上去把华福那张英俊的脸孔打得稀烂！至于村里的老人们见了华福就忍不住摇头叹息，一迭连声地说冤孽祸害，冤孽祸害哪！

华福在村里遭到如此截然不同的喜恶，这在故乡是绝无仅有的，由此我们可以看出这个乡野汉子斑斓多彩的性格魅力。也许你已经明白了我的意思，华福不仅是我故乡最引人注目的美男子，而且是个臭名昭著的采花贼！

其实华福是有老婆的。华福的老婆叫明秀。明秀与村里众多女人相比，虽然说不上出色，但也绝不难看，要是放在外乡人眼里还算是如花似玉呢。可华福却不喜欢明秀，华福说明秀没味，说明秀在床上死板，不会说不会笑不会扭不会癫不会疯不会狂。总之明秀在华福眼里不过是一段味同嚼蜡的木头。华福一生都在追求那种癫狂酣畅蚀骨铭心的最佳妙境。这就注定了华福的悲剧，注定了他要成为我故乡一个令人痛恨的采花大盗。

华福捕捉女人时从来不管对方的身份，无论是黄花闺女还是已婚的媳妇，只要被他看中他就会发起进攻，而那些姑娘媳妇则大多经不住他的诱惑，十有八九要乖乖倒在他怀中。华福从十八岁起就开始与村里的姑娘媳妇鬼混，直到他三十二岁那年自食其果给自己混乱复杂的风流艳史画上句号，其间竟达十四年之久。在这十四年漫长的岁月中，华福究竟糟蹋了多少黄花闺女偷到了多少已婚女人的心，村里人谁也说不清楚。总之人们看见那些在田野间或在村巷里晃荡的孩子们，总能从他们大多数人的眉眼上或身架上看出华福的影子。于是村里的男人全都惶惶不安，愈加仇恨华福，总是疑心自己的老婆与华福有不贞的行为。也有一些浅薄暴躁的男人忍不住的时候，要在夜深人静之际把老婆按在床上毒打，逼问是否属实。然而老婆只是惊呼号天地哭叫，却自始至终不吐露丝毫信息。次日早起，便有隔壁的女人倚在自家的院门上，一边用梳子刮头发一边也斜着眼角问那被打的女人，咋？昨晚挨打啦？被打的女人自然不承认，撇嘴说，他敢打我？是他把我弄痛了。梳头的女人哧的一笑，说弄痛了会那样杀猪似的又哭又叫？你以为我不知道他为什么打你？被打的女人不由红了脸，但即刻就走上去拧那梳头女人的嘴角，说你狗日的别得意，总有一天你也要挨打的！于是两个女人都红着脸相视诡秘地一笑，转身各自进了院门。

夜半时分有女人杀猪般号叫，次日早晨又有女人在院门口相互调笑，这成了我故乡很长一段时间里最特异古怪的风景。

其实许多年来我都在研究华福这个人物，我都在现代城市江河日下的败落风气中，透过岁月的尘雾窥探故乡的隐秘，想借此给生活在这世界两侧的所有堕落或者可悲的人们寻找一种共同的根源。我想华福英俊健美的外貌对女人固然有很大的诱惑力，但他之所以那样屡试不爽百战百胜，肯定有他自身的秘密。华福征服女人的秘密是什么呢？一次偶然的机会我从那些指责华福为冤孽祸害的老人嘴里得到一个惊人的历史信息，这些老人都说华福是八百年前一个叫宝驹的淫棍的后代，这些老人都异口同声地说，华福跟他的先祖一样都有一根极其壮硕的骚鸡巴！但不久我就发现了老人们话里的破绽，我发现不仅华福一姓的男人有这样壮硕的鸡巴，就是村里别姓的许多男人也是如此！正如肥臀丰乳是我故乡女人共同的标志一样，壮硕的鸡巴则是我故乡男人的普遍特点。我不知道这是什么原因，我只能把它归结为故乡水土与众不同的缘故，我甚至意识到这是人或人类与生俱来的困厄和悲哀。我心事沉重，我透过城市迷蒙的雨雾重又看见了那条浑黄污浊的河流，我发现无数穿着不同朝代服饰的男女在这条河里挣扎沉浮，很少有人能轻易地爬上岸去，迎接两岸原野里明媚的春光，而绝大多数人都在那条罪恶之河里灵魂和肉体一同地腐烂发臭……

重新回到华福的风流艳史这条线索上，你会发现有那么一段时间华福勾引女人的放荡行为有所收敛。村里人都明白这是华福勾搭上了花花的缘故。花花从十九岁起就以女儿之身跟华福偷情狂荡，这在我故乡是一个公开的秘密。记得当时村里的男人都有一种卑鄙的心理，他们全都庆幸出了个花花，他们认为有了花花，自己的老婆就可以安妥无忧地待在家里。他们背地里都说华福与花花是一对天造地设的骚货！

其实华福对花花根本谈不上勾引。花花早就对华福有意。华福经常看见花花肆无忌惮地盯着自己，目光痴迷而又热烈。两人达成默契的过程也极为简单，朴实得没有丝毫浪漫的情调。那是一个落雨的夏日上午，华福偶然路过花花家门时，看见花花正坐在雨帘垂挂的屋檐下，安闲地用她母亲穿旧的毛线织着毛衣。华福回去后就用斑竹削刮了一副精致的毛线签，并用菜油润擦得黄光闪亮。第二天黄昏，华福在麻地边的土路上碰见花花时，就从腰后抽出那副精致油亮的毛线签送给了花花，而花花也早有准备似的从怀里摸出一对绣着鸳鸯图案的漂亮鞋垫送给了华福，整个过程都充满了高度的默契和投桃报李的意味。然后两人几乎什么话也没说，扭头四望无人，便紧紧拉住对方的手游鱼一般迅速钻进了高密翠绿的麻地深处，在黄昏灿烂的霞光普照下和绿麻深处晚露初起的凉意中，完成了他们两人风流史上的第一次交合。现在想来，这无疑是那些年我故乡的男女苟合偷欢时最简捷洗练的情景。

后来华福与花花的事情在村里闹得人人皆知风风雨雨，这是情理中的结果。但出乎意料的是，花花她爹在得知了女儿的不贞之后，把花花关在房里用赶牛的鞭子暴打。许多人都看见了那个残酷的场面，他们至今还记得花花被她爹用鞭子抽得衣衫破碎浑身鲜血淋漓，但是花花却没有哭叫一声，只是双眼含着泪光冷傲地瞪着她爹，自始至终一言不发。花花的不屈和眼里的寒光震惊了所有的人，他们都说当时他们就透过花花的倔犟看见了日后更大的反叛以及那个充满血光的灾难结局。此后不久，花花就被她爹用最快的速度和最简约的方式嫁到了外乡去。花花几乎是被她爹捆绑着送到男家的。但花花在临嫁的前夕还做出了一件令村里人更加瞠目结舌的事情，花花竟然在夜半时分撬开了自家的窗子，闯到华福家里去了！

有关这次神秘幽会的许多细节一直作为传奇故事在我故乡盛传不衰，以至于现在提起人们还眉飞色舞津津乐道，在感叹两人放肆纵乐的同时又忍不住要去咒骂两人恬不知耻。人们都说那天晚上花花去敲华福家门的时候，华福正在屋里跟他老婆明秀做着那事。华福开门时一丝不挂，下面那东西还像大炮似的高昂着。但花花进门后对直走到了床边，朝躺在床上的明秀说，你出去，我跟华福有话要说！明秀似有怨色，却不敢吭声，只是怯怯地去看华福。华福跳上床踹了明秀一脚说，叫你出去你就出去吧，还缩在这里干啥？于是明秀像一只猫哀鸣一声，穿着裤头背心抱着膀子走出屋去，蹲在房檐下的凉地里暗自饮泣。而屋里的华福和花花早已迫不及待地做在了一起。花花骑坐在华福身上，一边狂乱地扭荡一边脱下衣服把身上的鞭痕暴露给华福看。华福看见了一副被血迹和鞭痕装饰得异常凄艳壮丽的女性之躯，同时鼻端飘过一股浓郁的腥甜气息。这种气息强烈地刺激了华福的性欲，使华福雄风暴起，一边狠狠地搓揉对方带伤的肉体一边野兽般嚎呼癫狂。花花则像一株柳树在夏日的狂风暴雨中猛烈地摇晃，闭目引吭，发出一种似哭非哭似笑非笑的悠长洪亮的呼吟……

那天晚上，几乎所有的村里人都听见了这种从华福家里飞扬而出的野兽般的怪啸。但人们在讲述这次幽会过程时，强调的却是另一个细节。人们说两人疯狂之后瘫在一起，花花摩挲着华福的胸膛说，我明天就要走了，你以后咋过？华福的双眼在黑暗里极自信地闪了一下，说你要不到三个月就会回来找我！屁！花花拿手在华福下面捋了一把，撇嘴说，你以为天下的男人就你行？华福也在花花的臀上拧了一下，说不怕不识货，就怕货比货，你以后会明白的。你是个天生的婊子材料，你永远离不开我！

第二天一早，人们就看见花花被她参强行着带出了村子。我说过这是我十二岁那年秋天的事。我至今还记得那天早晨的情景：秋雾很淡，天空阴晦，地里的稻谷早已收割完毕，空旷寂寥的乡野上只零零星星地卧立着一些枯干发黑的草堆。麻地和草堆历来是我故乡不同季节的标志，而且这两个标志总和我故乡人不同情

250

调的故事有机地交融。我记得那天早晨花花就在这片淡雾中和阴郁的天地间，由她爹逼押着慢慢地往村外走。我记得花花走到村头那株皂角树下时站了下来，回头捋起额上的头发往秋雾中的村庄望了一眼。我还记得那天早晨华福平静地在自家院里用炭渣垫着坑凼，自始至终都没有抬头看一下村外，似乎对自己的预言充满了信心。

后来事情的发展证明了华福预言的正确，花花嫁走后不到三个月，果然就回来了，并且任她老爹怎么打骂，也赖着不走了。现在想想那个冬天的下午，花花挎着蓝花布包出现在村头的麻地里，华福微笑地望着她归来的身影时，心里该是多么的得意！

得意的华福会做什么，这是不言而喻的。

华福是在二更的时候潜进花花家里的。华福是翻墙进去的。华福翻墙的时候恰好一片浓云淹没了天上的冷月，天地间潮水似的泅开着无边的黑暗，夜风溜过屋脊和树梢发出怪异的尖啸。华福蹲在黑暗的墙头学了一声猫叫，便轻捷地跳了下来，蹑手蹑脚地摸向花花的睡房。这时你会发现华福的双眼在夜色里像猎食的狼一样闪烁着幽绿的光芒。华福心中亢奋不已，每一个毛孔里都盛开着情欲的花朵。华福眼前不停地晃荡着花花雪白丰盈的身影，华福馋猫似的舔着嘴唇，心想等一会儿那骚货不知会狂成啥样！

华福就是这样毫无觉察地把自己推入了陷阱中。布置陷阱的是花花她爹。老汉料定华福今晚要来，夜半时分便悄悄握着一根锄把埋伏到了女儿房外的墙角后面。当华福潜到房前正欲举手敲窗时，老汉一声不吭，呼地就把锄把抡了出去。哎哟！暗夜里即刻响起负痛的低叫和人体跌坐在地上的沉闷声响。你杂种要是不怕死就再来！老汉对着地上的黑影咬牙切齿低声吼叫。那黑影一骨碌翻起来，拖着一条伤腿迅速翻出院墙，一瘸一拐地跑了。这时花花推开窗子探出头来，问她爹出了啥事。月亮从那片浓云里浮游出来，清寒地照着老汉凛然的身影。老汉将锄把扔在墙角，望着远处的月辉和淡白的浅霜，说没事，是一条野狗来偷吃猪食，我把它打跑了！

此后整整三个月，华福再也没在村里露过面。华福的右腿差点就被老汉打断了。华福像受伤之兽似的蛰伏在家里，一边舔着伤口的血迹一边耐心地等待时机。华福知道冬天是个没有风景和故事的季节，华福在心里热切地盼望着夏天的到来。在开春那些细雨如丝的夜晚，华福抚着自己的伤腿不止一次地从轻缈的雨声中听见村外千亩麻苗拔节生长的脆响。华福血色的双眼在初春之夜的凉气中野火般地燃烧闪亮，心底埋藏的情欲搅和着一种报复的渴望在麻苗的拔节声里野草似的疯长……

华福的腿伤痊愈时已是第二年的初夏。这时故乡的千亩麻地已苗壮成长为华福梦寐以求的模样：高密翠绿繁花似雪，在乡野的长风中遮天蔽地无边无际地起伏摇荡。这时你会发现许多毛色不一的狗聚集在村头的空地上疯狂地追逐和交配，你会在午夜的静谧中听见许多发情的猫在屋瓦上焦躁地走动和怪声地嘶鸣。初夏是乡村所有生命纵乐的季节，如果你仔细倾听，会在那昼夜不息的熏风中清晰地辨别出情欲低沉的回流声。

华福就是在这样的季节寻着机会，同花花完成了那渴求已久的幽会。记得那是一个无风的正午，华福肩上扛着锄头走过花花家爬满牵牛花的院墙，透过敞开的院门看见花花正在一根竹竿下晾晒衣裳。华福极深地盯了花花一眼，什么话也没有说，就向村外的麻地走去。花花晾好衣裳后，对在堂屋里打瞌睡的母亲说，妈，我去田里割点猪草！然后就挎着背篓走出了家门，绕道去村外的麻地深处与华福会合了。男人以挖田坎做幌子，女人以割猪草为掩护，这是那些年里我故乡的男女在麻地里偷情时惯用的掩人耳目的方法。其中最为巧妙的是把时间选择在正午，人们都习惯认为黑夜里才会出现淫乱和罪恶，而正午是阳光灿烂的时刻，人们放松了警惕，对阳光下活动的每一个人都充满了信任。这时候偷情自然是人们不能预料和防备的，也是最为安全的。

至于那天华福与花花在麻地深处久别重逢后，怎样的放荡狂纵我们是不难想象的，但在这里详细描述已没有多少意义。我想请你注意的是两人驱赶全身的力量获得极度的快乐和满足后的那一番对话。我们借助这些对话可以探察到我故乡男女灵魂深处的某一种悲剧潜质。

事情结束后，两人都大汗淋漓，仰躺在麻地里蛤蟆似的喘气。正午的阳光透过繁密的麻叶星星点点地洒下来，在他们光裸的身上碎金一样地跳跃。周围的麻秆纤秀挺拔一行行笔直地排立着，修篁般地散发着新翠莹绿的光泽。麻地里的这种绿意和凉气使两人疲乏空旷的身心感到一种淋浴似的愉快。

华福折下一枝麻叶扫着花花的胸脯。那麻叶像张开的手掌在花花饱满的双乳上来回拂掠，花花闭着眼由衷地叹道，妈哟，我好久没有这样疯张过了！

华福继续拂扫着她的胸脯，说你那外乡男人真就这么没用？

花花白了华福一眼，说他要是顶用，我还跑回来找你？他跟你比起来，就简直他妈不算个男人！

你真的不走了？华福又问。

不走了！花花说。

你就不怕你爹晓得我们的事后打死你？

打死？打死就打死吧，有了跟你在一起的日子，死了也值！

然后两人再也不说话了。

然后乡野里就刮起了涡流状的大风，千亩麻地开始在龙卷风中狂乱地摇舞呼吼，把故乡的村庄托浮在绿浪之上，残破的古船似的颠簸晃荡，但是在这风声吼声中我们依然可以听见情欲的回流声，那是一种类似古埙的声音，幽幽呜呜地正从荒凉的废墟上刮过……

你要相信那天中午所有的巧合都是命运对偷情的人们的一种戏谑。正当华福和花花缓过气来，穿上衣服准备离开麻地的时候，他们突然听见了一阵轻语声和麻秆被踩倒的啪嚓声。接着他们就看见玉娃牵着一个男人的手钻进麻地里来了。两人即刻缩在麻丛里屏声静气丝毫也不敢动。两人只得眼睁睁地看着玉娃和那个男人在七八丈远的地方紧张地忙碌着。透过繁密的麻丛，两人清晰地听见了玉娃欢快嘹亮的歌吟，甚至还清楚地看见了那个男人屁股上暗色的胎记。但自始至终两人都不敢有丝毫动作更不敢声张。直到玉娃和那个男人做完事后走出了麻地，花花才软在华福怀里，长舒一口气说，怪不得近些天玉娃红头花色满脸都是笑啊！顿了一下花花又补充道，看来吃回头草的也不止我一人哦！

这是那些年里我故乡的男女偷情时惯有的奇景：稍不注意，就会在麻地里不期而遇，就会把自己最不能示人的隐私毫无觉察地暴露在潜藏得更深的人们面前。

那个与玉娃牵手的男人叫志泉。志泉是我故乡最文雅秀气的后生。印象中志泉一年四季的衣服都穿得很洁净严谨，白皙的脸上总泛着腼腆的神情，就是夏日栽秧的季节，志泉也穿着布鞋丝袜，到了地头才慢慢地脱下，把丝袜塞进鞋里摆放好后，才轻着脚尖插到混浊清冷的泥田中。由此你可以想象志泉在我故乡人眼里是一种什么形象。老人们见了他就摇头，说他尖脚细爪不像个庄稼人；男人们历来对他不屑一顾，说他装腔作势一身酸味；然而女人们则大多喜欢他，喜欢他那种清秀俊爽，喜欢他那一跟人说话就红脸的处子神韵。

这里还要补充一句，志泉是我故乡唯一会吹笛子的人。秋收后的夜晚，村里人经常看见志泉坐在高高的草堆上面，对着远处竹林背后初升的橘红月亮独自吹笛，悠悠的笛声溪水似的在月色朦胧的旷野上汩汩流淌。但志泉的笛声并不欢快明亮，总幽幽地带着一种伤感的情调，仿佛一个漂泊的旅人在絮语茫然的心事。现在想来，在我故乡那样色欲浓重的乡村里，志泉无疑是一个孤独寂寞的人。

　　玉娃和村里许多女人一样，做姑娘的时候就曾经迷恋过志泉和志泉的笛声。所不同的是玉娃要比其他女人走得远点。玉娃送过一张花手帕给志泉，玉娃还在某一个春夜倚在落妃池边那株白果树空裂的树穴里，让志泉亲过嘴。但也仅此而已。后来在选择丈夫的时候，玉娃在父母的劝说下，最终还是放弃了会吹笛子的志泉，嫁给了能做木工活路的大平。从这一选择中我们可以看出我故乡的人们那种彻底的现实主义生活观点，就是解决颇富浪漫色彩的爱情问题时，这个观点也同样适用。而玉娃事后的解释更是耐人寻味。玉娃说她爹说志泉是绣花枕头中看不中用，不是能过日子的人。这是公开的解释。还有一种不公开的解释，是玉娃和一个好姐妹私下里说的悄悄话。玉娃说她妈说志泉身板心性太单薄柔弱，怕日后不经折腾！这句话虽然假借了母亲的名义，但我们仍旧可以看出它其实是玉娃内心的真实想法。一个姑娘在出嫁前能将问题考虑得如此精微老到，这着实让人吃惊。可在这里他们忽略了一句古话：人算不如天算，神秘莫测的命运偏偏给他们这种老练精明开了个莫大的玩笑——让他们认为顶用的人因为一个偶然事件从此不再顶用，而他们认为不顶用的人却很完整健康地活着！于是，玉娃去找志泉重温旧梦便是情理中的事情。现在想想大平、玉娃和志泉三人的事确实很有意思，你会被他们故事中浓重的宿命色彩深深地震撼。

　　我在前面说过，那件事是什么时候开始的，怎么发生的，村里没有人清楚。我想那些田边地头互赠手帕鞋垫的琐碎细节并不重要，重要的是事情发生了，重要的是那个阳光灿烂的正午，玉娃牵着志泉的手潜到了麻地深处，在痛畅淋漓地解除了数月之久的饥渴后，玉娃抚着志泉的胸膛惊喜地说，没想到你这么厉害！我当初要是知道你这样经折腾，我就嫁你了！也不至于落到今天这地步……

　　然后玉娃就伏在志泉的身上呜呜地哭了，哭声在繁茂的麻地里幽幽地回荡，使人想到传说中那些在细雨霏霏的夜晚蹲于河边低泣的冤鬼。

　　不久事情就败露了。败露的原因全在于玉娃精神状态的反差和她的粗心大意。自从跟志泉有了私情后，玉娃的颓丧和委靡就一扫而光，时时精心地收拾打扮自己，出门进屋轻捷袅娜满面春风，眼里闪烁着只有初婚女人才有的水一样活泛温媚的灵光。大平是个冰雪聪明的人，眼里自然揉不下一丝沙尘。那些日子，大平经常躲在屋角的幽暗里，像一只警觉的猫似的默默地观察着活柔灵动的玉娃的背影，心里充满了忧伤和抑郁。如果你仔细倾听，还会在寂静中清晰地听到大平牙齿磨动的声音，嘎嘣嘎嘣，像有人在深夜偷偷地嚼骨头或者脆胡豆之类的东西。但玉娃却把这一切忽略了，玉娃在春风得意中竟然没有察觉两道阴沉的目光总是蛇芯子一样舔着她的背影。

　　后面的许多事情就这样注定地发生了。

　　印象中这是一个闷热的午后，天边堆积着厚重的雨积云，空气潮湿发黏，无数细小的蠓虫会在一起密密地飞舞，直扑人的脸孔。玉娃满面汗水地从外面回来后，就躲在屋里忙碌。大平透过门缝看见她在脱衣裳，脱了衣裳后又脱裤子，脱了裤子后又去脱贴肉的内裤。大平看见玉娃叉开双腿用脱下的内裤在裆底揩擦，大平还看见玉娃的肚脐旁黏着一小片翠绿的麻叶！大平皱起了眉头，心跳突然加快，怦怦的如远天的闷雷在云层里滚动。大平感到他心底那丝不祥的预感正在被逐渐地证实，某种可怕的事实正挟带着灾难的气息向他无情地袭来！

　　玉娃走出房间到后屋去宰猪草时，大平趁机溜了进去，从床头换下的一堆衣服中拾起了那条内裤。大平看见那条内裤上面满是新鲜潮湿的水渍。大平把那条内裤凑到了鼻前。大平即刻闻到了一种男人精液的生涩的腥臭气。大平听见自己脑瓜深处轰地响了一下，然后就感到那生涩的腥臭像浓烈的酒气或炫目的阳光似的刺得他头昏脑涨，太阳穴突突乱跳，身子不由自主地摇晃起来。最后，大平双腿一软，重重地跌坐下去，像桅杆上的船帆被斩断一般滑落在冰凉的泥地上……

　　在泥地上坐了多久，后来又是怎么站起来怎么走出家门的，大平已记不清楚了。人们看见大平出现在村巷里的时候，已是那天的黄昏，夕阳正把整个村庄浸没在神奇温暖的橘色中。但人们却看见大平在灿烂的晚照里怕冷似的缩着脖子，右手深深地插在胸襟里面，默默地往村西走。人们还看见他家那条癞皮老狗不远不近地跟在他后头，不时仰起细颈去看黄昏的天空，神情忧伤不安。在经过一堵倾塌的土墙时，一个汉子迎面走来，问大平：怎么？你在打摆子么？汉子发现大平的脸色死人似的苍白灰暗憔悴不堪，汉子还在大平的头上意外地看见了几根白发。但大平却像没有听见他的问话一样，依旧缩着脖子默默地往前走。汉子困惑不已，站在那堵残墙边回头望着大平，一直看着他走进了村西一个小院里。汉子不觉摇了摇头，叹息道，没想到一个男人没了卵子，就成了这鬼样！

　　那个小院里栽着一株杏树。杏树的一些枝丫伸到墙外，那些成熟的红艳艳的杏果掩藏在绿叶间，在温暖的夕阳里飘荡出诱人的果实清香。

大平就是在这种清香中推开小院木板门的。大平推开门的时候看见志泉正在那株杏树下端着一个小笸箩拾捡地上被风摇落的杏果。志泉的小笸箩里快要装满了，但地上还有不少杏果，夕阳里星星落落地散布在院地上，使人想到某种熟悉的情调。但大平此刻的心里毫无情调可言，他看到感到的是一片黑色的风景。所以他推开院门后一声不吭，就对直走到了志泉面前。志泉正弯腰捡着杏果，当他发现一双穿着木板拖鞋的脚板进入视线时，他慢慢地直起腰来。可以想象两人四目初遇的情景。大平面无表情冷冷地瞪着志泉，志泉大吃一惊往后连退了几步。志泉发现大平虽然憔悴虚弱，但那双冷眼里的目光却强劲冷厉，充满了威慑人的力量。善者不来来者不善！志泉想起了这句古话，心里止不住打了个寒噤。志泉意识到在他和大平之间迟早都会发生的事今天终于来了。志泉翕动了一下鼻翼，在杏果的清香中闻到一种浓烈的血腥气息。这时，大平一直插在胸襟里的右手动了起来，开始往外面掏东西。志泉想他藏在怀里的手中肯定握着一把斧头或匕首之类的杀人凶器。志泉不觉惊恐地叫了起来，大平你，你，你要干什么？大平没有吭声，依旧冷冷地瞪着他，把右手从衣服下面抽了出来。酒，两瓶酒！大平手里握的并不是斧头匕首之类的凶器，而是两瓶出自我故乡烧坊的劣质白酒。大平拿着那两瓶白酒盯着志泉沉声说，我请你喝酒！

　　然后两人就盘腿坐在杏树下辉煌夺目的夕阳地里，就着小笸箩中成熟的杏果喝起酒来。大平喝得豪迈，不多时刻一瓶酒就见了底，剩下一些混浊的沉淀物在瓶底晃荡。志泉喝得拘谨，只抿了一小口就再也不去动那瓶子了，一任地抓起小笸箩中的杏果啃嚼，不时撩起眼皮用忐忑的目光去望大平，那模样极似做错事的孩子在等待发落。整个喝酒的过程中两人都没有说话，沉默使黄昏的空气也变得异常郁闷沉重起来。直到暮色开始降临，大平才在那缕最后的夕阳中打破了沉寂，开始了两个男人关于一个女人的艰难谈判。

我废了。大平望着面前瓶底的残酒说，声音像从遥远的地方被风吹来，飘忽而又伤感。我知道。志泉说，然后就用一种同情的目光去望大平。可大平却从那酒瓶上倏地抬起头来，血红的双眼愤怒地瞪着志泉，吼道：可不管我成了啥样，玉娃还是我的老婆！

……?！志泉一怔，不知该说什么好，脸就很惭愧地红了。

你们做下的事我可以不去追究，大平喘息着说，可是从现在起你不准再去找我老婆！你要是还缠着她不放，大平咬牙切齿，紧缩的瞳孔深处迸射出一股血腥的恶光，我就杀了你！杀了你知道吗?！

说完之后大平就把那个酒瓶砰地砸碎在地上，腾身站了起来。不知是动作太急还是喝醉了，大平起身的时候打了个趔趄。志泉赶忙过去搀扶，但大平却一掌推开了他，吼道：你滚开！我不要你扶，我没有醉！你别看我现在这样子，要是想杀你，还不他妈的像宰只鸡一样容易！然后大平恶狠狠地瞪志泉一眼，转身拉开院门大踏步地走了……

这天傍晚，村里许多人都看见大平满面酡色地走在回家的路上，最后那抹夕阳使他容光焕发浑身上下充满了瑰丽的色彩。人们都说这是他们第一次看见大平在卵子被咬掉后如此精神抖擞，他们甚至还从大平映满霞光的双眼里发现了一种怪异的冷峻和自信。他们不知道是什么事使大平产生了这样的变化，他们只感到近来村里有许多事都像谜一样令人困惑不解。而这天晚上发生在大平屋里的那个史无前例的场面，村里知道的人就更少了。

这天晚上，大平没有像往常那样早早洗脚上床，缩在床角里寂寂地睡去，而是挺直腰身立在床前久久地俯视虾米一样蜷卧的玉娃。煤油灯朦黄的光亮把大平的身影虚起，满屋里巨鸟似的扇忽摇荡。大平看着蜷缩在自己身影中的玉娃，心里突然升起一种豪迈的情绪，他感到自己很高大，而对方却很渺小。大平沉浸在这种虚妄的心态里，静静地俯视着玉娃一直不吭声。直到玉娃动了动身子，睁开眼来咕哝了一句半夜三更咋还不睡时，大平才以不容置疑的口气冷冷地说：你坐起来，我有话跟你说！

玉娃本想不理他翻过身子睡去，但见大平那冷峻的眼神和那不可抗拒的气度，却又身不由己地坐了起来，揉着惺忪的睡眼嘀咕道，啥话啊！就不能留到明天再说吗？

大平没有理睬她的抱怨，把目光从她身上移开，慢慢抬起头来，直视着帐顶一字一句地说，你凭良心说说，我过去对你究竟咋样？

玉娃不明白他问这是什么意思，但还是想了想说，好，你过去对我很好。

那我们算不算是一对恩爱夫妻？

算。

既然如此，那我就把话说明了，你和志泉的事我知道了。

啊？！玉娃惊愕地睁大了眼睛，露出了一丝恐慌的神色。

大平立在朦黄的灯光里痛苦地叹息了一声，然后走上去在床沿上坐了下来，换上了一副温和的口吻对玉娃说，看在我们过去的恩爱上，我不追究，我可以默默地把这口恶气忍了！但从今以后，你不准再去找那杂种！只要你安安心心地过日子，我就是给你当牛做马也心甘情愿！我废了没用了，但我会想方设法使你高兴，我可以用手用嘴给你舒服快活！你看，我还给你做了个东西……

大平从怀里摸出一根木头削制的男人阳具状的家什在玉娃面前晃荡。玉娃一见那光洁惨白惟妙惟肖的玩意儿不觉拉起被角塞

260

住嘴巴哭了，双肩耸动声音凄切叫人顿起一缕怜惜之意。大平要的就是这种效果。大平伸过手去默默地摩挲玉娃的肩头，以示宽容和慰抚……

但事后许多年我都没有弄懂这晚玉娃哭泣的真实含义，我发觉玉娃的哭泣很含糊很迷惘，你无法从这种复杂的哭泣中确切地分辨出它是一种感伤还是一种悲怨。可能什么都是，也可能什么都不是。在那些寂寞的雨天里，我坐在城市的水泥楼房中回想故乡时，我的耳边总要响起玉娃这种深夜里隐忍的悲泣，这悲泣总使我想起凋敝的晚秋时节，寒风刮过茅屋和树梢的呜咽声……

再回避已经不是办法，我现在不得不写一下我母亲那段糟糕的寡妇生活了。我想这对任何一个儿子来说，都是件残酷痛苦的事，母亲总归是母亲，母亲一生的毁誉其实就是儿子的脸面。我之所以如此不怕丢脸而要去写母亲那些本该避讳的旧事，这跟我近来的文学观点密切相关。在时髦和潮流的追逐中沉浮了许多年后，我突然产生了顿悟，我抛弃了所有的文学理论和流派风格，开始信奉一种新的人本文学的观点，我相信文学关心的最后问题是人和人类的问题，在生命走向绝境的今天和未来，任何问题与人和人类的自身问题相比，都是微不足道的。而且我还发现人类很早的时候就犯了一个错误：热衷外界缺乏内省，这就是在科学已经相当发达的今天，气功、特异功能等生命自然现象却使人感到神奇惊愕迷惑不解的原因。人类站在蓝色的圆形地球上，把目光投向浩瀚的宇宙和遥远的星体，但恰恰忽略了自己脚下的影子。人类成了去外婆家的路上迷途难返的孩子。

提起母亲，我禁不住想起了许多年前看过的一篇小说：一个死了丈夫的女人为了供养儿子上学，被生活所迫含着痛苦和屈辱与一个屠夫媾和。记得我当时被这个女人行为中所表现出来的伟大母爱感动得热泪盈眶不能自拔。但回想我的母亲时，我却羞愧汗颜了，那个女人像一面洁亮的镜子照映出了我母亲的渺小和丑陋。大约在我父亲死后不到半年，也就是我十三岁那年的初夏，故乡的千亩麻地长成一片壮阔的亮绿，昼夜的乡野熏风中都传荡着情欲的回流声时，我母亲终于耐不住寡妇生活的寂寞，开始与她选定的男人频频偷情。所不同的是，我母亲没有像别人那样跑到麻地深处去疯狂，而是让那男人做贼似的溜到我们家来。现在想起当初的情景，我还认为母亲的行为中没有丝毫的自我牺牲精神，那一切纯粹是为了满足她肉体的饥渴。一想到这一点我就黯然神伤，为母亲感到痛苦与羞耻。

事情发生在一个雨天的上午。当时我正坐在堂屋低矮的门槛上，捧着两腮静静地望着外面的风雨世界。白亮的屋檐水珠帘似的滴落着，打在檐沟的鸡食瓷盆里发出叮叮咚咚的响声。院中的樱桃树在风雨中婆娑晃舞，许多成熟的樱桃摇落下来，在浅溪般的微微流漾的雨地里跳荡滚动，鲜艳瓷亮像一颗颗美丽的红玛瑙。村外的麻地隐在迷蒙苍茫的雨幕后面，雾绿绿的隐约模糊，那海浪般起伏鼓涌的声音搅和着绵绵的风声雨声，像一阵阵低沉的牛角号从遥远的荒野吹来，在清爽寂寞的故乡村庄的上空久久回荡。记得当时我的心里充满了宁静、安详和慵懒，我望着外面的风雨世界整个灵魂都沉浸在一种少年的有关雨天的美妙遐想中。可我母亲却搓着双手在我面前走来走去，显得无所事事又心神不宁的样子。当母亲第八次从我面前走过时，她终于在旁边站了下来，弯腰和蔼地对我说，你要是觉得无聊，就戴着斗篷去大平家玩吧。我摇了摇头，说不去。我觉得这样很好，我看见听见了许多有趣的东西。然后就钉子样坐在门槛上纹丝不动，仍旧捧着脸腮去看外面的风雨世界。母亲盯着我想了一会儿，又从衣袋里掏出几张皱巴巴的小纸币，说这里有九分钱，你去代销店买糖吃吧。我抬起头来望着母亲，我想我的眼神中一定充满了疑惑，但我还是站了起来接过母亲手里的纸币，戴上阔大的圆形斗篷走了出去。我听见母亲在身后释然地舒了一口气，仿佛一个难题好不容易才被她解决了似的。这就使我走到院门楼下时不由自主地站了下来，回头去张望。隔着稠密的雨丝和屋檐上垂挂的雨帘，我清晰地看见母亲对我鼓励地微笑，但我当时的内心感觉是母亲隐在一片烟雾中，脸上的所有表情都显得飘忽迷离一点也不真实。我总感到母亲有点不对劲，我心底止不住产生了一丝警觉。

母亲为什么要我冒雨离开家里？母亲究竟要在这个下雨的上午干什么？这是戴着阔大的斗篷踩着村巷里的泥水去代销店的路上，我一直苦苦思考的问题。

因此在那个低矮阴潮的代销店里买了糖果后，我没作丝毫的停留，就急匆匆地朝家里走去。路过一个门楼时，我看见几个小孩在那里兴致勃勃地打铜钱，他们招呼我一起玩耍，我也没有答应。但我回到家里时，却发现母亲不见了。我把灶房、堂屋、睡房全找遍了，都没有发现母亲的身影。我心中无端地恐惧起来，我本想张开嘴巴大喊一声，但不知为什么我没有喊出来。我开始立在屋檐下竖耳谛听，我在满世界的风声雨声和村外麻地的浪涌声中捕捉母亲的声息。我终于在这片混杂的声音中听见了一种谷草的倾倒声和一种轻轻的呻吟声，而且我还准确地辨听出这声音是从我家猪圈旁的柴草房里传出来的。于是我像一只警觉顾家的小狗一样循着那声音蹑手蹑脚地走过去。当我蹲在弥漫着潲水酸味和猪粪臭气的猪圈旁时，我透过那些残朽的木板缝隙看见母亲正和一个男人躺在柴草上面苟合，而趴在我母亲洁白美丽的身子上面的那个男人不是别人，正是村里那个臭名昭著的光棍汉，也就是那个把壮硕的鸡巴掏出来在我面前晃荡并且抓起我的手按在他裆下摩挲的乡村流氓！一个我厌恶已久的恶棍！

我相信你理解我当时的处境和心情。我感到当时的心情与过去发现父亲和母亲在一起时完全两样。在那些月色溶溶的夜晚，父母在床的那一头搞出各种微妙的声响时，我除了紧张外，还有一种好奇的心理和一些不着边际的快乐遐想。我认为这是天经地义理所当然，我心里紧张之际又充满了平和安定的情绪，仿佛一轮如水的明月正贴在清湛的蓝色夜空中静静地照着我。而在这个阴郁的雨天上午，我透过猪圈木板的缝隙看见母亲和那个光棍汉苟合时，先前那种平静的心情全然没有了，我只感到惊恐、愤怒和痛苦，伤心之至，仿佛那个光棍汉的介入侵犯掠夺了父亲或我的什么东西。我想喊想叫想哭想号，我心中突然充满了一种破坏的欲望，恨不得把整个世界都毁掉！许多年以后，我再次经历了这样的感觉和心情，那是我得知自己的妻子有了外遇并决定与那男人携手往南方私奔时的心情。我不知道这两桩不幸的猝发事件之间有什么本质的联系，我只惊异于这两桩痛苦和灾难袭来时，给我的感觉和心情有那么多的相似之处。

然而在那个阴雨的上午，我在猪圈边蹲了许久，也没有吭出一声。我记得我最后默默地站了起来，摇摇晃晃地向睡房走去了。我至今还能回忆起我当时走路的感觉，那不是在走，是在飘，像一片被秋天的寒风突然摇落的黄叶贴着地面颤悠悠地飘行。我这样昏昏沉沉地飘到睡房里后，就把自己重重地摔倒在了木床上，然后一言不发地瞪着帐顶发呆。我脑里因为有了突然袭来的太多内容而显得一片空白和僵滞。我不知道我该怎么做，我甚至不知道我该不该哭泣。我躺在床上，我只感到了黑夜正像海水一样从四面八方漫涌而来，我的思维和感觉正在这片漫无边际的黑暗中悲伤地死去……

不知过了多久，我恍惚听见母亲走进了睡房。母亲显然发现了躺在床上的我，我听见母亲惊惶地说，你怎么回来了？你不是去代销店买糖了吗？我没有说话。母亲又迅速走到床前把手放在了我的额头上，说咋啦？让雨淋病了么？这次我有了反应，我抓住母亲的手扔开，霍地从床上坐起来恶狠狠地瞪着母亲。我看见母亲不整的衣衫和散乱的头发上粘满了细碎的草屑，我感到一种锥心般的痛苦和愤恨，我掏出衣袋里那几颗九分钱买来的劣质糖块向母亲扔去。我本想把糖块向母亲的脸上打去，但临出手时我又改变了方向，我把糖块摔到了母亲脚前。买什么糖糖糖？你骗我！骗我！糖块扔出去后我才爆发似的吼了起来，然后跳下床跑出屋去，连斗篷都没戴就一头冲进了雨幕里。直到我跑到村中一间无人居住的旧屋，浑身湿淋淋地跌坐在潮霉的墙角里时，我才悲愤地哭出声来。我一边抓起旁边鼠洞口屎粒一样的细泥恨恨地抛撒一边伤心地哭泣，我感到我眼里的泪水跟窗外天空中的雨水一样绵绵不绝，一样多得不能停流……

可后来我母亲依然与那光棍汉来往，所不同的是他们把时间改在了更深人静的夜晚。那时，我已被母亲赶到了距她房间远远的一间小屋里独睡。但在那些充满阴谋的初夏之夜里，我总迟迟不眠，我总能竖起耳朵在深夜时分听见母亲轻手轻脚抽掉院门木闩的声音，然后就听见那个光棍汉的脚步声在院中的泥地上响了起来，悄悄潜进了我母亲的房间……

我终于绝望了，我感到母亲已经沉疴在身难以救药了。但现在平心静气地回想当年的情景，我发现我之所以那样对母亲偷人养汉一事深恶痛绝，除了母亲自身行为使我感到羞耻和屈辱外，更重要的原因是我对那个光棍汉的厌恶与痛恨由来已久。很小的时候我就听村里人说过，那个光棍汉晚上想女人时总是搂着他喂养的那条母狗睡觉。十岁那年一个秋天的正午，我曾亲眼看见那个光棍汉扑住一只无意走进他家的母鸡，把母鸡的后窍对着自己的前裆疯狂地撞击。母鸡奋着翅膀咯咯的惨叫当时给了我很大的刺激，以至于我现在想起还心惊胆战，深感人类丑恶、可怕。你想，处于当时的情景我怎么能容忍这样一个龌龊、污秽、丑陋的男人去玷辱我母亲洁白美丽的身子？我心里甚至还产生了一个怪诞的念头，我想母亲你偷村里哪个男人不可以，为什么偏偏要去找这样一个令人发指的恶棍？于是，我渐渐把埋藏在心里的所有愤怒和怨恨转移到了那光棍汉身上，我感到我该挺身而出了为母亲做点什么，我要竭尽全力把那丑恶的光棍汉阻挡在我家的院门之外！

但究竟怎么个做法，我却一筹莫展。

这天上午，一个串乡的剃头匠鱼儿一样地游过故乡高密翠绿的千亩麻地，出现在我们的村子里。这个三十余岁的剃头匠每隔一月来我们村里一次，钟表似的准确无误。年轻的剃头匠在村中一株大树下摆放好家什后，就有许多男人小孩围了上去，等着剃头。大树下一时热闹起来，小孩在人堆里跑来窜去地玩耍，大人坐在石头上和墙根下吧嗒着叶子烟与那剃头匠闲聊，听他说些外乡的新闻或趣事。而我则远远地蹲在对面屋檐的阴影里，默默地望着那个年轻的剃头匠发呆。我发现这个外乡来的汉子虽不及我故乡的男人强壮精神，但却白白净净眉清目秀一副和善的模样，特别他手持剃刀给人轻柔温和地刮头修面的神态，使我对他产生了一种文质彬彬的好印象。这个年轻俊秀的剃头匠的到来，无疑在我焦虑的心里下起了一场霏霏细雨，我光着脚丫踏进了这片清凉的雨地中，我闻见雨丝里飘散着春天桃花的幽香，我听见雨幕中游荡着类似于蜜蜂飞舞的芬芳的音乐声。我终于豁然开朗，一阵悠扬的钟声从雨雾迷蒙的远方响起，清晰明亮地传进了我的耳里……

下午太阳偏西的时候，那个剃头匠终于做完了所有的活路开始弯腰收拾摊子。这时，我从对面屋檐的阴影里走了出来，走过村巷，站在了那个剃头匠面前。

你要剃头？剃头匠直起腰问我。

不，我摇头说，不是我剃头，是我爹剃头。

那你快去把你爹叫来。

我爹病了，躺在床上，他起不来。

剃头匠望着我想了一下，说那好吧，我去你家。

就这样，我自作聪明地把那个年轻俊秀的剃头匠带到了家里。当时母亲正在院中给鸡喂食，左手端竹箕右手撒着谷粒嘴里哆哆哆地叫唤。母亲腰间围着蓝色布帕，胸脯高耸额发斜垂亭亭玉立在灿烂的夕阳里，脸上流荡着一种瑰丽动人的光彩。母亲春播般抛撒谷粒的动作娴熟优雅，勾起了我心中许多温馨的记忆，在那一瞬间我感到母亲美极了。那个剃头匠走进院门后把挑子放在泥地上，就对我母亲脆声说，嫂子忙啊，我给你男人剃头来了！母亲即刻停止了给鸡喂食，抬头惊愕地瞪着剃头匠，剃头？剃什么头？给我男人剃什么头？剃头匠指着我说，你儿子说他爹病了，躺在床上起不了身，叫我到家来剃头。母亲皱着眉头扭过脸来迷惑不解地盯我。我走过去拉弯母亲的腰，把嘴巴凑到她耳边低声说，你不是要男人吗？我把剃头匠叫来了，你看他白白净净秀秀气气的总比那狗日的杂种强吧？我想我当时的样子一定很神秘，语气中充满了怪诞的兴奋和得意，仿佛在为母亲和我做着一件有意义的大好事。但出乎我预料的是，母亲在听了我的话后立时脸色大变，愤怒地瞪着我，扬起巴掌狠狠地打了我一耳光。你你你……你把你妈当成啥人啦？我看见母亲抖索着气乌的嘴唇痛苦地呢喃。我捂住火辣辣的脸颊，我感到有几颗谷粒被母亲的巴掌拍在了脸上，谷粒的芒刺扎得我疼痛难忍。我捂住脸，眼里泛起委屈的泪水，望着母亲怯怯地说，我……我是为你好啊！我实在不愿再看见那狗日的杂种了啊！母亲怔住了，母亲的愣怔中有一种震惊和惶悚。母亲怔怔地看了我半晌，终于眼圈一红猛地揽过我去，抱在怀里哭了起来。母亲的泪水流落到我的脸上渗进我的嘴角，我感到母亲的泪水又苦又咸，刺在我心里比谷粒的芒锋扎在脸上还痛。我仰起小脸去蹭擦母亲脸上的泪水，我搂着母亲的脖颈哭泣着喃喃低语，我说你以后不要再把那人叫到家里来了，他又脏又丑又坏，是一个大坏蛋！母亲连连点头，在奔泻的泪水中蹭擦着我的脸说，好好好，妈听你的话，妈今后不叫他来了，不叫他来了，再也不叫他来了……

你要相信那个夏日的黄昏我确实从母亲泉涌的泪水里感觉到了那种我期盼已久的痛悔之意，我心中洋溢着轻松和快乐，我不仅拯救了母亲而且拯救了自己，我们从此可以安宁平静地生活了。在此后那些夜晚里，我完全放弃了警觉和戒备，我每天早早洗脚上床，头一沾枕头就恬然入梦了，梦里总会出现一片美丽的紫云英花地，母亲总是坐在那些小灯笼似的紫色花朵里朝我悠闲地唱歌和微笑。但是没出半月，我有一天深夜起来撒尿时，我意外地再次听见了母亲抽动院门木闩的声音，以及那个男人贼似的潜进母亲房里的脚步声。你可以想象母亲的言而无信给我心灵的重创。我记得我连尿都没撒就瘫软地跌坐在粪桶旁边的墙根下，屁股沾到冰凉的泥地后我才感到一股热辣的水流在胯下漫延开来。我坐在粪桶边上竟没有闻见丝毫的臭气，我不知道母亲究竟咋啦，难道真是让魔鬼勾去魂魄，千呼万唤九牛二虎也拉不回来了么？我欲喊无声欲哭无泪，心灵痉挛紧缩，发出一阵阵撕裂般的痛楚。我坐在冰凉的泥地上，感到这次是真正地跌入了黑暗中，我再也爬不起来了。于是在浓稠无边的夜色里，我开始咬牙切齿深深地诅咒和痛恨起我的母亲来……

此后不久，我就犯下了那桩一生中最大的过错：我把村里一个与我年龄相仿的女孩骗到麻地深处，把她搞得惨叫连天鲜血淋漓。我不知道这桩不可饶恕的恶行与我母亲的堕落有无直接的因果联系，我只记得我按住那女孩模拟大人的动作时，心里充满了自暴自弃的悲怆情绪和一种强烈的报复欲望。究竟要报复谁，我当时也不清楚，可能是我母亲，也可能是村里所有的人，总之我是冲着故乡和故乡的千亩麻地撒这次野的！

这野自然是撒大撒过分了。事情发生的当天下午，女孩的父母就怒气冲冲地闯进了我家，指着女孩血糊糊的裤裆对我母亲吼叫：你看你家那个小杂种，他都做了些什么？当母亲得知我做了什么时，不由一阵晕眩，垮塌似的跌坐在了屋檐下的凉地上。那女孩的父母随后便破口大骂起来，说我父亲死早了没人教育我，甚至还含沙射影骂了母亲许多难听的话。母亲坐在泥地上任凭两人咒骂，始终一言不发，但脸上的泪水却像抽了闸似的涌流漫荡，灰暗呆滞的眼神中有一种锥心的痛苦。骂了半晌后，女孩的父亲似乎觉得还不解恨，又对我母亲吼道：你家小杂种呢？他躲到哪里去了？你把他找出来！母亲黯淡的双眼惊惶地闪了一下，抬头望着脸色铁青的男人恐怖地问，你……你要干啥？我要割了他的鸡巴！男人咬牙切齿地嚷叫。母亲浑身一阵哆嗦，不由自主地朝男人跪了下去，泪流满面地乞怜道，大哥，娃娃还小，不懂事，你就饶了他，饶了他吧！男人冷笑一声，眼里射出两股砭骨的寒光，饶了他？他把我家女子搞成这样，难道就算了？不行！你把他找出来，我今天非割了他的鸡巴不可！母亲重又跌倒在泥地上，绝望地闭上了双眼，泪痕斑驳的脸上飘过一丝死亡的阴影。片刻后，母亲挣扎着从泥地上站了起来，摇摇晃晃梦游般地走进了睡房，把我从房里拉了出去，交给了那个杀气腾腾的男人。我听见母亲把我推出去的时候对那人呻吟似的说，娃娃交给你了，要杀要剐你看着办吧。然后母亲就默默地转过身去，像颓落的枯叶一样恍惚地走进屋里去了。

然而那个男人并没有像他扬言的那样割掉我的鸡巴。他一把揪住我的头发将我拽了过去，飞起一脚踢到了我的裆下。我当时就感到一种从未体验过的难忍的疼痛袭遍全身，脑里有什么东西嘭地断裂了，我眼前骤然一黑，只来得及闷叫一声，就捂住胯裆栽倒在地上昏死过去了。许多年以后，我回想这一天的情景以检讨自己一生中最大的过错时，我都认为这是我罪有应得。但在那天晚上，我在母亲的救护下醒来时，心里却毫无痛悔之意。母亲一边用热毛巾给我敷烫受伤的下身，一边流着泪心疼地责备我，说你小小年纪咋就去做那种事啊？你真要是有个三长两短，妈咋活啊？我记得当时我的心里充满了悲怆的情绪，我硬着脖子瞪着窗外浓重的夜色，心中全无一丝歉疚和悔恨。良久后，我才转过脸去，说了一句令母亲惊骇不已的话。你无法想象我这句话的恶毒和给母亲带来的震骇，我转过脸去，狰狞地透过屋里的黑暗瞪着母亲愤懑地说：你们都做得，难道我就做不得?！我看见母亲听了我的话后浑身一颤，然后就像突地遭到雷击的树木一样枝叶披纷，无声地瘫落在了午夜的黑暗里。

　　那个被我伤害的女孩的父亲虽然高抬贵手没有割掉我的鸡巴，但他那愤然一脚却在肉体和心灵上给我留下了一种我终生不能逾越的障碍，并给我以后的人生带来了意想不到的巨大的困厄和痛苦。不过我不怨恨他，我说过这一切全都是我自作自受罪有应得。就像自己酿下的苦酒还得自己去喝一样，我毫无怨言。

　　如果稍加留意，你会发现我在这里讲述的其实是一个关于冬天与夏天的故事。在那些寂寞的雨天里，我坐在城市的水泥楼房中回想故乡时，总把视点聚于一处，密切地关注着我十二岁那年冬天和我十三岁那年夏天的事。我的目光在那段过往的岁月之绳上久久徘徊，我发现十三岁那年夏天是十二岁那年冬天的延续，延续的不仅是季节和时光，还有灾难和悲剧。灾难在我十二岁那年的冬天播种，在我十三岁那年的夏天大面积地收获，其过程与故乡麻地的种收有惊人的相似之处，或者说经过千百年的渗透衍化，我故乡人的命运已与麻地高度融合，麻的历史其实就是人的历史。记得到了十三岁那年夏天的时候，我变得精神恍惚，望着村外成熟茂盛高密翠绿的千亩麻地，我心中时时泛起一种忧郁和不安。透过绿麻清凉微涩的气味和杏果、红樱桃的果实芬芳，我闻见了灾难的气息，那是一种类似于阴沟的酸臭和钢铁锈烂的腥味。我甚至还看见灾难的气息凝聚成一个红色火球，仿佛鬼魂在村巷里诡秘地飘荡，它那燃烧的光焰和阴森的尖啸使我心惊肉跳恐悸不已。终于在一个闷热的正午，我缩成团状坐在院门口做了一个可怕的白日梦后，突然弹跳起来满头大汗撒开脚丫在村庄里到处乱跑，我一边跑一边向人们发布心中的预言，我惊恐地大喊大叫：要死人啦，要死人啦，要死人啦！可故乡沉寂在夏日炽白的阳光中没有一丝反应，而那些坐在屋檐下和院门口乘凉的人们昏昏瞌睡，竟连头都没抬一下。我只在村西头碰上一个捡狗粪的老人，我跑过去拉住老人述说心中的异感，可老人竟抬手给了我一巴掌，说你乱叫乱嚷个啥？谁要死啦？你老子才死啦！我当时就跌坐在了村头的泥地上，我回头望望昏沉的村庄和那些愚昧的人们，那种忧郁与不安又充塞了我的整个心灵。十多年以后，由于我长期沉湎于对人和未来的恐怖玄想中，我被确诊患上了妄想型精神病，那个负责治疗我的心理医生听了我这一段心事后，肯定地说我的精神病史就是从这一天开始的。

但是十三岁那年夏天我并没有神经错乱胡说八道，后来的事实证明那是我的一次天才的预知，因为不久灾难就接二连三降临了，犹如那段时间故乡的梅雨一样，一来就绵绵不绝没个终结。

灾难的火球首先罩住的是玉娃和志泉。

玉娃和志泉受到大平的劝诫和警告后，果然各守本分不再见面。但沉寂了不久，两人内心深处的原始欲望却又蠢蠢欲动起来，并且因受到压制而日益强烈旺盛。在那些充满情欲回流声的不眠之夜里，两人眼前总是摇荡着故乡的千亩麻地，那翠绿的无边无际的舞蹈像潮汐般地拍打着他们的心扉，那绵密低沉的呼吼带着某种神秘的召唤在他们耳边经久不息，使他们日甚一日地狂躁不宁。特别是玉娃。虽然每天晚上大平都装出一副男人的模样，耐心细致地亲吻她抚摩她，甚至用嘴和那个木头削制的玩意儿搞她，但她躺在床上没有丝毫的快慰，她沉寂在黑暗中心里一片苍茫空旷，仿佛木乃伊似的没有激情没有感受，有的只是无可奈何的悲哀和欲呕欲吐的厌恶，而且大平越卖力这种厌恶感就越强烈。终于在一个午夜，玉娃忍不住蹬开了满头汗水的大平，把那个木头玩意儿拔出来扔到了墙角。你就不感到恶心？她撑起上身瞪着大平说，语气中充满了憎恶和鄙屑。大平怔怔地望着她，不知如何是好，只有一双眼睛在夜色中惶惑地闪烁。玉娃砰地倒在床上，绝望地闭上了眼睛。你杀了我，杀了我吧大平！玉娃咬牙切齿，泪水溢出眼角，汩汩地流了下来……

　　第二天黄昏来临的时候，我故乡历史上最为悲怆惨烈的事件终于不可避免地发生了：玉娃和志泉故态萌发，冒险潜入麻地深处偷情时，被大平带着几个堂兄弟当场捉住了！许多年以后，我在回忆这桩事件时，还能从每一个细节中闻到阴谋的气息，我始终认为这是一场早有准备的围猎。因为那天黄昏，玉娃在房里足足梳洗了半个时辰，最后穿着漂亮的粉红色衬衫带着一身皂角的清香走出家门时，大平一声没吭。大平肯定从玉娃异样的举动和脸上赴难般悲穆坚毅的神情中看出了什么，也肯定猜到了玉娃出去后将要干什么，但是大平就是没有吭声。大平阴沉着脸默默地坐在院门口，盯着玉娃背影的双眼里闪射出一种阴毒可怕的寒光，这是一种欲置人于死地的阴谋家的目光。当玉娃走出几丈远后，大平敏捷地跳进了院里，从院门后面取下一圈麻绳提在手里，隔墙招呼起几个堂兄弟，提着扁担锄把悄悄地跟在了玉娃身后。直到玉娃和志泉潜进麻地脱光了衣服裤子后，他们才猛发一声喊，冲上去围捉了两人，当场就用筷子粗的麻绳把两人赤身裸体地捆了，拖出麻地绑在了村头那株巨大的皂角树下。惩罚的手段和场面自然是惊心动魄惨不忍睹。围观的人们看见大平手里捏着一株长满毒刺的红荨麻，像一只气急败坏的阉狗在玉娃和志泉的面前上蹿下跳，把手里的红荨麻疯狂地抽向他们毫无遮拦的胯裆。他每抽一次，玉娃和志泉就浑身痉挛发出一声凄厉的惨叫，裆下则迅速泛出红色的疱瘢。这是我故乡惩罚奸夫淫妇的传统手段，虽然不伤筋动骨，但给当事人的痛苦却是难以想象。在那个血色的黄昏里，我透过围观的人缝亲眼看见志泉那裸露的生殖器在红荨麻的抽打下，迅速红肿鼓胀起来，最后竟像一根硕壮的红萝卜似的在夕阳里闪烁出可怕的亮光！而玉娃雪白的双腿早已粗红变形，肿胀得封了裆，浑身的肌肉都在痛苦地抽搐，泪水飞迸而下，歪咧着嘴朝大平悲愤地叫骂，我日死你狗杂种的妈大平！你干脆拿刀杀了我杀了我杀了我吧！大平冷笑一声，说你不是骚得很吗？我今天就要看你有好骚，看你有好骚！边说就边把红荨麻狠狠地向玉娃的下裆接二连三地抽去。玉娃挣扭着裸身痛苦地狂叫大骂，然后骂声戛然而止，脑袋像风中芦苇被枪弹突地射中似的耷拉下来，勾垂在胸前，一头茂密的黑发披散着遮住了她雪白肥大的双乳。玉娃昏死过去了……

然而在那个不同寻常的血色黄昏里，最让我震惊不已的还是围观者的态度和情绪。他们密密麻麻地挤在皂角树前，对着奸夫淫妇指手画脚，脸上布满莫名的亢奋的红晕。我看见所有男人的目光都发绿了，都在玉娃洁白美丽的裸身上贪婪地啃噬，而女人们的双眼则在志泉的身体间上下扫视，有的还把目光凝聚在志泉那红萝卜般透亮壮硕的阳物上，眼睛同样的发绿，透出一种想入非非的痴迷。但他们又不约而同地表现出深深的憎恶和愤恨，大平用红荨麻抽打一下，他们就叫一下好，齐声喊打，狠实地打！打死这两个不要脸的狗东西！那种同仇敌忾的样子让人想到正义或义愤之类的词语。但是，他们之中不少人也像玉娃和志泉一样钻过麻地偷过情，他们和玉娃志泉本属同命人，何来这么大的仇恨？难道他们就忘了自己的不轨，就不怕日后也像玉娃志泉一样被人捉住，遭受这残酷的鞭笞？

　　惩罚直到夜色降临时才结束。但大平没有给玉娃和志泉松绑，他把两人扔在了村外。他们不是喜欢野天野地地狂吗？那就再让他们狂一夜，喂喂蚊子吧！大平对围观的人们说，然后就分开人群带着那几个如狼似虎的堂兄弟走了。

　　可是玉娃和志泉并没有喂蚊子。第二天早晨人们去村外时，竟发现两人双双不见了。下午一个小孩去落妃池放鸭子时，看见两具鼓胀的尸体从水底呼隆一下浮了起来，吓得鸭群嘎嘎乱叫，扑扇着翅膀四散奔逃，小孩则面无人色撒腿就跑，边跑边喊死人啦死人啦有人跳进落妃池淹死啦！

　　这个放鸭子的小孩就是我。你可以想象我一边跑一边喊的模样，我心中又惊恐又兴奋。当人们闻讯赶来对着那两具面对面捆绑在一起安详地浮在水面上的尸体发呆时，我按捺不住心里的激动在人群中间钻来钻去，逢人就说，我早说过要死人了要死人了，你们不信，咋样？现在信了吧，信了吧?! 我为自己的先知先觉而得意，我想我的脸上当时肯定布满了怪诞的陶醉神情。但是当我对着大平嘀嘀咕咕这些话时，大平却没有理我，或者说根本没有听见我的话。大平铁黑着脸死死瞪着水面上那两具紧贴的浮尸，眼里闪射出阴森仇恨的目光，鼻孔呼呼地喷着粗气。随后我就听见大平从牙缝里迸出一句话来：真是两个不要脸的东西，死也要死在一起！

然而，玉娃和志泉的含恨自杀只是灾难的开始。我说过灾难在我十二岁那年冬天播种又在我十三岁那年夏天大面积收获。十三是个最不吉利的数字。我十三岁那年夏天注定要发生许多血腥的事情。

灾难的火球接着罩住的就是我的母亲。

自从那天我被那个受到伤害的女孩的父亲一脚踢昏过去后，母亲终于从震惊中幡然悔悟痛改前非，决心不再同那个光棍汉来往了。但这个可恶的坏蛋却依旧找上门来骚扰我母亲，母亲不给他开院门，他就跳墙而入，母亲把他关在房外，他就立在窗下不走，甚至用拳头擂打窗户，威胁说再不开门他就大喊大闹了！母亲知道光棍汉什么都做得出来，母亲害怕事情张扬出去让人笑话，只得又给他开了门。次日早晨，母亲便在灶房里抱住我哭泣，说不是妈不想改，是我们孤儿寡母受人欺负啊！我表示理解地为母亲揩擦脸上的泪水，我扭头去看屋外辽远的天空和乡野，我看见故乡的千亩麻地在朝霞与初阳的照耀下闪烁着鲜翠丽碧的光亮。那一瞬间我的心情沉重极了，我感到肩头突然压上了什么东西使我有些喘不过气来。良久，我才从屋外收回目光，以一种自己听了都很惊异的成熟语气对母亲说，妈你别哭了，今晚你睡我屋里，我在你房里等那杂种！母亲惊诧地瞪大了眼睛，你……你要干什么？我冷静地说你别管，总之我要那个杂种今天晚上来后，就永远不敢再踏进我家一步！

这样，就出现了我一生中最富传奇色彩的夜晚。许多年来，我都把这晚的经历和细节作为我人生中最辉煌动人的篇章一遍又一遍地玩味，我发现其间表现出来的沉着和智慧远远超出了我当

275

时的年龄，可与历史上诸多少年老成的人物故事媲美。

那天晚上，母亲按我的吩咐睡在了我的屋里，而我则燃着油灯坐在母亲的房里等那个光棍汉。我特把灯芯挑得老高，让明亮的灯光充满整个屋子。半夜刚过，我就听见那光棍汉从墙头跳了进来，落到了院里。或许是屋里亮着灯，那光棍汉这次没去敲窗子，而是径直地走来推门。门虚掩着没闩，一推就开。可那光棍汉刚推门进来即刻就惊呆了，因为他看见在屋里等他的不是我母亲，是我，而我此刻已从床边上站了起来，双手端着父亲生前打野鸭斑鸠的火药枪无言地直指着他的胸膛！那光棍汉望望黑洞洞的枪口，又望望一身杀气的我，眼里不由闪过一丝恐悸和慌乱，结结巴巴地问道：你你你……你要干啥？我没吭声，我只对他鄙屑地冷笑了一下，然后就调转枪口对着屋角一个装米的大坛罐抠动了扳机。随着一声巨响，那个大坛罐立马被砂弹打得粉碎，陶片散落飞进间，里面的白米便像水一样流了出来。枪声里，我还看见那个光棍汉吓得跳了起来，嘴里发出一声惊骇的锐叫。我再次鄙屑地冷笑了一下，把枪口重又对准了他的胸膛，同时把冷厉的目光刀子样地刺向他，然后才开口说话。我说你杂种的脑袋总没有坛罐硬吧？你要是再敢来纠缠我妈，我就朝你的脑袋开枪！那光棍汉早已骇得面无人色，愣愣地立在那里不知如何是好。滚！你这条龌龊的狗！我把枪口朝他摆了一下，吼道。那光棍汉这才如梦方醒，赶急转身走了，但迈门槛时差点儿绊了一跤。望着他那落荒而逃的丧魂失魄的模样，我心中不觉充满了痛畅淋漓的快意，我忍不住走了出去，走到院中站了下来，迎着飒飒的夜风仰对星空呵呵长笑起来。我笑的时候一直把父亲那杆火药枪端在胸前，我想我当时在星月下横枪立马的样子一定充满了某种少年英雄的豪气和威武。那一刻，我确实感到自己长大了，确实感到了一种炽烈的男子汉血液在胸膛里沸腾奔流！

事实上我的作为并没有把母亲从困厄中真正解救出来，相反却将母亲进一步推向了灾难的深渊。

　　自从那天晚上受到我严正的警告和威吓后，那个光棍汉再也不敢来纠缠我母亲了。可那个卑鄙无耻的杂种却在村里四处散布我母亲的谣言，见人就宣扬他跟我母亲的关系。一天中午他在村里代销店的小酒馆中喝酒时，几杯下肚，他又忍不住故态萌发，向周围的人提起我母亲，说我母亲的奶子如何的又白又大，床上又如何的妩媚骚情。其中自然有许多人不信，听了他的话后冷笑道，你穷得两个卵子叮当响，人家看得起你啥？那光棍汉狡黠地眨了眨眼睛，怪笑道，看得起我啥？还不是就看中了我这两个叮当响的卵子，我这根特大号的鸡巴！于是就有人起哄，说你见人就说你跟人家有一腿，可谁信呢？那光棍汉说，我知道你们不信，但我可以告诉你们一个秘密，你们听了后就不得不信了！什么秘密？人们问。那光棍汉用红红的眼睛将人们挨个看了一遍后，才邪气地笑了一下，神秘地说：那婆娘右边腿裆窝里有颗红痣！周围的人听了都不觉扑哧笑出声来，骂那光棍汉，你该不是想婆娘想疯了吧？编出这个故事来过过干瘾！他们之中谁也没有见过我母亲的腿裆窝里，在他们看来光棍汉的话丝毫也不能证明什么。但是代销店的老板娘听了光棍汉的话后却吃了一惊。老板娘跟我母亲是好朋友，两人自小就在一起玩耍，做姑娘的时候常在冬天的夜晚挤在一个被窝里共眠。我母亲腿裆窝里有一颗红痣，这一点老板娘是比谁都清楚的！老板娘在柜台后面愣怔片刻后，便走过去给那光棍汉斟酒，老板娘边斟酒边对那光棍汉说，我说大哥，人家是个寡妇，你以后就不要编排糟蹋人家了。那光棍汉即刻瞪大了布满血丝的双眼，酒液流落到他胡子拉碴的下巴上晶亮地闪动。他瞪着老板娘说，这怎么是编排？我本身就跟她睡过，弄过她嘛！她男人死后两个月，我就天天晚上去她家，是她亲自给我开的院门嘛！老板娘赶急说，你小声点好不好？即使有这事，你也不该拿出来嚷呀！人家孤儿寡母，以后还要活人啊！那光棍汉却亮出了泼皮本色，把声音提得更高了，全然一副无赖霸道的模样，什么小声点不小声点？我就要拿出来嚷，我就是睡过她弄过她，又咋样嘛？他娘儿母子还敢把我鸡巴咬了！

由此可见，那光棍汉的怨气和泼皮完全是冲着我那天晚上对他的威吓来的，他的目的就是要败坏我母亲的名誉，大家都没有好日子过。然而不幸的是那一刻，我母亲恰巧去代销店买盐，我母亲站在屋外把那光棍汉的话全听进了耳里。你可以想象我母亲当时受到的打击。母亲羞得无地自容，当即就捂住脸转身跑回了家里，伏在床上号啕大哭。哭得泪水干了后，我母亲从床上下了地，开始在屋里翻箱倒柜找东西。母亲在米柜底下找到了半瓶用剩的农药。母亲拧开瓶盖，本已干涸的眼里泪水又飞迸而下，母亲抖索着嘴唇呼唤着我的乳名，说，明娃噢，妈对不起你！妈不能把你养大看大了，妈先走了，你以后就自己照顾自己吧！然后我母亲就仰起脖子把那半瓶农药全都喝了下去。

下午我从学堂回家时，母亲已被邻居救起，用架子车送到几里外的小镇医院抢救去了。我丢下书包，发疯般跑到了医院。医院正在给母亲洗胃。天黑尽的时候，整个抢救工作才完成，母亲才悠悠地苏醒过来。我奔进病房扑入母亲怀里大放悲声，我说妈，妈哪，你咋吃农药呀？你要是死了，我一个人咋过啊？母亲也不禁泪流满面，抱住我哀哀地哭泣，母亲一边用脸蹭擦我脸上的泪水一边在我耳畔不停地呢喃，是妈对不起你，是妈对不起你噢……

母亲虽然从死亡边缘侥幸活了过来，但由于中枢神经受到毒物刺激，轻微地偏瘫了。母亲左手痉挛端在胸前，脖颈歪斜不能灵活运转，左边脸颊的肌肉也已僵硬扭曲，歪咧的嘴角不时失控地淌出稠亮的口涎。母亲已不是往日的母亲，母亲已没了往昔的美丽和风采。母亲残了，我的母亲残了……

几天后的下午，我用架子车把残了的母亲推回了村里。我把母亲搀扶到床上躺下后，就拿出父亲的火药枪在屋檐下往枪筒里装火药与砂弹。这次我特意装上了打狼和野狗的特大号砂弹。我在装火药与砂弹的时候心中出奇的冷静，一切细节做得不慌不忙有条不紊，就像父亲生前准备去河滩打秧鸡野鸭似的。装好火药与砂弹后，我就端着枪走下了屋檐。我走出院子时，还随手拉上了院门，把门环扣上了。然后我就出现在铺满夕阳的村巷里。那天下午，村里许多人都看见我沐着灿烂的夕照踩着自己的影子，身前横着漆黑发亮的火药枪向村西头沉默地走去。事后多年人们回忆起那天下午的情景时还心有余悸惶恐不已，他们说我端着枪一声不吭的样子就像一尊冷酷的杀神！他们还说他们当时都知道我要干什么，都知道事情发生后会有什么样严重的后果，都想出来劝我，但他们又都不敢，只得躲在门背后愣愣地张望。然而，当我端着火药枪闯进村西头那光棍汉家里时，那杂种早已闻讯逃了！我找遍屋里每个角落确信人去房空后，我退到了院中，对着那空屋放了一枪。轰然巨响中，那些特大号砂弹带着一团黑烟密雨般地射去，倏然掀掉了那空屋的房顶，打得满屋的瓦片骤然跳起，在空中裂成无数的碎块纷纷扬扬地迸散撒落。在那如雨的碎瓦陨落中，我举着火药枪仰天长啸：狗日的杂种！你逃得了和尚逃不了庙，老子迟早要杀了你！迟早都要杀了你！……

我想那个灿烂的夏日黄昏里，故乡的千亩麻地和整个村庄都在我的枪声和啸喊中颤抖不已。但出乎我意料的是那光棍汉再也没在村里出现过。直到十多年以后，我在现在居住的城市里安了家并把母亲从乡下接走，在一年春天的时候，我才听说那杂种从遥远的西北回来了。可那时我已二十八岁，已长大成人了，世事

279

如烟，我的心灵早已受到更多更多的灾难和痛苦的撞击折磨变得消沉麻木了。面对有如历史烟海深处的这桩辱母旧事，我已提不起丝毫复仇的精神去杀他了。更何况那个给我带信的故乡人说，那杂种已老得骨瘦如柴快要死了。我有什么必要劳精费神去杀一个将死的人呢？你说是不是？就让死神去惩罚他吧！

现在想来，在我十三岁那年夏天的所有灾难中，花花与华福的遭遇最为凄惨悲烈。其实事情的经过很简单，主要是结局因充满了浓烈的血腥气息而显得格外的悲壮动人。许多年来，花花与华福都像两朵染血的野花在我心灵的旷野上凄艳而又孤独地开放。

花花与华福在麻地里重温旧梦不久，就怀孕了。这孩子名不正言不顺自然不能生下来。两人商量的处理办法是吃药打胎。于是一个逢场天，华福便去了几里外小镇的中药店，买了两服打胎的药回来，悄悄交给了花花。华福的意思是吃一服不行，接着再吃第二服。可花花办事心切，用沙罐熬药时竟将两服打药一起倒了进去。吃药后一个对时，胎倒是打下来了，但因用药过量造成了大出血。当时花花蹲在猪圈背后的茅坑上，那血竟像决堤的沟水一样哗哗流泻怎么也止不住，把她两条大腿和茅坑都染红了。花花当时就晕倒在茅坑旁。后来虽送小镇医院救治，病情有所好转，但就此落下了一个老疾：红崩。稍一弯腰或者稍一用力，那血水就从裆噗噜噜地流了出来，把整个裤管都染得通红。你想一个人有多少血经得这样不停地流泻呢？所以没出半个月，花花就玉容惨淡形销骨立完全没了人样，而且浑身上下散发出一种难闻的恶臭。你可以想象这对风流成性的花花是个多么巨大的打击！在一个凉风习习的早晨，我亲眼看见花花跌坐在自家院门口泥地上的血泊中，痛苦地揪扯着头发泪流满面地仰天哭骂：我日你妈！流流流，你杂种要流到啥时才有个完啊？

几天以后，就发生了那桩震惊故乡的血腥事件：花花自杀了！

花花的死法和死亡的场所选择在我故乡千百年来的漫长历史中是绝无仅有的，所以我说花花像朵染血的野花在我心里凄艳而又孤独地开放。记得那是一个晴朗的正午，花花独自一人来到村外，钻进了麻地深处她和华福昔日偷情狂纵的地方，用随身携带的锋利的柴刀把自己劈死了！花花劈的不是胸膛也不是脑袋，而是自己的下身！事后敛尸时，有个女人数过花花下身的刀伤，整整十八刀！花花在自己的下身连劈十八刀，把自己劈死在了故乡高密翠绿的麻地里！其情之悲烈我们由此可以想到。多少年来，我都在心里一遍又一遍地揣摸花花当时的心情和她这怪异的自杀事件的意义。我想花花当时心中肯定对自己和自己过去的作为充满了憎恶，她一定是带着强烈的怨恨情绪猛劈自己下身的。但是我不敢确定的是，花花这种憎恶和怨恨中是否代表着故乡人的某一种觉醒和悔悟。但毫无疑问的是，花花的故事最好地昭示了人类一种与生俱来的困厄与悲哀！

　　然而，最令我惊异不已的是那天我故乡出人意料地遭到了一场可怕的雷雨冰雹的袭击。雷雨冰雹是在午后也就是花花在麻地里劈死自己的时候突然降临的。据村里老人说，这是我故乡自从种麻以来，千百年中从未有过的特大自然灾害。记得那天雷雨冰雹袭来的时候天地一片阴暗，只听见满世界都是风声雨声雷声和冰雹砸落的噼里啪啦的乱响！一时小沟大沟一齐涨水，许多房屋和村树竹林被冰雹砸坏。一头百多斤重的架子猪因受到雷声惊吓翻圈跑了出去，竟被活活砸死在了村巷的泥水里。直到黄昏的时候这场可怕的雷雨冰雹才结束。人们走出破损的屋檐站在院门口抬头张望时，不由得惊呆了：他们看见故乡的千亩麻地全被砸倒了，平展展地浸泡在一片无边无际的浊黄的泥水里。也就是在这时候，人们发现了倒伏的绿色麻地中浮荡着一团娇嫩的鹅黄色。人们走近时才发现那是花花的尸体。花花死的时候穿着她那件最

281

漂亮的鹅黄色衬衣。

于是我故乡自从种麻以来千百年中第一次出现了歉收。我不知道这场突如其来的天灾与花花的惨烈自杀是偶然的巧合还是一种必然的结果，但许多年来我一想起这场可怕的灾难和灾后故乡败落凄凉的景象就忍不住心惊肉跳恐悸万端，就隐隐感到天人之间那种神秘的呼应与合一。

而华福则死在稍后的秋天里。那时，华福因花花她爹的控告，已被政府逮捕判刑送到一个山间煤矿劳动改造。但不到三个月，华福就耐不住了，竟在一个黑夜冒险去翻女监的舍房，结果被哨兵发现，鸣枪示警，吓得他仓皇遁逃。不料在翻越铁栅栏时，因惊慌失措被锐利的矛尖挂穿了阴囊撕裂了下体，当时就摔下栅栏死了！当我听说这个消息后，我的眼前不由浮现出一排锋利的三叉铁矛，我仿佛看见华福的阴囊和下体正挂在其中一支铁矛上，在灿烂的秋天阳光里闪烁着刺眼的血光。华福的死法与花花的死法有着异曲同工之妙，但我想这死法对他们两人来说无疑是最好最深刻的结局了……

现在，我想写一下我自己的事来作为全篇小说的结尾。你会从我的故事中发现一种与我的故乡人的困厄和悲哀迥然不同的另一类困厄和悲哀。其实人类与生俱来的悲哀就是在这两个极端中无所适从，就是在这两个极端中很难找到一个完美融合的中介点或者临界面。我相信过去很难找到，现在很难找到，将来也很难找到。这是上帝造人时附加在人身上的魔咒，人类难以摆脱，人类将与这种困厄和悲哀永存。从这一点来说，我诅咒上帝。

我是十六岁那年离开故乡到现在居住的这座城市来读书的。毕业后我就留在这座城市里工作，然后又在这座城市里娶妻安家了。我的妻子叫小娜，从名字上你就可以看出她是个地地道道的现代城市姑娘。但奇怪的是我晚上躺在她身旁，总能从她白皙细嫩的城市人娇贵的体肤毛孔里，闻见一种我熟悉的类似于故乡泥土和麻地的气息。所以在我的心目中，妻子除了言谈举止这些外部特征具有现代城市人的风范外，其他的跟我故乡的女人没有两样。在后面的叙述中，你会发现我对妻子的感觉判断是何其的准确。

我的无能和尴尬在新婚之夜就暴露无遗。十三岁那年夏天的黄昏，那个被我伤害的女孩的父亲愤然一脚踢得太重了。从那以后每遇阴雨天气，我的下身就隐隐作痛，撒尿都困难。更为可怕的是，打那之后我就再未亢奋冲动过。记得在学校读书时，许多同寝室的男生都有手淫的恶习，常把床单搞得斑驳污秽，唯有我在三年之中床单始终一尘不染洁白无瑕。我的新婚之夜是一种什么景象你由此可以想象。经过多次努力依旧没有成功后，妻子不觉惊愕地望着我，你……你这是怎么回事？我自然不能把实情告诉她，只得擦着脸上的汗水遮掩地说，或许是这几天太累，精神太紧张吧。可是以后接连三天晚上都是如此，于是妻子在失望中断定我有病，便在第二天一早坚持陪我上医院去检查。检查的结果令我和妻子都大感意外：我没有病，我的内分泌系统和性功能完全正常！于是院方建议我去看性心理医生。我去了。那医生很和蔼，是个四十来岁的漂亮男人。他要我讲讲自己的经历，并告诉我要绝对地说实话。我回头望着妻子说，你可以出去一下吗？妻子即刻皱起眉头说，怎么？连我都不能听？我无可奈何地笑了笑，说有些男人之间才能说的话，你最好不听为妙。妻子站了起来，说好吧，我尊重你的隐私权。妻子走了出去后，我便对那位性心理医生翔实讲述了十三岁那年夏天我被踢伤的事，以及另外那些同时发生在故乡村庄和绿麻地里的血腥故事。那医生在听了我的话后忧郁地蹙起了眉头，说我的障碍不仅有肉体的，更为主要的是精神方面的。我问他有无治疗办法，但他没回答我，反而

283

问我看过弗洛伊德的《性学三论》吗？我说看过。他又问我对弗洛伊德的性欲升华观点有何看法，我说弗洛伊德是个性欲理想主义者，他只看见了性欲美好灿亮的一面，而忽略了性欲丑恶阴暗的一面。医生即刻打断我的话说，好了，问题的症结就在这里！由于你早年干下了蠢事并受到残酷的责罚，再加上你又经历了那么多血腥可怕的变故，所以你的潜意识里对人类的性欲和性生活充满了恐惧与憎恶。正是这种肉体和精神双方面的障碍使你不能勃起进而取得成功。你今后要做的就是矫正这种观点，应该把性欲和性生活看成人性的美好表现，看成人这个生命体的最自然最正常最合理的要求！等等。那医生甚至还给我提出一个具体的治疗方法，建议我以后与妻子同房时放一些悠缓的抒情音乐，诸如我国的传统民乐《良宵》《春江花月夜》或贝多芬的《月光曲》之类的东西。事实上，我在听那医生谈论性时，我心里对他的说法异常反感，我发现他的话有个明显的破绽，他过于强调了性的自然属性而忽略了性的社会属性，他是从一个纯医生的角度在真空里描述性，可人不是生活在真空里而是生活在复杂的社会中！然而回到家里后，我还是遵照他的嘱咐在房间里放起了悠缓的抒情音乐，然后就躺在妻子身边闭上双眼去玄想性欲和性生活的美好。可我唯一见过的性交场面就是母亲和那光棍汉躲在恶臭的猪圈旁边的柴房里苟合的情景。而一想起那个恶棍我心中就充满了仇恨和厌恶的情绪，许多早年的人和事倏地回到了眼前。我仿佛看见那无赖搂住母鸡往裆下撞击着，我仿佛看见他掏出壮硕的鸡巴在我面前晃荡，并抓起我的手按到他裆下摩挲……我不由感到一阵恶心，我赶急从床上跳了下来，跑到卫生间去大吐不止。吐完后，我心里才一阵轻松，然后又沮丧地跌坐在了卫生间的瓷砖地上。我想我这一辈子算是无药可救彻底地完了！完了……

　　事情的结果可想而知。半年之后我的病依旧毫无起色，妻子

284

完全绝望了。绝望的妻子曾跑到那个性心理医生那里打听我的过去，那医生竟不遵从职业道德，把我十三岁那年夏天做下的那桩恶事告诉了妻子。妻子回来后就指着我的鼻尖大骂不止，好哇！你这个衣冠禽兽！你这个流氓恶棍坏蛋！想不到你十三岁就强奸过女孩子！我怎么眼瞎了嫁了你这个无耻的男人啊！骂完后妻子就闯进寝室去关上房门大哭起来，仿佛受到了什么欺侮和委屈似的。

此后妻子便与我越来越疏远。几乎每天晚上，妻子都浓妆艳抹出去跳舞，常常深夜才回来，有时干脆整夜都不归家。大约第二年的初夏，妻子在舞会上认识了一个南方来的商人，并决定跟那个商人私奔。妻子是在一个上午离家出走的。妻子走的那天上午天空飘着细雨，当时正是梅雨季节，整个城市都在绵绵不尽的梅雨里散发着阴霉潮湿的气息。妻子就在那样的天气里提着一口旅行皮箱撑着一把花伞走出了家门，走进了霏霏细雨中。其实我早就知道她跟那个商人的事，也知道她要在这天出走，但我没有拦她。我发觉我和妻子之间正在重复着故乡人大平和玉娃的悲剧，但我毕竟不是大平，我不像大平那样浅薄，所以我很宽容地放妻子走了。记得当时我还站在房间的窗前，默默地注视着妻子提着皮箱撑着花伞在雨幕中渐渐远去，我看见她乳白色的风衣在风中轻轻地飘动，下摆已被斜飞的雨水淋湿了，我甚至还看见她脚下的红色高跟皮鞋溅上了泥水显得已不如往日锃亮洁净了。我想在这样的天气里出走，她应该穿雨靴而不是皮鞋，我甚至还产生了一个怪诞的念头：追上去把那双淡绿色的雨靴交给她。但想想又算了。我依旧站在窗前默默地注视着她的背影在风雨中远去。那一刻我心里虽然也有一种锥心的痛苦，但却异常的冷静，我想这是我罪有应得理该受到的惩罚，这样分手无论对她还是对我都是再好不过的。但我唯一怨怪妻子的是，她为什么偏偏要选择这样的季节出走。因为夏天是个灾难的季节，它总使我想起故乡那高密翠绿无边无际的千亩麻地，总使我想起过去岁月中发生在这个季节里的那些悲惨可怕的血腥事件。夏天使我伤心，我憎恨夏天，可我的妻子偏偏在这个季节从我的眼皮底下跟人私奔了！这让我心里很悲观，感到整个世界都在跟我过不去。

妻子走后的第二天，我就回故乡把偏瘫的母亲接到了城里。现在我跟母亲相依为命生活在一起。我除了抽烟喝茶外没有别的嗜好，工作之余的所有闲暇我都把自己关在水泥楼房的书屋里，坐在窗前对着外面的雨天冥思苦想。我们这座城市雨量充沛，一年四季都有降雨天气，所以我坐在窗前冥思苦想时，外面的天空里总会飘起绵密的雨丝，总会响起淅淅沥沥的雨声。而我这种冥思苦想便在不息的城市雨声中日益膨胀，日益邈远，日益不着边际，最后竟进入了可怕的玄迷状态。我的妄想型精神病就是这样患上的。其实在我看来这根本不是病，我只不过因为在屋里关得太久，周期性地想突然冲出去，抓住一个认识或不认识的随便什么人，发表一下我玄想的感悟和结果而已。说完就完了，我浑身轻松，仿佛心中的所有郁闷都宣泄了出来似的，然后就轻捷地回到家里重新把自己关闭起来。只不过我发表的内容离人们的现实生活太远，诸如人类不容乐观的将来，未来的宇宙生命，四维空间、战争等，其间自然有许多恐怖可怕的描绘和杞人忧天的呼吁，所以人们就把我当成了精神病人。

毫无疑问，我很喜欢这种闲适清静的参禅似的幽居生活。但是母亲的目光却渐渐变得忧心忡忡起来。终于有一天，偏瘫的母亲扶着墙壁走到了我的书屋里，唤着我的乳名说，明娃噢，你打算以后怎么办？难道就这样过一辈子？我从窗外的雨天里收回目光，扭头对母亲笑了笑说，妈，我的事你别操心，等把你养老送终后，我会有去处的。母亲又问去哪里？我想了想说，我去庙子里当和尚。

其实我对自己未来的归宿早已了然于胸，但不是去当和尚。我发现诸如出家归隐之类的遁世行为并不是解决人生苦恼的根本办法，彻底解决所有人生苦恼和障碍的唯一可能就是自杀！近年来我都在潜心研究自杀，研究自杀而死的海明威、大由纪夫以及那个布衣牛仔披散一头漂亮的长发走遍天下的女作家三毛，我发现自杀并不是懦弱的表现，而是一种强者行为，一种凄艳的人生终极艺术！从我的故事中你也许已经看出，我是一个爱走极端的人，我想在母亲百年归西后还找不到一种解决包括人生和哲学在内的所有障碍的方法或门径，我会很果断地扼杀掉自己生命的！我想那并不是一件困难的事，整个过程将会像给一台工作的机器拔掉电源一样简单轻松。但中国人自来避讳死亡，从来就对自杀抱有偏见，我怕说出来吓坏了母亲，所以我对母亲说我要去当和尚。不料母亲竟对我的谎话信以为真，认真地思索一番后，以一个过来人的饱经沧桑的神情点了点头，叹息似的说，好，出家好，出家六根清净，也免得遭受这尘世的苦悲！

我苦笑着摇了摇头，不知道该说什么好，就像我在小说最后结尾的时候不知道该对你说什么好一样。我想像我这样的人在不知道该说什么的时候最好保持沉默。沉默是金，那我现在就放下笔回到我永久的沉默中去了。

沉默的世界，隧道一般黑暗⋯⋯

短篇小说

1945 年的湖

　　民国三十四年（1945 年）暮春一个薄阴的上午，一个剃头匠、一个骟猪匠和一个补碗匠，竟神差鬼使地携带着各自不同的行头，相继来到了鄱阳湖边一个叫石钮的村庄。修头不割卵，敲锅不补烂，这三种乡村匠人从来都是互相避讳不在同一场合出现的，但在 1945 年春末夏初那个特殊的季节，他们却不顾上千年的乡俗，同时出现在了石钮。他们的到来有如一道诡异的风景或者某种神秘的暗示，在给沉闷的湖边村庄带来一阵活泛和惊喜后，顿使长年生活在水边的人们感到了一种深深的忧悒和不安……

剃头匠和村长罗伯骏

　　首先到来的是剃头匠。

　　当剃头匠挑着担子晃晃悠悠地出现在北村口的时候，村长罗伯骏正独自一人弓身在村头的大树下烧着道符和纸钱。这几天村长罗伯骏的眼皮又跳了，又梦见鄱阳湖里那条大黑鱼在朝他呜呜地哭泣了。所以他一早就去求了道符来，合着纸钱在村头焚烧。他想安慰鄱阳湖里的鱼魂，也想安慰一下石钮的那些冤魂。村长罗伯骏一直弓腰烧着纸钱，看着道符上那些祈求安宁的曲曲弯弯的字符在火焰中渐渐隐去，化作轻烟升上天空后，这才慢慢直起腰来。这样他就看见了剃头匠，看见剃头匠戴着一顶破旧的大草帽，将整个脸孔都遮住了，正闪悠着剃头挑子向村里走来。村长以为是前几年经常到石钮来给村人剃头修面的那个"张带诏"，于是就很随意地跟剃头匠打了个招呼：

来了？

来了。

可当那个剃头匠仰起头来，在大草帽下露出嘴巴和眼睛时，罗伯骏才发现这是一张很年轻的脸，远比"张带诏"那张苦瓜似的老脸要光鲜英俊得多。罗伯骏想，张带诏在鄱阳湖边做了几十年的剃头生意，风里来雨里去，辛苦了一辈子，也该让他的后人来接替他的手艺了。至于那个年轻的后生究竟是"张带诏"的儿子还是孙子，罗伯骏没有问也懒得问，他只在那半新不旧的剃头挑子上扫了一眼，就收回目光斜靠在旁边的石碾上，对着辽阔的鄱阳湖想起了自己的心事。作为有上千人口的石钮的村长和族长，近几年来罗伯骏老是心事重重的，老是有想不完的心事。其实村里人都知道，那不光是村长罗伯骏一个人的心病，也是他们骨子里的一个剧痛。

1945年暮春那个薄阴的上午，来历不明的剃头匠就这样在村长罗伯骏的默许下，轻易进入了石钮，并在村中十字路口的墙根下摆开摊子，向村里的大人小孩招揽起了生意……

补碗匠和疯子

补碗匠进入石钮的路线与剃头匠恰恰相反。补碗匠是从南村口进入石钮的，而且是打着"啪啦啪啦"响的铁莲花落，吆喝着

"补缸子补坛子补碗喽——"的生意号子大摇大摆地走来的。最先发现补碗匠的不是别人，就是那个长年风雨无阻地站在南村口对着鄱阳湖发呆发傻的疯子。

疯子是在民国二十八年（公元 1939 年）秋天那场突然袭临的劫难中疯的。疯子疯了以后什么事都不干，就成天站在南村口一脸焦急地望着浩浩荡荡的鄱阳湖，对着湖上穿流过往的渔筏舟楫叽叽咕咕喃喃自语。

那天，许久没有在村头响起的铁莲花落似乎唤起了疯子对往昔生活的某种记忆，他把悠远的目光从鄱阳湖上收回来，落在了补碗匠手里翻飞的铁莲花落上。疯子呆滞的双眼里陡地闪出了一丝亮光。疯子跑到路中间拦住补碗匠，抓住他肩上的扁担直愣愣地问：

你看见我的兰花花，看见我的狗娃了吗？

补碗匠好像知道疯子的事，说你家兰花花和狗娃回家了，你也回家吧。可疯子却拽住他的扁担不放，忸怩着身子嘻嘻地笑，说你去给我家兰花花补碗，给我家狗娃补碗！

补碗匠一怔，但随即就和善地笑了起来，点着头说，好吧好吧，我去给你家兰花花补碗，给你家狗娃补碗。

补碗匠就这样被疯子拖着拽着进了石钮。补碗匠进村后做的第一桩生意就是给已经疯了好几年的疯子家补碗。

骗猪匠和寡妇

骗猪匠是在什么时间从什么方向进入石钮的，没有人知道。当私塾先生郭崇儒发现骗猪匠的时候，骗猪匠已在村里了。当时郭先生正在学馆背后山坡上的茅房里解手，他嘴里衔着红布裤带提着裤头从茅房里出来，刚一抬头就撞见了骗猪匠。骗猪匠穿着一件白府绸短衫，手里捏一柄寒光四射的锋利小刀，冷不丁堵在郭先生面前，把郭先生吓了一大跳。郭先生提着裤头连退几步，望着骗猪匠惊恐地说，你……你要干啥？

骗猪匠把小刀在郭先生面前晃了晃，又从肩上的褡裢里拿出一把纤细锃亮的铁钳，在空中拧出一声金属脆响，说先生你别怕，我是来骗猪的。

骗猪？郭先生皱起了眉头，这里全是学生，哪有猪给你骗噢？

骗猪匠却呵呵笑起来，说人不听话也可以骗骗嘛！说着就举起那把纤细锃亮的铁钳，在头顶拧出一串悠扬的金属的响声，转身往山下的村里走去了。郭先生嘴里衔着红布裤带手里提着大裆裤头站在苍翠的山坡上，愣愣地望着骗猪匠渐渐远去的白衣飘飘的身影，许久回不过神来。

骗猪匠进村后首先在十字路口看见了剃头匠。当时剃头匠正把一个七八岁的小男孩的头按在搪瓷盆里搓洗，远远望去给人的感觉似乎他在淘洗一个大地瓜。之后剃头匠就把小男孩的头从盆里捞起来，在他脖子和身前围上一张不知是白色还是灰色的布巾后，开始在盆架的牛皮搭片上蹭磨剃刀。躲在远处的骗猪匠看见剃头匠在蹭磨剃刀的时候显得有些心不在焉，他手贴皮实光亮的牛皮搭片上下滑动，但眼睛和心思却不在剃刀上。他扭着头四处探望着，仿佛在寻找或者观察着什么。

骗猪匠皱着眉头想了想，冷冷一笑，便转身离去了。

然后，骗猪匠就在旁边一条幽深的小巷里看见了补碗匠。补碗匠的挑子放在墙根下，人却坐在疯子家低矮的门槛上，正虾米似的弯着腰摆弄着脚前一大堆破碎的瓷片。补碗匠把一些带花纹的瓷片挑出来，放到左脚边，又把一些不带花纹的瓷片挑出来，放到右脚边。补碗匠指着左边带花纹的瓷片说，这是兰花花的，然后又指着右边不带花纹的瓷片说，这是狗娃的。蹲在两堆碎瓷片前面的疯子嘻嘻地笑个不停，拍着污脏的手兴奋地喊：兰花花，狗娃！我的兰花花，狗娃！

疯子身上的家织土布衣裳又脏又破，裤裆已经裂开了一个硕大的口子，一蹦一跳间，他青灰的腿根就从裂口里露了出来。

站在巷口将这一切尽收眼底的骟猪匠不觉摇头笑了笑，拧着他手里那支纤细锃亮的铁钳，在一声声金属悠扬的脆响中走开了。

直到这天下午，骟猪匠在村里转了一大圈后，最后才在湖边的寡妇家里找到了活干。但不是骟猪，而是骟鸡。寡妇家里出了一只情欲旺盛的大红公鸡，从早到晚不停地追撵着小母鸡交尾，把小母鸡们娇嫩的凤冠都啄破了，年轻的雌背都踩烂了。寡妇看着心烦，就叫骟猪匠来骟它。骟猪匠也不嫌活小，利索地脱了身上水亮的白府绸短衫，挂在寡妇家院里的梨树丫上，然后甩开用破渔网捉来那只大红公鸡踩在脚下，用小刀切开它绵薄的肋腹，伸进手指去抠出一个拇指大的肉球来一刀阉了，扬手扔到了篱笆外面。

这天黄昏的时候，几个被剃头匠刮成清一色瓦片头的小男孩到湖边玩水，他们都看见寡妇家那只趾高气扬的大红公鸡突然变得委顿起来，肋腹上粘了一撮血糊糊的绒毛，哀哀地呜咽呜叫着，绕着篱笆丧魂落魄地游走……

赣江码头和小男孩

夕阳辉映下的南昌古城和赣江码头突然沉寂下来。在赣江如同历史碎片一样沉重闪烁的古铜色波光中，往日那一艘艘在江面上穿梭不停的大木船和小火轮全都不见了，那一声声在暮色中黄牛般哞叫的苍凉悠长的汽笛也听不着了，整个赣江码头和宽阔的江面上烟锁雾迷，笼罩在一派肃杀的冷清和令人心悸的滞重与诡秘中。

这天深夜的时候,家住戆江码头附近的一个小男孩被尿憋醒,像往常一样摸索着爬过他父母沉睡的身体,在晦暗中半闭着眼梦游似的走出了家门,站在岸边弯翘着身子迎着夜风往江里撒尿。可他刚撒了几滴,就平地响起一声炸雷,一个头上长了两个小翅膀的怪物飞扑到他面前,把一个雪亮尖利的东西刷地刺向了他双手端着的小鸡鸡。小男孩吓得"哇"的一声哭叫起来,提着裤头就往家里跑。

这天晚上,小男孩把剩余的尿水全都撒到了床上。

第二天早晨,当码头附近的居民在从未有过的清寂和沉闷中醒来时,才惊愕地发现码头上已三步一岗五步一哨地站满了全副武装的日本兵。他们枪尖上的刺刀在熹微的天光中灼灼闪亮,他们幽蓝的钢盔下两个护耳的布片被清晨的河风吹起,像鸟翅一样地在脸颊旁边扇动。而薄雾笼罩的江中央,已停泊了一个山脊楼宇般巍然耸峙的庞然大物。

太阳升起来,照亮了江面也照亮了庞然大物。那天,南昌古城的不少居民都在炫目的阳光下,看见了一串血红的"神户丸号"字样和一面同样血红血红的太阳旗,在南中国辽阔苍茫的江天之间骄纵地闪烁飘扬……

骗猪匠、 寡妇和鱼老鸹

骗猪匠蹲在院地里骗鸡的时候,寡妇一直倚在后边的门框上看他。寡妇穿了件阴丹蓝的斜襟褂子,脑后坠着乌黑油亮的圆髻,那副斜斜地交叉着两腿把双手背到身后倚着门框看人的模样,显得既乖巧可爱又幽怨动人。

可那只大红公鸡却被骗猪匠踩在脚下,拍打着翅膀发出惊恐的尖叫。

寡妇看着骟猪匠麻利的动作、健壮的身体和那件挂在梨树枝丫上的水亮的白府绸短衫，不由想起了她害痨病死去的男人，止不住一阵心神恍惚。当骟猪匠端着血淋淋的双手擦着她的胸脯进屋去冲洗的时候，她感到那个禁锢锈蚀了许久的阀门在这一擦之间被骤然打开了。她的胸脯像充气似的鼓胀起来，把她的整个身体都涨满了。她不敢扭头去看骟猪匠。她直愣愣地望着梨树枝丫上那件像水一样在晚风中抖动的白府绸衫，益发地心神不定，精神恍惚。然后她就感觉到骟猪匠正在腰后的裙子上擦着湿漉漉的双手向她走来。她呼吸急促，几乎都要堵塞了。她倚着门框望着那件白晃晃的绸衫，近乎呻吟地问道：

多……多少钱？

我不要钱。

那……那你要……要啥？

骟猪匠不说话，只是将热烘烘的鼻息一股股地喷到她的后颈窝上。她紧张得浑身梆硬，身上像戳破了皮的水蜜桃似的汁液四溢。

黄昏的时候，到湖边玩水的几个小男孩都听见了寡妇充满激情的欢叫。

天黑尽后，骟猪匠从寡妇凌乱的散发着男女混合气息的床铺上坐起来，要寡妇帮他找个驾船的好手，载他到鄱阳湖里看夜景。

寡妇一副意犹未尽的样子，双手缠着骟猪匠的腰说，这黑灯瞎火的，看啥夜景呀？我还比不得那一湖冷冰冰的水么？

骟猪匠下床穿上他那件水亮的白府绸短衫，摸出一块亮铮铮的银圆放到寡妇的床头柜上，说我看了夜景回来再给你两块。

寡妇瞟着那银圆，忽闪着一双毛乎乎的桃花眼嬉笑说，你骟鸡都不收钱，我骟人还好意思收钱么？

骗猪匠抚着她的脸蛋说，骗鸡哪能和骗人比呀？骗人费工夫，功劳大。然后就拈起那枚银圆，塞到了寡妇的草席下面。寡妇只得下床穿上衣服裤子，带他去巷口找鱼老鸹了。

可骗猪匠刚跨出门槛又返回身去，把放在床脚下的褡裢拿起来搭在了肩上。寡妇倚在门边盯着他笑，说看夜景还带你那劳什子干啥？骗猪匠就走上去捏着她丰腴的后臀说，要是碰上像你这样的母骚鱼，我就一刀骗了它！

住在巷口的鱼老鸹是石钮的捕鱼高手，也是鄱阳湖远近闻名的驾船能手。可鱼老鸹却对骗猪匠夜游鄱阳湖的计划不感兴趣，反倒介意起骗猪匠和寡妇的关系来。鱼老鸹瞟了白衣胜雪的骗猪匠一眼，回头黑着脸问寡妇，这人是你谁？我怎么从来没有见过？

骗猪匠不等寡妇回答，就自己走上前去，把两块沉甸甸的银圆放到了鱼老鸹粗糙的大手里，笑着说，我是她娘家的表哥。早就想来看看她，看看鄱阳湖了。这事就麻烦你了。

鱼老鸹皱着眉头掂了掂手里的银圆，用他那野茅草一样割人的目光恶狠狠地瞪了寡妇一眼，就转身扛起倚放在窗边的棹片就向屋外走去了。寡妇一直抱着膀子站在朦胧的菜油灯光里望着鱼老鸹笑。鱼老鸹迈向鄱阳湖的脚步中就有了一种怒气冲冲的味道。

寡妇在鱼老鸹屋里转着圈子，收起几件又脏又臭的衣服夹在腋下，然后一手端起饭桌上的菜油灯盏，一手捧了摇曳闪跳的灯焰走出门去，照着脚下悠长的巷路回家了。

可寡妇刚迈上自家的院门梯坎，一个黑影就从她家里跑出来，与她撞了个满怀。寡妇吓得一个哆嗦，手中灯碗里的菜油簸漾出来洒到了地下。寡妇赶忙护住油灯去照那黑影的脸，竟是白天在村中十字路口给人理发的剃头匠。寡妇惊怪不已，大眼瞪着他说，你一个剃头匠，黑灯瞎火地跑到我家里做啥？

剃头匠在晃荡的灯影里讪讪地笑，对不起大妹子，我……我走错门了。

走错门了？寡妇捧着幽幽燃烧的菜油灯碗，望着在夜色深深的小巷里慌慌走去的剃头匠，不觉皱起眉头嘀咕道：这就怪了，村里那么多人家，怎么偏偏走错我家的门呀？

补碗匠、疯子和私塾先生

那天午后，疯子一直抱着打满铜条补丁的细花大瓷碗和那只没有花纹的小白瓷碗，趿拉着一双烂布鞋，跟着补碗匠在村里东游西窜。补碗匠走在前头"啪啦啪啦"地打着铁莲花落，喊着"补缸子补坛子补碗喽"的号子招揽生意，疯子就跟在他的挑子后面一路小跑着嘻嘻地笑个不停，逢人就把掩藏在怀中的两个补好的旧瓷碗展现出来，两眼闪烁着亮光喜滋滋地说：兰花花，狗娃，我的兰花花，狗娃！

天擦黑的时候，补碗匠拖着疲乏的身子去村中的学馆投宿。疯子又从破烂的衣襟里露出那两个宝贝似的旧瓷碗来，凑上去对私塾先生郭崇儒神秘兮兮地说，你看，我的兰花花，我的狗娃回来了，他们回来了！

郭先生悲悯地抚了抚疯子蓬乱污垢的头发，像在抚着自己可怜的儿子似的不停地摇头叹气。

安顿下来后，补碗匠就礼节性地去拜访郭先生。在那间被郭先生取名为"长恨斋"的洁净雅致的静室里，吧嗒着兰花烟的补碗匠看见了许多陈旧发黄的线装书籍，看见了书法遒劲飞扬的"达则兼济天下，穷则独善其身"的条幅。甚至，补碗匠还在书橱一角发现了一张用玻璃镜框装裱的宣统年间秀才乡试的"策论"考卷。补碗匠凑近前去细看，即刻就被考卷里那纵论天下大事和国家兴旺匹夫有责的磅礴气势震慑了。

农民似的吧嗒着兰花烟的补碗匠鼻端不由飘起了一股馥郁的书香之气，他凛然感到，外面千里万里的大好河山都在郭先生的这一间静室里了！

补碗匠不无感慨地回头赞道：郭先生真乃博学慷慨之士啊！

郭先生却凄然地摇头苦笑：我生不逢时，一不能兼济天下，二不能独善其身，纵是博学又有何用？

所以先生长恨在心？

国破家亡，僵卧孤村，我岂能不恨？我焉能不恨?！

补碗匠默然肃然，许久无语。

这天晚上半夜的时候，补碗匠在客房里一觉醒来，却发现睡在旁边草铺上的疯子不见了，窗外的静夜里隐约传来了歌啸之声。补碗匠披衣出去，竟在学馆背后的小山坡上发现了疯子和郭先生。明亮清幽的月光水泻似的洒满山坡，郭先生正乱发纷披地挥舞着他宽大的袍袖慷慨悲歌，而疯子则在旁边应和着郭先生的歌啸兴奋地蹦跶着，对着山下的鄱阳湖"喔喔"地吼叫。

……靖康耻，何时雪，臣子恨，何时灭……壮士饥餐胡虏肉，笑谈渴饮匈奴血……待从头收拾旧山河，朝天阙！

喔——喔——喔——

午夜的长风把郭先生悲愤的歌啸和疯子"喔喔"的吼叫送上清寂的月空，送向浩渺的鄱阳湖，送往冥冥的历史烟尘中死不瞑目的祖先亡灵。

鄱阳湖风生水起……

村长、崇真道人和老爷庙

村长罗伯骏沐浴着清朗的晨曦站在临湖的阁楼上，忧郁地望着剃头匠挑着担子出了他家的院门，往村中的十字路口走去。

昨天晚上，村长罗伯骏在闲聊中有意无意地与这个前来投宿的剃头匠谈起了"张带诏"。从这个年轻匠人的含糊其辞和躲闪的目光里，罗伯骏已经知道他不是"张带诏"的孙子，更不是"张带诏"的儿子。最后剃头匠只得说他是湖口李庄的人，学剃头已经有好几年了，只是从来没有到过石钮而已。可罗伯骏几天前才去湖口李庄他的老岳母家里住过，他搜遍记忆，也没有在李庄的各色人中找到一个学做剃头活的年轻人。罗伯骏疑虑顿生：这个剃头匠为什么要谎称湖口李庄人呢？他究竟从何而来？他来石钮真是剃头吗？自从几年前那件事发生之后，就变得有些神经质的石钮村长罗伯骏心里不由咯噔一下，瞬时就像雾蒙蒙的鄱阳湖似的漫上了一层不祥的阴影。

　　太阳升起来驱散了湖里的雾霭后，解不开心头疙瘩的罗伯骏便像往昔一样走下阁楼来到湖边，独自摇起一只半旧的小船，悄然划向了对面的落星山。

　　山上有颗星，星上有座庙，庙里住老爷，老爷陪老道。这是鄱阳湖方圆几百里都在流传的古老民谣，这民谣说的就是石钮对面的山、对面的庙和在庙里修行的莫测高深的白发老道。

　　在石钮有个代代相传的说法，说是在许久许久以前，鄱阳湖浊浪滔天，瘟疫肆行，再加上一伙强盗盘踞在对面山上，杀人越货，残害无辜，致使周围的草民百姓天灾人祸不断，生活在水深火热之中。一天，村中一个从十八岁起就守寡的寡妇唯一的儿子也被强盗杀掉了，寡妇绝望之下仰对上苍大叫三声：天老爷呀，你咋不睁眼看看啦？咋不睁眼看看啦?! 便悲愤地投湖自尽。这天晚上，忐忑不安的石钮人在睡梦中突然被一片闪烁刺眼的亮光惊醒，当他们还没明白是怎么回事的时候，外面就传来了一声惊天动地的轰隆巨响，他们脚下的土地和头顶的房屋全都剧烈地震颤和摇晃起来。外面的世界一片黑暗，风雨雷电接踵而至，撕裂的炸雷声和倾泻的暴雨声充斥天地，燥热的空气中肆虐弥漫的恶臭和腥气让石钮人头晕目眩呕吐不止，甚至有些人还被熏昏过去。风雨雷电过后，天色渐亮，石钮人胆战心惊地走出屋去，这才发现院中落满了黑色的淤泥，屋顶上、树枝上和墙头上挂满了丝丝缕缕的水草，甚至还有尺多长的湖鱼在泥水汤汤的场院里蹦跳打挺。村民们来到湖边去，看见昔日阴沉黑暗浊浪滔天的鄱阳湖已经变得清澈透明一片宁静，而对面山坡上的强盗茅寨已渺无踪迹，代之而起的是一块半截埋在土里半截露在地上的巨大黑石，正在初升的阳光照耀下闪烁出赤烈烈的精黑的亮光。石钮人不觉呼啦一声全都跪伏在湖边上，对着那块峥嵘黑石泪雨滂沱地高声呼喊：天老爷显灵啦，天老爷显灵啦！

后来，一个皓发银须的老道就出现在了对面山上，用他募化一生的全都积蓄给那块黑色天石修盖了一个气势恢弘的大庙。这座庙宇在鄱阳湖方圆几百里都堪称独树一帜，奇诡绝妙：无论你从哪个方向哪个角度观察，它都一模一样，都是一个正正尖尖的三角形，那直立和挺拔的姿影如同一个牢不可破的支点，巍然屹立在鄱阳湖边，屹立在山水和天地人心之间。

再后来，石钮人就把对面的山叫做了落星山，把那座奇特的三角形古庙叫做了老爷庙。无论日月怎么流转，朝代怎么更换，那神秘的三角形古庙里总有白发银须的老道代代传承，用虔尽一生的守候对那天石顶礼膜拜，潜心供奉。

而在1939年秋天那场突如其来的灾难洗劫石钮后，落星山和落星山里的老爷庙，更是成了石钮人问厄解困的心理倚靠。

1945年暮春那个风和日丽的上午，当石钮的村长和族长罗伯骏摇着小船满腹狐疑地来到老爷庙时，那个不知是多少代传人的道号崇真的老道士已盘腿坐在黑石前，正手捧太极闭目诵经。崇真道人绵密的诵经声唤起了罗伯骏对刚刚逝去的春天的回忆，他似乎重又看见了石钮后山坡上那漫山遍野的金黄的油菜花地和在油菜花地里嗡嗡飞舞的忙碌的蜂群。他益发地心事重重，忐忑不安了。

三天之后，当年迈体弱的罗伯骏在鄱阳湖的惊涛骇浪中渐渐沉没，在生命的最后一刻回忆起这天他拜访崇真道人的情景时，他只记得崇真道人在漫长的嗡嗡声中诵完经后，对已在旁边站了一上午的他什么也没有说，甚至连眼皮都没抬一下，就满脸忧戚地顾自低声嘀咕起来：石头又出汗了。

罗伯骏伸手摸了摸那块黑色的天石，果然在它上面摸到了一层汗津津的冰凉的水液。罗伯骏心头一紧，旋即像眼前这块巨石似的沉重冰凉起来。

石头又出汗了，石头又出汗了！……

这天午后，随着村长罗伯骏的驾船而归，几乎所有的石钮人都在惊慌地相互传递着同样一句话。这句出自老爷庙白发高道的嘀咕仿佛一个诡异可怕的谶语，霎时将整个石钮投进了一种莫名的惊恐和惶悚之中……

神户丸号和小男孩

"神户丸号"像一匹阴沉的巨兽卧在江中央，使南昌古城的居民感到一种从未有过的沉重与压抑。

那个家住码头附近曾经受到惊吓的小男孩再也不敢到江边撒尿了。

在此后接连两天被尿憋醒的深夜里，小男孩都在滞重的静寂中听见外面的街道上和码头上传来奇异的响动。那是许多大皮鞋踩在石板路上的杂沓之声和压低嗓音的窃窃语声，还有就是皮鞭抽在人体上发出的沉闷的鞭笞声和痛苦的呻吟声。小男孩很想起

303

身推开窗户看看外面究竟发生了什么事，但他不敢。他惊恐地想起了昨天晚上扑面而来的怪影和捅在他小鸡鸡前闪亮的刺刀。他只得扭头偷偷地去看父母。他发现父母也像他一样醒着，双眼在黑暗中幽幽地闪亮，满脸疑惑和惊惧地倾听着外面的动静……

这天晚上，由于紧张过度昏然睡去的小男孩又把尿撒到了床上。

补碗匠、剃头匠和骗猪匠

当鄱阳湖上漫起黄昏的雾霭的时候，剃头匠推掉一个满脸络腮胡子的外村男人的修面要求，匆匆收拾起剃头摊子，准备再次到村长家去投宿。

可他刚踏上罗家院门前的石梯坎，就迎面碰上补碗匠从罗家走了出来。剃头匠侧身给他让道。补碗匠正闷头想着心事，看都没看他一眼。于是，剃头匠就站在石梯坎上，怔怔地看着补碗匠沿着半是阴影半是夕阳的村巷渐渐走远，直到拐向另一条小巷不见了人影后，他才回过头来，挑着担子进了罗家院门。

而这时，也准备前去拜访村长罗伯骏的骗猪匠刚好走到对面的巷口。他一看见剃头匠和补碗匠正在罗家院门前的梯坎上擦着身子一进一出，便收住了脚步。他躲在巷口的一株大树背后皱着眉头想了想，就折身往湖边走去了。他走到临湖的一段土墙下，见四下无人，就纵身一跃翻进了罗家后院。

然而让骗猪匠没有想到的是，他蹑手蹑脚摸到村长罗伯骏起居的上房时，剃头匠已在屋里了。骗猪匠透过门缝看见，剃头匠正在一片斑驳的黄昏光影中，与村长罗伯骏小声说着什么。

骗猪匠怕被人撞见，像一条泥鳅似的躲到旁边的牛房里去了。

行踪诡秘的补碗匠、剃头匠和骗猪匠就这样在 1945 年暮春那个同样诡谲的黄昏，相继拜访了石钮的村长和族长罗伯骏。他们都无一例外地向罗伯骏提出了一个相同的要求：请罗村长帮他们找五十条小船候用。究竟候什么用，他们都没明说，只说两天后罗村长自然就明白了。

罗伯骏没有答应但也没有拒绝，他只说春天还没有过去，现在整个鄱阳湖都处在休渔期，要想同时找来五十条小船，不是一件容易的事。

见罗伯骏模棱两可，先是补碗匠，后是剃头匠，最后是骟猪匠，三人都在同一场合不同的时间里露出了悻悻的神色。

然而让他们摸不着头脑的却是罗伯骏在他们背后说的那句话。那句话好像是对他们说的，好像又不是对他们说的。他们刚悻悻地转身，脚步还没有跨出门槛，就听见罗伯骏隐在屋内的晦暗中，仿佛隐藏在幽冥的历史深处似的在他们背后咕哝道：石头又出汗了，石头又出汗了……

也就在这天的黄昏和晚上，石钮陆续出现了几件怪事。从来不喂鸽子的石钮人竟在最后一抹霞光中，看见一只洁白的鸽子扑棱棱地从湖边寡妇家的屋檐下飞起来，绕着村庄盘旋一圈后，便顾自往西边飞去了。天黑尽后，那个曾被剃头匠拒绝了修面要求的满脸络腮胡子的外村男人摸到山脚的学馆背后，躲在院墙根下一声又一声地学起了猫头鹰叫。半夜时分，村长罗伯骏起来解手，路过后院的客房时竟听见了一阵"滴答，滴滴答……"的古怪声音。他走近前去贴着门缝往里瞅，竟觑见剃头匠耳朵上箍了两个圆坨坨，正坐在床前妖里怪气地摆弄着一个支棱着长长角须的小铁匣子。罗伯骏旋即像见了鬼怪似的脸色陡变，连尿都忘了屙，就跌跌撞撞地跑回上房，瘫坐在一张靠背木椅上满面惊恐地嘟囔：

出怪事了，出怪事了，石钮出怪事了……

南昌码头和小男孩

小男孩醒来后第一个下意识的动作便是将手伸到棉被里去探摸裤裆。他摸到了一片湿热并闻到了一股刺鼻的尿臊味，他知道自己又尿床了。他羞赧地坐起身，把眼睛嵌在窗缝里往外张望。他惊奇地发现那艘犹如巨兽般卧在江心的插着血淋淋的太阳旗的"神户丸号"日本运输船竟突然消失不见了，宽阔的江面上空空荡荡的不见一只舟楫帆影，只有满江的碧水在初升的阳光照耀下静静地闪烁流淌。

像出窍的灵魂重又回到了身体里一样，小男孩顿感浑身轻松，先前那种总也驱之不去的小腹的胀痛感消散无踪。小男孩高兴地跳下床跑到码头上去，掏出自己的小鸡鸡，像一张拉开的小弓似的弯翘着身子，往晨雾蒙蒙的赣江里通畅地撒了一泡长尿。

然后，小男孩的目光就被散落在脚旁的几个碎瓷片吸引住了。他弯腰将它们捡了起来，在手里翻来覆去地看着。他发现这些碎瓷片比他家里打碎的那些碗片要细薄滑润得多，而且都有花花绿绿的山呀水呀树呀花呀一类的很好看的图案。他把瓷片举起来对着太阳照。那些破碎的瓷片即刻在他手里晶莹剔透起来，纤毫毕现地闪射着夺人心魄的亮光，而且那些山呀水呀树呀花呀全都活了似的，在他面前绿莹莹地晃动，水冷冷地流淌。

小男孩嘿嘿地笑了笑，扬手将一个瓷片往江中奋力掷去。那瓷片像顽皮的小精灵似的，在江面上轻盈地跳荡着连打了十几个"水漂"后，悠然陨落在了波光粼粼的江中央。

小男孩满意地嘘了一声口哨，这才将剩余的瓷片放进裤兜里去，转身跳跳蹦蹦地回家了。

那天，许多到江边转悠的南昌古城的居民都看见了小男孩在洒满阳光的码头上欢蹦乱跳的身影。他们望着空阔的江面和宁静的码头，长长地松了一口气。

消息与往事

石钮的气氛却越来越怪异紧张了。

人们发现，村中的十字路口已不见了剃头匠摆摊的身影，曲里拐弯的村巷里也听不着补碗匠"啪啦啪啦"的铁莲花落和他那拖长声调的"补缸子补坛子补碗喽——"的吆喝声了。至于那个住在寡妇家里的白衣飘飘的骟猪匠，竟丢弃了那支时刻捏在手中能拧出悠扬脆响的铁钳子和随身携带的布褡裢，开始急急慌慌地在村里四处游窜，东家进西家出，一出院门就大声地骂娘，甚至还恶狠狠地说，总有一天老子要带人来杀你们！杀了你们！

这天中午的时候，鱼老鸹突然怒气冲冲地闯进寡妇家里，揪住她就扇她的耳光。寡妇与他对打起来，在他脸上抓出了一槽深深的血印子。最后，愤怒的鱼老鸹拽住寡妇脑后的圆髻，将她拖到了村长罗伯骏家里。鱼老鸹把寡妇扔到罗伯骏足前，一脚将她踢跪下去，指着她吼道，你说，你给村长说！不说我打死你！寡妇看了村长加族长的罗伯骏一眼，抹着泪水回头瞪着鱼老鸹嚷道，你又不是我男人，你凭啥打我呀？鱼老鸹举起拳头，老子就打，就打你这个下贱的东西！村长罗伯骏摆摆手，要他们不要闹了，有啥话好好说吧。于是，寡妇就呜呜咽咽地将她从骟猪匠嘴里探来的一个消息告诉了罗伯骏。罗伯骏一听就傻了，泥塑木雕似的瘫靠在神龛下的靠背木椅上。恍恍惚惚中，他仿佛重又听见那条鄱阳湖的大黑鱼在朝他呜呜地哭泣了，仿佛重又回到1939年那个灾难的秋天了……

1939年秋天，进占南昌的日军沿赣江北上，进入鄱阳湖扫

307

荡，竟将石钮的镇村之宝，那个至少在村里传承了两千多年且早已灭绝的远古鄱阳鱼化石劫走了！这件由村长和族长家代代传承且虔诚供奉的远祖宝贝，是整个村庄和所有村民心中的信仰和倚靠。在过去那些岁月里，鄱阳湖有什么三灾八难，只要石钮人祭出这件宝物就会逢凶化吉：天旱会落雨，畜瘟会消失，人病会痊愈，就是出湖打鱼的亲人遇上了狂风暴雨，只要把宝物抬到湖边去焚香祭拜，亲人就会平安归来。然而在 1939 年那个萧瑟的秋天里，日本鬼子却从村长罗伯骏家掠走了那件宝物。日本鬼子好像知道这件宝物似的，一进村就直扑罗家，直闯罗家祭奉的屋堂，十几支三八大盖上插着寒光四射的刺刀，冷森森地逼住罗家人。两个日本兵的手刚一接触到神龛上的鄱阳鱼化石，村长罗伯骏就惊呼一声，倒在地上昏厥过去。之后日本鬼子又跑到村中的学馆里去朝着万世师表的孔圣人撒尿，跑到落星山老爷庙的天石上去拉屎！甚至还有七八个野兽一样的日本兵在湖边拦住割猪草回来的村里年轻漂亮的小媳妇兰花花，在沙地上把她糟蹋了。当兰花花的儿子狗娃哭喊着扑向母亲时，一个小鬼子竟开枪打死了奄奄一息的兰花花，另一个小鬼子则用刺刀捅了狗娃，把他挑在枪尖上扔进了湖里！

在湖里打鱼的兰花花的丈夫福贵仓皇赶回来，当场就疯了，哇哇大叫着扑向女人的尸体，又哇哇大叫着转身扑到了湖里……

石头滴水了

午后的阳光像静穆的锡箔纸似的凝固在石钮的每个角落。人们先是看见鱼老鸹捏着一柄钢叉急如星火地跑出了南村口，随后又看见村长罗伯骏神色慌张地划着小船去了对面的落星山老爷庙。村人们站在屋檐的阴影里，默默地注视着那个为了石钮不停奔忙的孱弱的身影，眼里都充满了一种忧郁的期望。可村长罗伯骏随后带回来的消息却让石钮人感到了前所未有的凄惶与恐慌。老爷庙里那位过去对石钮人总是有求必应的白发老道，在听了罗伯骏邀他到村里去做祈福禳灾的周天大醮道场的请求后，竟破天荒拒绝了。他结束了三天三夜从未中断的嗡嗡嘤嘤的诵经声，从低垂的长寿眉下抬起苍老的目光，满脸忧戚地对罗伯骏说：

石头滴水了。石钮要沉入鄱阳湖了。

虽然崇真道人的话像谶语似的布满玄机，但石钮人还是一下就听懂了。他们知道，只要老爷庙里的石头一出汗，石钮就不太平了；而一旦石头开始滴水，那鄱阳湖就必定灾祸临头了！

接下来发生的血腥事件，更是将石钮人推入了恐惧与绝望之中。

闷声不响的补碗匠通过私塾先生郭崇儒秘密搞来五十条渔船，用铁链锁着隐藏在山弯背后的芦苇荡里，但却在这天午后被一伙突然出现的来历不明的蒙面人劫走了，并且将三个看守船队的渔民打死在芦苇荡里，鲜血和脑浆漂满了河汊水巷，吸引来大量的鱼群绕着尸体疯狂地游窜啄食。

然后从不互相照面的剃头匠和骟猪匠就在村里发生了火并。起因是骟猪匠趁着劫船事件在村里引起的恐慌与骚乱，偷偷潜入村长罗伯骏家的后院，准备去破坏剃头匠那个能发出"滴滴答答"声音的铁匣子，却被躲在门背后早有防备的剃头匠突然闪跳出来用枪抵着了腰眼。骟猪匠不甘心受制于人，便反身过来夺剃头匠手里的枪，剃头匠只得向他搂了火，把他打死在了罗家的客房里。被突然而起的枪声惊动的罗伯骏慌忙跑到客房，一见剃头匠手里还在冒烟的枪口和躺在血泊中的骟猪匠，禁不住一屁股跌坐在泥地上，脸色像死人似的苍白可怕：

石钮沾上了血光，石钮要遭灾了！石钮要遭灾了呀……

伏　击

西山背后激烈的枪炮声就是在罗伯骏跌坐在屋地上仰天长叹的时候突然响起来的。由于午后的空气潮湿而又滞重，那枪炮声越过石钮西边的山峦叠嶂传到村里时，就显得有些迟缓和沉闷了，仿佛沼泽地里咕咚咕咚翻冒的气泡。可剃头匠一听见那沉闷的枪炮声就陡地兴奋起来，一脚踢开旁边的剃头挑子敏捷地跳出屋去，站在屋檐下有如一只亢奋的猎犬翕动着鼻子在空气中呼呼地寻闻着。他显然闻见了熟悉的气味。他禁不住对着村西硝烟雾腾的山脊哈哈大笑，一种谋略成功的快活与得意在他脸上肆意地奔放流淌。

村长罗伯骏则在剃头匠骄狂的笑声中惊恐地逃出了家门。他神情紧张，忧心如焚。他像一个破落的乡村先知似的趿拉着布鞋在村里四处奔走呼号，向他的村民发布着灾难的警报：

石钮要遭灾了！石钮要沉入鄱阳湖了！……

那天，几乎所有的石钮人都看见了他们的村长和族长在村巷里急急奔走的丧魂失魄的身影，都听见了他惊惶万端的近乎声嘶力竭的呼号。

然而西山背后的枪炮声却时缓时急，时疏时密，一直闹腾到太阳偏西也没有停息。就在石钮人聚集在村中的十字路口望着西山背后不断腾起的硝烟火雾惊怔惶惑的时候，那个曾在村里出现过的满脸络腮胡子的男人浑身血污地跑进村子，跑过众人的面前，直奔山脚下郭崇儒的私人学馆。接着，紧随其后跑到学馆的石钮人就看见他像一个小孩似的扑倒在补碗匠的面前，失声痛哭。石钮人都在隆隆的枪炮声中清晰地听见了他泣不成声的述说：他们的队伍奉命往石钮潜伏时，竟在笔锋峡被深入日占区的"国军"

特遣队打了伏击。他们拼死拼活好不容易撕开一个口子冲出峡谷后，又遭到了卧牛山土匪的袭击。现在三股人马都打红了眼，谁也不让谁，像一群凶恶的鳄鱼死缠烂咬在一起，打死打伤的人在山坡上和山沟里躺了一大片……

也就在这时，从村中消失的鱼老鸹突然沿着村南的湖边小路满头大汗地跑进了村里，他带回来的消息更是让惊惶不安的石钮村民们震骇不已。村民们一窝蜂似的跑到湖边抬头南望，果然就在一片灿烂的云霞和一片波光粼粼的水天之间，看见了那艘已被村民秘密传说得神乎其神的日本运输船，看见它正从那片金光灼灼的云蒸霞蔚中白亮亮地驶出，向着石钮向着落星山向着他们面前的水域气昂昂地驶来！

跟着村民跑到湖边的补碗匠一见那艘插着血淋淋太阳旗的日本运输船，就不由得两眼一黑栽倒在湖边的沙地上。只有站在旁边的寡妇听见了补碗匠栽倒之前那痛心疾首的仰天浩叹：

完了，完了！全他妈完了……

神户丸号与鄱阳湖

驻扎在九江的日军师团长山下提昭，是在第二天早上得到"神户丸号"在鄱阳湖落星山水域突然失踪的消息的。山下提昭不由大惊失色："神户丸号"执行日本陆军部的命令，在南昌装载了近几年日军在中国南方诸省劫掠来的大量金银珠宝和古玩字画，准备经鄱阳湖出长江，运回日本。它虽然看起来好像是一艘民用运输船，但实际上是经过精心改装的军用舰船，不仅装备了强大的火炮，还配备了一个中队的兵力，足以抵御一个营甚至是一个团的兵力的进攻，怎么可能在鄱阳湖里突然失踪呢？师团长山下提昭百思不得其解，最后只得亲自率领一个大队的日军，乘坐着十多艘巡逻艇风驰电掣般地扑向了鄱阳湖。

当他们气势汹汹地赶到落星山水域时，却呆住了。他们发现湖里一派祥和安宁，满满盈盈的湖水清澈透明，在春末夏初明媚的阳光照耀下悠悠然然地无边无际地荡漾着，好像什么也没有发生过一样。但敏感的师团长山下提昭还是感觉到了一丝异常。他耸动着鼻子在空气中寻闻着，问旁边的中国翻译，这是什么气味？怎么这么腥臭啊？中国翻译也耸动着鼻子在空中闻了闻，说，好像是湖水的臭味。山下提昭皱起了眉头，湖水有这么臭吗？这是腥气！令人恶心的腥气！见翻译愣愣地答不上来，山下提昭便把戴着白手套的右手往湖边的石钮一挥，吼叫道，到村里去！把村民统统地集中起来，问问他们都看见了什么？

坐落在湖边山脚下的石钮掩映在一片初夏的翠绿中阒寂无声，远远望去，只见一些黑瓦白壁的村舍和破烂的渔网在阳光下灼灼闪亮。可当山下提昭带着军队登上湖岸往村里扑去时，寂静幽深的村巷里却突然拥出一大队送葬的人来，幡幛飘飘，唢呐悲鸣，惊天动地的哭泣声像暴涨的湖水似的向他们迎面扑来。

那丧队中竟同时抬着七八具棺木！

为首的便是村长罗伯骏又黑又亮的黑漆大棺，然后就是郭崇儒、鱼老鸹、寡妇和疯子等人的棺材。而那个走在丧队最前头的披麻戴孝的汉子，便是昨天黄昏仰天浩叹昏厥在湖边的补碗匠。

山下提昭抽出军刀架在补碗匠的脖子上，问他们什么的干活？补碗匠悲切地说，我们在给死去的人送葬。山下提昭看看补碗匠，又看看那些棺材，把军刀往下摁了摁，问他怎么一下就死了这么多人？血从补碗匠的脖子上流下来，染红了他肩胛上白色的孝衣。补碗匠看也不看山下提昭，只对着眼前接天连地的鄱阳湖淡淡地说，天时不济，人害瘟病，有几个抵得住这生死之劫？山下提昭一怔，你们村里有瘟疫？补碗匠长叹一声，黯然地说，都流行好

312

些日子了，还有几个人在家里躺着，也快死了。山下提昭不由收回军刀用白手套捂住了鼻子，皱着眉头说，昨天下午你们看见一艘日本运输船从这里经过吗？补碗匠摇头，说家里的人都快瘟死了，我们哪还有心思去看啥船啊。山下提昭狠狠地瞪了补碗匠一眼，将军刀插回鞘中，转身走向湖边。这时，他才在湖边沙地上发现了曾经被涌涨的湖水淹没的痕迹，看见了一些僵死的鱼虾和螃蟹。他甚至还在村边的石头矮墙上和疏落的树篱上发现了丝丝缕缕的水草和其他叫不出名字的湖底植物。那股浓郁的腥气又一次迎面扑来，山下提昭禁不住打了个寒战，蹙着眉头呆在了岸边。

在他背后的村头上，突然又响起了呜呜哇哇的唢呐声和惊天动地的哭泣声。那个送葬的队伍重又抬着棺木举着幡旗挽幛，浩浩荡荡地往村后的山坡行进了。

山下提昭越过浩瀚的湖面，把目光投向落星山腰那座无论从哪个角度看都像一个三角形的古怪大庙。

当他们乘坐着巡逻艇赶到对面的落星山时才发现，老爷庙里的那个白发老道已经羽化了。虽然他的两个嘴角还残留着血丝，但却眉目舒展，情态安详，一副气定神闲的欣慰模样。他身旁那块巍峨的天石也早已收了汗，洁净亮堂，一如羽化的白发老道似的端庄安详……

山下提昭嗷嗷叫着，挥起军刀劈向已经羽化的白发老道，劈向那块巍然耸峙的精赤烈烈地黑色天石……

两天之后，山下提昭又奉日本陆军部命令，带着一个潜水队来到了落星山水域。他让十个潜水队员一齐下水，潜到鄱阳湖里去探察究竟。结果这十个潜水队员一潜入鄱阳湖，就像被吞没了似的没了消息。直到一个多小时后，平静的湖面上才突然"呼隆"一声冒起他们的潜水队长来。那潜水队长已吓得脸色苍白，浑身哆嗦，一上岸就疯了，哇哇大叫着沿着湖边沙地跌跌撞撞地奔跑……

　　三天之后，在离落星山水域十多公里且无水路相通的一个小湖里，一个年轻的农家女人驾船去湖里割草，竟在湖心的水草<u>丛</u>中发现了另外几个日本潜水队员的尸体……

开花的提琴

  幺嫂做姑娘时名叫玉琴。她嫁给幺哥后，我就改口叫她幺嫂了。

  幺哥和玉琴是自由恋爱的。在他们之前，我们村里还没有人自由恋爱过，也没有人知道啥叫自由恋爱。那时，几乎所有的青年男女，到了谈婚论嫁的时候，都要遵从老辈人传下来的规矩：父母之命，媒妁之言。说得通俗点，就是父母先得看上谁，然后再托媒婆去提亲，个人是不能擅做主张的。特别是女娃子，更不可抛头露面，自己去寻婆家。如果一个女娃子按捺不住了，自己去找男人，寻婆家，那是很招人耻笑的，会把祖先人的脸都丢尽的。乡下男女，必得有媒婆撮合，方能婚嫁。大致过程是：先由媒婆穿针引线，再由双方母亲组织起姑嫂姨婆等一大帮女人，选一个热闹的赶场天，各自带着儿女到街上去，趁着熙来攘往的人流"看人"，也就是相亲。经姑嫂姨婆品头论足后，如果双方都中意的话，还得选个黄道吉日，由女家的母亲，再带着姑嫂姨婆等人，到男家去踏看家境，川西平原俗称"新媳妇儿上门"。这时双方都无意见了，才可能坐下来商谈亲事：男方多大，女方多大，几年后成亲，彩礼多少，等等。正式将亲事定下了，被相中的小伙子，此后才有资格提着竹编的箢篼，装着酒肉和点心之类的礼品，去给未来的老丈人老丈母祝寿拜年。

"箢篼都要提烂几个！"这是川西平原的父母常说的一句话，意思就是从孩子定亲到成亲，中间有数年的岁月，孩子得数次提着"箢篼礼"，去给未来的老丈人老丈母祝寿拜年，破费不少。

可到了幺哥和玉琴这里，这个老规矩就没用了。他们没有经父母同意，也没有经媒婆穿针引线，就自己恋爱上了。

他们是小学同学，后来又一起到镇上去读初中。早就有村里人看见他们手牵手走在放学路上了，甚至还有人撞见他们假装割猪草，挎着猪草背篼，偷偷往娇艳嫩黄的菜花地里或高密翠绿的麻地里钻了。后来回到生产队里劳动，两人就更大胆了，栽秧要紧挨在一起，打谷要分在一组，有时生产队召集社员在保管室里开夜会，两人也要在暗淡的灯影里相互丢个眼色，悄悄跑出去幽会，在保管室背后的水沟边上，抱成一团，把嘴巴儿亲得啪啪地响。最有意思的是"大战红五月"的麦收时节，生产队请公社的人来放电影，热烘烘的晒坝上密密麻麻地挤坐了上千人，大家先还看见他们两人老老实实地坐在父母身边，仰着脖子津津有味地看电影，可到换片的时候，炽白的灯光突然亮起，将满晒场的人照得纤毫毕现，他们的父母把手搭在额头上，挡着强烈的灯光四下里找人，却再也找不着了他们的身影。他们已经偷偷跑出晒场，跑到坦旷的田野上去，坐在干酥酥的麦草堆里了。乡村的初夜遮着一层雾的轻纱，远处的田野和竹林既沉静又热情，既清晰又暧昧，而那东天边上红彤彤的月亮，就像姑娘娇羞的嫩脸了。两人望着那月亮，心里暖烘烘的，鼻尖上飘满了对方身上诱人的气息。于是两人就将脸凑在一起，将脖子缠在一起，嘴对嘴地亲热。可亲着亲着，幺哥的手就不规矩了，就蛇似的游进了玉琴的内衣里去，在她的高山大壑间热情地奔走，撩拨得玉琴心荡神驰，犹如一摊玉水流化在暖融融的月亮地里。可当幺哥还要趁热打铁，顺坡而下往纵深之处探奇时，迷醉的玉琴却猛然清醒过来，一把推开他，紧护着自己的腰身，惊恐地说，不行不行，我们早就说好的，结婚之前，不能那个！这时的幺哥，就像一只突然爆裂的皮球，浑身上下泄了气，烦躁地坐在旁边，拿手去擦脸上热涔涔的汗水，还扭头瞅着东天红彤彤的月亮，咕哝着骂，这狗日的红月亮，咋像毒日头一样的晒人哦？

尽管幺哥和玉琴偷偷恋爱了几年，什么出格的事也没做，但他们的大胆和热情，还是在村里激起了轩然大波。首先是村里那些有儿有女的大嫂大娘们看不下去了，常常聚在一起，在他们背后指指戳戳，说咋这样做女娃子呀？红叶（媒婆）都不找一个，就跑去跟男人亲热，又钻麻地，又睡草堆的，还要不要脸了？就有女人哼哼地冷笑，嘴撇得像薄薄的刀子，说有男人抱着亲嘴，好安逸噢，还要脸做啥？更有寡毒的女人，像参透了什么秘密似的，远远地瞅着玉琴丰盈成熟的身体，一脸的暧昧和坏笑，说你看她那样子，长得开花开朵的，跟破皮的水蜜桃一样，都要流出水来，她能不心烧心野么？那些早已谙熟男女之事的大嫂大娘们，就全眯了眼睛去看玉琴，她们果然从玉琴滚圆的大腿和高挺的胸脯间看出了一些门道，齐都捂住嘴，咻咻地笑，说怪不得她那么小就晓得跟男人拉手，跟男人去钻麻地，原来人家早就长开了，醒事了！不像我们那些娃娃，木戳戳的，都二十多岁了，还屁事不懂！

在川西平原，一个未婚姑娘被别人议论，说"早就长开了，醒事了"，那绝不是好话，那是一种嘲笑和羞辱，意思就是：你小小年纪，就懂得了男女之事，就心烧心野了，哪里还像个女娃子！

做女娃子不像女娃子，这是川西平原女儿家最大的忌讳。所以，当村里那些闲言闲语传到玉琴父母耳朵里时，两位老人倍感羞辱和愤怒，他们把玉琴从田坝里拽回来，逼问她和幺哥究竟是咋回事？玉琴从小就不怕她父母，从小就大大咧咧惯了，这时便嘻嘻地笑着，说还能是咋回事？我在跟他谈恋爱嘛！她老子饭桌上一巴掌，说亏你说得出口！你们谈恋爱都谈到水沟边上，谈到麻地里，谈到草堆里去了？玉琴硬着脖子说，我喜欢，我就这样！她老子"呸"地往地上吐了一泡口水，说你一个女娃子家家的，就不晓得害臊？你不要脸，我们还要脸！玉琴撅着嘴说，我们啥事都没做，就是到麻地里说说话，到草堆里坐坐，咋就给你丢脸了？她老子捂住脸，一副痛心疾首的样子，说哎哟哟，我咋养了你这样一个女子呀？我都羞死了！玉琴见跟她老子说不清楚，就干脆使起了犟性子，说我不管羞不羞的，我就喜欢他，就要嫁他！他老子气得跺脚，说他家弟兄五六个，只有三间茅草屋，穷得都快打光屁股了，你嫁他有啥好呀？玉琴扬着脸说，他有啥好，我最清楚了，我就是要嫁给他嘛！在当时的玉琴看来，村里的小伙子虽然不少，家境宽裕的也有好几个，但只有幺哥跟她一样是初中毕业生，只有他才跟自己般配，她不嫁他还能嫁谁呀？他老子唉声叹气，说你实在要嫁给他，我们也拦不住你，可你总得给我们打个招呼，让我们找个红叶去说说呀！玉琴从她老子的话里听出了转机，顿时喜形于色，拍着手说，这还不简单，我自己去给他爹娘说就是了！于是就车转身去，一阵风似的走了，把她父母惊愣在屋里，半天回不过神来。

　　到了幺哥家，幺哥一家七八口人正坐在灶房里，围着桌子吃饭。玉琴一点也不害羞，大大方方地走进去，大大方方地站在屋子中央，当着众多兄弟的面，对他父母说，大伯大婶，我今天自己来给自己当红叶做媒，我想嫁给春明，希望您们二老同意。

　　幺哥的父母早就知道两人在谈恋爱，也很是喜欢玉琴，但碍着自家的境况，一直不好意思找媒婆去向玉琴的父母提亲，此时见玉琴主动来说，两位老人不觉高兴不已，赶忙走下桌子，拉着她的手说，我们同意，我们同意。你能嫁给春明，那是他的造化，他的造化呀！然后就回头高声叫喊，春明，快给玉琴舀饭！快给玉琴舀饭！

玉琴拦住两位老人，说饭她就不吃了，她还得回去，跟她父母商量，选个日子把婚事办了。两位老人便扯起袖头去擦眼角的泪水，一步一跟地将她往外送。这时，幺哥的几个兄弟才从惊怔中反应过来，纷纷瞅着他说，哥，你可以哦，把人家都迷得送上门来了！幺哥满面春风，用筷子敲着碗边，不无得意地说，那当然啊，我们偷偷恋爱了几年，就是一根生红苕，我也把它捂熟了！

玉琴走出幺哥家门的时候，寨篱外已经站满了那些大嫂大娘们。玉琴知道她们是来看热闹的，就骄傲地挺起胸脯，从她们面前昂扬而过。她刚一走，那些大嫂大娘们就纷纷跑进院里，问幺哥的父母，她真来给自己说亲了？幺哥的父母点头。她们又瞪大眼睛问，你们就这么同意了？幺哥的母亲伸长颈子望着玉琴远去的背影，心中的喜爱之情溢于言表，说这么好的儿媳妇，我们能不同意么？我们当然同意啦！那些大嫂大娘们就怅怅地在脸上显出一种酸溜来，说稀奇古怪我们看了不少，就是没有看见过姑娘家自己来给自己说媒的，今天我们算是开了眼界啦！

很快，玉琴自己给自己当红叶说媒的事就在村里传开了，人们听后无不瞠目结舌，有啧啧称奇的，也有不以为然的，特别是那些爱说闲话的大嫂大娘们，嘴又撇得像刀子样，满脸鄙屑地说，一个好端端的女娃子，又不是嫁不出去，咋能给人家送上门呀？你不要脸面，你父母都不要脸面了？我要是有这样一个女子，我不打死她才怪！

可玉琴全然不把人们的闲言碎语当回事，她依然高挺着胸脯在村里昂昂扬扬地走来走去，好像她做了一件惊天动地的大事似的。

　　一个多月后，玉琴就和幺哥结婚了。婚礼办得非常简单，玉琴家没要幺哥家一分钱的彩礼，反倒贴了不少床单、铺盖、柜子、箱子之类的陪奁，送到了幺哥家去，惹得先前那些说闲话的大嫂大娘们，站在旁边看热闹的同时，还不忘拿这事来教育自己"木戳戳"的孩子，说你看人家春明，多有本事，啥钱都没花，就把一个漂漂亮亮的新媳妇娶回了家，哪像你们，闷戳戳的，见了女孩子，把脑壳都埋到了裤裆里！

　　而玉琴把事情做得更绝，她像跟村里人赌气似的，特意拉着幺哥的手，特意抬着她娘家那些花花绿绿的陪奁，在村里村外转了一大圈，这才心满意足地走进了幺哥家去。

　　可到晚上，却没有人来闹他们的洞房。有几个幺哥的叔伯兄弟想去，结果都被他们父母喝住了：去闹啥？有啥喜兴值得闹的？他们两个疯疯癫癫的，你们也跟着疯疯癫癫的？

　　但这一切都没影响幺嫂和幺哥的情绪，他们在寂静的夜晚尽情地享受着新婚之夜的快乐和幸福。

　　第二天一早，幺嫂就和幺哥出工了。当时正值秋收的节骨眼上，生产队里正在忙着收稻谷。初秋的田野里阳光灿烂，空气清新，微风拂煦，满田的稻谷把子如同熟睡的小人，一行行一列列地躺在稻田里，金灿灿地闪着亮光。幺嫂跟在幺哥后面，跳跳蹦蹦地来到了田地里。她面色红润，身姿轻盈，手里捏把锃亮的镰刀，像一只快乐的小鸟，拍着翅膀在稻把间轻快地跳跃。明亮的阳光落在她饱满的身上，落在她黑亮的眼里，落在她洁白的牙齿上，她浑身上下无处不流荡着新婚的喜悦和幸福。

　　那年我十三岁，正跟在幺哥他们的收割组后面拣拾稻谷。看着在阳光里快乐跳跃的幺嫂，我一下就呆了。我怔在灿烂的朝阳里，怔在幺嫂那活泼的美丽中，朦胧的心间第一次感觉到了女人

320

的好，结婚的好。我像被一汪柔柔荡荡的热水浸泡着，心里麻酥酥地打战。我想，我今后长大了，也要娶个像幺嫂这样漂亮快活的女人！

然而，让我没有想到的是，仅仅几年后，幺哥和幺嫂之间就出了问题。那时，川西平原的农村里也普遍闹起了"文化大革命"，大队组织起一个"毛泽东思想文艺宣传队"，把漂亮的幺嫂招了去。第一次去大队小学堂的教室里排练节目，幺嫂就被一个人迷住了，准确地说，是被这个人的琴声迷住了。那是邻近生产队的一个中年男人，叫李嘉祥，1956 年就考进省城读书，后来又在省城工作，可不知犯了啥大错误，1967 年的时候被赶回了老家，不仅妻子跟他离了婚，就连儿女都跟他划清了界限，一个人在乡下孤苦伶仃地生活着。因为他拉得一手小提琴，宣传队便破例将他招了进来。那时，我们村里有才艺的年轻人也不少，但都只能吹吹笛子，拉拉二胡，还吹得结结巴巴，拉得疙疙瘩瘩的，像他这样能娴熟流畅地拉小提琴的，那可是绝无仅有。于是，宣传队第一次在小学堂里集中，大家就起哄着让他先拉一段小提琴来听听。他也不多说，就站起身，将小提琴放到下巴上，运着弓子拉起来。他拉的是当时非常流行的忆苦思甜的曲子："天上布满星，月牙儿亮晶晶，生产队里开大会，诉苦把冤申……"琴声凄切哀婉，如泣如诉，把满教室的人都听呆了，风萧萧的一片凄凉肃穆。

幺嫂有生以来第一次看见人拉小提琴，也是第一次听见那丝丝缕缕的钻心钻骨的琴声。她眼睛都瞪大了。她怔怔地坐在最前排的课桌旁，怔怔地望着那个拉小提琴的人。那人戴着一顶农村少见的鸭舌帽，穿着一件整洁的灰布卡克。他身子单薄清瘦，脸上有一种城里人常见的病态的苍白。黄蒙蒙的马灯光影里，他像寒夜的一棵风中苇草似的，微闭着双眼晃晃悠悠地拉琴。他完全沉浸在自己的琴声里。随着那丝丝缕缕的凄切哀婉的琴声，有一种叫悲伤的东西在他病态苍白的脸上静静地流淌……

幺嫂一下就被他凄凉的琴声和孤哀的神情打动了。她突然想起了前些天她生病在床的可怜的儿子。她眼里不觉汪满了泪水……

此后，宣传队的一个重要节目，就是由幺嫂和李嘉祥搭档，演唱那首著名的忆苦思甜曲子。李嘉祥在台后拉得凄切哀婉，幺嫂在台前唱得真切动情，常常一首曲子还没有拉完唱完，两人已是满面泪水，把台下的人全都感动得泪花闪闪的，歔欷不已。

幺嫂还有一个拿手节目，就是和宣传队里的众多青年男女，穿着草绿色的军装，舞着大红彩绸，在台上扭秧歌。幺嫂人长得高挺饱满，风姿卓越，那大红彩绸往腰间一扎，更显出了她的不凡气质。她只要挥动着大红彩绸一扭一跳，浑身上下就控制不住地迸射出年轻女性的生命活力，惹得台下的那些大男人小伙子们全都眼睛发直，一片骚动，噼噼啪啪地鼓掌。

但幺嫂最难忘的还是与李嘉祥搭档唱歌。有时幺嫂唱完了，擦着泪水从台前回来，还见李嘉祥保留着拉琴的姿势，微闭着双眼雕塑般地坐在幕布旁，深陷的眼窝里贮着两滴硕大的泪水。幺嫂知道他不仅在拉琴，也是在借助琴声诉说自己心中的伤感和悲切。他还沉浸在自己的伤痛里。幺嫂的心抖抖地一颤，那种母性的柔情便涌上胸怀，止不住想走上前去，掏出手帕，为他擦去眼窝里的泪水。

可李嘉祥却不愿接受任何人的怜悯和同情，除了排练和演出外，他几乎不与宣传队的人接触交谈。演出结束后，大家都前呼后拥地一起走，乡村的土路上撒满了他们快活的嘻哈打笑声，可唯独李嘉祥，总是袖着手，抱着琴，一个人远远地掉在后面。农村的冬夜十分安谧寂静，月亮升起来，照着远处绿葱葱的麦田和黑郁郁的竹林，也照得路边草尖上的露珠凄然闪亮。幺嫂回过头，看见李嘉祥一个人袖着手抱着琴，孤独地走在清冷的月华星光里，心底就一阵阵地痛。

后来，幺嫂和李嘉祥的节目在公社演出了名，被抽到县上去会演。不知是不是城市的灯火与生活勾起了李嘉祥沉重的心事，演出结束后，他并没有回到招待所，而是抱着琴，去了城南的岷江河边，坐在一块磨盘大的石头上，独自拉起琴来。午夜的河水哗哗地流着，清冷的河风瑟瑟地吹着，城市的灯火倒映在湍急的流水里，显得斑斓而又凄迷。他拉的依然是那首"天上布满星，月牙儿亮晶晶，生产队里开大会，诉苦把冤申……"的忆苦思甜曲子，只是比往昔任何时候都拉得更加凄切，更加哀婉，更加丝丝缕缕的，像一把锈蚀的刀子，挖心剜骨地割人。

幺嫂循踪而至，站在瑟瑟吹拂的冷风里，听得心都碎了。她默默地走上去，默默地立在他身后。她多想按住他的手，叫他不要再拉了。她心里甚至有一股冲动，想把自己的身子贴上去，从背后抱住他，拥着他……

后来回了村里，幺嫂就按捺不住自己，转弯抹角地跑到邻近的生产队去看他。李嘉祥依旧那般沉默寡言，不多和幺嫂说话，但也不拒绝她的来访。实在是相对无言坐得尴尬了，他就站起身来拉琴，拉的仍旧是那首悲悲切切的忆苦思甜曲子。幺嫂说，你可不可以不拉这曲子了？李嘉祥怔怔地望着她，说我不拉这曲子，我拉啥呀？幺嫂说，你就拉点轻松好听的吧。李嘉祥将弓子垂落到脚尖上，站在屋中苦笑，说我心里哪还有啥轻松好听的曲子噢。幺嫂说，人生一世难免要跌几个跟斗，经几番磨难，你总不会一辈子把自己泡在苦水里吧？李嘉祥摇头，病态苍白的脸上像盖了一层浓霜似的充满了悲伤和绝望，他哀声叹道，我这辈子，恐怕就得泡在苦水里了！

此后，幺嫂再去看李嘉祥时，就不和他说这些了，她帮他收拾屋子，还帮他洗衣服。她动作麻利，抖颤着高挺的胸脯在屋中走来走去，有时还像小姑娘一样地哼歌。有一次，李嘉祥去赶场了，没在屋中，她竟情不自禁地淘了米，给他煮了一锅热漉漉的米饭，还给他炒了两盘香喷喷的小菜。那顿饭，竟吃得李嘉祥泪流满面，说他已经好久好久没有吃过这样热漉漉香喷喷的饭菜了，甚至还失态地拉着幺嫂的手，泪花灼灼地说，他城里那个老婆，要是有幺嫂这样一星半点的好心肠，他也不至于落到这般凄惶的地步了！

那天，幺嫂在李嘉祥那里一直待到很晚才离去。李嘉祥破例没有再拉那首苦巴巴的忆苦思甜曲子，他给她拉了许多"轻松好听"的歌曲，有《莫斯科郊外的晚上》，还有《红莓花儿开》，等等，全是些轻快欢欣而又悠扬高雅的苏联歌曲。他甚至还将歌词写出来，教她一句句地唱，一首首地唱。他不仅琴拉得好，歌也唱得好。他人虽然清瘦，但嗓音却异常浑厚，挺起胸膛站在屋中引吭一歌，他苍白的面色和忧郁的气质，旋即与苏联歌曲那特有的高雅华贵中略带忧伤的品质水乳交融在一起，像一个忧郁诗人或落难王子般让人怦然心动。

那天晚上，幺嫂几乎以一种欣赏和迷醉的目光一直尊敬地望着李嘉祥。乡村的夜晚非常宁静，他的琴声和歌声如同绵绵不绝的河水，又像春天时节林中高歌的鸟鸣，在静夜里奔放流淌。优雅的琴声和华美的歌声里，她感到自己仿佛置身于一片灿烂的阳光下，置身于一片春天的原野中，到处都花红柳绿，莺歌燕语，流水淙淙，每一棵草尖上的露珠都闪烁着金色的亮光。

幺嫂像喝了醪糟酒似醺醺然地醉了。她心里充满了一种从未有过的洁净与喜悦，明亮与快乐。她终于发现了另一个李嘉祥。一个面色和气质都与村里男人完全不同的让人有些着迷的李嘉祥。

我的故乡川西平原是个很奇怪的地方，乡下的男女可以在田间地头胡乱地打闹开玩笑，最粗野的时候，男人敢把女人按倒在稻草堆里摸奶子，女人敢把男人按翻在田边的地沟垄里，捞起上衣，端出胀鼓鼓的奶子，给男人喂奶水。可男女之间文雅的交往却是被猜忌的。在他们看来，大家在田间地头胡乱地打闹，那是地邻叔嫂间正常的玩笑，属于乡间娱乐范围，可一个男人和一个女人，要是背着大家假作正经地来往，那就心中有鬼了，涉嫌偷人养汉了。所以，当幺哥听说幺嫂去给邻队的李嘉祥洗衣煮饭，还在一起半夜半夜地拉琴唱歌，不觉火冒三丈，秋风黑脸地质问幺嫂，你们究竟要干啥呀？幺嫂说，干啥？我们在一起排练节目呀，还能干啥？幺哥哼哼地冷笑，说排练节目你们可以去小学堂呀，你摸到他家里干啥？还给他洗衣煮饭的，你是他婆娘嗦？幺嫂怔住了，她完全是出于同情和关怀才为李嘉祥做这一切的，她心里可没想过其他乌七八糟的东西。但见幺哥那样凶狠地瞪着她，怀疑她，仿佛她真做了啥丑事一样，自己三言两语又跟他说不清楚，顿时心中火起，白眼瞪着他道，我懒得给你说了，你爱咋想就咋想吧！说完便噔噔噔地走进睡房去，砰地把门关上了，气得幺哥吹胡子瞪眼的，将牙齿咬得咯咯响。

　　下次幺嫂再到李嘉祥那里去时，幺哥就没有这么客气了。她刚一回家，他就在院门口截住她，抬手扇了她两耳光，且恶狠狠地骂道，我日死你妈！你咋这么贱呀？你当初给我送上门来，现在你又给那个姓李的送上门去，你究竟还有没有一点羞耻心了？幺嫂捂住脸，惊愕万分地瞪着幺哥。她脸上火辣辣地痛，可她心里更痛。她完全没有想到幺哥会这样打她骂她，会把她当初主动上门去给自己说亲的事，拿来跟李嘉祥的事搅和，无情地羞辱她，玷污她！

　　幺哥见她不吭声，就愈加放肆起来，指着她鼻尖斥问道，你究竟要干啥？你是不是看上那个城里下放的狗杂种了？幺嫂一激灵醒悟过来，她摩挲着自己火辣辣的脸孔，摩挲着自己受伤的心。她的目光渐渐变冷，变硬，最后变成了一把寒浸浸的刀子，冷冰冰地刺向幺哥。她咬牙切齿地说，王春明，你真不是一个东西！我就是看上他了，你能把我咋样？幺哥的手猛地又举了起来，可他的巴掌还没有劈下去，幺嫂就倏地跳开了，飞快从旁边抓起一把锄头。高举起来对着他，说王春明，你今天要是再敢动我一指头，我就把你挖死在这里！幺哥一下愣住了，他知道自己婆娘的性格，也从她冷硬的目光里看出了一种可怕的东西。他软了下来，垂着手讪讪一笑，走上前说，玉琴，我……我……幺嫂"哐"地将锄头扔到墙根下，猛地推开他说，你走开！我是一个贱货，你啥都别给我说了！

当天晚上，幺嫂就抱着铺盖，到儿子房间去睡觉了。第二天一早，她就立在幺哥的房前，大声叫道，王春明，你给我出来！幺哥穿着一条短裤，睡眼惺忪地拉开房门，满脸不悦地说，天刚麻糊糊亮，你惊风火扯地喊啥呀？幺嫂一把拽住他，说你跟我到公社去，我们离婚！幺哥的眼睛蓦地瞪大了，那丝残留在脸上的睡意瞬间消失得干干净净。他将幺嫂上看下看，说你是不是疯了？幺嫂冷着脸说，我没疯，我脑壳清醒得很，我比过去啥时候都清醒！幺哥嘿嘿地赔着笑，说两口子打架是常事，铺盖一盖球事没了，你咋就当真了呢？幺嫂硬着脖子说，你不当真，可我当真了！幺哥沉下脸来，瞪着她说，你真要离？幺嫂说，真要离！幺哥说，铁了心了？幺嫂说，铁了心了！幺哥的脸顿时就黑得像锅底样，毒毒地泛出一丝讥嘲，说我就不明白了，他一个城里下放的坏人，肩不能挑，手不能提的，走个路连风都吹得倒，你究竟看上他啥了？脸子长得白？腰细得跟香签棍儿一样？担一挑粪脚杆都打闪？他那样一个痨病鬼，经得起你折腾吗？幺嫂哼哼地冷笑，想说，

326

你以为你牛高马大就是一个男人了？你除了像牲口一样白天在生产队里卖笨力气，晚上趴上身就不下来，你还能做啥呀？可她没有说出来，她觉得拿床上那点龌龊的事来比较两人，是辱没了李嘉祥，辱没了他的清新和高雅。她狠狠地瞪了幺哥一眼，扭过脸去望着外面，冷生生地说，我究竟看上他啥了，是我的事，跟你没相干。不过有一句话我得告诉你，你跟他比起来，你简直就是一堆狗屎！

那天，幺嫂终究没能将幺哥拽走，她只得独自一人去了公社。可公社的干部告诉她，离婚是两个人的事，她必须把她男人找来，才能有个说法。于是，幺嫂又回来找幺哥，可幺哥整死都不去，还像得到了什么保护似的昂着头说，要离你去离，总之我不离！幺嫂气得脸色绝青，指着他鼻子尖尖骂道，王春明，你究竟还是不是一个男人？幺哥竟跟她要起了无赖，说你都说我是一堆狗屎了，我还绷啥劲仗当啥男人？幺嫂苦笑加冷笑，说你别以为这样我就拿你没办法了。我明天就到县上去，找法院！

第二天凌晨，幺嫂果然就收拾起一个蓝布包袱，顶着满天的残月星光，悄悄出了村子，去了县上。幺哥起床后没见着幺嫂，慌忙骑上家里的破自行车去追，直追了十多里地，才在一个叫廖家桥的路边拦住了幺嫂。幺哥赔着笑脸给幺嫂说了许多软话，可幺嫂冷着脸一句也不想听，依旧犟着性子要往县上走。幺哥一下又火了，揪住幺嫂骂道，你真是个不要脸的东西！你看上那个城里下放的杂种就看上吧，你还要跟我离婚，你究竟还让不让我在村里活了？于是两人便抓扯着厮打起来。厮打的结果是，幺嫂抓破了幺哥的脸，冲出他的阻拦，径直往县上去了。幺哥满脸是血地站在路边上，望着幺嫂倔犟远去的背影，心中的怨气和怒气越聚越多，几乎都要把他的胸腔撑爆了。他没有再去追拦幺嫂，而是骑着自行车怒气冲冲地回了村里，怒气冲冲地跑到邻近的生产队去找李嘉祥了。李嘉祥没在家，他便把心里所有的怨气和怒气发泄到李嘉祥的家屋和家具上，不仅"乒乒乓乓"地砸了他的窗户房门，还冲进屋去，"乒乒乓乓"地砸了他的锅碗瓢盆，最后竟然跑出去四处寻找李嘉祥，逢人就说李嘉祥这个城里下放的大坏蛋勾引了他老婆，闹得他们两口子打架离婚，他要跟他拼命！吓得在田里劳动的李嘉祥面色惨白，慌慌张张地跑到牛房里去，躲在腥臊难闻的牛屁股后面，半天半天地不敢露面。

幺嫂从县里回来听说此事后，心中不觉悲愤不已。其实她并不是真要与幺哥离婚，只是想做做样子，吓吓幺哥，让他今后不敢再说那些没良心的话了。可幺哥的所作所为，特别是他在村里到处宣扬，说李嘉祥勾引了她的那些话，让她彻底寒了心。她本与李嘉祥啥事都没有，他却抓屎糊脸，逢人就说，他们怎么怎么的，他还有一点做男人的样子吗？还有一点对她的爱惜和情义吗？她感到真的与他没法过了。与这样一个粗暴的不懂情义的人过日子，有啥意思呢？于是就在当晚郑重其事地写了离婚书，又在第二天的上午，郑重其事挽着她那个蓝布包袱，再次去了县上。

村里人全都知道了她与幺哥闹离婚的事，于是就跑出来拦她劝她，说舌头跟牙齿再好，也有咬着的时候，两口子过日子，哪能不磕磕绊绊的吵点嘴打点架呀？一吵嘴打架就闹着要离婚，这日子还能过么？再说，王春明膀大腰圆的，浑身都是力气，吃得也做得，整个生产队里，一年就数他工分挣得最多，你还想啥呀？言下之意再明白不过了：那个从城里下放的李嘉祥弱不禁风，肩不能挑手不能提的，与王春明比起来，简直就是病秧子一个，你究竟看上了他啥呀？他有什么值得你这样闹腾的呀？幺嫂哼哼地冷笑，知道村里没有一个人明白她的心思，便懒得与那些人多说，推开他们顾自往村外走。

那些人追上去，还想竭力劝阻幺嫂。这时幺哥站了出来，黑着脸大声吼道，你们别管她，让她去！我就要看看，她能闹出个啥结果来！

当天，幺嫂便去县法院，递上了自己的离婚书。

几天后，县法院竟真的派人到村里调查了解情况了。幺哥恼羞成怒，不仅躲着县法院的人不见，还满腔怒火地跑到邻近的生产队去，找李嘉祥算账。这次，他不是一个人去的，还带了他两个兄弟。当时正是薅秧季节，李嘉祥正咬着牙巴挑着一担猪尿水往田里送。三兄弟踩着狭窄的田坎冲上去，按住李嘉祥就是一顿打，最后还把李嘉祥丢翻在泥水汤汤的秧田里，往他脸上身上抹稀泥巴，甚至还往他嘴里塞猪屎坨坨！幺哥一边收拾着李嘉祥，一边恶狠狠地骂，我日死你妈！你一个城里下放的狗东西，竟敢勾引我婆娘！老子今天整死你，整死你！

当邻近生产队的人赶来时，李嘉祥已被他们三兄弟整得不成人样，满身泥水满嘴猪屎坨坨地躺在秧田里，不能动弹。可那些邻近生产队的人却没有上前拦阻。在我的故乡，一个男人勾引别家的女人，就像做贼偷别人的东西一样，是件极不光彩的事，也是一件犯众怒的事，再加上他那奇怪的下放者身份，有谁愿意上前帮他呢？那天，李嘉祥像死了一样闭眼躺在臭烘烘的秧田里，僵直不动。直到晌午的时候，人们才看见他从田里爬起来，浑身泥水汤汤地丧魂落魄地往家里走。盛夏的阳光铺天盖地的照耀着乡村，照耀着田野，可他却感觉不到一丝丝温暖。他像一只被人揪光了毛的鸡，血淋淋地走在炫目的阳光中。他精神恍惚，脚步趔趄，有几次差点栽倒在旁边的水沟里……

第二天早晨，便从邻近的生产队传来了李嘉祥上吊自杀的消息。

幺嫂震惊不已，慌忙跑去看。李嘉祥已被他们生产队的人从屋梁上放下来，硬挺挺地躺在了木床上。破旧昏暗的草屋里，只有他那把心爱的小提琴还在土墙上孤零零地挂着。幺嫂脸色死白，扑上去撕心裂肺地号叫一声，嘉祥，嘉祥哪，都是我害了你，都是我害了你呀！便昏厥在了木床边。

李嘉祥死后，村里人都以为幺嫂该消停了，不会再跟幺哥闹离婚了，殊不知，她依旧挽着她那个蓝布包袱往县上跑，而且比以前跑得更勤了。有好心的大嫂大娘就出来劝她，说都这样了，你还离啥婚呀？就是离了，你还能嫁给那个李嘉祥么？幺嫂不说话，只是冷着脸盯她们。她眼里有一种很冷很硬的东西，像尖刀一样刺得那些大嫂大娘们不寒而栗，讪讪地退到了一边去了。

两个多月后，幺嫂果然从县法院拿到了离婚判决书。之前，县法院曾几次传幺哥到法院去，但幺哥都没去。村里有几个大嫂大娘给他出了主意，说蔫葫芦不烂也把它拖烂，你整死都不同意离婚，都不到法院去签字画押，看她还能把你咋样？于是，县法院在调解不成的情况下，只得缺席判决了。

拿到离婚判决书那天，幺嫂忍不住坐在县法院门外的石板梯子上，揉着她跑肿了的脚脖子，伤伤心心地哭了一回。哭得心中稍微舒畅了，不那么难受了，她就一抹脸上的泪花子，推开围着她看稀奇的人群，回了家。当时幺哥正坐在灶房的饭桌旁，破开一截老慈竹，在大腿板上刮削着筷子。她将离婚判决书冷冷地拍到他面前，啥话也没说，就进房去卷裹起自己的换洗衣服和两床旧棉被，毅然决然地去了邻近生产队的李嘉祥家。

她不能跟李嘉祥登记结婚了，但她依旧要把自己嫁给李嘉祥！

她将那间还残留着李嘉祥忧郁气息的草屋收拾得干干净净，还找来许多大红绸布，悬挂在屋梁上、窗户上、门楣上，甚至外面的篱笆墙上和老柳树上，她也飘飘洒洒地挂了几长绺大红彩绸。

那座破旧昏暗的老屋霎时变得一片亮堂，一片喜庆，一片火红。

之后，她又将土墙上那把小提琴小心翼翼地摘下来，抱在怀中，掏出手帕精心地擦拭。她曾经多次想用这张饱含了她生命温暖的手帕擦去李嘉祥心里的悲伤，但她都没有做到。现在，她只能用这张手帕来擦拭小提琴了。她一点一点地擦，一遍一遍地擦，直到把它擦拭得纤尘不染了，精光明亮了，她才将它重又挂到了土墙上。

　　她采来两朵紫红色的蔷薇花，一朵插在琴洞里，一朵插在她的鬓发上。

　　金煌煌的夕阳透过窗户斜射进来，像一束聚灯光似的打在那锃亮的小提琴上，打在那如血如诉的蔷薇花上。幺嫂默默地站在土墙下，默默地望着那把小提琴，望着那朵蔷薇花。斜射的光柱里，有许多细小的尘埃在幽幽地飘荡，她听见那插着蔷薇花的琴洞鸣响起来，先前那些熟悉的旋律水一样在她心里流淌。她禁不住和着那旋律唱起来。先是低沉哀婉的"天上布满星，月牙儿亮晶晶"，接着就是深情倾诉的《莫斯科郊外的晚上》，再后就是高亢明亮的《红莓花儿开》。她一首接一首地唱，不停地唱，忘情地唱。她把自己完全融进了歌声里。她重又看见了李嘉祥。他虽然还是那么清瘦忧郁，但脸上却洋溢着安恬静谧的微笑。他牵着她的手，把她带到了一片灿烂的阳光下，带进了一片春天的原野中。他的手是那么的温暖柔和，他身上的气息是那么的清新醉人……

　　随后赶来看稀奇的村里人还看见了更为惊心动魄的一幕：泪流满面的幺嫂竟从屋里跑了出来，挥动着两条大红彩绸，在院地上痴迷癫狂地跳舞。

　　火一样的夕阳点燃了满院的大红彩绸，点亮了她脸上晶莹的泪水。她就那么一刻不停地跳着，痴迷癫狂地舞着。泪雨纷飞中，她把天都跳红了，把地都舞红了……

　　仿佛被一片燃烧的火焰灼伤，村里人的眼睛也红了……